Sabine Schwabl • Nicole Binder

Mein MATURA-Coach DEUTSCH

Jugend & Volk

Inhaltsverzeichnis

1

Was ich über die Reifeprüfung bzw. die Reife- und Diplomprüfung in Deutsch wissen muss

- ☑ Kompetenzen, die bei der neuen teilstandardisierten Reifeprüfung bzw. Reife- und Diplomprüfung in Deutsch verlangt werden
- ☑ Prüfungsformat, Inhalt, Umfang der Klausur in Deutsch, Wahlmöglichkeiten, Hilfsmittel, Arbeitszeit
- ☑ Ablauf der mündlichen Prüfung in Deutsch, Kultur bzw. Kultur und gesellschaftliche Reflexion

1 Grundlegendes zur Reifeprüfung bzw. Reife- und Diplomprüfung in Deutsch

Laut Prüfungsordnung zur teilstandardisierten Reifeprüfung (AHS) bzw. Reife- und Diplomprüfung (BHS und Bildungsanstalten) müssen die Schülerinnen und Schüler verpflichtend zur Klausur in Deutsch antreten. Die Schülerinnen und Schüler der Höheren Technischen Lehranstalt (HTL) wählen zwischen der Klausur und der mündlichen Prüfung in Deutsch.

Mein Matura-Coach Deutsch ist ein **Trainingsbuch**, das Sie bestmöglich auf die teilstandardisierte Reifeprüfung bzw. Reife- und Diplomprüfung im Unterrichtsgegenstand Deutsch vorbereiten soll. Sie haben sich im Deutschunterricht ein großes Fachwissen angeeignet. Dies soll in diesem Band noch einmal intensiv trainiert werden, damit Sie für die abschließenden Prüfungen „kompetent" sind.

Egal, ob Sie eine **allgemeinbildende höhere Schule (AHS)** oder eine **berufsbildende höhere Schule (BHS** und **Bildungsanstalten)** besuchen, die Prüfungsordnung zur Reifeprüfung bzw. zur Reife- und Diplomprüfung sieht vor, dass Sie in Deutsch antreten müssen.

1.1 Kompetenzen, die verlangt werden

Bei der Klausur in Deutsch

Operatoren: Seite 16 ff.

Dabei weisen Sie **Lesekompetenz** nach: Jede Aufgabe geht von einem oder mehreren Ausgangstexten (Textbeilagen) aus, das heißt, es wird Textarbeit von Ihnen verlangt. Die Aussagen und Inhalte dieser Texte sind nach genau vorgegebenen Handlungsanweisungen (**Operatoren**) zu bearbeiten, die Sie bereits aus Ihrem Deutschunterricht kennen!

Schreibhandlung: Muster, um Sachverhalte bzw. Informationen in einem Text auszudrücken (z. B. Narration, Argumentation, Explikation)

Sie weisen **Schreibkompetenz** nach, indem Sie den Schreibauftrag situations- und adressatenadäquat bearbeiten. Dies bedeutet, Sie können die verlangten **Schreibhandlungen**, welche die vorgegebene Textsorte verlangt, einsetzen und einen Text für ein bestimmtes Zielpublikum (Adressat) verfassen.

Selbstverständlich wird vorausgesetzt, dass Sie die dafür notwendigen sprachlichen Mittel einsetzen, die Sprachnormen von Text- und Satzgrammatik anwenden sowie über einen umfassenden Wortschatz inklusive Fachsprachen verfügen. **Sprachbewusstsein** ist also ein weiterer Baustein für Ihren Erfolg.

Im Deutschunterricht und auch in anderen Unterrichtsgegenständen haben Sie sich **Sach-** und **Fachwissen** angeeignet. Dieses gilt es jetzt sprachlich umzusetzen und somit Ihre **Reflexionskompetenz** (Argumentations- und Interpretationskompetenz) zu beweisen.

Bei der mündlichen Prüfung

mündliche Prüfung: Seite 176 ff.

Auch bei der mündlichen Prüfung sind **Lesekompetenz, Sach-** und **Fachwissen** sowie **Reflexionskompetenz** in einem Prüfungsgespräch nachzuweisen, indem Sie zu unterschiedlichsten Themen aus dem Spannungsfeld von Individuum, Gesellschaft, Politik und Wirtschaft Stellung nehmen sowie über Literatur und Kultur reflektieren.

Bei der Kompensationsprüfung

Kompensationsprüfung: Seite 198 ff.

Die Kompensationsprüfung in Deutsch bietet die Möglichkeit, eine negative Klausur auszubessern. Geprüft werden in dieser mündlichen Prüfung die Kompetenzen, die auch schriftlich von Ihnen verlangt werden: **Lesekompetenz, Analyse-** und **Argumentationskompetenz, Sprachbewusstsein** sowie **Sach- und Fachwissen**.

1.2 Die zentrale Klausur in Deutsch

Wie sieht die neue Prüfungsordnung aus?

- Die Klausur ist **zentral** vorgegeben: Die Aufgabenstellungen in Deutsch werden von einer eigenen Kommission, die vom Bildungsministerium mit der Erstellung von Aufgaben beauftragt wurde, erstellt. Die Prüfung wird an einem vorgegebenen Termin bundesweit an allen Schulen durchgeführt.

- Sie ist **teilstandardisiert:** Nicht alle Prüfungen, sondern nur einige schriftliche Prüfungen, nämlich die Klausuren in Deutsch, den Fremdsprachen und der (angewandten) Mathematik, sind zentral vorgegeben. Die mündlichen Prüfungen werden weiterhin am Schulstandort von Ihren Lehrerinnen und Lehrern erstellt und geprüft.

- Sie ist **handlungsorientiert** und **kompetenzbasiert:** Die Aufgabenstellungen verlangen auf Basis des erworbenen Wissens den Nachweis von Kompetenzen.

Die **Klausur in Deutsch** sieht für die AHS, BHS und Bildungsanstalten eine identische Aufgabenstellung vor. Auch wenn ihre Bildungsziele sehr unterschiedlich sind, sind die Kompetenzen für die Unterrichtssprache Deutsch sowohl für die AHS als auch für BHS und Bildungsanstalten gleich.

Das Prüfungsgebiet der Klausur heißt eigentlich „Unterrichtssprache". An einigen Schulstandorten der AHS, BHS und Bildungsanstalten gibt es neben Deutsch eine weitere Unterrichtssprache (Ungarisch, Kroatisch oder Slowenisch).

Nicht nur die Aufgabenstellung der Klausur in Deutsch ist zentral, auch die **Beurteilung der Schreibaufträge** erfolgt nach vorgegebenen Kriterien. Ihre Deutschlehrerin bzw. Ihr Deutschlehrer bewertet Ihre Arbeit nach vier Bewertungsdimensionen:

Bewertungsdimensionen

Bewertungsdimensionen: Seite 126 ff.

1. Aufgabenerfüllung aus **inhaltlicher Sicht**
   - **Schreibhandlungen** der Textsorte
   - **Kernaussagen** der Textbeilage
   - **Arbeitsaufträge**

2. Aufgabenerfüllung aus **textstruktureller Sicht**
   - **Gliederung** und **Absätze**
   - Bezugnahme auf die **Textbeilage**
   - gedanklich und formal der **Textsorte** entsprechend formuliert

3. Aufgabenerfüllung in Bezug auf **Stil und Ausdruck**
   - situationsadäquate **Sprachverwendung** (Wortwahl, Fachsprache, Satzbau etc.)
   - **Varianz** in der Sprachstruktur

4. Aufgabenerfüllung hinsichtlich **normativer Sprachrichtigkeit**
   - **Orthografie**
   - **Grammatik**
   - **Zeichensetzung**

Umfang der zentralen Klausur

Bei der zentralen Klausur stehen **drei Aufgaben** (Themen) zur Wahl. **Eine der drei Aufgaben** ist zu **wählen**. Jede Aufgabe besteht außerdem aus **zwei** voneinander unabhängigen Schreibaufträgen **(Teilaufgaben)**, die **beide** zu bearbeiten sind. Es ist nicht erlaubt, Schreibaufträge aus unterschiedlichen Aufgaben zu bearbeiten.

Klausur in Deutsch

Auswahlmöglichkeiten

Aufgabe 1 (Thema 1)	Aufgabe 2 (Thema 2)	Aufgabe 3 (Thema 3)
■ Schreibauftrag 1 ■ Schreibauftrag 2	■ Schreibauftrag 1 ■ Schreibauftrag 2	■ Schreibauftrag 1 ■ Schreibauftrag 2

Zu Beginn der Klausur werden Ihnen die Aufgabenstellungen in Papierform vorgelegt.

Jede Aufgabe ist durch eine **gemeinsame thematische Klammer** gekennzeichnet, das heißt, beide Schreibaufträge beziehen sich auf einen übergeordneten Begriff wie Arbeitswelt, Bildung, Medien, Kunst und Kultur.

Eine der drei Aufgaben umfasst eine **literarische Teilaufgabe**, dies bedeutet, sie enthält eine literarische Textbeilage, die nach vorgegebenen Kriterien analysiert und interpretiert werden muss. Spezifische Werkkenntnis, also ein spezifischer Literaturkanon, wird nicht vorausgesetzt.

Jeder der beiden Schreibaufträge verlangt explizit eine **Textsorte** und ist in einen **situativen Kontext** gestellt (Ausnahmen sind Erörterung, Textanalyse und Textinterpretation). Beide Schreibaufträge werden ungeachtet ihrer Wortanzahl gleich gewichtet und als gleich schwierig bewertet.

Die Textbeilagen überschreiten pro Aufgabe nicht die Anzahl von 1000 Wörtern.

Jeder Schreibauftrag geht außerdem von **einer Textbeilage** oder **mehreren Textbeilagen** aus, die Ausgangspunkt der Textarbeit ist bzw. sind und mithilfe der vorgegebenen **Operatoren** bearbeitet werden muss bzw. müssen. Auch nichtlineare Texte (Infografiken wie Statistiken, Schaubilder, Karikaturen etc.) können zum Einsatz kommen.

Schreibhandlungen und Textsorte sowie ein Richtwert zum Umfang jedes Schreibauftrages **(Wortanzahl)** sind einzuhalten.

Lesen Sie die drei Aufgaben (Themen) sorgfältig durch, bevor Sie sich für eine entscheiden. Im Folgenden sehen Sie ein **Beispiel** für eine **Aufgabenstellung**:

Sehr geehrte Kandidatin! Sehr geehrter Kandidat!

Ihnen werden im Rahmen dieser Klausur insgesamt drei Themenpakete mit je zwei Aufgaben vorgelegt. Wählen Sie eines der drei Themenpakete und bearbeiten Sie beide Aufgaben zum gewählten Thema.

Themenpakete	Aufgaben (geforderte Wortanzahl)	Textbeilagen
1. Stadtleben	Textinterpretation (540 bis 660 Wörter)	2 Gedichte
	Zusammenfassung (270 bis 330 Wörter)	1 Interview
2. Tourismus und Reisen	Textanalyse (405 bis 495 Wörter)	1 Essay
	Kommentar (405 bis 495 Wörter)	1 Zeitschriftenartikel
3. Bewusst leben	Meinungsrede (540 bis 660 Wörter)	1 Zeitungsartikel
	Leserbrief (270 bis 330 Wörter)	1 Reportage

Ihnen stehen dafür 300 Minuten an Arbeitszeit zur Verfügung.
Die Aufgaben sind unabhängig voneinander bearbeitbar.
Verwenden Sie einen nicht radierbaren, blau oder schwarz schreibenden Stift.
Verwenden Sie ausschließlich die Ihnen zur Verfügung gestellten Blätter. In die Beurteilung wird alles einbezogen, was auf den Blättern steht und nicht durchgestrichen ist. Streichen Sie Notizen auf den Blättern durch.
Schreiben Sie auf jedes Blatt Ihren Namen und die fortlaufende Seitenzahl. Geben Sie die Nummer des gewählten Themenpaketes und den jeweiligen Aufgabentitel an.
Falls Sie mit dem Computer arbeiten, richten Sie vor Beginn eine Kopfzeile ein, in der Ihr Name und die Seitenzahl stehen.
Als Hilfsmittel dürfen Sie gedruckte und, falls Sie mit dem Computer arbeiten, elektronische Wörterbücher verwenden. Die Verwendung von (gedruckten und online verfügbaren) Enzyklopädien oder elektronischen Informationsquellen ist nicht erlaubt.
Abzugeben sind das Aufgabenheft und alle von Ihnen verwendeten Blätter.

Ihre Arbeit wird nach folgenden Kriterien beurteilt:

- Inhalt
- Textstruktur
- Stil und Ausdruck
- normative Sprachrichtigkeit

Viel Erfolg!

Haupttermin 2016: Deutsch (AHS/BHS): https://www.bifie.at/system/files/dl/KL16_PT1_ALL_DEU_SR_CC_AU.pdf (28.11.2016), gekürzt

Bei der Klausur müssen Sie **zwei** Schreibaufträge (Teilaufgaben) bearbeiten. Im Folgenden sehen Sie ein **Beispiel** für einen einzelnen **Schreibauftrag**:

Thema x: xxx

Aufgabe 1

Textsorte, die verfasst werden soll

Verfassen Sie einen Leserbrief.

Situativer Kontext: Sie wissen aus welcher Situation heraus, an wen (Adressatin / Adressat) Sie schreiben müssen.

Situation: Als Schülerin bzw. Schüler einer 8. Klasse einer allgemeinbildenden höheren Schule bzw. eines 5. Jahrgangs einer berufsbildenden höheren Schule haben Sie unterschiedliche Bedingungen kennengelernt, unter denen Sie lernen mussten. Nach der Lektüre eines interessanten Beitrages sehen Sie sich zu einer Stellungnahme veranlasst und verfassen an die Redaktion der Tageszeitung *Die Presse* einen Leserbrief.

Textbeilage(n): Beilagen, die Sie lesen und auf die Sie sich beziehen müssen

Lesen Sie den Bericht *Titel des Berichtes* aus der Tageszeitung *Die Presse* vom (Datum) (Textbeilage x).

Verfassen Sie nun einen Leserbrief und bearbeiten Sie dabei folgende Schreibaufträge:

Operatoren geben vor, wie mit der Textbeilage umgegangen werden soll. Sie geben außerdem die Struktur des Leserbriefes vor.

- **Benennen** Sie in wenigen Sätzen die für Sie relevanten Hauptaussagen des Berichtes, auf den Sie sich in Ihrem Leserbrief beziehen möchten.
- **Nehmen** Sie kritisch zu den Aussagen des Berichtes **Stellung**.
- **Entwerfen** Sie ein Modell, wie für Sie ideale Lernbedingungen aussehen müssten.

Wortanzahl als Richtwert

Schreiben Sie zwischen 270 und 330 Wörter. Markieren Sie Absätze mittels Leerzeilen.

Hinweise zur Aufgabenbearbeitung

Achten Sie beim Schreiben auf die folgenden Vorgaben. Sie helfen Ihnen, die Aufgaben erfolgreich zu lösen.

- **Textarbeit:** Sie müssen die zu den einzelnen Aufgabenstellungen gehörenden Textbeilagen (literarische, journalistische oder Sachtexte, Infografiken) genau lesen. Die dafür notwendigen Lesestrategien und Lesetechniken haben Sie in den vergangenen Jahren intensiv trainiert. Diese Textbeilagen stellen die Grundlage Ihrer Arbeit dar.

Textarbeit: Seite 12 ff.

- **Textsorte:** Texte lassen sich nach ihrer inneren Ordnungsstruktur einem bestimmten Textmuster zuordnen.

  Die neun für die zentrale Klausur in Deutsch relevanten Textsorten sind: Zusammenfassung, Leserbrief, offener Brief, Empfehlung, Erörterung, Textanalyse, Textinterpretation, Meinungsrede, Kommentar.

Textsorte: Seite 25 ff.

- **Operatoren:** Dies sind Verben, die eine bestimmte Handlungsanweisung enthalten bzw. durch einen konkreten Arbeitsauftrag vorgeben, wie Sie mit der Textbeilage umgehen müssen.

  Beispiele: *„Fassen Sie … zusammen“, „Analysieren Sie …“, „Kommentieren Sie …“, „Erörtern Sie …“*

Operatoren: Seite 16 ff.

- **Situations- und Adressatenadäquatheit:** Dies bedeutet, dass die Aufgabenstellung in einen situativen Kontext gestellt wird. Somit muss der Text je nach vorgegebener Situation mit einer bestimmten Intention und für eine bestimmte Leserschaft verfasst werden.

- **Textlänge:** Die Gesamtwortanzahl für beide Schreibaufträge liegt bei ca. 900 Wörtern. Die Wortanzahl ist für jede Teilaufgabe ausgewiesen und sollte nicht allzu stark vom Richtwert (+/– zehn Prozent) abweichen, da sich dies auf die Qualität des Textes auswirken und Konsequenzen für die Bewertung nach sich ziehen kann.

Textlänge: Seite 21

- **Arbeitszeit:** Sie haben fünf Stunden (300 Minuten) Zeit, um die zwei Schreibaufträge zu bearbeiten.

- **Hilfsmittel:** Die Verwendung eines Wörterbuches ist gestattet. Sie können Ihre Arbeit auch auf einem Computer schreiben, wenn dies an Ihrer Schule so vorgesehen ist und Sie darin geübt sind. Selbstverständlich ist der Zugang zum Internet bei der Klausur nicht möglich. Sie können zwar auf ein elektronisches Wörterbuch zugreifen, jedoch nicht auf Online-Lexika.

1.3 Die mündliche Prüfung

mündliche Prüfung: Seite 176 ff.

Die **mündliche Prüfung** in Deutsch ist meist eine **fakultative Prüfung**, Sie wählen also aus einem Pool von Prüfungsfächern. Dieses Wahlfach heißt je nach Schulart unterschiedlich.

Was wird bei der mündlichen Prüfung von Ihnen verlangt?

Das Prüfungsgespräch geht von einer Textbeilage aus, die zum Beispiel analysiert oder interpretiert werden muss, **Lesekompetenz** ist daher auch bei dieser Prüfung gefordert. **Sach-** und **Fachkompetenz** weisen Sie nach, indem Sie ausgehend von Sachtexten zu unterschiedlichen gesellschaftlichen Problemstellungen Stellung beziehen, literarische Textbeilagen einordnen, interpretieren und bewerten sowie zu künstlerischen, insbesondere zu literarischen Werken, Erscheinungen und Entwicklungen Stellung nehmen. Dabei wird allerdings kein Literaturwissen im herkömmlichen Sinn abgeprüft, sondern bewertet, ob Sie sich **in literatur-, kunst-** und **kulturgeschichtlichen Epochen orientieren** und diese problematisieren können bzw. ob Sie die ästhetische Qualität von literarischen Werken einschätzen können.

Bei einer mündlichen Prüfung steht natürlich auch Ihre **Kommunikationskompetenz** auf dem Prüfstand, das heißt, Sie müssen Sprache situationsangemessen einsetzen, Ihre Positionen sachlich vorbringen und auf Fragen reagieren. Vergessen Sie nicht, auf einen adäquaten Einsatz paraverbaler (Satzmelodie, Lautstärke) und nonverbaler Ausdrucksmittel (Körpersprache, Blickkontakt) zu achten.

Organisatorisches zur mündlichen Prüfung

- **Ablauf:** Im November des Abschlussjahrganges wird von Ihrer Deutschlehrerin bzw. Ihrem Deutschlehrer ein **Themenpool** genannt, der aus einer bestimmten Anzahl von Themenbereichen besteht (an der **AHS** sind das **24 Themenbereiche** in Deutsch, an der **BHS** und den **Bildungsanstalten** orientiert sich die Zahl der Themenbereiche an der Anzahl der Gesamtwochenstundenzahl für Deutsch und liegt hier etwa bei **10 bis 14 Themenbereichen**).

  Bei der mündlichen Prüfung **ziehen** Sie aus diesem Themenpool zwei Themenbereiche, sehen aber dabei nicht deren Bezeichnung. Die Vorsitzende bzw. der Vorsitzende der Prüfungskommission wird Ihnen anschließend die Bezeichnung der beiden gezogenen Themenbereiche mitteilen und Sie entscheiden sich für einen der beiden. Ihre Deutschlehrerin bzw. Ihr Deutschlehrer, die bzw. der auch Ihre Prüferin bzw. Ihr Prüfer ist, wird Ihnen aus dem gewählten Themenbereich eine Aufgabenstellung zuweisen.

- **Prüfungskommission:** Die Prüfung findet vor einer Prüfungskommission statt. Sie führen das Prüfungsgespräch nicht nur mit Ihrer Deutschlehrerin bzw. Ihrem Deutschlehrer, sondern auch mit einem **Beisitzer**, das ist eine zweite Deutschlehrerin bzw. ein zweiter Deutschlehrer, die bzw. der ebenfalls Fragen oder Zwischenfragen stellen kann.

2

Welche Strategien und Techniken mir bei der Klausur helfen

- ☑ Lesetechniken und Lesestrategien zur Sicherung des Textverständnisses (SQ3R-Technik, Exzerpieren)
- ☑ Kenntnis der Operatoren und deren Bedeutung für das Verfassen eines Textes
- ☑ prozessorientiertes Schreiben: Planen, Strukturieren, Verfassen und Redigieren von Schreibaufgaben

▶▶▶

1 Texte inhaltlich erschließen

1.1 Lesetechniken und Lesestrategien

Der erste Schritt bei der Klausur besteht darin, die Hinweise zur Aufgabenbearbeitung durchzulesen. Lesen Sie nicht nur die Aufgaben der drei Themen durch, sondern überfliegen Sie auch die Textbeilagen, um eine erste Orientierung zu bekommen, und überlegen Sie sich, welches Thema Sie am meisten anspricht bzw. in welchen Textsorten Sie sich am sichersten fühlen. Dann treffen Sie eine Entscheidung.

Lesekompetenz ist nicht nur bei Klausuren von großer Bedeutung, sondern auch im Alltag sowie in Ausbildung und Beruf. Wie Sie einen Text lesen, hängt von der **Leseabsicht** ab. Daraus ergeben sich vier wichtige **Lesetechniken**, die unterschiedliche Aufgaben haben und in der Praxis meist kombiniert werden:

SO GEHT'S!

LESETECHNIKEN

1. **Navigierendes Lesen:** Der Text wird sehr oberflächlich erfasst, um einen **ersten Eindruck** zu gewinnen. Überschriften, Bilder etc. werden dabei schnell durchgesehen.

2. **Diagonales Lesen, Querlesen:** Der Text wird überflogen. Mit dieser Technik werden **die wichtigsten Informationen** (Schlüsselwörter, Bilder, Grafiken etc.) erfasst. Stößt man beim raschen Durchsehen auf interessante Stellen, werden diese angelesen.

3. **Kursorisches Lesen:** Der Text wird vollständig gelesen. Da man **den Inhalt des Textes erfassen** will, braucht diese Technik mehr Zeit. Es werden erste Markierungen und Unterstreichungen vorgenommen.

4. **Intensives Lesen:** Der Text wird nochmals ganz genau gelesen. Um den Text als Ganzes mit allen relevanten Einzelinformationen zu verstehen, kann der Lesevorgang auch unterbrochen und an einer bereits gelesenen Stelle wieder aufgenommen werden, um eine **umfassende Textkenntnis** zu bekommen.

Lesen von Texten

Um den Informationsgehalt eines Sachtextes oder literarischen Textes verstehen, analysieren und bewerten zu können, eignet sich eine Strategie, welche die oben genannten unterschiedlichen Techniken kombiniert und in eine Abfolge von fünf Schritten bringt: Diese Lesestrategie wird **SQ3R-Technik** genannt. Sie hilft, schwierige und lange Texte schnell und effizient zu erschließen. Die Methode ist zwar aufwändig, hilft aber, einen Text systematisch zu erarbeiten und ihn zu verstehen.

TIPP

Lesen längerer und komplexer Texte

- Nehmen Sie sich genügend Zeit und Ruhe für das Lesen eines Textes.
- Arbeiten Sie mit Randnotizen oder Symbolen.
- Klären Sie Ihnen unbekannte Wörter und Begriffe mithilfe eines Wörterbuches.

DIE SQ3R-TECHNIK – fünf Schritte zum Textverständnis

SO GEHT'S!

	Art des Lesens	Tätigkeit
1. Survey	**navigierendes** und **diagonales Lesen** (erste Orientierung, Sichtung des Materials)	**Überfliegen** des Textes (Überschriften, Absatzüberschriften, Bilder); **stichprobenartiges Anlesen**, Anlesen der ersten paar Zeilen eines Absatzes
2. Question	W-Fragen an den Text stellen	Wer? Was? Wann? Wie? Warum? Wo?
3. Read	**kursorisches** und **intensives Lesen**	Lesen des **vollständigen** Textes, **mehrfaches Lesen**, Unterbrechungen und erneutes Lesen einzelner Textstellen
4. Recite	Inhalt mit eigenen Worten wiedergeben, zusammenfassen	Schlüsselbegriffe herausschreiben, W-Fragen beantworten
5. Review	die ersten vier Schritte nochmals anhand der Notizen durchgehen	Zusammenhänge erkennen, Gesamtüberblick über den Text erlangen

In Anlehnung an: teachsam: Lesestrategien SQ3R-Technik (Robinson 1946). © www.teachsam.de. Online: http://www.teachsam.de/arb/arb_les_strat_2.htm (21.08.2014)

Trainingsaufgabe 1

Trainieren Sie mithilfe des Sachtextes *Fastfood-Geschäfte in der Nähe fördern Übergewicht* auf Seite 14 die einzelnen Schritte zur Sicherung des Textverständnisses.

1. Überfliegen Sie den Text und notieren Sie, wovon er handeln könnte.
2. Beantworten Sie die W-Fragen an den Text:
   - **Wer** macht diese Aussage?
   - **Was** ist die Hauptaussage des Textes?
   - **Wann** wurde diese Aussage getroffen?
   - **Wie** wurde die Aussage dargeboten?
   - **Warum** ist die Aussage wesentlich?
   - **Wo** hat diese Aussage Gültigkeit?
3. Lesen Sie den Text mehrmals durch und markieren Sie Schlüsselwörter. Vermeiden Sie es, vollständige Sätze zu unterstreichen.
4. Fassen Sie die wichtigsten Aussagen der Textbeilage kurz zusammen. Verwenden Sie dafür die Antworten auf die W-Fragen.
5. Beurteilen Sie die im Text dargestellte Problematik. Inwiefern ist sie für unsere Gesellschaft relevant? Wie ist Ihre Meinung dazu?

Fastfood-Geschäfte in der Nähe fördern Übergewicht

Je mehr Anbieter von Kebab und Pizzaschnitten sich am Weg befinden, desto dicker sind die Menschen in der Umgebung. Die Deutsche Diabetes-Gesellschaft fordert Steuern auf Dickmacher.

Döner Kebab, Nudelbox oder die Pizzaschnitte zum Mitnehmen gibt es mittlerweile an fast jeder Straßenecke. Auch in Österreich sprießen die Fastfood-Geschäfte an allen Straßenecken, in U-Bahnstationen und im Umfeld von Betrieben. Eine britische Studie belegt nun, dass wohnortnahe Schnellrestaurants und Geschäfte an Verkehrsknotenpunkten und beim Arbeitsplatz die Rate an Übergewichtigen steigern. Je mehr solcher Geschäfte sich in der Umgebung der Wohnung, der Arbeitsstätte oder auf dem Weg dorthin befinden, desto dicker sind die Menschen. Die Deutsche Diabetes-Gesellschaft (DDG) forderte mit Hinblick auf diese wissenschaftliche Studie erneut eine Steuer auf stark zucker- und fetthaltige Lebensmittel.

Eindeutiger Zusammenhang

Die Studie wurde in der britischen Grafschaft Cambridgeshire durchgeführt. Epidemiologe[1] Thomas Burgoine von der Universität Cambridge hat dort für 5.442 Erwerbstätige im Alter zwischen 29 und 62 Jahren die Zahl der Fastfood-Outlets in der Umgebung von Wohnung, Arbeitsweg und Arbeitsplatz bestimmt und mit den Ernährungsgewohnheiten sowie dem Körpergewicht verglichen.

Das Ergebnis: Es bestand eine eindeutige Abhängigkeit zwischen dem Imbiss-Angebot und dem Körpergewicht. „Die Bewohner mit den meisten Imbiss-Gelegenheiten waren fast doppelt so häufig übergewichtig wie Bewohner aus Gegenden mit den wenigsten Fastfood-Läden", erklärte Erhard Siegel, Präsident der DDG. Im Durchschnitt hatten die Bewohner der untersuchten Region (Fenland) 32 Gelegenheiten, sich mit Fastfood zu versorgen.

Übergewicht gehört neben Bewegungsmangel zu den wichtigsten vermeidbaren Risikofaktoren für erhöhte Blu tzucker- und Blutdruckwerte. Zusammen mit hohen Blutfetten fördern sie das metabolische Syndrom[2], das oft mit einem Typ-2-Diabetes[3] einhergeht. „Die heutigen Essgewohnheiten sind eine wichtige Ursache für den Anstieg der chronischen Krankheiten geworden", so DDG-Geschäftsführer Dietrich Garlichs.

Steuer auf Zucker und Fett?

Der DDG-Geschäftsführer sieht politischen Handlungsbedarf. „Niemand kann ernsthaft fordern, Fastfood-Läden zu verbieten", stellte Garlichs in einer Aussendung der Gesellschaft fest. Aber die Politik ist aufgerufen, die Entscheidung für eine gesunde Kost einfacher und attraktiver zu machen. „Wir können beispielsweise durch eine Zucker-Fett-Steuer auf besonders kalorienhaltige Lebensmittel dafür sorgen, dass gesunde Ernährung günstiger ist als etwa Pommes frites."

Andere Länder sind offenbar schon weiter, ergänzte DDG-Präsident Siegel. In den USA sei es an vielen Orten vorgeschrieben, für Imbisse die Kalorienmenge anzugeben. In New York dürfen öffentliche Lokale keine ungesunden Transfette[4] verwenden. Auch in Großbritannien bemüht sich die Regierung um gesünderes Fastfood – die Londoner Verwaltung hat Richtlinien zur Regulierung von Fastfood-Geschäften herausgegeben. In Finnland, Ungarn und Frankreich gibt es bereits Steuern auf hochkalorische Lebensmittel.

APA / Kurier: Fastfood-Geschäfte in der Nähe fördern Übergewicht. In: Kurier, 01.05.2014. Online: http://kurier.at/lebensart/gesundheit/fastfood-geschaefte-in-der-naehe-foerdern-uebergewicht/63.043.886 (21.08.2014)

---

1 *Epidemiologe bzw. Epidemiologin: Forscher bzw. Forscherin im Bereich der Epidemiologie (von griech. epi „auf, über", demos „Volk", lógos „Lehre"), einer wissenschaftlichen Disziplin, die sich mit der Verbreitung sowie den Ursachen und Folgen von gesundheitsbezogenen Zuständen und Ereignissen in Bevölkerungen beschäftigt.*

2 *metabolisches Syndrom: entscheidender Risikofaktor für Herzkrankheiten; charakterisiert durch vier Faktoren (Fettleibigkeit, Bluthochdruck, veränderte Blutfettwerte und Insulinresistenz). Die Erkrankung entwickelt sich aus einem Lebensstil, der durch permanente Überernährung und Bewegungsmangel gekennzeichnet ist.*

3 *Typ-2-Diabetes: Stoffwechselerkrankung, die zu einer abnormalen Erhöhung der Blutzuckerwerte führt*

4 *Transfette: gehärtete Fette, die hauptsächlich in Fast Food und Fertigessen vorkommen. Sie erhöhen das Risiko von Herzkrankheiten und Diabetes.*

Anmerkung: Eine ausformulierte Aufgabenstellung (Empfehlung) für diese Textbeilage finden Sie im Kapitel 3, Seite 46 (Trainingsaufgabe 9).

Bei längeren und schwierigeren Sachtexten sowie literarischen Texten empfiehlt es sich, ein **Exzerpt** zu erstellen, um den Überblick zu bewahren.

TIPP

Verfassen eines Exzerptes

- Lesen Sie den Text aufmerksam und verschaffen Sie sich einen **Überblick**.
- Markieren Sie **Schlüsselwörter**.
- Klären Sie die Bedeutung **unbekannter Fremdwörter**.
- Finden Sie Antworten auf die **W-Fragen** (Wer? Was? Wo? Wann? Warum? Wie?).
- Fassen Sie die wichtigsten Informationen in **Stichworten** zusammen.
- Notieren Sie die **Quelle**.

Trainingsaufgabe 2

Exzerpieren Sie den Zeitungsbericht *Fastfood-Geschäfte in der Nähe fördern Übergewicht* auf Seite 14.

Lesen von Infografiken

Textbeilagen können auch Infografiken enthalten, denen Sie die wichtigsten Informationen entnehmen müssen, um sie anschließend analysieren und interpretieren zu können. Infografiken sind Tabellen, Diagramme, Statistiken. Sie stellen mittels Zahlen einen Sachverhalt visuell dar.

Trainingsaufgabe 3

Trainieren Sie den ersten Schritt einer sprachlichen Interpretation einer Infografik, indem Sie die folgende Infografik beschreiben. Notieren Sie stichwortartig das Ergebnis.

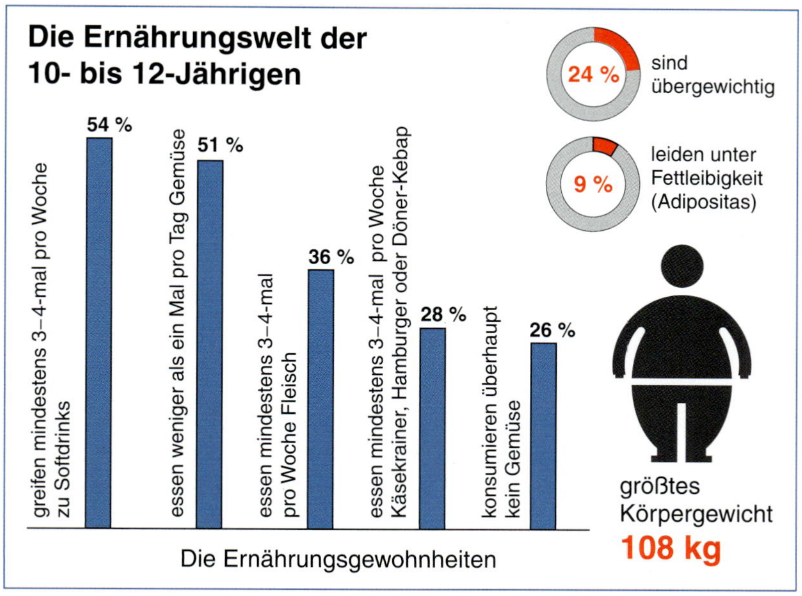

Die Ernährungswelt der 10- bis 12-Jährigen. In: Kurier, 19.11.2013. Online: http://kurier.at/lebensart/gesundheit/jedes-vierte-kind-isst-nie-gemuese/36.552.128#section-36552486 (13.08.2014)

SO GEHT'S!

INTERPRETATION EINER INFOGRAFIK (3 Schritte)

1. **Beschreibung:** Titel, Quelle, Art der Darstellung, Zielgruppe, Darlegung des Sachverhaltes
2. **Analyse:** Analyse der relevanten Daten
3. **Interpretation und Kommentar:** Ursachen der dargestellten Fakten, Konsequenzen, Schlussfolgerungen

1.2 Analyse der Aufgabenstellung

Haben Sie sich für **eine Aufgabe** entschieden, lesen Sie diese genau durch. Sie besteht aus zwei Teilaufgaben, die Sie beide bearbeiten müssen, um eine positive Note zu erhalten. Für beide Schreibaufträge sind Textbeilagen zu bearbeiten.

Achtung: Sie dürfen nicht die Teilaufgaben von verschiedenen Aufgaben bearbeiten!

TIPP

Genaues Analysieren der Aufgabenstellung

- Ermitteln Sie, welche **Textsorte** verlangt wird.
- Stellen Sie fest, in welcher **Situation** Sie schreiben (situativer Kontext).
- Klären Sie, wer die **Zielgruppe** ist (Adressatenadäquatheit).
- Prüfen Sie, wie die **Textbeilage** aussieht: Handelt es sich um einen Sachtext, einen literarischen Text, ein Bild, eine Infografik?
- Kontrollieren Sie, welche Schreibhandlungen verlangt und welche **Operatoren** angeführt werden.
- Klären Sie, welche **Textlänge** für die einzelne Teilaufgabe verlangt wird.

2 Prozessorientiertes Schreiben

2.1 Operatoren

Sie wissen, dass Sie für jeden Schreibanlass eine entsprechende Schreibhandlung durchführen müssen. Verben, durch die Sie zu einer bestimmten Handlung aufgefordert werden, nennt man Operatoren. Diese sind neben der Kenntnis der Qualitätskriterien der verlangten Textsorte ein wichtiger Wegweiser beim Planen und Umsetzen des Schreibens.

Reproduktion: Wiedergabe des Gelesenen mit anderen Worten

Reorganisation: Übertragung des Gelesenen, indem es umgestaltet oder neu gestaltet wird

Transfer: Übertragung in eine andere Textsorte oder einen anderen inhaltlichen Zusammenhang

Reflexion: prüfende Betrachtung und Lösung von

Operatoren lassen sich je nach dem Schwierigkeitsgrad der Schreibhandlung sowie des Reflexionsprozesses, der dadurch ausgelöst wird, in drei große Gruppen einteilen. Hier stellen die **Operatoren** (zusammenfassen, erklären, erörtern, analysieren, kommentieren, Stellung nehmen etc.) einen wichtigen Hinweis dar.

Man unterscheidet:

1. Operatoren, die die **Reproduktion** eines Textes oder mehrerer Texte verlangen

2. Operatoren, die die **Reorganisation** und den **Transfer** eines Textes oder mehrerer Texte verlangen

3. Operatoren, die auf Basis eines Textes **Reflexion** und **Problemlösung** verlangen

Operatoren verlangen somit eine ganz bestimmte Arbeits- und Denkleistung Ihres Schreibens, aber auch Sprechens. Operatoren sind jedoch nicht nur auf den Deutschunterricht beschränkt, sondern gelten für alle Unterrichtsgegenstände! Sie helfen Ihnen zu erkennen, was Sie tun müssen.

Operatoren, die für die **Klausur**, die **mündliche Prüfung** und die **Kompensationsprüfung** in Deutsch wichtig sind:

1. Operatoren, die die **Reproduktion** eines Textes verlangen:

Operator	Erklärung	Beispiel
(be)nennen	Informationen, Aspekte eines Sachverhaltes, Fakten, Begriffe ohne nähere Erläuterungen und Wertungen **knapp** und **strukturiert aufführen**	***Nennen*** *Sie die im Text angesprochenen Gründe für xxx.*
beschreiben	Sachverhalte, Situationen, Vorgänge, äußere Merkmale von Personen bzw. Figuren **strukturiert** und **genau darlegen**	***Beschreiben*** *Sie den historischen Wandel der Familie, wie er in der Textbeilage dargestellt wird.*
wiedergeben	Inhalte, Aussagen, Zusammenhänge in **eigenen Worten sachlich darlegen**	***Geben*** *Sie den Handlungsverlauf der Geschichte* ***wieder****.*
zusammenfassen	Inhalte, Aussagen, Zusammenhänge **komprimiert** und in **sinnvoller Anordnung darlegen**	***Fassen*** *Sie die wichtigsten Thesen des Autors* ***zusammen****.*

2. Operatoren, die die **Reorganisation** und den **Transfer** eines Textes verlangen:

Operator	Erklärung	Beispiel
analysieren / untersuchen	unter Bezugnahme auf spezifische Fragestellungen Elemente, Strukturmerkmale, Zusammenhänge eines Textes herausarbeiten, nach Möglichkeit **belegen** und die Ergebnisse **strukturiert und fachsprachlich angemessen darlegen**	***Analysieren*** *Sie wesentliche sprachliche Kennzeichen der Textbeilage.* ***Untersuchen*** *Sie den Essay hinsichtlich Sprache und Stil.*
bestimmen / einordnen / zuordnen	Aussagen, Texte, Sachverhalte, Merkmale unter Verwendung von Kontextwissen **bestimmten Kategorien zuweisen** und diese Zuweisungen **nachvollziehbar** und in **fachsprachlich angemessener Weise begründen**	***Bestimmen*** *Sie die Erzählweise der Kurzgeschichte.* ***Ordnen*** *Sie die vorgeschlagenen Maßnahmen den jeweiligen Positionen* ***zu****.*
charakterisieren	die jeweilige **Eigenart** von Figuren, Sachverhalten **erfassen** und **treffend formulieren**	***Charakterisieren*** *Sie die Protagonistin bzw. den Protagonisten und ihre bzw. seine Gegenspielerinnen bzw. Gegenspieler.*
erklären	Verhaltensweisen und Sachverhalte auf real feststellbare oder vermutliche Ursachen zurückführen und diese auf der Basis von Kenntnissen und Einsichten **verständlich und differenziert darlegen**	***Erklären*** *Sie das Verhalten des Protagonisten.* ***Erklären*** *Sie den Zusammenhang zwischen dem Gedicht und seiner Entstehungszeit.*
erläutern	komplexe Sachverhalte durch **zusätzliche Informationen** und/oder **Beispiele veranschaulichen** bzw. verdeutlichen	***Erläutern*** *Sie, welche Folgen die beschriebene Ausbeutung von Umweltressourcen nach sich zieht.*

erschließen	etwas **nicht explizit Formuliertes** aus dem Text **ermitteln und darlegen**	***Erschießen*** *Sie die Situation, in der sich das lyrische Ich befindet.*
in Beziehung setzen	**Zusammenhänge** unter vorgegebenen Gesichtspunkten **herstellen und darlegen**	***Setzen*** *Sie die Studienergebnisse zum Thema xxx* ***in Beziehung*** *zu Ihren eigenen Erfahrungen.*
vergleichen / einander gegenüberstellen	nach vorgegebenen oder selbst gewählten Gesichtspunkten **Gemeinsamkeiten, Ähnlichkeiten und Unterschiede herausarbeiten**, gegeneinander abwägen und die Ergebnisse strukturiert formulieren	***Stellen*** *Sie die Positionen der beiden Autoren zum Thema xxx* ***einander gegenüber****.* ***Vergleichen*** *Sie, wie das Motiv des Verlassenseins in den beiden Gedichten dargestellt wird.*

3. Operatoren, die die **Reflexion und Problemlösung** verlangen:

Operator	Erklärung	Beispiel
appellieren	an eine zuständige Einzelperson, ein Publikum, eine Institution **mit einer begründeten Bitte / Aufforderung** schriftlich herantreten	***Appellieren*** *Sie an Ihre Kolleginnen und Kollegen, Ihren Überlegungen und Vorschlägen zu folgen.*
begründen / Gründe angeben	Analyseergebnisse, Urteile, Einschätzungen, Wertungen **fachlich und sachlich absichern** (durch entsprechende Argumente, Belege, Beispiele)	***Begründen*** *Sie, ob bzw. inwiefern es sich bei der vorliegenden Geschichte um einen satirischen Text handelt.*
beurteilen	hinsichtlich Texten, Aussagen, Sachverhalten, Figuren bzw. Personen zu einem **selbstständigen Urteil** gelangen und dieses **argumentativ stützen**	***Beurteilen*** *Sie die Aktualität des Gedichts, indem Sie es mit Ihren Erfahrungen mit der Werbe- und Konsumwelt von heute in Beziehung setzen.*
bewerten	wie „beurteilen", jedoch verbunden mit der Offenlegung **begründeter eigener Wertmaßstäbe**	***Bewerten*** *Sie den Lebensentwurf des Protagonisten.*
deuten / interpretieren	auf der Grundlage einer Analyse Sinnzusammenhänge eines Textes herausarbeiten und unter Einbeziehung der Wechselwirkung zwischen Inhalt, Form und Sprache **eine schlüssige Deutung formulieren**	***Deuten*** *Sie das Gedicht im Hinblick auf seinen Titel.*
diskutieren / erörtern / sich auseinandersetzen mit	Aussagen, Thesen, Problemstellungen anhand von **Pro- und Kontraargumenten** abwägen und auf dieser Grundlage eine Schlussfolgerung bzw. eine **eigene Stellungnahme** widerspruchsfrei verfassen	***Diskutieren*** *Sie die in der Textbeilage zitierte Ansicht „Jeder ist seines Glückes Schmied".* ***Erörtern*** *Sie die Vor- und Nachteile des in der Textbeilage beschriebenen Vorhabens.*

entwerfen	ein Konzept, ein Szenario, einen Plan **nachvollziehbar in groben Zügen darlegen**	***Entwerfen*** *Sie abschließend Ihr Konzept von „Familie“.*
kommen-tieren / Stellung nehmen	die Einschätzung einer Problemstellung, Problemlösung, **Wertung**, eines Sachverhaltes nach **kritischer Prüfung** formulieren	***Kommentieren*** *Sie die Behauptung, dass digitale Medien für den Verfall von Bildung verantwortlich seien.* ***Nehmen*** *Sie* ***Stellung*** *zur Position des Autors in der Textbeilage.*
(über)prüfen	Aussagen, Thesen, Argumentationen auf Grundlage fachlicher Kenntnisse und Einsicht **kritisch hinterfragen** und ihre Gültigkeit **kriterienorientiert und begründet einschätzen**	***Überprüfen*** *Sie die Stichhaltigkeit bzw. Angemessenheit der Argumente beider Interessensgruppen zum Thema xxx.*
vorschlagen / Vorschläge machen	**Ideen** für den Umgang mit Problemen oder Vorgehensweisen in einer Situation **formulieren**	***Schlagen*** *Sie Maßnahmen* ***vor****, wie das Schulbuffet im Hinblick auf eine gesündere Jause umgestaltet werden könnte.*

In Anlehnung an: Bundesinstitut BIFIE: Typen sprachlichen Handelns („Operatoren“) in der standardisierten schriftlichen Reifeprüfung bzw. Reife- und Diplomprüfung (SRDP) Deutsch. Stand: Oktober 2016. Online: https://www.bifie.at/system/files/dl/%20srdp_de_operatoren_2016-10-21.pdf (02.11.2016), gekürzt

2.2 Planen, strukturieren und ausformulieren

Schreiben Sie nicht einfach „drauflos“. Jedes Schreiben – auch die Klausur in Deutsch – verlangt **prozessorientiertes Arbeiten**. Planen Sie Ihre Textproduktion genau, bevor Sie zu schreiben beginnen. Lesen Sie die Textbeilage genau durch, markieren Sie wichtige Stellen und exzerpieren Sie den Text. In einem nächsten Schritt sammeln Sie Ideen für Ihr Thema und grenzen es ein. Machen Sie ein Brainstorming und notieren Sie Stichworte zur Textproblematik, bevor Sie eine Gliederung entwerfen.

Kreative Techniken der Ideen- und Stoffsammlung sind:

- Brainstorming
- Clustering
- Brainwriting
- Freewriting

Entscheidend für die Lesbarkeit und Verständlichkeit der Texte, die Sie verfassen ist der Aufbau des Textes, also seine Gliederung. Ihre Texte sollten also eine **formal richtige Gliederung** (Textstruktur) haben. Die einzelnen Teile – Einleitung – Hauptteil – Schlussteil – müssen erkennbar sein. Vergessen Sie daneben nicht, Ihre Schreibproduktion in Sinneinheiten zu gliedern, die optisch als Absätze zu erkennen sind. Diese markieren neue Ideen oder einen neuen Gedanken. Die Texte, die Sie verfassen, müssen aber auch in sich **logisch** stringent aufgebaut sein. Je nach Textsorte kann dies etwas Unterschiedliches bedeuten.

Verlieren Sie während des Schreibens nie die Qualitätskriterien der verlangten **Textsorten** und die damit verbundenen Schreibhandlungen (Operatoren) aus den Augen. Sie geben Ihnen bereits eine Struktur vor.

▶ **Textsorten: Seite 25 ff.**

Der **situative Kontext**, in den Ihre Schreibproduktion gestellt ist, bedeutet, dass Sie aus einer bestimmten Haltung heraus schreiben müssen, so dass sich die Zielgruppe, für die Sie den Text verfassen, angesprochen fühlt. Überprüfen Sie, ob Sie die **Textbeilagen** – wie in der Aufgabenstellung verlangt – richtig bearbeitet haben.

Nicht zuletzt gilt es, auf das **Zeitbudget** zu achten. Denken Sie daran, dass Sie zwei Schreibaufträge zu erledigen haben und unbedingt Zeit für eine Überarbeitungsphase brauchen.

2.3 Redigieren und korrigieren

Redigieren ist ein wichtiges Merkmal einer guten Arbeit. Schon während des Schreibens sollten Sie kleine Überarbeitungsschritte vornehmen. Nach dem Schreiben überprüfen und überarbeiten Sie Ihre Textproduktionen gezielt auf **Sachrichtigkeit, Vollständigkeit** sowie **Textsortenadäquatheit**. Kontrollieren Sie auch nochmals die Textstruktur (Aufbau, Gliederung). Ausdruck und Stil sowie normative Sprachrichtigkeit sollten ebenfalls einer weiteren Überprüfung standhalten. Planen Sie bei beiden Texten **genügend Zeit** zur Überarbeitung sowie **kurze Pausen** während der Arbeit ein.

Überprüfen Sie während des Schreibens schon, ob Sie Absätze gesetzt haben, ob diese inhaltlich zusammenpassen, ob Sie zu langatmig formulieren und daher die vorgeschriebene Textlänge nicht einhalten können. Korrigieren Sie Fehler, die Sie sehen, sofort!

Die folgenden Anleitungen sollen Ihnen dabei helfen, Ihre Schreibaufgaben zu redigieren und gegebenenfalls zu korrigieren:

1. Schritt: Inhaltliches Überprüfen

Nach dem Schreiben jeder einzelnen Teilaufgabe sollten Sie sich folgende Fragen zur **inhaltlichen Richtigkeit** stellen:

- Ist der Text inhaltlich vollständig?
- Wurden die Sachverhalte der Textbeilagen richtig bearbeitet?

2. Schritt: Kontrolle der Textstruktur

Eine Kontrolle des **Aufbaus** sowie der Anforderungen der **Textsorte** ist unbedingt notwendig:

- Ist eine Gliederung der Arbeit erkennbar? Sind Einleitung, Hauptteil und Schlussteil proportional ausgewogen aufgeteilt?
- Sind Absätze gesetzt und diese durch Leerzeilen gekennzeichnet?
- Sind die Anforderungen der Textsorte erfüllt und alle Operatoren „berücksichtigt“?

Überprüfen Sie, ob Ihre Schreibaufgaben logisch und nachvollziehbar aufgebaut sind (Textkohärenz):

- Gibt es einen **„roten Faden“**, einen gedanklich-inhaltlichen Zusammenhang, der sich durch die Arbeit zieht?
- Ist Ihr Text auch schlüssig, wenn man die Textbeilage nicht kennt?
- Erscheint Ihre Argumentationslinie geplant oder wirken die einzelnen Gedanken und Argumente wie zufällig aneinandergereiht?

Die Darbietung der eigenen Meinung sollte dabei verständlich und überzeugend sein. In welcher Reihenfolge Sie Ihre **Argumente** anbringen, ist flexibel und abhängig von Ihrer Argumentationslinie. Grundsätzlich gilt, dass die Argumente, die der eigenen Meinung entsprechen, zum Schluss genannt werden, weil sie dadurch länger in Erinnerung bleiben.

Die **Fünf-Satz-Technik** zum logischen Aufbau einer Argumentation ist eine Hilfestellung zur sinnvollen Strukturierung und zur Darlegung des eigenen Standpunktes.

SO GEHT'S!

RICHTIGER AUFBAU IM SINNE DER FÜNF-SATZ-TECHNIK

1. Vorstellen des Themas
2. These (Ausgangsbehauptung, Analyse der Ausgangslage, Pro-Argument)
3. Antithese (Gegenbehauptung, Kontra-Argument)
4. Synthese (Fazit, Konsequenz, Lösungsvorschlag, Schlussfolgerung, Conclusio)
5. Appell (Zusammenfassung, Aufforderung, Bitte, Ausblick)

Alle Aufgaben der Reifeprüfung bzw. der Reife- und Diplomprüfung in Deutsch enthalten eine Angabe zur Textlänge, die um zehn Prozent unter- oder überschritten werden darf.

Das Einhalten der vorgegebenen **Textlänge** hat je nach Textsorte eine unterschiedliche Bedeutung. Bei manchen Textsorten (z. B. Zusammenfassung, Leserbrief, Kommentar, offener Brief) ist ein Überschreiten insofern problematisch, als damit die Textsorte selbst infrage gestellt wird.

Ein Unterschreiten der vorgegebenen Textlänge kann bedeuten, dass die notwendige Komplexität der Darstellung und Argumentation nicht erreicht wurde.

3. Schritt: Kontrolle des Ausdrucks und des Stils

Eine **Verbesserung von Ausdruck** und **Stil** sollte auf Wort-, Satz- und Textebene erfolgen. Dies bedeutet u.a., Ihre Arbeit daraufhin zu prüfen, ob die einzelnen Gedanken gut miteinander verbunden sind (Kohäsion). Weiters ist darauf hinzuweisen, dass unterschiedliche Textsorten auch unterschiedliche stilistische Qualitäten verlangen.

siehe Textsorte (sprachliche Kriterien)

Satzverbindungen sind nützliche Überleitungen von einem Satz zum nächsten, also von einer Sinneinheit zur anderen. Verwenden Sie dafür Konjunktionen, Pronomen, Adverbien und adverbiale Bestimmungen:

Konjunktionen (auch manche Adverbien) werden eingesetzt, um einen Grund, eine Folge, einen Zweck, eine Absicht, eine Entgegenstellung, eine zeitliche Abfolge, eine Anreihung oder einen Ausschluss zu formulieren:
- Grund: *denn, darum, deshalb, daher, weil, da etc.*
- Folge: *daher, deshalb, also, folglich, sodass etc.*
- Zweck, Absicht: *dazu, hierzu, damit etc.*
- Entgegenstellung: *aber, trotzdem, doch, jedoch, allerdings etc.*
- Zeitliche Abfolge: *dann, danach, schließlich etc.*
- Anreihung oder Ausschluss: *und, sowie, sowohl – als auch, nicht nur – sondern auch, entweder – oder, weder – noch etc.*

Adverbien werden verwendet, um zu vergleichen, zu begründen und eine Folgerung einzuleiten bzw. um Aussagen nebeneinanderzustellen.
- Vergleich: *ebenfalls, genauso, ebenso etc.*
- Begründung, Folgerung: *deshalb, deswegen, infolgedessen, darum, also, daher etc.*
- Reihung: *außerdem, überdies, auch etc.*

Adverbiale Bestimmungen beschreiben, wann, wie lange, wie oft, wo, wohin, woher, wie und warum, weswegen etc. etwas passiert.
- Zeit: *am frühen Morgen, gestern, zweimal etc.*
- Ort: *auf dem Tisch, aus der Schule, nach London etc.*
- Art und Weise: *umständlich, unter Beifall etc.*
- Grund: *wegen eines Gewitters, aufgrund der schlechten Umfragewerte etc.*
- Zweck: *zum besseren Verständnis etc.*

Um den **gedanklich-inhaltlichen Zusammenhang eines Textes** erkennbar zu machen, kann es sinnvoll sein, Textelemente an anderer Stelle wiederaufzunehmen. Verwenden Sie hierfür Umschreibungen oder Pronomen (Personal-, Reflexiv-, Indefinitpronomen etc.).
Beispiel: *Für viele Kinder ist eine 38-Stunden-Woche Normalität. Sie verbringen …*

RHETORISCHE STILMITTEL
werden eingesetzt, um die Wirkung des Gesagten oder Geschriebenen zu erhöhen.
Die hier angeführten Stilmittel stellen nur eine kleine Auswahl an Möglichkeiten dar.

Metapher:
bildlicher Vergleich (Beispiel: *Schnee von gestern* für *gerade nicht mehr aktuell*)

Symbol:
ein Bild, das auf eine abstrakte Vorstellung hinweist (Beispiel: *weiße Taube* als Sinnbild des Friedens)

Alliteration:
die betonten Stammsilben benachbarter Wörter beginnen mit dem gleichen Anfangslaut (Beispiel: *mit Kind und Kegel*)

Anapher:
einmalige oder mehrmalige Wiederholung des jeweils ersten Wortes oder Satzteiles (Beispiel: *Der Mohr hat seine Schuldigkeit getan, der Mohr kann gehen. Schiller*)

Rhetorische Frage:
Frage, auf die man eigentlich keine Antwort erwartet

Antithese:
Gegenüberstellung, gedanklicher Gegensatz (Beispiel: *Alt und Jung*)

Parenthese:
Einschub (Beispiel: *Er ist – wie gesagt – nicht dumm.*)

TIPP

Stilistisches Gestalten eines Textes

- Variieren Sie die Satzarten und schreiben Sie keine überlangen Sätze.
- Bauen Sie Beispiele, bildhafte Darstellungen oder Vergleiche ein, um die von Ihnen angeführten Fakten zu unterstreichen oder zu veranschaulichen.
- Ersetzen Sie Verallgemeinerungen und Gemeinplätze durch Vergleiche.
- Bedenken Sie, dass die Anordnung der Satzglieder die Betonung der jeweiligen Aussage verändern kann.
- Vermeiden Sie Wortwiederholungen, ersetzen Sie diese durch Synonyme, streichen Sie überflüssige Wörter oder verwenden Sie Umschreibungen oder Pronomen.
- Verweisen Sie auf vorangehende oder nachfolgende Textstellen und verwenden Sie dafür Ausdrücke wie „wie bereits erwähnt", „wie noch auszuführen sein wird" etc.
- Beachten Sie, dass unterschiedliche Textsorten unterschiedliche stilistische Grundlinien haben.

Achten Sie bei jeder Textsorte auf den Einsatz einer Sprache, die sich an der jeweiligen Situation orientiert. Wo wird eine sachliche Ausdrucksweise verlangt, wo müssen Sie Ihre persönliche Meinung bzw. Überzeugung einbringen, wo sind **rhetorische Stilmittel** einzusetzen? Vergessen Sie nicht, Ihre Texte nochmals dahingehend zu überprüfen, ob Sie den richtigen „Ton" bzw. den richtigen Stil getroffen haben. Überlegen Sie des Weiteren, ob Ihr Ausdruck sachlich, informativ und abstrahierend sein muss oder ob es sich um meinungsbildende oder erörternde Textsorten handelt, die eine prägnante Ausdrucksweise, Verben der Meinungsäußerung oder eine starke Argumentationslinie verlangen. Wird eine sachliche Ausdrucksweise von Ihnen verlangt (z. B. Zusammenfassung), vermeiden Sie es, Ihren persönlichen Standpunkt zum Thema abzugeben. Wählen Sie neutrale Begriffe und verwenden Sie gegebenenfalls das notwendige fachsprachliche Vokabular. Geht es jedoch darum, die Leserinnen und Leser der Texte von einer Sache zu überzeugen bzw. eine Sache zu erörtern, dann ist es notwendig, gut zu argumentieren und die eigenen Behauptungen zu begründen.

4. Schritt: Kontrolle der normativen Sprachrichtigkeit

Haben Sie inhaltliche, textstrukturelle, textsortenspezifische und stilistische Korrekturen vorgenommen, sollten Sie als letzten Schritt Ihre Texte unbedingt noch einmal auf die **normative Sprachrichtigkeit** prüfen.

Verstöße in den Bereichen Grammatik, Rechtschreibung und Zeichensetzung sind ein weiteres wichtiges Kriterium bei der Bewertung der Klausur in Deutsch.

Die häufigsten Fehlerquellen sind Groß- und Kleinschreibung, Schreibung von s, ss, ß und das/dass, Getrennt- und Zusammenschreibung, Schreibung von Fremdwörtern, Zeichensetzung (Komma, Anführungszeichen bei Zitaten etc.), Kasusendungen (Dativ/Akkusativ).

Wenn Sie unsicher sind, bietet Ihnen das Wörterbuch Hilfe! Schreiben Sie Ihre Klausur auf dem Computer, dann kann auch die Korrekturhilfe Unterstützung sein. Verlassen Sie sich aber nicht darauf, denn manche sprachlichen Phänomene werden vom Computerprogramm nicht erkannt.

3

Welche Textsorten für die Klausur relevant sind und wie sie bewertet werden

- Themen, zu denen ein Text geschrieben werden muss (thematische Klammer)
- die neun Textsorten der Klausur
- Qualitäts- und Bewertungskriterien der Textsorten
- Aufgabenbeispiele zu den einzelnen Textsorten

1 Grundlegende Informationen zu den Textsorten

Jede der drei Aufgaben der Klausur unterliegt einer **thematischen Klammer**, die beide Schreibaufträge (Teilaufgaben) unter den Aspekt eines übergeordneten Begriffes stellt.

linearer Text: Text im traditionellen Sinne, der Information in inhaltlich fortlaufenden Aussagen vermittelt

nichtlinearer Text: Infografik (Statistik, Grafik, Tabelle, Schaubild), Bild, Cartoon, Karikatur

Jedes Thema enthält Textbeilagen, anhand derer beide Schreibaufträge einer Aufgabe erfüllt werden müssen. Zu beachten ist dabei, dass diese Textbeilagen lineare, aber auch nichtlineare Texte sein können. Im Rahmen der Klausur müssen Sie ein grundlegendes **Textsortenwissen** zeigen, indem Sie in Ihrer Schreibproduktion die Kenntnis unterschiedlicher Schreibhandlungen, das Wissen um die Strukturierung eines Textes bzw. die Möglichkeiten, ein Thema zu entfalten, nachweisen. Der für die Reifeprüfung bzw. Reife- und Diplomprüfung relevante Textsortenkatalog besteht aus neun Textsorten:

Textsorten der Reifeprüfung bzw. Reife- und Diplomprüfung:
- Zusammenfassung
- Leserbrief
- offener Brief
- Empfehlung
- Erörterung
- Textanalyse (von nichtfiktionalen Texten)
- Textinterpretation (von literarischen Texten)
- Meinungsrede
- Kommentar

Textsortenkatalog zur SRDP in der Unterrichtssprache (Deutsch, Kroatisch, Slowenisch, Ungarisch). Stand: Oktober 2016. Online: https://www.bifie.at/system/files/dl/%20srdp_d_textsortenkatalog_2016-10-21.pdf (02.11.2016)

Auf den folgenden Seiten finden Sie relevante Informationen über den Aufbau und die Qualitätskriterien der **neun Textsorten** der Reifeprüfung bzw. Reife- und Diplomprüfung sowie zahlreiche **Trainingsaufgaben**, die Ihnen eine Vorstellung darüber vermitteln, wie eine Klausur aussehen kann. So können Sie sich gut auf die Klausur in Deutsch vorbereiten.

Achtung: Die Textsorten haben unterschiedliche Textmuster (Schreibhandlungen), unterschiedliche Intentionen und sprechen somit jeweils unterschiedliche Bewertungsdimensionen an. Daher werden nicht bei allen Textsorten Operatoren aller drei Anforderungsbereiche verlangt. Die Zusammenfassung etwa deckt nur die Anforderung der Reproduktion, Reorganisation und des Transfers ab, Textsorten wie Leserbrief, offener Brief oder Kommentar verlangen dagegen ein höheres Maß an Reflexionskompetenz.

Schreibhandlungen

Deskription	Beschreibung von Zuständen, Personen, Ereignissen etc. aus neutraler Perspektive. Die Deskription will Informationen vermitteln.
Rekapitulation	Wiedergabe einer Quelle aus neutraler Perspektive
Narration	Schilderung von Zuständen und Ereignissen aus spezifischer Sicht („Erzählsituation"). Im Unterschied zur Deskription ist die Narration gestaltend und stellt eine persönliche, subjektive und oft auch emotional gefärbte Erzählung dar.
Explikation	Erklärung, Erläuterung. Logische Zusammenhänge und Kausalität stehen im Vordergrund der Explikation, deren Ziel das Verständnis einer Sache und der Zusammenhänge ist.
Argumentation	Darstellung von Sachverhalten in einem argumentativen Rahmen (beginnend mit einer These oder Fragestellung und endend mit einer Schlussfolgerung bzw. Antwort oder Lösung). Ziel der Argumentation ist die Überzeugung.
Evaluation	Bewertung eines Sachverhalts aus einer bestimmten Perspektive. Sie kann darüber hinaus auch die Kriterien der Bewertung und eine Reflexion der Bewertung enthalten.

In Anlehnung an: Textsortenkatalog. Online: https://www.bifie.at/system/files/dl/%20srdp_d_textsortenkatalog_2016-10-21.pdf (02.11.2016)

2 Textsorten im Überblick

2.1 Zusammenfassung

Bei dieser Textsorte muss ein bereits vorhandener Text in eine gekürzte Form gebracht werden. Man sollte also meinen, dass es sich hierbei um eine relativ einfache Aufgabe handelt. Doch wissenschaftliche Untersuchungen haben gezeigt, dass es eine große Herausforderung ist, Texte auf gut ein Drittel der ursprünglichen Länge zu kürzen und dabei das Wesentliche zu erfassen und zu paraphrasieren. Denn dies verlangt ein hohes sprachliches Niveau.

Die **Zusammenfassung** gehört zur Kategorie des **Transfertextes**. Dieser kommt meist unterstützend zu einer weiterführenden Textproduktion zum Einsatz. Zu Übungszwecken (auch im Rahmen Ihrer Vorwissenschaftlichen Arbeit bzw. Diplomarbeit) sollten Sie daher immer wieder Textbeilagen für sich selbst zusammenfassen und erst dann damit weiterarbeiten – auch wenn andere Schreibaufgaben verlangt werden. Eine wichtige Vorarbeit für Ihre Zusammenfassung ist das **Excerpt**.

▶ **Exzerpt: Seite 15**

SO GEHT'S!

Textsorte ZUSAMMENFASSUNG

- Die Ausgangsbasis ist ein **Exzerpt** des Textes.
- Die **Einleitung** enthält Informationen über die **Quelle** (Textsorte, Titel, Autorin bzw. Autor, Erscheinungsort und -datum) und stellt das **Thema** dar.
- Der **Hauptteil** gibt die **Kernaussagen** des Ausgangstextes in **eigenständig formulierten Sätzen** wieder. Der Text entspricht gedanklich, inhaltlich und in der chronologischen Handlungsabfolge dem Original.
- Sprachliche Kriterien:
  - Die Formulierungen sind sachlich und geben keine eigene Meinung wieder.
  - Der Stil der Textbeilage darf nicht weitergeführt werden.
  - Die direkte Rede wird in die indirekte Rede umgewandelt.
  - Die grammatikalische Zeitform ist das Präsens.
- Die zentralen Schreibhandlungen lauten: Deskription und Rekapitulation.

Bewertungskriterien einer Zusammenfassung

- Die Textbeilage ist um etwa zwei Drittel verkürzt und damit in ihren Aussagen verdichtet.
- Die wesentlichen Gedanken der Textbeilage sind korrekt wiedergegeben und vollständig vorhanden.
- Die Zusammenfassung ist entsprechend dem Ausgangstext gegliedert, die Absätze bilden durch sprachliche Verknüpfungsmittel einen Zusammenhang.
- Der Ausdruck ist sachlich, informativ und abstrahierend.
- Es werden eigenständige Formulierungen verwendet.
- Die vorgegebene Wortanzahl ist eingehalten.

In Anlehnung an: Textsortenkatalog. Online:
https://www.bifie.at/system/files/dl/%20srdp_d_textsortenkatalog_2016-10-21.pdf (02.11.2016)

Trainingsaufgabe 1

Lösungshilfe zu Trainingsaufgabe 1: Seite 129

Verfassen Sie eine **Zusammenfassung**.

Situation: Im Rahmen Ihres Praktikums in einer Frauenorganisation bereiten Sie ein Referat über die Entwicklung der deutschen Sprache vor und legen Ihren Schwerpunkt auf den Bereich „Diskriminierung durch Sprache". Im Zuge Ihrer Recherchen haben Sie einen Zeitungsbericht gelesen, den Sie als Grundlage für Ihr Referat heranziehen.

Lesen Sie den Kommentar von Anne-Catherine Simon *„Gendergerechte" Sprache: „Professx" und andere Sprachmutanten* aus der Tageszeitung *Die Presse* vom 29. November 2014 (Textbeilage 1).

Verfassen Sie nun die **Zusammenfassung** und bearbeiten Sie dabei folgende Schreibaufträge:

- **Geben** Sie die wesentlichen Teile des Textinhaltes **wieder**.
- **Benennen** Sie die von der Autorin angeführten Argumente zur richtigen Sprachverwendung, um möglicher Diskriminierung vorzubeugen.
- **Ordnen** Sie die wichtigsten Informationen des Textes in die vorgegebene Situation **ein**.

Schreiben Sie zwischen 270 und 330 Wörter. Markieren Sie Absätze mittels Leerzeilen.

Textbeilage 1

„Gendergerechte" Sprache: „Professx" und andere Sprachmutanten

Was das Wort „Professx" mit Malcolm X und Professor X zu tun hat, warum Sprache nie ganz gendergerecht werden kann und was trotzdem sinnvoll ist: zum Beispiel die Erfindung des schwedischen „hen".

„Prof. Dr. Lann Hornscheidt, Professor/Professorin für Gender Studies und Sprachanalyse an der Humboldt-Universität zu Berlin ist mit sofortiger Wirkung von der Universität zu entfernen": So fordert es ein offener Brief, den der Bildungsforscher Michael Klein und die Soziologin Heike Diefenbach initiiert haben. Als Grund nennen sie Dienstvergehen sowie fehlende Befähigung zu wissenschaftlicher Arbeit. Lann Hornscheidt hat allerdings nichts wirklich Neues getan, als sie auf ihrer Website darum ersuchte (und ersucht), nicht als „Herr" oder „Frau Professor", sondern als „Professx" angeredet zu werden; sie wolle keine männliche oder weibliche Identität übergestülpt bekommen. Der X-Vorstoß kommt schon in einem Leitfaden zu feministischem Sprachhandeln vor, den Hornscheidt Anfang des Jahres mitveröffentlicht hat.

Und schon gar nicht ist das „x" am Ende eine Berliner Erfindung. (Trans-)Genderaktivisten propagieren es seit Längerem fürs Spanische. Sie schlagen auch im Englischen „Mx" statt „Mr.", „Mrs." oder „Miss" vor. Manche Unis wie die University of London verwenden diesen Titel auch auf Formularen, wobei die Aussprache („Mix"? „Mux"?) ebenso unklar ist wie bei „Professx". Formen wie der Unterstrich im Deutschen oder das ebenfalls fürs Spanische propagierte @-Zeichen haben ja für Transgender-Aktivisten den „Nachteil", dass sie nur männlich und weiblich zu verbinden scheinen, statt die angeblich unzähligen weiteren Identitätsmöglichkeiten einzuschließen. Hornscheidt zufolge fühlen sich durch die sprachlich festgelegte Zweigeschlechtlichkeit an der Uni aber viele ausgeschlossen. So würden zwölf ihrer Studenten Lehrveranstaltungen fernbleiben, weil sie nicht mit Mann oder Frau angesprochen werden wollen.

„Professor X", nach Martin Luther King

Als individuelle Form des Aktivismus, der die Menschen für nicht in die üblichen Raster passende Identitäten sensibilisieren soll, wäre gegen das eingeforderte „Professx" nichts einzuwenden. Das „x" weckt als (gesellschaftliches) Zeichen dann auch viele passende Assoziationen, etwa zum Vorkämpfer der schwarzen Bürgerrechtsbewegung

Malcolm X; er verweigerte den seiner Familie von Weißen verliehenen Nachnamen „Little" – und damit eine aufgezwungene Identität. Hornscheidts „Professx" erinnert aber auch unweigerlich an den amerikanischen Comic-Helden Charles Xavier alias „Professor X", wohl kaum ohne Absicht. Immerhin kämpft Professor X für das friedliche Zusammenleben von Menschen und Mutanten, also Menschen mit besonderem Gencode und daraus resultierenden besonderen Fähigkeiten, die von den „Normalen" oft gefürchtet oder gar gehasst werden. Der Charakter der Comicfigur lehnt sich an einen weiteren Führer der Bürgerrechtsbewegung an, Martin Luther King.

Auch wegen seiner Funktion als Unbekannte in der Mathematik passt das „x" in die Bemühungen der Genderaktivisten. Kein Geschlecht ist biologisch festgelegt, so die Botschaft, die Gesellschaft darf es auch nicht festlegen. „X" steht so wie in der Populärsprache („Terra X") für das Unerforschte, Unbekannte, die Verweigerung einer von außen bestimmten Identität.

„Professx" ist aber nicht einfach nur künstlerischer oder wissenschaftlicher Aktivismus, sondern ernst gemeinter akademischer Vorstoß für eine neue Sprachnorm. Und die führt in unfreiwilliger Ironie gerade die jahrzehntelangen feministischen Bemühungen ad absurdum. Da hat man so lange Zeit darum gekämpft, dass Frauen in der Sprache präsenter werden – und nun soll genau das wieder eliminiert werden, weil das System der Zweigeschlechtlichkeit angeblich eine Ungerechtigkeit gegenüber allen (wie viele sind es wirklich?) bedeutet, die sich in keiner der beiden Kategorien wiederfinden.

Zurück zum Ur-Indoeuropäischen

„Professx" drückt im Grunde die Sehnsucht nach dem indoeuropäischen Urzustand aus. Da gab es gar kein sprachliches Geschlecht. Aus der Bezeichnung für Ergebnisse einer Handlung, z. B. Gegenstände, wurde das spätere sogenannte „Neutrum" (im Unterschied zum Standardgenus, dem späteren „Maskulinum"); aus einer Form der Mehrzahl wurde das spätere „Femininum". Antike Grammatiker erst gaben diesen Formen ein Geschlecht und theoretisierten auch über den Zusammenhang von sprachlichem und biologischem Geschlecht. Dieser biologistische Zugang zur Grammatik erlebte im 19. Jahrhundert dann seinen Höhepunkt.

Wenn man „Professx" sagt, warum dann nicht gleich „Professor", wobei man das „Maskulinum" einfach als Standardgeschlecht liest, das es einmal war? Natürlich kann man die Geschichte der Verbindung zwischen sprachlichem und biologischem Geschlecht nicht einfach von der Sprache abschütteln. Aber die immer schmerzhafteren Sprachverrenkungen, nur um jedem gefühlten Geschlecht gerecht zu werden, zeigen, wie absurd es ist, Sprache „gendergerecht" machen zu wollen. Das kann nur über Verhunzung funktionieren, weil die Kategorie Geschlecht der Sprachentwicklung viel zu lang fremd war.

Das krampffreie „hen" in Schweden

Deswegen muss man nicht alles beim Alten lassen. Vieles passiert ohnehin automatisch, etwa dass die beliebten deutschen Vornamen androgyner, Mädchen- und Bubennamen einander ähnlicher werden. Die Schweden wiederum haben ihre Wörter für „sie" und „er" („han" und „hon") inspiriert vom Finnischen durch das Wörtchen „hen" ergänzt. Es bezeichnet eine Person, ohne deren Geschlecht zu spezifizieren. Warum nicht, wenn es praktisch ist und zum Rest der Sprache passt, statt diese zu vergewaltigen?

Allerdings bemühen sich nordeuropäische Länder, auch Schweden, generell weniger verkrampft um eine „gendergerechte" Sprache, trotzdem haben sie höhere Frauenquoten als bei uns. Das Türkische wiederum ist geschlechtsneutral, es kennt nur ein grammatisches Geschlecht und ein Pronomen; der dortigen Frauenemanzipation hat das auch nicht viel geholfen.

Zur Person:
Lann Hornscheidt ist „Professx" für Gender Studies und Sprachanalyse am Zentrum für Transdisziplinäre Geschlechterstudien der Berliner Humbold-Universität. Ihre Habilitationsschrift handelte von der „sprachlichen Benennung von Personen aus konstruktivistischer Sicht". Auf ihrer Website bittet sie, „Anreden wie ‚Sehr geehrtx Profx. Lann Hornscheidt' zu verwenden. Bitte vermeiden Sie alle zweigendernden Ansprachen".

Simon, Anne-Catherine: „Gendergerechte" Sprache: „Professx" und andere Sprachmutanten. In: Die Presse, 29.11.2014. Online: http://diepresse.com/home/bildung/bildungallgemein/4607447/GendergerechteSprache_Professx-und-andere-Sprachmutanten?from=suche.intern.portal (30.11.2014)

Trainingsaufgabe 2

Lösungshilfe zu Trainingsaufgabe 2: Seite 130

Verfassen Sie eine **Zusammenfassung**.

Situation: Im Rahmen eines Praktikums in einem medizinischen Zentrum ist die Frage der digitalen Kommunikation der Patientinnen und Patienten mit der Ärztin und dem Arzt aufgekommen. Sie haben unten stehenden Zeitungsbericht über eine Studie zum Thema „Gesundheitskommunikation in Zeiten des Internets" gefunden, den Sie für eine Besprechung aufbereiten.

Lesen Sie den Bericht *Wie das Web 2.0 die Gesundheitskommunikation verändert* aus der Tageszeitung *Die Presse* vom 23. August 2014 (Textbeilage 1).

Verfassen Sie nun die **Zusammenfassung** und bearbeiten Sie dabei folgende Schreibaufträge:

- **Geben** Sie die wesentlichen Ergebnisse der im Text zitierten Studie **wieder**.
- **Benennen** Sie die von der Medizinsoziologin angeführten Empfehlungen für die Ernährungskommunikation in Zeiten des Web 2.0.
- **Ordnen** Sie die wichtigsten Informationen des Textes in die vorgegebene Situation **ein**.

Schreiben Sie zwischen 270 und 330 Wörter. Markieren Sie Absätze mittels Leerzeilen.

Textbeilage 1

Wie das Web 2.0 die Gesundheitskommunikation verändert

Die neuen Technologien haben längst Einzug in die Ernährungskommunikation gehalten. Über gesunde Ernährung wird aber selten geredet – eher schon über Alkoholexzesse. In Alpbach gab es Tipps für Praktiker.

Ernährung 2.0 heißt, dass sich jeder zum Thema öffentlich äußern und Inhalte gestalten kann. Möglich wird das durch die neuen Technologien des Web 2.0. „Das hat eine ‚publizistische Egalisierung' gebracht. Es gibt nicht mehr nur die Experten, sondern jeder kann sich an der Diskussion beteiligen", sagt Verena Lindacher, wissenschaftliche Mitarbeiterin im Bereich Medizinische Soziologie an der Universität Regensburg. Damit eröffneten sich völlig neue Wege für die Gesundheitskommunikation.

Mit ihrer Studie im aktuell noch immer erfolgreichsten Social Media-Netzwerk Facebook hat die Kommunikationswissenschaftlerin wissenschaftliches Neuland betreten. Ziel war herauszufinden, wie junge Menschen Facebook für die Kommunikation von Ernährungsthemen nutzen: Wie oft sprechen Facebooknutzer Ernährungsthemen an? Wie kommunizieren sie über diese Themen, und wie wird die Kommunikation von anderen Nutzern wahrgenommen?

Im Internet an Daten zu kommen, gestaltete sich jedoch schwierig. Lindacher lud daher Medizinstudenten an ihrer Fakultät persönlich ein, sich an der Studie zu beteiligen. Die Personen druckten ihre gesamte Facebook-Chronik – Bilder und Texte – von mehreren Monaten in einem Computerraum aus und anonymisierten alle Daten unter Anleitung der Wissenschaftler.

Da sich auch Daten von Dritten in den Profilen fanden, wurden alle Namen geschwärzt, bei Fotos die Gesichter mit Augenbalken unkenntlich gemacht. Der Schutz der Privatsphäre und der Datenschutz hatten oberste Priorität. Oft seien Daten aber auch gar nicht verfügbar. Darin liege auch ein Grund, warum es noch so wenig Forschung zum Thema gibt. Die Folge: Viele Befragungen seien sehr selektiv. „Man erreicht eine Personengruppe, die ohnehin im Internet ist und sich für bestimmte Themen interessiert." Ein digitaler Schneeballeffekt sozusagen, bei dem man sich in einem sehr ähnlichen Personenkreis bewegt. Auch Lindachers Studie erhebt als qualitative Arbeit keinen Anspruch auf Repräsentativität. „Es geht darum, den

Boden für weitere Forschung aufzubereiten", sagt sie. Die Medizinsoziologin hat dazu alle Facebook-Protokolle der insgesamt 30 Studienteilnehmer inhaltsanalytisch aufgearbeitet. In einer Vorstudie entwickelte sie ein eigenes Codebuch, um die Inhalte zu kategorisieren. Unter anderem erfasste sie die Art des Inhalts (Facebookfunktion), die Art der Mitteilung (Information, Appell, Verhaltensmitteilung), Thema (Ernährung, Bewegung, Alkohol), die Bewertung des Themas durch Dritte und ordnete die Themen nach gesundheitsfördernder oder -gefährdender Wirkung ein.

Insgesamt 5851 Posts hat sie dafür in ihrer Arbeit untersucht. Das Ergebnis: 381 waren gesundheitsrelevant, im Positiven wie im Negativen, das sind 6,5 Prozent. Statt für die Gesundheit wertvolle Hinweise fand sie allerdings sehr häufig die Darstellung von Exzessen: „Gerade auf Facebook steht sehr oft der positive Eindruck der eigenen Person im Vordergrund. Gesundheitsrelevantes Verhalten ist dabei häufig Risikoverhalten, verknüpft mit Grenzüberschreitungen wie Alkoholexzessen", so Lindacher. Geselligkeit und Spaß stünden im Vordergrund, präventive Ernährungskommunikation fände nicht statt: ungenutzte Chancen also in einem Medium, über das sich sehr viele junge Menschen erreichen lassen.

Aus den Ergebnissen ihrer theoretischen und empirischen Arbeit hat Lindacher Empfehlungen für die Ernährungskommunikation in Zeiten des Web 2.0 abgeleitet und in Alpbach präsentiert. Sie sollen Praktikern als Hinweise für ihre Arbeit dienen. Die „Presse" hat die wichtigsten Punkte zusammengefasst.

1 Soll man mit Ernährungsfragen im Web 2.0 präsent sein?

Die Präsenz in den neuen Medien ist heute unverzichtbar. Das Web 2.0 bietet die Möglichkeit, sehr viele Menschen über neue Kommunikationswege anzusprechen. Insbesonders eine junge Zielgruppe, die klassische Medien immer weniger nutzt, ist so gut erreichbar: „Das Web 2.0 ist vor allem ein interessantes Instrument, um die sogenannten ‚Digital Natives', also Personen, die mit neuen Technologien aufgewachsen sind, zu erreichen und über gesunde Ernährung und Gesundheit zu informieren", sagt Lindacher. Die Anonymität des Netzes macht es für viele leichter, Fragen zu stellen.

2 Welche Plattformen soll man bespielen?

Jede Zielgruppe hat ihre Interessen und Bedürfnisse. „Wer verschiedene Personengruppen erreichen will, muss auch verschiedene Kanäle nutzen", so Lindacher. Daher müsse man die für die eigene Zielgruppe relevanten Plattformen identifizieren und parallel bespielen. „Ernährung 2.0 und die klassische Gesundheitskommunikation auf Papier, etwa in Form von Broschüren, sollten weiter parallel existieren", so Lindacher. Die Geschichte habe gezeigt, dass sich Medienformen nicht ablösen, sondern nebeneinander bestehen. „Die Homepage allein reicht längst nicht mehr." Es gelte das sich schnell wandelnde Feld der neuen Medien im Blick zu haben. In der Medienvielfalt liegt freilich die Herausforderung für Praktiker, die klare Prioritäten setzen müssen.

3 Was sind Erfolgsfaktoren für die Kommunikation in den sogenannten neuen Medien?

Die neuen Medien erlauben Dialog. Der Umgang mit der Möglichkeit der Interaktion ist dabei entscheidend. „Eine Chance, die man auch professionell nutzen sollte", sagt Lindacher. Für die Gesundheitskommunikation braucht es daher Experten, die flexibel zur Verfügung stehen. Neue Medien brauchen neue Ideen und eigene Inhalte: Neue Medien mit Inhalten aus klassischen Medien zu füllen, funktioniert nicht. Spezielle Formate müssen eigens aufbereitet werden. Damit die Kommunikation die Bedürfnisse auch erfüllt, sollte die Zielgruppe schon in die Planung der Maßnahmen mit einbezogen werden, rät Lindacher.

4 Gibt es auch Risken, und was sind die Kehrseiten?

„In der Demokratisierung, die das Medium mit sich bringt, liegt zugleich das potenzielle Risiko", sagt Lindacher: „Laienwissen wird sehr weit gestreut. Das kann fatale Folgen haben, wenn die Inhalte wissenschaftlich nicht stimmen." Ratschläge im Gesundheitsbereich sollten evidenzbasiert sein, das heißt, auf einer wissenschaftlichen Grundlage basieren. Auch Sozialmedizinerin Anita Rieder ortet hier großen Nachholbedarf: „Die Qualität der Information muss passen." Der Nutzer müsse qualitätsvolle Angebote auch als solche erkennen können, so Rieder, die sich „Gütesiegel und Wegweiser für das Internet" wünscht.

5 Wie wirkt sich die digitale Kommunikation auf die Kommunikation mit dem Arzt aus?

„Das Internet ist vergleichbar mit einem Nachschlage werk, etwa den alten Doktorbüchern, die man früher zu Hause hatte", sagt Anita Rieder. Es sei nützlich als Vorinformation, um etwa dem Arzt gezielter Fragen stellen zu können. „Der gut informierte Patient hilft dem Arzt. Das Internet dürfe aber nicht zum Instrument der Selbstdiagnose oder -therapie verkommen: „Jeder hat seine Kompetenzen und soll sich darauf besinnen."

6 Wie sieht das Zukunftsszenario aus, wie entwickelt sich der Bereich weiter?

Eine Prognose ist schwierig, da sich die Medien ständig ändern, dauernd neue Medien entstehen. Eine weitere Verschiebung in Richtung elektronische Medien ist aber wahrscheinlich: Die „Digital Natives" altern, damit steigt auch der Anteil derer, die digital kommunizieren, weiter.

Grancy, Alice: Wie das Web 2.0 die Gesundheitskommunikation verändert. In: Die Presse, 23.08.2014, S. 28 f.

Trainingsaufgabe 3

Lösungshilfe zu Trainingsaufgabe 3: Seite 131

Verfassen Sie eine **Zusammenfassung**.

Situation: Sie interessieren sich für Literatur und haben sich auch schon des Öfteren mit klassischen Werken der Literatur beschäftigt. Ihr Schwerpunkt ist die Bedeutung von Literatur für junge Menschen. Im Zuge der Vorbereitung auf Ihre Reifeprüfung bzw. Reife- und Diplomprüfung in Deutsch haben Sie den Text aus der Wochenzeitung *Die Furche* gelesen und fassen die wesentlichen Teile für Ihr eigenes besseres Textverständnis zusammen.

Lesen Sie das Feuilleton von Anton Thuswaldner *Alte Texte, neue Sprache* aus der Wochenzeitung *Die Furche* vom 9. Oktober 2014 (Textbeilage 1).

Verfassen Sie nun die **Zusammenfassung** und bearbeiten Sie dabei folgende Schreibaufträge:

- **Geben** Sie die wesentlichen Teile des Textinhalts **wieder**.
- **Benennen** Sie die vom Autor angeführten Argumente über die Bedeutung und den Reiz von klassischer Literatur für uns Menschen des 21. Jahrhunderts.

Schreiben Sie zwischen 270 und 330 Wörter. Markieren Sie Absätze mittels Leerzeilen.

Textbeilage 1

Alte Texte, neue Sprache

Klassiker leben, weil wir auf die Fragen, die sie stellen, noch keine Antworten gefunden haben: Plädoyer für die Wieder-Lektüre von Werken, die auch heute noch verstören.

Italo Calvino (1923–1985), heute mit Romanen wie „Der Baron auf den Bäumen" oder „Wenn ein Reisender in einer Winternacht" selbst schon ein Klassiker der italienischen Literatur, war ein begnadeter Leser. Sein eigenes Werk war eine spielerische Umwandlung der Wirklichkeit, fantastische Auswüchse gehörten zur Grundausstattung. Er stand in der Tradition der Moderne, liest man jedoch seine Essays, lernt man einen leidenschaftlichen Liebhaber der literarischen Klassiker kennen. Er eignete sie sich auf seine eigene Weise an. Herkömmliche Interpretationen interessierten ihn nicht. Den Autor aus einer anderen Epoche empfand er als Gesprächspartner und nicht als Autorität. Gern berichtete er darüber, was die Lektüre mit ihm anstellte und was er aus der Lektüre machte. Kein Text war zeitlich oder räumlich so weit weg von ihm, dass er nicht etwas anzufangen wusste mit ihm. Und sei es auch nur, dass ihm Fragen aufgingen, sobald er seine Zeit dem Lesen widmete.

Bewusstseinsarbeit an Lesern

„Liest man Xenophon[1] heute", schreibt er einmal, „hat man unwillkürlich den Eindruck, einen alten Kriegsdokumentarfilm anzusehen, wie sie in Kinos oder auf Video hin und wieder einmal gezeigt werden." Mit Boris Pasternak[2] sucht er den Streit, wenn er sich „Doktor Schiwago" vornimmt und sich bei ihm „eine Spur Unzufriedenheit und Widerspruch" einstellt. „Endlich ein Buch, mit dem man diskutieren kann! Doch manchmal bemerkt man mitten im Disput, dass jeder von etwas anderem spricht. Mit den Vätern zu diskutieren, ist eben schwer." Calvino gerät ins Schwärmen bei Diderot[3], Daniel Defoes „Robinson Crusoe" nimmt er als „Brevier der Kaufmannstugenden" zur Kenntnis, und über „Der rasende Roland" von Ludovico Ariosto[4] kommt Calvino ins Staunen, weil er das Buch als ein Epos liest, „das sich weigert anzufangen, und das sich weigert aufzuhören." Alles, was Calvino der Lektüre für wert befindet, befördert die Entwicklung seines geistigen und seelischen Befindens. Aber anders als sein um neun Jahre jüngerer Landsmann Umberto Eco, ebenso ein Vorzeige-Intellektueller, bleibt Calvino wählerisch. Die Trivialliteratur, der sich Eco hingebungsvoll und bisweilen recht sentimental widmet, findet bei ihm keinen Platz. Für ihn zählen Klassiker, also Werke von Autoren – zugegeben: Autorinnen spielen bei ihm kaum eine Rolle –, die über Jahrzehnte, Jahrhunderte, ja Jahrtausende Bewusstseinsarbeit an Lesern betreiben.

Seltsam, dass, wenn wir auch sozial, persönlich, politisch, religiös, ökonomisch unter vollkommen anderen Verhältnissen leben als die Generation vor uns, die alten Texte immer noch zu uns sprechen, als wären ein paar Jahrhunderte auf oder ab im Austausch von Ideen kein Problem. Wer glaubt schon heute noch an griechische Götter oder wer meint nicht, dass unsere Zeit die Shakespear'schen Killer-Monarchen locker überwunden hätte. Und dennoch fühlen wir uns im Innersten getroffen, wenn wir uns die Taten dieser so fernen, uns so fremden Gestalten ansehen. Das hat einen Grund. Ein Klassiker hat nur dann das Recht ein solcher genannt zu werden, wenn uns die äußeren Umstände, unter denen die Figuren leiden und kämpfen und darben und lieben, so wenig kümmern, dass wir sie als Variationen unseres eigenen Ichs zu nehmen bereit sind. Wenn sich nach Georg Büchner die Frage stellt, „Was ist das, was in uns lügt, mordet, stiehlt?", dann entspringt diese den Verhältnissen einer Zeit grauenhafter autoritärer Zustände, aus der Welt geschafft haben sie wir aufgeklärten Demokraten dennoch nicht.

Klassiker leben, weil wir auf die Fragen, die sie stellen, noch keine Antworten gefunden haben. Deshalb verbietet es sich für uns auch, sie im sicheren historischen Abstand zu bewerten, als hätten wir in unserem Überwindungseifer die Gefahrenzonen bereits überwunden. Die Klassiker brennen, sie setzen uns zu, kennen keine Gnade. Wer meint, wir würden mit ewigen Wahrheiten aufwarten, die man getrost im Herrgottswinkel aufstellen darf, oder dass sich in wohlgeformten Sätzen auch wohlgeformte Wirklichkeiten einnisten, befindet sich schon auf dem Holzweg. Ein echter Klassiker geht hart ran an das Leben, er verstört mehr, als dass er beruhigt. Er gehört der hartnäckigen Spezies der Schlafräuber an.

Jede Übersetzung ist Interpretation

Als Leser dürfen wir uns heutzutage verwöhnt fühlen. Wir werden versorgt mit Klassikern auch entlegener Sprachen und Räume, oft dürfen wir gar wählen zwischen verschiedenen Übersetzungen ein und desselben Textes. An Übertragungen von Shakespeare-Dramen ins Deutsche herrscht überhaupt kein Mangel. Man kann sie sich in der altbewährten Fassung von Schlegel-Tieck vornehmen, in der wesentlich frecheren von Erich Fried, in der mustergültig textnahen und etwas unterkühlten von Frank Günther, um ein paar wenige zu nennen. Warum aber genügt uns nicht jene frühe Übertragungsleistung der Romantiker, die in ihrer Shakespeare-Begeisterung für den deutschen Sprachraum so Gewaltiges geleistet haben? Jede Übersetzung bedeutet Interpretation, die nicht allein etwas über den Verfasser aussagt, sondern die persönliche Verfasstheit des Übersetzers mit einschließt. Schlegel-Tieck gingen sehr vorsichtig vor. Man meint direkt zu sehen, wie unheimlich ihnen Shakespeare in seinen derben, wüsten Szenen ist, die sie der deutschen Öffentlichkeit nur geglättet zumuten. Das eine oder andere obszöne Wortspiel lassen sie stillschweigend unter den Tisch fallen. Ist das eine lässliche Übersetzersünde oder schon Fälschung? Ohne Eingriffe in die Substanz kommt jedoch keine Übersetzung aus.

Aber warum veralten Übersetzungen überhaupt? Das ist gewiss kein reines Sprachproblem, sondern eines der Auffassung. Der Geist der Zeit denkt in jeder Übersetzung mit, in Nuancen und Details bricht sich die Gegenwart des Übersetzers Bahn. Und wie beeinflusst das Wissen über die

Persönlichkeit eines Autors die Übersetzung? Von Isaak Babel[5], dem bedeutenden Erzähler aus Odessa, waren wir mit den Übersetzungen von Milo Dor und Reinhard Federmann recht gut bedient. Genaues über das Schicksal Babels wussten die beiden nicht, nur dass der „Stalinsche Säuberungswahn auch vor diesem Klassiker der neuen russischen Literatur nicht haltgemacht hat." Von der Angst und der Not des in Ungnade gefallenen Dichters aber machen sich Bettina Kaibach und Peter Urban in einer Neuausgabe ein detailliertes Bild. Hat das Einfluss auf das Übersetzen?

Kritikfähigkeit schärfen

Die neue Version ist genauer, wie ein Vergleich der beiden Versionen der Erzählung „Der König" zeigt. Dor und Federmann ziehen einen Dialog zusammen, wenn ihnen Wiederholungen unangenehm auffallen.

Das Stilmittel, Aufgeregtheit zu simulieren, werten sie als Ungeschick und verbessern Babel. Die neue Übersetzung ist präziser, wenn die Schärfe des politischen Ausnahmezustands benannt wird. Es ist von einer Razzia die Rede, wo es früher heißt, dass jemand „ausgehoben" werden soll. Die etwas missverständlich als „Detektive" bezeichneten finsteren Gestalten bei Dor/Federmann sind in der neuen Übersetzung „Spitzel". Der politisch bedrohliche Hintergrund tritt jetzt schärfer hervor, was einen leichter verstehen lässt, warum ein so mächtiger Staatsapparat einen Schriftsteller so dringend in die Knie zwingen musste.

Wir brauchen die Klassiker, damit die Klassiker von morgen ihre Maßstäbe finden. Und die Leser brauchen ihre Klassiker, damit sie ihren Zeitgenossen nicht bedingungslos alles abkaufen und die Kritikfähigkeit schärfen. Und die Klassiker aus fremden Sprachen brauchen wir schon deshalb, um an Weitblick zu gewinnen. Aufregend ist das sowieso.

Thuswaldner, Anton: Alte Texte, neue Sprache. In: Die Furche, Nr. 41, 09.10.2014, S. 17

[1] *Xenophon (430–354 v. Chr.): antiker griechischer Politiker, Feldherr und Schriftsteller*
[2] *Boris Leonidowitsch Pasternak (1890–1960): russischer Dichter und Schriftsteller. Bekannt wurde er vor allem durch seinen Roman „Doktor Schiwago".*
[3] *Denis Diderot (1713–1784): französischer Schriftsteller, Philosoph, Aufklärer und einer der Herausgeber der Encyclopédie Française*
[4] *Ludovico Ariosto (1474–1533): italienischer Autor des Versepos „Orlando Furioso" (Der rasende Roland)*
[5] *Isaak Babel (1894–1940): russischer Journalist und Schriftsteller*

2.2 Leserbrief

Der **Leserbrief** richtet sich an die Leserinnen und Leser einer bestimmten Tageszeitung oder Zeitschrift und nimmt Stellung zu einem aktuellen und dort diskutierten Problem oder Sachverhalt. Er dient – je nach Intention – als Stellungnahme oder als Appell, um einen Missstand aufzuzeigen bzw. die Änderung eines Sachverhalts zu fordern.

Ein Leserbrief muss sich, um abgedruckt zu werden, was wiederum im Ermessen der jeweiligen Redakteurin bzw. des Redakteurs liegt, auf das Wesentliche beschränken, also sehr pointiert geschrieben sein. Es ist unbedingt darauf zu achten, dass die Kernaussage im Mittelpunkt steht und keine unnötigen Ausschweifungen oder Ausschmückungen von der zentralen Aussage des Leserbriefes ablenken.

Es sollte auf jeden Fall die Absenderin bzw. der Absender des Leserbriefes angegeben werden, denn anonyme Einsendungen werden nicht veröffentlicht. Sollte aus besonderen Gründen die Nennung des Namens nicht erwünscht sein, steht unter dem Leserbrief: Name ist der Redaktion bekannt.

SO GEHT'S!

Textsorte LESERBRIEF

- Ein ansprechender **Titel** erhöht die Chance der Veröffentlichung.
- Die **Einleitung** beschreibt den Inhalt des Zeitungsartikels, auf den Bezug genommen wird (Titel, Autorin bzw. Autor sowie Datum der Veröffentlichung), in ein bis zwei Sätzen (Analyse des Ist-Zustandes).
- Der **Hauptteil** enthält die eigenen Argumente und nimmt Bezug auf jene Textteile, die unterstützt oder widerlegt werden sollen. Dabei ist klarzustellen, wie eine Situation geändert werden kann, welches Ziel mit welchen Mitteln erreicht werden soll (Analyse des Soll-Zustandes).
  Der Leserbrief soll sich auf das **Wesentliche** beschränken und die **eigene Meinung sehr klar und deutlich** zum Ausdruck zu bringen.
- Der **Schlussteil** gipfelt in einem Appell, einer Bewertung, einem Fazit etc. in Bezug auf den in der Einleitung genannten Schreibanlass. Dieser soll zum Handeln aufrufen, damit die aufgezeigten Probleme beseitigt werden. Hierbei werden die **stärksten Argumente** eingesetzt. Das Thema wird mit der Darlegung von Zukunftsperspektiven und Hoffnungen auf Verbesserung der Situation „abgerundet".
- Ehrverletzende und rufschädigende Formulierungen sind zu vermeiden.
- Es sollte auf jeden Fall die Absenderin bzw. der Absender angegeben werden.
- Sprachliche Kriterien: Der Stil reicht von sachlich-argumentierend über subjektiv-kritisch bis hin zu polemisch-provozierend, ohne allerdings zu beleidigen oder jemanden zu beschimpfen.
- Die zentralen **Schreibhandlungen** lauten: Argumentation, Evaluation, Deskription und Explikation.
- Der Leserbrief ist eine Textsorte, bei der vor allem Denkleistungen zu Operatoren aus den Bereichen **Reorganisation, Transfer** sowie **Reflexion** zum Einsatz kommen. Die Aufgabenstellung kann daher mehrere Operatoren aus einem dieser Anforderungsbereiche aufweisen.

Bewertungskriterien eines Leserbriefes

- Der Sachverhalt der Textbeilage wird sachlich korrekt in kürzester Form dargestellt.
- Die Darstellung des Themas ist nachvollziehbar.
- Die eigene Argumentationslinie bzw. Position wird klar dargestellt und ist für die Leserin bzw. den Leser erkennbar.
- Die eigene Position wird durch Belege, Beispiele, Beweise etc. unterstützt.
- Adäquate Textverknüpfungsmittel, Verben der Meinungsäußerung, Konjunktionen etc. werden eingesetzt.
- Die Gliederung des Textes erfolgt angemessen.
- Auf Adressatenorientierung (Redakteurin bzw. Redakteur und Leserschaft) im Sinne von prägnanter Ausdrucksweise, starker Argumentationslinie, deutlichem Appell bzw. Urteil wird geachtet.
- Die vorgegebene Wortanzahl ist eingehalten.

In Anlehnung an: Textsortenkatalog. Online:
https://www.bifie.at/system/files/dl/%20srdp_d_textsortenkatalog_2016-10-21.pdf (02.11.2016)

Trainingsaufgabe 4

Lösungshilfe zu Trainingsaufgabe 4: Seite 132

Verfassen Sie eine **Leserbrief**.

Situation: Als Jugendliche bzw. Jugendlicher werden Sie immer wieder mit Urteilen über die sogenannte „heutige Jugend" konfrontiert. Nach der Lektüre eines interessanten Beitrages sehen Sie sich zu einer Stellungnahme veranlasst und schreiben an die Redaktion der Tageszeitung *Die Presse* einen Leserbrief.

Lesen Sie den Bericht *Generation Y: Was die Jugendlichen ausmacht* aus der Tageszeitung *Die Presse* vom 25. Oktober 2014 (Textbeilage 1).

Verfassen Sie nun den **Leserbrief** und bearbeiten Sie dabei folgende Arbeitsaufträge:

- **Benennen** Sie die Hauptaussagen des Berichtes in ein bis zwei Sätzen.
- **Nehmen** Sie kritisch zu den Aussagen des Berichtes über die Probleme der heutigen Jugend **Stellung**.
- **Bewerten** Sie das Verhalten und die Lebensmodelle aus Sicht einer bzw. eines Jugendlichen.

Schreiben Sie zwischen 270 und 330 Wörter. Markieren Sie Absätze mittels Leerzeilen.

Textbeilage 1

Generation Y: Was die Jugendlichen ausmacht

Noch nie war die Jugend so gut ausgebildet wie heute. Dafür stehen junge Menschen unter Druck wie kaum eine Generation vor ihnen.

Sie haben viele Namen, die meisten haben sich freilich Menschen ausgedacht, die gar nicht mehr dazugehören: Digital Natives nennt man die Jugendlichen etwa, weil sie die erste Generation darstellen, die mit moderner Technologie, dem Internet und der Allzeit-Erreichbarkeit über diverse Kanäle aufgewachsen sind. Millennials, weil sie um die Jahrtausendwende geboren wurden oder schon im Teenageralter waren. Oder, weniger schmeichelhaft vielleicht, Generation Ego, wie ein aktueller Buchtitel sie beschreibt.

Auch wenn man die Jugendlichen nicht allesamt in einen Topf werfen kann, ja, die jungen Menschen noch nie so eine heterogene Gruppe waren wie heute, gibt es doch vieles, was sie eint. Etwa, dass die heutigen Jugendlichen oder jungen Erwachsenen in wenig unbeschwerten Zeiten groß geworden sind: Für die Generation Y (noch so eine Bezeichnung!), die etwa von 1990 bis 2010 im Jugendalter war und die nachfolgende Generation Z (für die wohl noch ein treffenderer Name gefunden wird) war und ist das Aufwachsen von Krisen geprägt: Die Terroranschläge vom 11. September 2001 waren für viele das prägende Ereignis ihrer Jugend. Es folgten Kriege von Afghanistan bis Irak, Wirtschafts-, Finanz- und Eurokrise, die wachsende Jugendarbeitslosigkeit, die sie auch persönlich betrifft oder betreffen könnte. Oder wie es Kerstin Bund in ihrem Buch („Glück schlägt Geld") über ihre Generation Y formuliert: „Wir kennen nur Krise."

Die Krise – und den Konkurrenzkampf. Das Sich-verkaufen-müssen, das Besser-sein-als-die-anderen, um eine Chance auf dem Arbeitsmarkt zu haben. Keine Generation vor ihnen hat den Leistungsdruck so intensiv erlebt: Die Hälfte der Jugendlichen sagt, dass sie in Schule, Studium und Beruf stark unter Druck stehen. Weitere 50 Prozent meinen, dass der Stress von Jahr zu Jahr größer werde. Das Bemerkenswerte daran: Die Jugendlichen haben sich zu einem großen Teil damit abgefunden.

Wenn die Arbeitsplätze rar sind, eine Jobgarantie eine Utopie, die Chance auf ein planbares Leben gering ist, muss man mehr bieten, mehr leisten, sich in noch mehr (schlecht bezahlten) Praktika Zusatzqualifikationen holen. Drei Viertel der Jugendlichen akzeptieren dem Buch

„Generation Ego“[1] zufolge das lebenslange Lernen. Tatsächlich war noch nie eine Generation so gut ausgebildet: 87,4 Prozent der 20- bis 24-Jährigen in Österreich haben laut Statistik Austria zumindest die Sekundarstufe II abgeschlossen – also eine Lehre absolviert oder Matura gemacht. Noch nie war dieser Anteil so hoch, 1995 betrug er etwa erst 79,2 Prozent.

Gleichzeitig gibt es naturgemäß auch eine nicht zu geringe Zahl junger Menschen, die sich dem System verweigert oder nicht mithalten kann. Die sogenannten Early School Leavers[2] etwa. Nicht ganz so karriereorientiert wie die Mehrheit sind auch jene etwa 22 Prozent der Jugendlichen, die das Institut für Jugendkulturforschung als Hedonisten bezeichnet: Gemeint sind damit Spaß- und konsumorientierte Jugendliche, die sich dem Arbeitsethos nicht verschrieben haben, „sondern die Arbeit eher als Mittel zum Geldverdienen sehen“, sagt Jugendforscher Philipp Ikrath, um sich eine erfüllende Freizeit leisten zu können. In dieser Gruppe sind Jugendliche aus bildungsfernen Schichten und damit auch jene mit Migrationshintergrund überdurchschnittlich stark vertreten.

Vorrangig geht es vielen Jugendlichen um das eigene Vorankommen. Für – plakativ formuliert – eine bessere Welt setzt sich die Mehrheit heute nicht mehr ein. Sofern sie überhaupt auf der Straße demonstrieren, „steht meist ein egoistisches Anliegen im Zentrum: Arbeitslosigkeit, Kritik am Uni-System“, sagt Ikrath. „Für Solidarität für Guantánamo-Inhaftierte[3] protestiert heute niemand mehr. Früher wurden die großen weltpolitischen Themen bei den Demos zumindest mitgenommen.“

„Amoralische Egoisten“ nennen Mitautor Bernhard Heinzlmaier und Ikrath in ihrem Buch diese Generation, wobei sie das nicht als Vorwurf an die Jungen verstanden wissen wollen. „Sie wachsen in einer Zeit auf, in der jede Entscheidung immer ökonomisch begründet wird“, sagt Ikrath. „Moralische Debatten sind auch in der Politik immer nachgeordnet. An erster Stelle steht der Nutzen, die Konkurrenzfähigkeit oder die berufliche Anwendbarkeit.“

Warum? Wieso? Die Bezeichnung Generation Y findet Ikrath daher aus mehreren Gründen passend. Nicht nur als (alphabetisch) logischen Nachfolger der Generation X, sondern auch wegen der Doppeldeutigkeit des Y. Englisch ausgesprochen steht das Y, sprich „Why?“, für die pragmatischen Entscheidungen, die junge Menschen heute treffen müssen: Warum sollte ich das tun? Was bringt mir das?

Das „Why?“ bringe aber auch die Sinnkrise, das ständige Sich-hinterfragen-müssen, gut auf den Punkt, findet Ikrath. „Sie gehen immer opportunistisch vor, müssen immer flexibel sein und wissen nicht, was sie in fünf oder zehn Jahren erwartet.“

Flexibel, belastbar, offen: Tugenden, die generell den Jungen zugeschrieben werden, sind heute auch für Ältere auf dem Arbeitsmarkt immer bedeutender. In fast jeder Jobausschreibung wird etwa Flexibilität gefordert. Leichter haben es die Jungen damit aber weder auf dem Arbeitsmarkt noch insgesamt in der Gesellschaft. Trotz des seit Jahrzehnten vorherrschenden Jugendkults, trotz des Bestrebens vieler, möglichst lang als jugendlich zu gelten (was sich etwa im Kleidungsstil manifestiert), sind Jugendliche heute nicht mächtiger als früher. „Die Jugend hat die kulturelle Meinungsführerschaft übernommen“, sagt Jugendforscher Ikrath, „aber das ist nicht mit einem realpolitischen Machtzuwachs einhergegangen.“

Und das, obwohl sich die meisten Menschen heute länger jung fühlen als früher: Die Familiengründung wird nach hinten verschoben, der Vollzeit-Berufseinstieg ebenso. Mitte/Ende 20 wohnt immer noch ein großer Teil zu Hause bei den Eltern. Auch, weil er es muss: Mit Teilzeitjobs während des Studiums etwa ist eine eigene Wohnung, früher Statussymbol, in weite Ferne gerückt. Das Ausziehen von daheim, sagt Ikrath, „hat heute nicht mehr die gleiche symbolische Bedeutung wie noch vor zehn, 15 Jahren.“ So leben drei Viertel der 20- bis 24-jährigen Männer noch bei ihren Eltern, in der Gruppe der 25- bis 29-Jährigen immer noch mehr als jeder Dritte.

Anders als in früheren Generationen fühlen sich junge Menschen heute den alten Traditionen kaum noch zugehörig. Statt sich einer Partei oder etwa der Kirche über lange Jahre zu verschreiben, fühlen sich drei Viertel der jungen Leute einer oder mehrerer Jugendszenen zugehörig. Im Vordergrund stehen dabei auch nicht die gemeinsame ideologische Überzeugung, sondern Freizeitinteressen: 12,2 Prozent der 14- bis 29-Jährigen fühlen sich der Metalszene zugehörig, 26,9 Prozent der Fitnessszene, fast ebenso viele der Computerszene.

Letzteres ist keine große Überraschung: Denn junge Menschen sind heute always on, stets online, permanente Erreichbarkeit über WhatsApp oder Facebook ist der Normalzustand. Wobei die ständige Vernetztheit auch den Jungen zu viel wird: 28 Prozent der Jugendlichen haben einer noch unveröffentlichten Studie des Instituts für Jugendkulturforschung zufolge schon einmal eine digitale Diät gemacht, waren also bewusst via Internet und Smartphone unerreichbar – und das im Schnitt für neun Tage. Das zeige, sagt Ikrath, „dass auch die Digital Natives mit der Dauer-Erreichbarkeit überfordert sind. Sechs von zehn Befragten meinen, dass die Zeit, die man im Internet verbringt, oft verschwendet ist.

Marits, Mirjam: Generation Y: Was die Jugendlichen ausmacht. In: Die Presse, 25.10.2015. Online: http://diepresse.com/home/leben/mode/4196480/Generation-Y_Was-die-Jugendlichen-ausmacht (02.11.2014), Originalschreibweise

---

[1] *Heinzlmaier, Bernhard / Ikrath, Philipp: Generation Ego. Promedia Verlag 2014.*

[2] *Early School Leaver (frühe Bildungsabbrecher): nach EU-Definition Jugendliche im Alter zwischen 18 und 24 Jahren ohne Lehrabschluss bzw. ohne Abschluss der Sekundarstufe II (Reifeprüfung bzw. Reife- und Diplomprüfung)*

[3] *Guantánamo: Die Guantánamo Bay Naval Base ist ein Marinestützpunkt der US Navy auf Kuba. 2002 wurde in Folge der Anschläge vom 11. September 2001 und der US-amerikanischen Invasion in Afghanistan begonnen, den Stützpunkt um ein Internierungslager für Gefangene zu erweitern, die von den USA als Terroristen eingestuft wurden.*

Trainingsaufgabe 5

Lösungshilfe zu Trainingsaufgabe 5: Seite 132

Verfassen Sie einen **Leserbrief**.

Situation: Sie haben in den *Salzburger Nachrichten* einen Beitrag gelesen, der sich mit einer Erlanger Studie über die Einstellung angehender Juristinnen und Juristen zur Todesstrafe befasst und Sie betroffen macht. Aus diesem Anlass schreiben Sie einen Leserbrief an die Tageszeitung und stellen Ihre Sichtweise dar.

Lesen Sie den Bericht *Droht eine neue Generation „furchtbarer" Juristen?* aus der Tageszeitung *Salzburger Nachrichten* vom 28. November 2014 (Textbeilage 1).

Verfassen Sie nun den **Leserbrief** und bearbeiten Sie dabei folgende Schreibaufträge:

- **Fassen** Sie die Hauptaussagen des Berichts in ein bis zwei Sätzen **zusammen**.
- **Nehmen** Sie kritisch zu den Aussagen des Berichts über die Einstellung junger Juristinnen und Juristen zu den Themen „Todesstrafe" und „Folter" **Stellung**.
- **Bewerten** Sie die Ursachen und Fehlentwicklungen, die Ihrer Meinung nach zu einer derart radikalen Einstellung junger Menschen führen könnte.

Schreiben Sie zwischen 270 und 330 Wörter. Markieren Sie Absätze mittels Leerzeilen.

Textbeilage 1

Droht eine neue Generation „furchtbarer" Juristen?

Jeder dritte Jusstudent will die Todesstrafe – sagt eine Studie. Ein Warnzeichen, aber man braucht sich noch nicht zu Tode zu fürchten.

Kommt eine neue Generation von Juristen auf uns zu, die einem Gerechtigkeitssinn von vorgestern huldigt? Die „Gerechtigkeit" mit „Rache" verwechselt? Die sich Abschreckung nur in kompromissloser Härte vorstellen kann? Und die damit nicht weit von der barbarisch wirkenden islamischen Scharia[1] wäre?

Eine Langzeitstudie des Erlanger Rechtsprofessors Franz Streng, der zwischen 1989 und 2012 rund 3100 Studienanfänger der Rechtswissenschaften befragte, lehrt das Gruseln. Jeder dritte Jusstudent, der am Anfang seiner Ausbildung steht, sehnt sich nach der Todesstrafe. Ebenso viele empfinden selbst die lebenslange Freiheitsstrafe bei manchen Straftaten als zu mild. Die Hälfte der Befragten sieht in Folter ein brauchbares Mittel zum Zweck.

Dabei schätzten die befragten Jusstudenten das Risiko, selbst Opfer eines Angriffs zu werden, im Lauf der Jahre als immer geringer ein. Offensichtlich lesen sie Kriminalstatistiken, die einen Rückgang der massiven Gewalttaten wie Mord und Totschlag in Deutschland (und auch in Österreich) belegen. Also bleibt bei diesem Paradoxon scheinbar nur ein Schluss: Die angehenden Repräsentanten des Rechtsstaates verstehen die Rechtsprechung als ungezügelte Machtausübung. Oder die Solidarität mit den Opfern schlägt in eine Richtung aus, die diesen nichts bringt. Unverhältnismäßig hohe Haft erschwert jede Resozialisierung, kann den Rückfall bei den Tätern nicht verhindern und folgt lediglich einem diffusen, emotionalen Reflex und „Bauchgefühl“. Vor solchen Juristen der Zukunft müsste man sich fürchten. Sie würden allen rechtsstaatlichen Grundsätzen demokratischer Staaten widersprechen.

Die Juristen der Zukunft wachsen nicht unter dem Glassturz auf. Sie sehen in gleicher Weise Krimiserien im Fernsehen, sie konfrontieren sich mit abartigen Serienkillern in Film und DVD, sie lesen mediale Berichte mit ihrer Überbetonung der besonders schockierenden und grausamen Verbrechen. Denn diese Fälle vermitteln das Bild, als ob das schon der Alltag der Kriminalität wäre – was der Realität nicht entspricht. Diese ist mitunter schlimm genug, besteht aber nicht nur aus lauter Bestien.

Wer jung ist, haut gern auf den Tisch, und wenn es nur für eine Umfrage ist. Wie die spätere Richterpraxis zeigt, ist es letztlich die Persönlichkeit, die darüber entscheidet, wie geeignet oder ungeeignet, wie rational oder überschießend ein Rechtsprecher ist.

Auf jeden Fall muss man Jungjuristen in ihrer Ausbildung (und nicht nur ihnen) Kenntnisse vermitteln, die sie über den Tellerrand der Paragrafenwelt hinausblicken lassen, in Bereiche der Psychologie, Psychiatrie, Soziologie, Kriminologie. Ganz wichtige Fähigkeiten von Richtern sind es, sich im Widerspruch von realer Sicherheit und diffusem Sicherheitsgefühl nicht verunsichern zu lassen, den Weitblick für den Sinn einer Strafe im konkreten Fall zu behalten, sich nicht von angeblichen „öffentlichen Bedürfnissen“ oder Zurufen unter Druck setzen zu lassen und ausgewogene, der Tat und dem Täter angemessene Strafen zu finden. Der Schutz der Gesellschaft ist das eine, die individuelle Beurteilung aber das andere.

Die Studie von Erlangen ist ein Warnzeichen, das man ernst nehmen muss. Man sollte sich aber deswegen nicht zu Tode fürchten.

Escher, Ronald: Droht eine neue Generation „furchtbarer“ Juristen? In: Salzburger Nachrichten, 28.11.2014. Online: http://search.salzburg.com/display/sn2931_29.11.2014_41-55711222 (02.12.2014)

[1] *Scharia: religiöses Gesetz des Islam*

2.3 Offener Brief

Eine besondere Form des Leserbriefs ist der **offene Brief**. Hierbei wird ein Brief an eine tatsächlich angesprochene Empfängerin bzw. an einen Empfänger geschrieben – mit der Aufforderung zur Stellungnahme bzw. zur Handlung. Die angesprochene Person, Institution oder Interessensgruppe wird auf diese Weise einem gewissen Druck ausgesetzt, da der Sachverhalt, der im offenen Brief behandelt wird, zum Zeitpunkt der Veröffentlichung meist einen wichtigen Platz in der gesellschaftspolitischen Diskussion einnimmt.

Einer der berühmtesten offenen Briefe stammt von Emile Zola – *„J'accuse“* („Ich klage an“) – und thematisiert 1898 die schändliche Behandlung des jüdischen Generalstabsoffiziers Alfred Dreyfus, der zu Unrecht wegen Spionage verurteilt worden war.

Dreyfus-Affäre: ein von 1894 bis 1906 gegen den französischen Offizier Alfred Dreyfus geführter Prozess wegen angeblichen Landesverrates. Die Verurteilung des jüdischen Offiziers Dreyfus basierte auf rechtswidrigen Beweisen und zweifelhaften Gutachten.

SO GEHT'S!

Textsorte OFFENER BRIEF

- In der **Einleitung** erfolgt zunächst eine **Bezugnahme** auf die Thematik, die eine Problematik bzw. einen Sachverhalt darstellt und deren persönliche Wichtigkeit für die Leserinnen und Leser bzw. Empfängerinnen und Empfänger dieses offenen Briefs nachvollziehbar macht. Der zur Diskussion stehende Sachverhalt wird knapp wiedergegeben. Die explizite Schreibabsicht (Appell, Petition, Richtigstellung etc.) wird dargelegt.
- Der **Hauptteil** enthält die Argumente, die die **eigene Position** und eine Darstellung des Sachverhalts aus **eigener Sicht** begründen, legt aber auch deutlich strukturiert eine sachlich begründete Abschwächung der **Gegenargumente** dar. Es sollte die subjektive Meinung über die Problematik gezeigt werden, um die persönliche Betroffenheit herauszustreichen. Wichtig ist eine **klare Argumentationslinie**.
- Der **Schlussteil** führt das eigene stärkste Argument noch einmal an. Ein **Appell** soll die Empfängerin bzw. den Empfänger zum Handeln bzw. Umdenken auffordern, damit das bestehende Problem beseitigt werden kann. Das Thema kann durch einen **Ausblick** auf die Zukunft bzw. eine Vision abgerundet werden.
- Sprachliche Kriterien: Rhetorische Figuren (sprachliche Bilder, Wiederholungen, Vergleiche, rhetorische Fragen etc.) werden zur Veranschaulichung und Verdeutlichung der Argumentation eingesetzt. Ton und Stil sind höflich und sachlich, dennoch fordernd und pointiert.
- Die zentralen **Schreibhandlungen** lauten: Argumentation, Explikation, Deskription.
- Der offene Brief ist eine Textsorte, die vor allem Denkleistungen zu Operatoren aus den Bereichen **Reorganisation, Transfer** sowie **Reflexion** abdeckt. Die Aufgabenstellung kann daher mehrere Operatoren aus einem dieser Anforderungsbereiche aufweisen.

Bewertungskriterien eines offenen Briefes

- Der Sachverhalt der Textbeilage wird sachlich korrekt in kurzer Form dargestellt. Das Thema wird nachvollziehbar abgehandelt.
- Die eigene Argumentationslinie bzw. Position wird klar dargestellt und ist für die Leserin bzw. den Leser erkennbar.
- Die eigene Position wird durch Belege, Beispiele, Beweise etc. unterstützt.
- Die Fünfteilung der Gliederung ist eingehalten: Eröffnungsformel im Sinne einer Adressierung – Anlass für den offenen Brief – Erläuterung der eigenen Position – Appell bzw. Aufforderung – Schlussformel im Sinnes eines Grußes.
- Es werden adäquate Textverknüpfungsmittel, Verben der Meinungsäußerung, Konjunktionen etc. eingesetzt.
- Ebenso werden rhetorische Stilmittel eingesetzt.
- Die breite, öffentliche Adressierung unterscheidet den offenen Brief vom Leserbrief, der meist auf die Berichterstattung in einem konkreten Medium reagiert.

In Anlehnung an: Textsortenkatalog. Online: https://www.bifie.at/system/files/dl/%20srdp_d_textsortenkatalog_2016-10-21.pdf (02.11.2016)

rhetorische Stilmittel: Seite 22

Trainingsaufgabe 6

Lösungshilfe zu Trainingsaufgabe 6: Seite 133

Verfassen Sie einen **offenen Brief**.

Situation: Sie haben in der Tageszeitung *Die Presse* einen Bericht über Lärmbelästigung gelesen. Auch in Ihrer Gemeinde ist in letzter Zeit immer wieder Unmut aufgrund des Läutens der Kirchenglocken entstanden. Sie schreiben daher einen offenen Brief an die Gemeinde, in dem Sie Ihre Auffassung darüber, was lärmbelastend ist, darstellen. Dieser offene Brief soll gleichzeitig in der Bezirkszeitung veröffentlicht werden.
Lesen Sie den Bericht *Die Glock' schlägt zwölf – oder auch nicht* aus der Tageszeitung *Die Presse* vom 23. August 2014 (Textbeilage 1).

Verfassen Sie nun den **offenen Brief** und bearbeiten Sie dabei folgende Schreibaufträge:

- **Beschreiben** Sie die Hauptaussagen des Berichts in ein bis zwei Sätzen.
- **Erläutern** Sie die historische Bedeutung des Läutens von Kirchenglocken.
- **Nehmen** Sie kritisch zu unterschiedlichen Auffassungen von Lärmbelastung **Stellung**.
- **Appellieren** Sie an die örtlichen Gemeindevertreterinnen und -vertreter, eine für alle Beteiligten zufriedenstellende Lösung für das Lärmproblem zu finden.

Schreiben Sie zwischen 405 und 495 Wörter. Markieren Sie Absätze mittels Leerzeilen.

Textbeilage 1

Die Glock' schlägt zwölf – oder auch nicht

Das Läuten und Schlagen wird weniger, aber es behauptet sich erstaunlich: Über „sinnlose" und doch liebe Hörgewohnheiten, das Mittagsläuten als Kampfgebet und den Stundenschlag als verbotenen „Arbeitslärm".

Die einen fühlen sich nachts von Kuhglocken gestört, die anderen von Discolärm. Kafka fühlte sich gepeinigt vom Vogelgesang vor seinen Fenstern. Lärm ist unerwünschter Schall – und als solcher, wie uns ein Lexikon belehrt, „ein weitgehend psychologischer Begriff".

In Europa wird das nächtliche Schlagen einer Kirchenglocke immer mehr zum unerwünschten Lärm. In Zürich, hieß es neuerdings, bleibt schon rund die Hälfte der Kirchenglocken nachts stumm: kein Stundenschlag zwischen zehn Uhr abends und sechs Uhr früh. Am Land gibt die Kirchenglocke der Nacht noch öfter den Takt vor, aber immerhin langsamer als früher: Der Viertelstundenschlag stirbt allerorten aus.

Glockenschlag (von außen mit Hammer) und Glockenläuten – das sind kulturell umkämpfte Töne, es gibt eigene Interessengemeinschaften gegen das Glockengeläut, die dieses offen als religiöse Machtdemonstration bekämpfen. Und es gibt Glocken-Verteidiger, die in jedem Zugeständnis einen Rückschlag für die christliche Leitkultur fürchten.

Die gute alte „Lautlandschaft"

Aber der Glockenklang in Österreich und anderswo hat bei Weitem nicht immer mit Religion zu tun. Dass sich zum Beispiel der profane Stundenschlag (und gar mancherorts der viertelstündliche) gegen alle „zeitgemäßen" Geräusche so beharrlich hält, ist doch erstaunlich. So viele Glocken verkünden noch die Uhrzeit, obwohl die Menschen sie dafür seit Ewigkeiten nicht mehr brauchen. Das hat mit Nostalgie und Gewohnheit zu tun, vor allem auf dem Land. Man will die guten alten „Lautlandschaften" der eigenen Kindheit erhalten, und der Glockenschlag gehört für viele heutige Erwachsene immer noch dazu.

Wer ihn nicht gewohnt ist, kann ihn als störend, ja bedrohlich empfinden, auch weil er das Verrinnen der Zeit verkündet. Auf andere wirkt der geruhsame, so regelmäßige nächtliche Stundenschlag im Gegenteil beruhigend, die Glocke wie eine behäbige, durch nichts aufzuregende Gesellschafterin, die die Stille nicht durchbricht, sondern betont. Vielleicht schwingen Ruhe und Unruhe auch gleichzeitig darin, wie in dem merkwürdigen Lied „Ammenuhr" aus „Des Knaben Wunderhorn". Jedem Stundenschlag von Mitternacht bis Morgen ist da ein Vers gewidmet, wie etwa „Gott alles weiß/das Mäuslein beißt/die Glock' schlägt ein/der Traum spielt auf den Kissen dein" ... Das ist ein dunkles Schlaflied, der Rhythmus beruhigend, der Text bedrohlich. „Einmal dem Fehlläuten der Nachtglocke gefolgt – es ist nicht wieder gutzumachen", heißt es in Kafkas Erzählung „Der Landarzt". Kafka meinte keine Kirchenglocken, aber er könnte sie gemeint haben, sie treten in seinen Texten als unheimliche Signale mit rätselhafter Bedeutung auf.

„Signa", Zeichen, nannte man auch in der frühen Kirchengeschichte auf Lateinisch die Werkzeuge, mit denen man zum Gottesdienst rief, oder auch „campanae". Von Letzteren leitet sich das italienische Wort für Glocke ab. Aber lange Zeit wurden nicht Glocken, sondern hölzerne Schlagbretter oder metallene Platten verwendet, um zum Gottesdienst zu rufen. Glocken mit kultischer Bedeutung gab es schon in China, und in allen möglichen Kulturen, etwa dem tibetischen Buddhismus, stehen sie für die Kommunikation mit übersinnlichen Wesen oder den Übergang zu anderen Welten. In der Kirche verbreiteten sie sich durch keltischen Einfluss. Irische Missionare brachten im sechsten Jahrhundert die „clocc" nach Europa, von der das Wort „Glocke" kommt.

Was für ein bewundernswerter Klangkörper in den folgenden Jahrhunderten daraus wurde, sieht man daran, dass Form und Klang seit dem Spätmittelalter im Wesentlichen gleich geblieben sind. Als Friedrich Schiller sich als Nationaldichter etablieren wollte, fand er den Vorgang des Glockengießens einen besonders geeigneten Stoff, zu Recht, wie der Erfolg des „Lieds von der Glocke" zeigte. Kein Geräusch der abendländischen Kultur konnte über so große Entfernungen hinweg gemeinschafts- und identitätsstiftend wirken wie das Glockenläuten.

Läuten zum Gebet gegen die Türken

So auch im 15. Jahrhundert, als die Ungarn gegen die Osmanen kämpften. Damals befahl Papst Kalixt III. in einer Bulle[1], dass Kirchenglocken mittags läuten sollten, um die Gläubigen zum Gebet für einen ungarischen Sieg aufzurufen.

Daraus entstand das den Österreichern immer noch so liebe Mittagsläuten. In der Sendung „Autofahrer unterwegs" hat es sich bis 1999 gehalten, heute noch spielen Regionalsender zu Mittag das Glockenläuten diverser Kirchen ein. Der religionskriegerische Hintergrund ist vergessen, kein Wunder, er wurde auch in der Kirche rasch durch eine neue Bedeutung überlagert: Das Mittagsläuten ergänzte das bereits bestehende Morgen- und Abendläuten zur Trias des Angelusläutens, das wie der Ruf des Muezzins eigentlich ein Gebetsaufruf ist: Beim Angelusgebet[2] soll der Menschwerdung Christi gedacht werden. Oft dachte man freilich an Profaneres. „Fressglocke" nannte man in manchen Gegenden die Mittagsglocke, „Bierringerin" die „Bierglocke" im nördlichen Heidenturm des Stephansdoms, die das Ende des Bierausschanks anzeigte.

Glockenklang als „Lärmimmission"

So bedeutungsschwer sind Österreichs Glocken; und auch wenn das Glockengeläut hörbar seltener wird: Mindestens solange es Taufen, kirchliche Hochzeiten und Begräbnisse gibt, werden in Österreich Glocken läuten. Die Pummerin[3] wird noch lange zu Silvester als „Österreichs Stimme" erklingen. Und auch die Stundenglocken werden am Land noch lange schlagen, allein aus lieb gewordener Gewohnheit.

Noch lange wird die Stadtverwaltung per Zentralfunk dafür sorgen, dass die Wiener Kirchenglocken nicht Sommer- und Winterzeit verwechseln. Und die Gerichte werden noch lange jede Menge Klagen gegen das sakrale Glockengeläut abschmettern. Vom nicht sakralen nächtlichen Stundenschlag gestörte Österreicher haben noch eher eine Chance. Wenn diese „Lärmimmissionen" zwischen zehn Uhr abends und sechs Uhr morgens einen gewissen Pegel übersteigen, können sie verboten werden – als „Arbeitslärm in der Nachbarschaft".

Simon, Anne-Catherine: Die Glock' schlägt zwölf – oder auch nicht. In: Die Presse, 23.08.2014. Online: http://diepresse.com/home/kultur/medien/3858707/Die-Glock-schlaegt-zwolf-oder-auch-nicht?from=suche.intern.portal (30.11.2014)

1 Bulle: Eine päpstliche Bulle ist die Bezeichnung für Urkunden, die in der päpstlichen Kanzlei in feierlicher Form ausgefertigt und besiegelt wurden und wichtige Rechtsakte des Papstes verkünden.
2 Angelusgebet: Der Engel des Herrn (Angelus) ist ein Gebet der katholischen Kirche, das morgens, mittags und abends gebetet wird.
3 Pummerin: Bezeichnung für eine Glocke des Wiener Stephansdoms

Trainingsaufgabe 7

Schülerarbeit zu Trainingsaufgabe 7: Seite 134

Verfassen Sie einen **offenen Brief**.

Situation: Sie befinden sich in der Endphase Ihrer schulischen Ausbildung und haben beobachtet, dass es in Ihrem näheren Umfeld einige Jugendliche gibt, welche ihre Ausbildung abgebrochen haben und orientierungslos in ihr weiteres Leben blicken. Daher schreiben Sie einen offenen Brief an die derzeitige Bildungsministerin, um auf das Problem von Jugendlichen ohne Ausbildung hinzuweisen und mögliche Lösungen zu fordern.

Lesen Sie den Bericht *Auf der Suche nach der verlorenen Generation* aus der Tageszeitung *Salzburger Nachrichten* vom 11. Oktober 2014 (Textbeilage 1).

Verfassen Sie nun den **offenen Brief** und bearbeiten Sie dabei folgende Schreibaufträge:

- **Beschreiben** Sie die Hauptaussagen des Berichts in ein bis zwei Sätzen.
- **Erläutern** Sie die Auswirkungen des Schulabbruches auf die persönliche Situation eines Jugendlichen.
- **Nehmen** Sie kritisch zu der Situation, in der sich Jugendliche ohne abgeschlossene Ausbildung befinden, **Stellung**.
- **Appellieren** Sie an die derzeit zuständige Ministerin, in die Ausbildung von Jugendlichen vermehrt zu investieren.

Schreiben Sie zwischen 270 und 330 Wörter. Markieren Sie Absätze mittels Leerzeilen.

Textbeilage 1

Auf der Suche nach der verlorenen Generation

Präventionsmaßnahmen gegen Schulabbruch rechnen sich doppelt. Schulabbrecher verursachen Milliardenkosten für die Gesellschaft und sind häufig mit Ausgrenzung verschiedenster Art konfrontiert.

Early School Leaver, Lost Generation, schulmüde Jugendliche, Dropouts. Egal wie das so folgenschwere Massenphänomen des frühen Scheiterns genannt wird: Ein einziger Schulabbrecher kostet laut einer Studie der EU-Kommission die Gesellschaft 1,8 Mill. Euro. Für die Betroffenen sind die Folgen ebenso schwerwiegend. Schulabbrecher sind häufig arbeitslos oder prekär beschäftigt. Mangelnde Bildung, Beschäftigungslosigkeit und geringes Einkommen verringern die generellen Lebenschancen der Betroffenen massiv. Von Schlagzeilen, wie sie jede zweite Geschichte über den Selfmade-Unternehmer René Benko zieren – „Vom Schulabbrecher zum Millionär“ –, können so gut wie alle ein Leben lang nur träumen.

Jemand, der Hauptschule und Polytechnikum absolviert hat, gilt nach der wissenschaftlichen Definition eines Early School Leavers streng genommen noch als Schulabbrecher, selbst dann, wenn er dazu noch eine einjährige Fachausbildung abgeschlossen hat. Early School Leaver sind demnach Personen zwischen 18 und 24, die keinen Abschluss auf der Sekundarstufe 2, also keine abgeschlossene Lehre oder abgeschlossene BMS, BHS oder AHS, aufweisen können.

WU[1]-Bildungswissenschafterin Erna Nairz-Wirth, die in einer spannenden Längsschnittstudie 17 Schulabbrecher über fünf Jahre begleitet und in regelmäßigen Interviews befragt hat, sagt im SN-Gespräch, es gebe unterschiedliche Berechnungen, laut denen der Gesellschaft pro Early School Leaver über eine Spanne von 40 Jahren Kosten von einer Million bis zu 1,8 Mill. Euro entstehen. Diese ergeben sich daraus, dass Schulabbrecher weniger Steuern bezahlen, häufiger arbeitslos sind und leichter krank werden, also weniger ins System einzahlen und wesentlich mehr auf Unterstützung angewiesen sind.

Laut Statistik Austria gibt es in Österreich derzeit 53.000 Schulabbrecher zwischen 18 und 24.

Allein die 53.000 aktuellen Schulabbrecher werden Kosten für die Gesellschaft von 53 Mrd. bis 95,4 Mrd. Euro verursachen.

Österreich hat im Vergleich zu anderen EU-Mitgliedsländern eine geringe Schulabbrecherquote. Dennoch gibt es Handlungsbedarf. Grund ist die im internationalen Vergleich hohe Ausgrenzungsgefährdung. In Österreich haben Schulabbrecher das fünftgrößte Ausgrenzungsrisiko vom Arbeitsmarkt innerhalb von 28 europäischen Staaten. Noch dramatischer ist die Situation in Wien, wo diese Jugendlichen im Vergleich zu anderen EU-Städten überdurchschnittlich vertreten und ausgegrenzt sind. Sieben von 100 Österreichern aus der Gruppe der 18- bis 24-Jährigen sind laut Statistik frühe Schulabbrecherinnen. EU-weit umfasst die Problemgruppe 5,5 Mill. Personen.

Die WU-Studie, die 17 Schulabbrecher aus unterschiedlichsten Milieus über Jahre begleitete, kam zu dem Ergebnis, dass ein früher Schulabgang meist Resultat eines langen Entwicklungsprozesses ist, der in der Bildungslaufbahn sehr früh seinen Anfang nimmt. Siehe unten stehende Beispiele von Sandro bis Ogan. Es gibt demnach immer mehrere Ursachen und Risikofaktoren, die einen Schulabbruch auslösen: Zu einem oft benachteiligenden Herkunftsmilieu kommen oft Mobbingerfahrungen, schlechte Noten,

Schulangst, schlechte Lehrer-Schüler-Beziehung, Klassenwiederholung, Schulwechsel, Probleme in der Familie, ein ungünstiger Einfluss schulschwänzender Freunde oder nicht rechtzeitig erkannte Lernschwächen.

Die betroffenen Jugendlichen berichten über Zukunftsängste, Gefühle der Einsamkeit und Nutzlosigkeit bis hin zu Resignation, Ausschluss vom Arbeitsmarkt, Auflösung sozialer Beziehungen, schwindende Teilhabe am gesellschaftlichen Leben aus Schutz vor Stigmatisierung oder schlicht aufgrund finanziellen Mangels.

Sandro – Der Unangepasste

Sandro stammt aus kleinbürgerlichem Arbeitermilieu. Sandros Bildungslaufbahn verläuft an Volksschule und AHS zunächst unproblematisch. Er beschreibt sich als „Musterschüler". Schon nach der Scheidung der Eltern war er „ziemlich am Limit mit den Nerven". In der fünften AHS-Stufe verliert Sandro dann zunehmend die Motivation und rebelliert gegen das „System Schule". Er muss die fünfte wiederholen, danach bricht er ab. Ein Wiedereinstiegsversuch scheitert.

Der Abbruch stellt für ihn eine Befreiung dar. Sandro berichtet später aber von stigmatisierenden Erlebnissen im Freundeskreis und bei Bewerbungen. Früh gewinnt er den Eindruck, im Freundeskreis vom „Coolen zum Loser" abzurutschen. Sandro wird nach einem Praktikum ein fixer Job in Aussicht gestellt. Er lehnt ab. Begründung: Die Tätigkeit lasse sich nicht mit seinem Biorhythmus vereinbaren.

Konrad – Der Orientierungslose

Konrad entstammt einer Arztfamilie, seine beiden Schwestern schlossen auch ein Medizinstudium ab. Der Vater trat als Sozialisationsfigur nicht in Erscheinung. Die Eltern ließen sich scheiden, als er 15 war. Konrads Schulprobleme beginnen sehr früh. Wegen Lernschwierigkeiten wechselt Konrad nach der dritten Klasse die Schule. An der neuen Schule wird Legasthenie festgestellt. Dank Nachhilfelehrer schließt er die Volksschule ab. Danach kooperative Mittelschule, Handelsschule, Oberstufengymnasium, Montessorischule.

Auch der letzte Versuch in einer privaten Maturaschule scheitert. Konrads Interessen kreisen um Kampfsport und Computerspiele. Nebenjobs probiert er „immer nur ein bisschen" aus. Auch er fühlt sich als Schulabbrecher stigmatisiert. Er spürt den immer größer werdenden Druck, den Anschluss an Freunde, die eine Ausbildung gemacht haben, nicht zu verlieren.

Verena – Die Zurückgehaltene

Verenas Eltern sind seit Langem geschieden. Das Verhältnis zu ihrer Mutter, bei der Verena nach wie vor wohnt, ist harmonisch und freundschaftlich. Ihre Mutter ist in einem Schwimmbad als Buffetkraft tätig. Geschwister hat Verena keine. Ihre Freizeit verbringt Verena mit ihrem Freundeskreis, dem sie viel beimisst. Daneben ist die Mutter wichtigste Bezugsperson. Sie besuchte ein Gymnasium, brach in der 4. Klasse ab, da sie sich vom Direktor ungerecht behandelt fühlte. Nach dem Schulabbruch muss sie sich „erholen" und bleibt ein Jahr zu Hause. Später holt sie den Hauptschulabschluss nach. Aus anfangs geäußerten Plänen, die Matura nachzuholen und zu studieren, wurde schließlich eine Ausbildung zur Kindergartenassistentin.

Interessant ist Verenas Strategie zur Vermeidung von Stigmatisierungserfahrungen: Verena verschweigt den Schulabbruch, wann immer es geht, einfach.

Markus – Der Resignierte

„Ich finde das Lesen zu fad, hab ich mir nie angewöhnt", sagt Markus. Er hat resigniert. Sein anspruchsloser Lebensstil, seine mangelnde Energie, Berufsziele zu erreichen, kontrastieren mit seinem einfühlenden Charakter. Markus' Mutter war kaum mit kulturellem Kapital ausgestattet, es gab keine weiteren Bezugspersonen, die als positive Modelle hätten dienen können.

Die vierte Klasse der Hauptschule muss Markus wiederholen. Sein Übergewicht, seine dicke Brille und eine Lernbehinderung machten ihn zum Opfer schwerer Mobbingattacken. Nach der Hauptschule beginnt Markus viele Ausbildungen wie Installateur, Gärtner, Schlosser, Bürokaufmann. An der Ausdauer, konsequent eine Ausbildung zu verfolgen, mangelt es. Zuletzt nimmt er an keiner Maßnahme mehr teil, die für berufliche und soziale Integration förderlich wäre. Finanzielle Unterstützung kommt vom Sozialamt.

Ogan – Der Realitätsflüchtige

Ogans Eltern stammen aus Bosnien und der Türkei. Die Familie lebt in beengten finanziellen Verhältnissen. Der Übergang von der Volksschule an die kooperative Mittelschule gestaltet sich als schwierig, da in diese Zeit die Scheidung seiner Eltern fällt. Schlechte Noten, Schwänzen und aggressives Verhalten kennzeichnen Ogans Schulalltag. Die erste Klasse muss er wiederholen. In der zweiten Klasse wird er nach drei Suspendierungen wegen Prügeleien der Schule verwiesen. Er wechselt an eine andere Schule, besucht diese aber so gut wie nie.

Nach dem Polytechnikum besucht er zwei Berufsorientierungskurse, holt dann am bfi den Hauptschulabschluss nach. Eine Mechanikerlehre bricht er ebenso ab wie den Zivildienst. Er berichtet, 17 bis 18 Stunden täglich zu schlafen. Er sieht bis in die Morgenstunden fern, surft im Internet und verlässt das Bett erst am Nachmittag.

Schliesselberger, Helmut: Auf der Suche nach der verlorenen Generation. In: Salzburger Nachrichten, 11.10.2014. Online: http://www.salzburg.com/nachrichten/rubriken/bestestellen/karriere-nachrichten/sn/artikel/auf-der-suche-nach-der-verlorenen-generation-123906/ (01.12.2014)

[1] *WU: Wirtschaftsuniversität*

2.4 Empfehlung

Bei einer **Empfehlung** handelt es sich um eine Art Gutachten (Bewertung, Einschätzung), das helfen soll, eine Auswahl zwischen mehreren Möglichkeiten zu treffen bzw. eine bestimmte Vorgehensweise einzuhalten oder einen konkreten Sachverhalt vertreten zu können. Dabei soll die Adressatin bzw. der Adressat über einen Sachverhalt informiert werden, dieser wird positiv oder negativ bewertet. Mit sachlichen Mitteln wird versucht, eine begründete Entscheidungsgrundlage zu liefern und damit die Adressatin oder den Adressaten zu einer bestimmten Meinung oder Handlung zu bewegen. Auch Kritiken über einen Film, eine Theateraufführung etc. sind nach diesem Schema aufgebaut.

SO GEHT'S!

Textsorte EMPFEHLUNG

- Die **Einleitung** enthält **Informationen** über den konkreten Sachverhalt bzw. eine bestimmte Vorgehensweise. Liegt eine Textbeilage zugrunde, sind die Autorin bzw. der Autor, die Quelle (Titel, Ort, Datum), die **Textsorte** und das **Thema** der Textbeilage anzuführen.
- Der **Hauptteil** gibt eine kurze **Paraphrase** des Sachverhalts. Die zur Auswahl stehenden Möglichkeiten werden vorgestellt. Aufgrund dieser Informationen erfolgt eine sachlich begründete **Bewertung**, die mit schlüssigen **Argumenten** darstellt, warum eine Empfehlung oder keine Empfehlung erfolgt.
  Alternativen sind sorgfältig abzuwägen, die Bewertungskriterien sachlich und objektiv darzulegen sowie Vergleichsmöglichkeiten und Überlegungen aufzuzeigen.
- Im **Schlussteil** folgt meist ein **Appell**. Dabei ist eine klare und eindeutige Entscheidung zwischen mehreren Möglichkeiten zu treffen bzw. eine bestimmte Vorgehensweise oder ein konkreter Sachverhalt zu vertreten. Die eigene Position wird mithilfe dieses Aufrufs noch einmal verdeutlicht. Möglich ist aber auch das Angebot von Alternativen (offene Entscheidung) bei Anführung von Bedingungen und Einschränkungen.
- Die Empfehlung unterscheidet sich von der Erörterung vor allem durch den konkreten Anlass und die kommunikative Situation.
- Sprachliche Kriterien: Bezüge und Relevanz für eine bestimmte Situation werden durch Konjunktionen erkennbar gemacht, Mittel der Abschwächung oder Verstärkung dienen der Gewichtung der Argumente.
- Die grammatikalische Zeitform ist das **Präsens**.
- Die zentralen **Schreibhandlungen** lauten: Argumentation, Evaluation, Deskription, Explikation und Rekapitulation.

Bewertungskriterien einer Empfehlung

- Die Aufgabenstellung ist sachlich richtig erfasst.
- Die zur Auswahl stehenden Möglichkeiten (Vorgangsweise, Sachverhalt) werden sachlich richtig dargestellt.
- Die Kriterien der Auswahl oder Bewertung sind dargelegt.
- Die Argumentation ist relevant, haltbar und widerspruchsfrei. Die Argumente werden durch Beispiele (Textbelege) unterstützt.
- Durch die angemessen gegliederte Arbeit zieht sich ein roter Faden, die Proportionalität von Einleitung, Hauptteil und Schlussteil ist gewährleistet.
- Die Sprache ist situationsadäquat, adressatenorientiert, klar und verständlich.
- Durch Analyse der Sachfrage sowie entsprechende Schlussfolgerungen wird die Empfängerin bzw. der Empfänger von der Argumentation überzeugt.
- Die vorgegebene Wortanzahl wird eingehalten.

In Anlehnung an: Textsortenkatalog. Online: https://www.bifie.at/system/files/dl/%20srdp_d_textsortenkatalog_2016-10-21.pdf (02.11.2016)

Trainingsaufgabe 8

Schülerarbeit zu Trainingsaufgabe 8: Seite 135

Verfassen Sie eine **Empfehlung**.

Situation: In der Tageszeitung *Die Presse* haben Sie den Bericht *Nie wird das aus gedrucktem Papier bestehende Buch verschwinden* gelesen. Sie fühlen sich von der Diskussion um gedrucktes Buch versus E-Book angesprochen und beschließen als leidenschaftliche Leserin bzw. leidenschaftlicher Leser, Ihre Meinung zu dieser Thematik in Form einer Empfehlung in der nächsten Ausgabe der Schülerzeitung darzustellen.

Lesen Sie dazu den Bericht *Nie wird das aus gedrucktem Papier bestehende Buch verschwinden* aus der Tageszeitung *Die Presse* vom 1. August 2013 (Textbeilage 1) und sehen Sie sich die Infografik *eBook-Umsatz verdoppelt sich 2013* (Textbeilage 2) an.

Verfassen Sie nun die **Empfehlung** und bearbeiten Sie dabei folgende Arbeitsaufträge:

- **Benennen** Sie die in beiden Textbeilagen dargestellte Problematik.
- **Begründen** Sie die Wahl des von Ihnen bevorzugten Mediums.
- **Entwerfen** Sie auf Basis Ihrer Erkenntnisse eine Empfehlung für die Verwendung von E-Books bzw. gedruckten Büchern auf Papier.

Schreiben Sie zwischen 405 und 495 Wörter. Markieren Sie Absätze mittels Leerzeilen.

Textbeilage 1

Nie wird das aus gedrucktem Papier bestehende Buch verschwinden

Das elektronische Buch bietet gewiss Vorteile, aber es ist bloß eine Kopie, und als solche im Grunde wertlos – und es kann die Aura des Authentischen und Beständigen nicht vermitteln.

Frau Ingrid Brodnig hat ein „Luxusproblem“: Bald beginnt ihr Urlaub, und sie quält sich mit der Frage: Soll sie das handliche elektronische Buch, in dem Hunderte von Texten verborgen sind, einpacken, oder doch ein paar herkömmliche Bücher? Nur scheinbar kreist das Problem, an dem die eifrige Journalistin ihre Leser teilhaben lässt, um die Frage, ob es nicht doch schöner sei, zum fühlbaren Buch zu greifen und nicht zum elektronischen Gerät. Das hat Frau Brodnig ein für alle Mal entschieden: Sie liebt ihr digitales Utensil, hat schon – so behauptet sie – „zigtausend“ Seiten Lektüre damit verschlungen, weigert sich, „kiloweise Papier durch die Gegend zu tragen“. Nein, ein klassisches Buch kommt für sie nicht infrage. Das einzig verbleibende „Luxusproblem" der Frau Brodnig ist nur noch, wie sie ihre smarte elektronische Bibliothek vor Langfingern am Sandstrand schützt.

Natürlich weiß sie, dass ihre vorgespielte Angst vor Dieben keinen einzigen Leser ihrer Kolumne im „Falter" wirklich interessiert. In Wahrheit will sie diejenigen als Tölpel hinstellen, die sich noch immer nicht von den aus bedrucktem Papier bestehenden Büchern verabschieden wollen. Wie kann man, so ihr Wort, noch so „altmodisch" sein? „Das ist so 20. Jahrhundert!" (Welch ein Satz!)

Viele Buchhändler, die ihre Arbeit nicht allein wegen der finanziellen Entlohnung, sondern vor allem mit Engagement für die Verbreitung des gedruckten Wortes vollbringen, werden den in einem Leserbrief an den „Falter" kundgetanen Protest ihrer Kollegen Ingrid und Lothar Laaber gegen Frau Brodnigs Verachtung des klassischen Buches mittragen.

Und dies zu Recht. Fraglos bietet das elektronische Buch Vorteile. Vor allem für Reisende, die ohne großes Gepäck leichte Lektüre zu sich nehmen wollen. Aber es ist ein Surrogat[1] und wird es immer bleiben. Es äfft mit gefälligen Tricks virtueller Verzauberung all das nach, was ein Buch aus Papier im Original bietet. Es ist bloß eine Kopie, und als solche im Grunde wertlos.

In welchem Ausmaß das elektronische Buch das – so Frau Brodnig – „altmodische" ersetzen wird, mag für Verleger und Buchhändler eine wichtige Frage sein. Viel entscheidender aber ist die Prognose: Nie wird das aus gedrucktem Papier bestehende Buch verschwinden. Je geringer sein Marktanteil sein wird, umso mehr wird es als edler Gegenstand geschätzt werden. Die Erfahrung, die vor Jahrzehnten mit Uhren gemacht wurde, gibt dieser Voraussage sicheres Fundament: In den 70er-Jahren des vorigen Jahrhunderts kamen elektrische Uhren in Mode, die auf Tastendruck die Zeit digital aufleuchten ließen.

Einige Propheten waren überzeugt: Uhren mit Zeigern, das ist Geschichte. Doch die weitaus meisten der heute erhältlichen Uhren haben nach wie vor ihre Zeiger. Zugegeben: Fast alle von ihnen funktionieren auf elektronischer Basis. Aber just die wertvollsten sind jene, die noch die klassische Mechanik in sich tragen: Federn, Zahnräder und eine Unruh.

Frau Brodnig braucht sich keine Sorgen zu machen: Elektronische Bücher tragen so sehr den Verfall in sich, dass kein Dieb daran interessiert sein dürfte, sie zu stehlen. Aber ein echtes Buch, vielleicht sogar eines, das jünger als „so 20. Jahrhundert ist", das ist begehrter, als sie es sich vorstellen kann. Weil es die Aura des Authentischen und des Beständigen vermittelt.

Reaktionen senden Sie bitte direkt an: debatt@diepresse.com

Taschner, Rudolf: Nie wird das aus gedrucktem Papier bestehende Buch verschwinden. In: Die Presse, 01.08.2013. Online: http://diepresse.com/home/meinung/quergeschrieben/rudolftaschner/1436778/Nie-wird-das-aus-gedrucktem-Papier-bestehende-Buch-verschwinden (03.11.2014)

[1] *Surrogat (lati surrogates): Ersatz für einen Gegenstand oder Wert*

Textbeilage 2

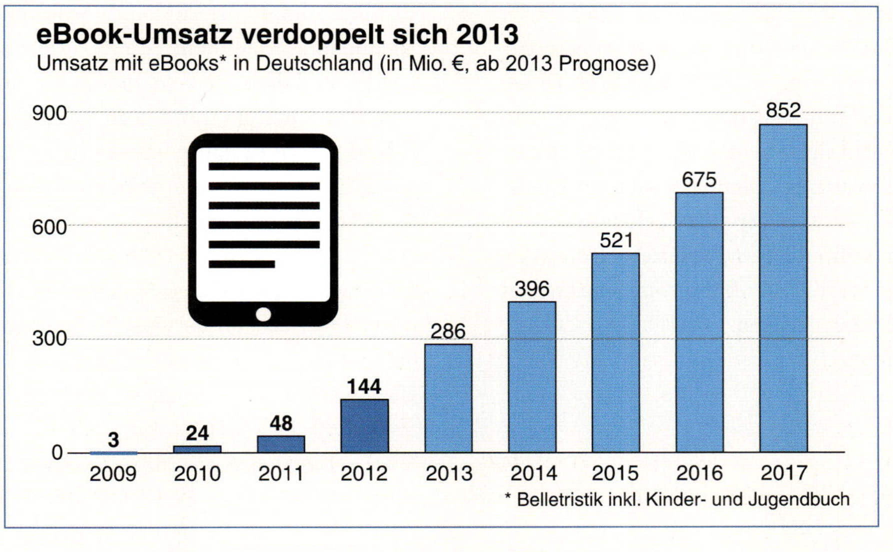

Online: http://de.statista.com/infografik/1523/ebook-umsatz-in-deutschland/ (03.01.2014)

Trainingsaufgabe 9

Lösungshilfe zu Trainingsaufgabe 9: Seite 136

Verfassen Sie eine **Empfehlung**.

Situation: Sie haben in der Tageszeitung *Kurier* Berichte über eine Studie, nach der sich Kinder zu wenig bewegen würden bzw. Kinder zu wenig Obst und Gemüse essen, entdeckt. Als junge Erwachsene bzw. junger Erwachsener möchten Sie zu diesem Thema Stellung nehmen und schreiben deshalb eine Empfehlung an junge Menschen, ihr Sport- und Ernährungsverhalten gesundheitsbewusster zu gestalten.

Textbeilage 1: Seite 14

Lesen Sie die Berichte *Fastfood-Geschäfte in der Nähe fördern Übergewicht* aus der Tageszeitung *Kurier* vom 1. Mai 2014 (Textbeilage 1) sowie *Ruf nach täglicher Turnstunde wird lauter* aus dem *Kurier* vom 5. August 2014 (Textbeilage 2).

Verfassen Sie nun die **Empfehlung** und bearbeiten Sie folgende Arbeitsaufträge:

- **Beschreiben** Sie die Situation der Ernährungs- und Bewegungsgewohnheiten von Kindern und Jugendlichen, wie sie sich derzeit häufig darstellt.
- **Bewerten** Sie die wichtigsten Erkenntnisse darüber, welche Folgen dieses ungesunde Verhalten haben kann.
- **Appellieren** Sie an die Jugendlichen, Sport und ausgewogene Ernährung in den täglichen Ablauf miteinzuplanen und zu einer Selbstverständlichkeit werden zu lassen.

Schreiben Sie zwischen 405 und 495 Wörter. Markieren Sie Absätze mittels Leerzeilen.

Textbeilage 2

Kinder und Bewegung

Ruf nach täglicher Turnstunde wird lauter

Eine neue Studie alarmiert Experten: Kinder verlieren fünf Lebensjahre wegen zu wenig Bewegung.

Experten rufen nach einer Stunde Turnunterricht täglich. Kinder sitzen zu viel, Bewegung wird nicht gefördert, das hat schlimme Folgen. Mehr Bewegung in Kindergarten und Schule soll auch laut Regierungsprogramm gefördert werden, passiert ist noch wenig. Die Befürworter fühlen sich von einer neuen Studie bestätigt, das berichtet das Ö1-Morgenjournal: Laut der Studie verkürzt Bewegungsmangel die Lebenserwartung. Demnach werden Kinder, die jetzt in Österreich aufwachsen, fünf Lebensjahre verlieren im Gegensatz zu ihren Eltern, weil sie sich zu wenig bewegen. Die Studie wurde allerdings vom Sportartikelhersteller Nike in Auftrag gegeben.

Befürworter von mehr Turnunterricht sehen sich bestätigt

Zu den Befürwortern zählt Volleyball-Präsident Peter Kleinmann. Kleinmann im Ö1-Morgenjournal: „Unsere Kinder sind die erste Generation, die eine kürzere Lebenserwartung hat als ihre Eltern. Im Schnitt werden unsere Kinder um fünf Jahre kürzer leben.“ Die Politiker sind gefordert etwas zu unternehmen. Kleinmann fordert einen täglichen Turnunterricht.

Laut Kleinmann könnten Stunden für Mathematik, Deutsch oder Englisch zugunsten einer Turnstunde gestrichen werden, ein besseres Lernergebnis würde trotzdem erzielt werden. Kleinmann bezieht sich dabei auf verschiedene Studien.

Ruf nach täglicher Turnstunde wird lauter. In: Kurier, 05.08.2014. Online: http://kurier.at/politik/inland/kinder-und-bewegung-ruf-nach-taeglicher-turnstunde-wird-lauter/78.584.878#articleWrapper (07.11.2014)

Trainingsaufgabe 10

Lösungshilfe zu Trainingsaufgabe 10: Seite 137

Verfassen Sie eine **Empfehlung**.

Situation: Sie wissen aus verschiedenen Berichten und eventuell auch aus Ihrem Bekanntenkreis, dass Kinderbetreuung noch immer ein brisantes Thema für junge Eltern darstellt. Aus diesem Anlass schreiben Sie als Mitarbeiterin bzw. Mitarbeiter einer Beratungsstelle für junge Eltern eine Empfehlung über die aus Ihrer Sicht optimale Kinderbetreuung und deren Umsetzung.

Lesen Sie dazu den Bericht *38-Stunden-Woche für Kinder* aus der Tageszeitung *Salzburger Nachrichten* vom 24. November 2014 (Textbeilage 1) sowie die Information über *Kindertagesheime der Statistik Austria* (Textbeilage 2).

Verfassen Sie nun die **Empfehlung** und bearbeiten Sie dabei folgende Schreibaufträge:

- **Benennen** Sie die in den Textbeilagen dargestellte Problematik.
- **Beschreiben** Sie die unterschiedlichen Modelle der Kinderbetreuung in Österreich.
- **Charakterisieren** Sie die Ihrer Meinung nach wesentlichen Voraussetzungen einer guten Kinderbetreuung im Kindergarten.
- **Entwerfen** Sie nun auf Basis Ihrer Erkenntnisse Zukunftsvorschläge, wie die für Sie optimale Kinderbetreuung aussehen muss und welche Infrastruktur dafür geschaffen werden sollte.

Schreiben Sie zwischen 405 und 495 Wörter. Markieren Sie Absätze mittels Leerzeilen.

Textbeilage 1

38-Stunden-Woche für Kinder

Umstrittener Trend: Jedes zweite Kind ist bereits ganztägig im Kindergarten untergebracht.

Für viele Kinder ist die 38-Stunden-Woche heute Normalität. Sie verbringen den Tag vom Morgen bis zum frühen Abend fern von zu Hause.

Ob das gut ist, darüber scheiden sich die Geister. Oft ist die ganztägige Betreuung die einzige Möglichkeit, dass beide Elternteile arbeiten gehen können. Das ist die eine Seite. Die andere Seite kommt in der Haltung zum Ausdruck, die Rainer Stadler vertritt, zweifacher Vater und Journalist beim Magazin der „Süddeutschen Zeitung". In seinem aktuellen Buch „Vater Mutter Staat. Das Märchen vom Segen der Ganztagsbetreuung" (Wilhelm Heyne Verlag) behauptet er, der Trend hin zur ganztägigen Betreuung diene der Wirtschaft, nicht aber den Familien: „Der Staat maßt sich an, der bessere Erzieher unserer Kinder zu sein." Die Eltern seien aber unersetzlich. „Diese einmalige Beziehung lässt sich nicht auslagern."

In Österreich ist rund jedes zweite Kind ganztägig im Kindergarten – wobei auch schon sechs Stunden als ganzer Tag gewertet werden. Nach den Zahlen der Statistik Austria waren das zuletzt 46,4 Prozent (2013). Zehn Jahre davor lag der Anteil der Kinder, die den ganzen Tag im Kindergarten verbrachten, noch bei 42,6 Prozent. Am höchsten ist der Anteil der Kinder, die auch am Nachmittag den Kindergarten besuchen, im Burgenland und in Wien (70,5 bzw. 63,8 Prozent), am niedrigsten in der Steiermark und in Salzburg (26,7 bzw. 30,8 Prozent). In den Krippen sind 58,5 Prozent der Kinder ganztägig untergebracht.

Ob die ganztägige Betreuung aus Kindersicht Vorteile oder Nachteile bringe, hänge von der Qualität der Betreuung ab, sagen Experten.

Das bestätigen erfahrene Kindergartenpädagoginnen[1] wie Ingrid Ramsauer, Leiterin des Kindergartens in Kuchl[2]. Entscheidend seien die Qualität der Betreuung und das Umfeld. Mit den Voraussetzungen in ihrem Kindergarten zeigt sie sich mehr als zufrieden. In Kuchl gibt es genügend Räume und einen ansprechenden Garten. 15 bis 20 Kinder im Alter von zwei bis sechs Jahren würden am Nachmittag von zwei Pädagoginnen und einem Zivildiener betreut. „Das geht sehr gut, da kann man auf die Kinder eingehen", sagt Ramsauer. Bei einem solchen Betreuungsschlüssel seien die Kinder bis in den frühen Abend hinein zufrieden. „Die Ganztagskinder wollen oft um 17 Uhr gar nicht gern heim. Die fühlen sich da so wohl und schicken die Mama noch einkaufen."

In manchen Fällen könne es für ein Kind sogar besser sein, möglichst viel Zeit im Kindergarten zu verbringen, sagt Ramsauers Kollegin Andreja Ringl. Und zwar vor allem dann, wenn die Kinder aus schwierigen sozialen Verhältnissen kämen. „Wichtig ist immer die Frage: Wie viele Betreuer hat das Kind?"

Ingrid Ramsauer weiß als Obfrau der Berufsgruppe der Kindergartenpädagoginnen in Salzburg allerdings, dass viele Kolleginnen von solchen Bedingungen nur träumen können. An manchen städtischen Standorten sei am Nachmittag eine Pädagogin für 25 Kinder verschiedener Altersstufen verantwortlich. „Eine Person allein kann aber nicht eingehen auf die Bedürfnisse der Kinder." Oft fehlten auch die nötigen Räume. „Da ist kein Platz für die Kinder, sich zurückzuziehen und zu erholen. Das ist purer Stress für alle. Und das kommt nicht so selten vor."

Hödlmoser, Thomas: 38-Stunden-Woche für Kinder. In: Salzburger Nachrichten, 24.11.2014. Online: http://www.salzburg.com/nachrichten/rubriken/bestestellen/karriere-nachrichten/sn/artikel/38-stunden-woche-fuer-kinder-1-129069/ (02.12.2014)

[1] Kindergartenpädagoginnen: jetzt Elementarpädagoginnen
[2] Kuchl: Marktgemeinde in Salzburg

Textbeilage 2

Kindertagesheime

In Österreich gab es im Berichtsjahr 2013/14 8.445 **institutionelle Kinderbetreuungseinrichtungen** (ohne Saisontagesheime); davon sind 4.692 Kindergärten, 1.450 Kinderkrippen, 1.167 Horte und 1.136 altersgemischte Betreuungseinrichtungen. Bei knapp 60 Prozent der Kindertagesheime sind öffentliche Gebietskörperschaften (Bund, Länder, Gemeinden) für die Erhaltung zuständig. Der überwiegende Teil der öffentlichen Einrichtungen wird von den Gemeinden (98,7 %) erhalten. Der Großteil der privaten Betreuungseinrichtungen wird von Vereinen geführt (61,5 %), 27,9 Prozent von kirchlichen Organisationen. Der Rest verteilt sich auf Einrichtungen, die von Betrieben, Privatpersonen oder sonstigen Stellen erhalten werden. Mit Stichtag 15. Oktober 2013 waren bundesweit 333.326 **Kinder in Kindertagesheimen** eingeschrieben. Mit 211.141 Kindern war der Großteil davon in Kindergartengruppen untergebracht, 27.835 besuchten Krippengruppen, 55.552 Hortgruppen und 38.798 altersgemischte Betreuungsgruppen.

Ein durchschnittliches Kindertagesheim hat 24,4 **Betriebstage pro Jahr** geschlossen; die meisten Schließtage fallen in die Sommerferien (durchschnittlich 13,9). Knapp fünf Betriebstage ist österreichweit im Durchschnitt in den Weihnachtsferien geschlossen, über drei Tage in den Osterferien, knapp zwei Tage in den Semesterferien. Nach Betreuungsformen betrachtet haben altersgemischte Betreuungseinrichtungen und Krippen die wenigsten Schließtage pro Jahr (14,2 bzw. 15,1). Kindergärten kommen im Durchschnitt auf 29,4 geschlossene Tage, Horte auf 26,2. Im Bundesländervergleich verzeichnet Wien mit unter vier Betriebstagen pro Jahr mit Abstand die wenigsten Schließtage, der Westen Österreichs hingegen die meisten (Tirol 37,5 und Vorarlberg 47,4 Tage).

Beim Beginn der **Öffnungszeiten** zeigt sich, dass 90 Prozent der Krippen und Kindergärten im Durchschnitt bereits vor 7.30 Uhr für die Kinderbetreuung zur Verfügung stehen. In Wien öffnen sieben von zehn dieser Einrichtungen sogar schon vor 7.00 Uhr. Mehr als die Hälfte der Krippen und acht von zehn Horten haben bis mindestens 17.00 Uhr geöffnet. Bei den Kindergärten sperrt ein Viertel vor 14.00 Uhr zu, während mehr als ein Drittel bis mindestens 17.00 Uhr geöffnet hat. Vier von zehn Kindertagesheimen bieten für zehn und mehr Stunden Kinderbetreuung an. Nur jedes zehnte Kindertagesheim hat durchschnittlich weniger als sechs Stunden pro Tag geöffnet. Im Bundesländervergleich zeigt sich, dass Wien bei allen Betreuungsformen die längsten Öffnungszeiten anbietet; 93,6 % der Betreuungseinrichtungen haben dort zehn und mehr Stunden geöffnet, nur ein Prozent hat weniger als sechs Stunden geöffnet.

Kindertagesheime, Kinderbetreuung: Statistik Austria. Online: http://www.statistik.at/web_de/statistiken/bildung_und_kultur/formales_bildungswesen/kindertagesheime_kinderbetreuung/index.html (02.12.2014)

2.5 Erörterung

Eine **Erörterung** dient dazu, sich mit einer Sachfrage, einer These, einem Problem oder einer Meinung, die zumeist gesellschaftlich relevant ist, in schriftlicher Form auseinanderzusetzen. Dies bedeutet, sich mit bestimmten Fragen, Problemen oder Erfahrungen zu beschäftigen, sie zu bewerten, zu den eigenen Kenntnissen in Beziehung zu setzen, persönlich Stellung zu nehmen und zwischen Alternativen eine Entscheidung zu fällen.
Wichtig dabei ist, Zusammenhänge darzulegen und exakt zu argumentieren, das heißt, einer Behauptung muss eine nachvollziehbare Begründung folgen und Beispiele müssen dieses Argument veranschaulichen und logisch stützen.

Die Grundvoraussetzung jeder Erörterung ist eine fundierte **Argumentation**. Argumentieren heißt, seine Behauptungen oder Meinungen zu begründen und zu beweisen. Es gibt unterschiedliche Argumentationstypen, um dies auszudrücken.

Argumentationstypen

- **Faktenargumente** beruhen auf einer nachweisbaren Tatsache und basieren auf einer logischen Beweisführung.
  Beispiel: *Menschen können ohne Sauerstoff nicht überleben.*
- **Autoritätsargumente** bauen auf der Meinung von Expertinnen und Experten auf, die zur Beweisführung herangezogen werden.
  Beispiel: *Laut Professor XY vom Institut für Humanbiologie ist es heutzutage möglich, genetisch veränderte Lebewesen zu züchten.*
- **Normative Argumente** verknüpfen Normen und Wertmaßstäbe, die für die meisten Menschen innerhalb eines Gesellschaftskreises Gültigkeit haben. Hierbei werden oft moralische Argumente eingesetzt (Tradition, Alltagsmoral, Erfahrungen etc.).
  Beispiel: *Kulturelle Werte, beispielsweise das Schreiben, müssen an die nachfolgende Generation weitergegeben werden.*
- **Analogisierende Argumente** übertragen Sachverhalte aus anderen Lebensbereichen auf die eigene Argumentationslinie.
  Beispiel: *Aus dem schönsten Konzert wird nichts, wenn die Musiker nicht auf den Dirigenten schauen. Das Gleiche gilt auch für Diskussionen.*
- Mit **indirekten Argumenten** wird die Gegenposition entkräftet, indem die eigene These aufgrund schwacher Gegenargumente, indirekter Vorwegnahme der Gegenposition gestärkt wird.
  Beispiel: *Die Gegner der Rechtschreibreform behaupten, dass die Schülerinnen und Schüler mit den neuen Regeln mehr Fehler machen würden. Neueste Untersuchungen zeigen jedoch, dass die Fehlerquote seit Einführung um 20 Prozent gesunken ist.*

Eine Argumentationslinie – also eine logische Abfolge von Pro- und Kontra-Argumenten – ist eine gute Methode, der Empfängerin bzw. dem Empfänger gegenüber die eigene Meinung sachlich darzustellen. Überzeugungskraft erhalten Argumente aber nur dann, wenn sie von Begründungen gestützt werden.

Formen von Argumentationslinien

- Am Anfang stehen die Pro-Argumente, wobei das schwächste Argument zuerst genannt wird. Anschließend werden alle Kontra-Argumente angeführt, ebenfalls vom aussageschwächsten zum stärksten Argument.
- Es ist auch die umgekehrte Reihenfolge (zunächst alle Kontra-Argumente, dann alle Pro-Argumente) möglich.
- Die abwechselnde Form der Gegenüberstellung von Pro- und Kontra-Argumenten ist ebenfalls eine Variante.

SO GEHT'S!

Textsorte ERÖRTERUNG

- Die **Einleitung** enthält Informationen über die Autorin bzw. den Autor und die Quelle (Titel, Ort, Datum, Thema). Sie führt zum Thema hin und soll neugierig machen. Sie fasst die Problemstellung mit eigenen Worten zusammen (Paraphrase des Inhalts).
- Im **Hauptteil** werden **These** und **Antithese** anhand von Pro- und Kontra-Argumenten zu einer Problematik dargestellt und diskutiert.
  Die Argumente werden meist linear gereiht (**steigend**, nach der Bedeutung der Aussagen) oder nach bestimmten Aspekten angeordnet.
- Der **Schlussteil** mündet in eine begründete **Synthese** (Zusammenführung), fasst die wesentlichen Aussagen knapp zusammen und enthält eine **Conclusio** (Schlussfolgerung), die Darstellung der eigenen Meinung bzw. die Klarstellung der eigenen Position.
- Sprachliche Kriterien: Verben der Meinungsäußerung sowie die Verwendung von Textverknüpfungsmitteln wie Konjunktionen sind bei dieser Textsorte relevant. Meinungsabtönende Partikel (aber, auch, bloß, denn, doch, eben, etwa, nur, schon, vielleicht, wohl) sind zur Verstärkung oder Abschwächung der einzelnen Argumente einzusetzen.
- Die grammatikalische Zeitform ist das **Präsens**.
- Die zentralen **Schreibhandlungen** lauten: Argumentation, Deskription, Explikation und Rekapitulation.
- Die Erörterung ist eine Textsorte, die vor allem Denkleistungen zu Operatoren aus den Bereichen **Reorganisation, Transfer** sowie **Reflexion** verlangt. Die Aufgabenstellung kann daher mehrere Operatoren in einer dieser Anforderungsbereiche aufweisen.

Bewertungskriterien einer textgebundenen Erörterung

- Der Sachverhalt der Textbeilage ist sachlich korrekt dargestellt.
- Die Argumentation des Ausgangstextes ist kritisch auf ihre Haltbarkeit und Relevanz geprüft.
- Argumente werden nicht zusammenhanglos dargestellt, bleiben jedoch als Einzelargumente erkennbar. Gegenargumente werden eingebracht.
- Adäquate Textverknüpfungsmittel, Verben der Meinungsäußerung, Konjunktionen etc. werden eingesetzt.
- Die Gliederung des Textes erfolgt angemessen, das heißt, einer Einleitung folgt ein Argumentationsteil, dieser wird mit Schlussfolgerungen bzw. einer abschließenden Zusammenfassung abgerundet. Der Aufbau (Einleitung, Hauptteil, Schlussteil) passt proportional angemessen zueinander.
- Die vorgegebene Wortanzahl wird eingehalten.

In Anlehnung an: Textsortenkatalog. Online: https://www.bifie.at/system/files/dl/%20srdp_d_textsortenkatalog_2016-10-21.pdf (02.11.2016)

Trainingsaufgabe 11

Schülerarbeit zu Trainingsaufgabe 11: Seite 138

Verfassen Sie eine **Erörterung**.

Lesen Sie den Bericht *Vom Wert der Handschrift* aus der Tageszeitung *Die Presse* vom 18. November 2014 (Textbeilage 1).

Verfassen Sie nun die **Erörterung** und bearbeiten Sie dabei folgende Schreibaufträge:

- **Beschreiben** Sie kurz den Sachverhalt über die Erkenntnisse der Forschung zur Handschrift.
- **Vergleichen** Sie die beiden Medien (Handschrift und Computer) hinsichtlich ihres Einflusses auf das Lernen.
- **Beurteilen** Sie die gegenwärtigen Möglichkeiten des Computereinsatzes in der Schule.
- **Bewerten** Sie die Notwendigkeit des Einsatzes bzw. Nichteinsatzes des Laptops im Unterricht.

Schreiben Sie zwischen 405 und 495 Wörter. Markieren Sie Absätze mittels Leerzeilen.

Textbeilage 1

Schule: Vom Wert der Handschrift

Es wird immer weniger mit der Hand geschrieben. Stiftehersteller versuchen, den Wert des Schreibens zu argumentieren. Die These: Wer schreibt, der lernt.

Nicht nur die Notizen für den Job, auch persönliche Nachrichten, Urlaubsgrüße und Liebesbriefe werden längst per E-Mail verschickt. Ja sogar den Einkaufszettel kritzeln viele inzwischen nicht mehr auf einen Zettel, sondern tippen ihn ins Smartphone. Die Handschrift wird im Alltag immer mehr zurückgedrängt, so viel ist klar. Und auch die Unis, sogar die Schulen verändern sich. In den USA beispielsweise wird die Handschrift immer mehr von der Tastatur verdrängt.

Und auch in Österreich gibt es an den Schulen immer mehr Laptop- oder iPad-Klassen. Nicht einmal an die Tafel muss da und dort noch geschrieben werden, seit es digitale Tafeln gibt. Wenn die Kinder, die heute in den Volksschulen sitzen, erwachsen sind, sind Stift und Papier womöglich komplett aus der Mode gekommen. Und die Handschrift brauche man dann bestenfalls noch für die Unterschrift, sagen manche.

Gute Argumente sind nötig

Eine entsetzliche Vorstellung für manche. Schreiben mit der Hand habe eine individuelle Note, die eigene Handschrift ist so einzigartig wie ein Fingerabdruck: Was da alles an Emotionen verloren gehe. Wo komme man denn hin, wenn nicht einmal mehr persönliche Briefe mit der Hand geschrieben werden. Und was passiert dann, wenn einmal der Strom ausfällt – und aber keiner mehr mit der Hand schreiben kann?

Wie auch immer man diese eher nostalgiegetriebenen bis quasi-apokalyptischen Motive für eine Bewahrung der Handschrift sieht, klar ist: Das Schreiben mit der Hand kann man heute nicht mehr verteidigen, ohne fundiert zu argumentieren, wozu es tatsächlich taugt. Hier setzt Sebastian Schwanhäußer an, jüngst bei der Interpädagogica in Wien zu Gast: Er ist der Chef von Schwan-Stabilo, dem deutschen Stiftehersteller, und hat auch das Schreibmotorikinstitut gegründet, das Forschung sammelt und betreibt und das (bessere) Schreiben mit der Hand fördern will (siehe unten).

„Wenn Schreiben nur noch eine Erinnerung an die Vergangenheit wäre, dann würde es wahrscheinlich zu einer Nische werden, wie Kalligrafie bei den Japanern", sagt Schwanhäußer. „Aber wir denken, dass das Schreiben mit der Hand einen Wert an sich hat: Dass es eine Technik ist, die hilft, Wissen besser aufzunehmen. Ist Handschrift also mehr als bloß eine Möglichkeit, um Wörter zu Papier zu bringen – die einfach durch die Tastatur und demnächst durch automatische Spracherkennung ersetzt werden kann? Oder, anders gefragt: Würde man mit der Handschrift mehr verlieren als bloß die Handschrift?

Schwanhäußer sagt: Ja. Einer ganzen Reihe von Studien zufolge bestehe ein enger Zusammenhang zwischen dem Schreiben mit der Hand und kognitiven Prozessen. Kurz gesagt: Wer schreibt, der lernt. Es gehe dabei etwa um die Aktivierung der entsprechenden Gehirnregionen. Einer französischen Studie zufolge lernen Kinder, die mit der Hand schreiben, deutlich schneller und besser lesen als Kinder, die lernen, mit der Tastatur zu schreiben.

Merkfähigkeit ist besser

„Die Gehirnareale sind vernetzter, wenn man mit der Hand schreibt", sagt Marianela Diaz Meyer, die das Schreibmotorikinstitut leitet. „Das kennt man ja auch vom bewegten Lernen. Wenn Kinder sich bewegen, dann nehmen sie etwas intensiver auf." Forscher der US-amerikanischen Eliteuni Princeton haben jüngst etwa herausgefunden, dass Studierende, die sich Notizen am Laptop machen, in Leistungstests schlechter abschneiden als jene, die mit der Hand mitschreiben. Der Grund: Wer mit der Hand schreibt, ist gezwungen, die Information gleich zu verarbeiten. Und das hilft dabei, zu merken und das Gemerkte auch zu verstehen.

Schwanhäußer will jedenfalls keine Endzeitstimmung aufkommen lassen. „Im Bildungsbereich hat das Schreiben mit der Hand seinen Platz." Und das werde auch so bleiben – zumindest teilweise. „In bildungsaffinen Schichten wird das Schreiben mit der Hand einen großen Wert haben." Da könnte sich – das wünscht sich jedenfalls der Stiftehersteller – die Ansicht durchsetzen, dass Schreiben keine verstaubte, alte Technologie sei. „Sondern dass das Schreiben durchaus ein Hilfsmittel sein kann, um die eigene Bildungsleistung ein Stückweit zu erhöhen."

Wird also das Schreiben eher als Lerntechnik – etwa um sich etwas besser zu merken – denn als klassische Kulturtechnik bestehen bleiben? „Der Sinn dahinter ist eher Bildung und nicht Kultur", meint Schwanhäußer. „Kultur alleine wird nicht überleben, wenn nicht etwas anderes dahinter ist."

Auf einen Blick

Handschrift wird in Beruf und Alltag, aber auch in den Schulen immer mehr von digitalen Technologien abgelöst. Immer wieder zeigen Studien, dass das Schreiben mit der Hand aber positive Effekte auf das Lernen und die Merkfähigkeit hat. Erst jüngst haben Forscher der US-Uni Princeton herausgefunden, dass Studenten, die sich Notizen mit der Hand statt am Laptop machen, bei Leistungstests besser abschneiden. Eine Erklärung: Sie sind gezwungen, das Gehörte gleich zu filtern und in ihren eigenen Worten niederzuschreiben, während man beim Mitschreiben am Computer dazu tendiert, Informationen vollständig mitzuschreiben. Andere Forscher verweisen auf den Zusammenhang zwischen der Bewegung und einer Aktivierung bzw. besseren Vernetzung entsprechender Gehirnareale.

Bayrhammer, Bernadette: Schule: Vom Wert der Handschrift. In: Die Presse, 18.11.2014. Online: http://diepresse.com/home/bildung/schule/4598404/Schule_Vom-Wert-der-Handschrift (28.11.2014)

Trainingsaufgabe 12

Lösungshilfe zu Trainingsaufgabe 12: Seite 139

Verfassen Sie eine **Erörterung**.

Lesen Sie den Bericht *Was ist ein Plagiat – und was nicht?* aus der Tageszeitung *Der Standard* vom 19. Oktober 2014 (Textbeilage 1).

Verfassen Sie nun die **Erörterung** und bearbeiten Sie dabei folgende Schreibaufträge:

- **Beschreiben** Sie kurz den Sachverhalt über die Abgrenzung von Plagiaten.
- **Bewerten** Sie die im Text zitierten Pro- und Kontra-Argumente bezüglich eines Plagiatverdachtes auf ihre Stichhaltigkeit.
- **Diskutieren** Sie, ob es sich im Fall der Nachahmung von Literatur um Plagiate handelt.

Schreiben Sie zwischen 405 und 495 Wörter. Markieren Sie Absätze mittels Leerzeilen.

Textbeilage 1

Thomas Antonic: Was ist ein Plagiat – und was nicht?

Akademische Titel werden aberkannt, wenn Plagiate aufgedeckt werden, und Hersteller verurteilt, wenn ein Produktdesign zu offensichtlich vom Original kopiert wird. Warum ist das bei Schriftstellern anders? Über eine Copy-and-Paste-Literatur

Akademische Titel werden aberkannt, wenn Plagiate aufgedeckt werden. Hersteller werden verurteilt, wenn das Design von einem Original kopiert wird. Selbst in der Popmusik muss die Plattenfirma zahlen, wenn der Diebstahl zu offensichtlich wird. Warum ist es aber in der Literatur ungleich schwieriger zu beurteilen, ob ein Plagiat vorliegt oder nicht?

Plagiate sind in der Literatur nichts Neues. Von Shakespeare über Brecht bis hin zu Feridun Zaimoglu sind einschlägige Fälle bekannt. Vielen wird auch noch der Fall Helene Hegemann erinnerlich sein, deren Debütroman *Axolotl Roadkill* 2010 einen Skandal erzeugte, als bekannt wurde, dass die Autorin nicht nur, aber auch aus dem Blog von „Airen" und dessen im Berliner Kleinverlag Sukultur erschienenem Roman *Strobo* abgeschrieben hatte.

Nun geistert seit einigen Wochen ein besonders denkwürdiger Plagiatsfall durch das Feuilleton. Anfang August war in der *Neuen Zürcher Zeitung* zu lesen, dass der Schweizer Autor Urs Mannhart in seinem im Frühjahr beim Secession-Verlag erschienenen Roman *Bergsteigen im Flachland* „Reportagen verwendet und zitiert hat, ohne die Quelle angemessen zu nennen". Das war sehr vorsichtig formuliert. Namentlich handelt es sich dabei um literarische Reisereportagen des in Finnland lebenden österreichischen Schriftstellers Thomas Brunnsteiner, die zum Teil 2007 in dessen Buch *Bis ins Eismeer* (Verlag Wieser) und unter anderem auch im Standard erschienen sind. Mannhart kopierte nicht nur einzelne Sätze und Absätze wortgetreu oder geringfügig abgeändert aus Brunnsteiners Werken, sondern übernahm für seinen Roman zudem Motive, Ideen, ganze Geschichten.

Auch Personen aus Brunnsteiners Texten entdeckt man bei Mannhart, deren ungewöhnliche Namen sich der Schweizer nicht einmal die Mühe machte zu ändern. So berichtet Brunnsteiner in verschiedenen Reportagen, die in etwa zwischen 1999 und 2010 entstanden, mitunter vom lappländischen Psychiater Seppo Laukkanen, von einem aserbaidschanischen Chauffeur namens Kamran oder dem åländischen Kapitän Hilmer Johansson. Erteilten diese ansonsten nicht im öffentlichen Leben stehenden Menschen Brunnsteiner die ausdrückliche Erlaubnis, in seinen Reportagen mit Klarnamen genannt zu werden, und schenkten dem Autor somit ihr Vertrauen, können sie sich nun als literarisierte Figuren in Mannharts Roman entdecken.

Liest man bei Mannhart von „Professor Alexej Walentinowitsch Sokov, dem beredten Mitarbeiter des Schirschow-Instituts, der ihnen in seinem Büro mit honiggelbem Bart und vifen blauen Augen gegenübersaß", so findet man einen Professor desselben Namens bereits in Brunnsteiners Reportage Der *Milizionär im Wohnzimmer*, erschienen im Juni 2000 im Standard-ALBUM, wo er beschrieben wird als ein „offener Mann Mitte 30, gestutzter honiggelber Bart, vife blaue Augen".

Waren es bei *Axolotl Roadkill* insgesamt nicht mehr als 20 Stellen, die Hegemann aus Airens Text wörtlich oder modifiziert verwendete, so wurden bei Mannhart mittlerweile 115 Textstellen gefunden, die ohne Kenntlichmachung übernommen wurden.

Dass bei literarischen Texten im Gegensatz zu wissenschaftlichen die rechtliche Situation in Plagiatsfällen eine Grauzone sei, ist ein weitverbreiteter Irrglaube und verrät die Unkenntnis jener, die sich zu solchen Äußerungen hinreißen lassen. Entgegen einem Statement des Mannhart-Verlags, in dem dieser sich und seinen Autor unbeholfen zu verteidigen sucht, ist es zudem nicht so, dass journalistische oder andere nichtfiktionale Texte oder Teile daraus copyright- oder urheberrechtsfrei wären und einfach so von Romanautoren und -autorinnen ausgeschlachtet werden könnten. Schon gar nicht, wenn es sich dabei um eine wortgleiche Übernahme ohne Quellenangabe handelt. Das Copyright-Zeichen im Impressum von Zeitschriften, Magazinen und Büchern ist da ein hilfreiches Indiz.

Mit fremden Federn schmücken

Wohl sind kreative Übernahmen aus formalästhetischen Gründen erlaubt, wie das bei zahlreichen Werken der Postmoderne der Fall ist. Auch bei vielen experimentellen Arbeitsmethoden, in denen Signifikanten decodiert und umfunktioniert werden, wohnt dem Zitat eine gewisse Notwendigkeit inne. Fritz Ostermayer nannte im Standard-ALBUM (20. 9. 2014) einige dieser Techniken: „Sampling[1], Remix, Mashup[2], Collage, Appropriation[3] etc." Im Gegensatz zu Mannhart oder Hegemann, in deren Texten sich einem der Sinn der kopierten Stellen nicht erschließt, machen diese Autoren und Autorinnen ihr Ausgangsmaterial außerdem kenntlich, entweder durch simple Quellenangaben oder einen ausführlichen Index als Anhang. Selbst der von Ostermayer erwähnte Copyright-Kritiker Kenneth Goldsmith macht das, wenn er ein Buch wie *Seven American Deaths and Disasters* veröffentlicht, dessen Text ausschließlich aus der Abschrift von Radio- und TV-Berichten besteht.

Wer dies unterlässt, schmückt sich mit fremden Federn und begeht geistigen Diebstahl – Copyright hin oder her. Denn mit Büchern wird im kapitalistischen Literaturbetrieb nach wie vor viel Geld verdient, und einige Schriftsteller wollen (oder sollen?) sogar von ihrem Beruf leben können.

Bei Plagiaten handelt es sich aber nicht nur um eine rechtliche Verfehlung dem Urheber gegenüber, sondern auch die Leserinnen und Leser werden betrogen. „Auf jedem Joghurtbecher zu 19 Cent muss bis ins Kleinste aufgedruckt werden, was drin ist. Warum sollte das bei Literatur anders sein? Leser sind auch Konsumenten", äußert sich ein Amazon-Rezensent zum Bestseller *Axolotl Roadkill*.

In rechtlicher Hinsicht macht es keinen Unterschied, ob jemand bei einem Bauern, der sein selbstgemachtes Joghurt herzuschenken gedenkt, einbricht und dieses Produkt als sein eigenes verkauft oder ob er es einer Joghurtfabrik entwendet. Vielleicht ließe sich der Joghurt-Gedanke auch in Richtung Georges Bataille weiterverfolgen, bei dem von Aneignung und Ausscheidung die Rede ist, wobei sich im gegenwärtigen technologisch-gesellschaftlichen Setting, so wiederum der italienische Kurator Luca Cerizza, die kreative Produktion immer mehr der exkrementalen Phase nähert.

In einem Anhang zu *Bergsteigen im Flachland* wird Thomas Brunnsteiner, der bis zur Entdeckung des Plagiats nichts von der Existenz des Schweizer Autors wusste, ohne nähere Erläuterung neben anderen in einer Danksagung erwähnt. Man fragt sich bloß wofür. Vielleicht sollten alle anderen, denen Mannhart dankt, darunter etwa Suhrkamp-Autor Erich Rathfelder, das Buch einer genauen Überprüfung unterziehen. Der im Vorjahr verstorbene Rolf Michaelis, der in Mannharts Danksagung nicht vorkommt, kann dies nicht mehr tun. 1985 veröffentlichte Michaelis eine – wie Urs Mannhart vielleicht vermutete – längst vergessene Kritik zu einer Peter-Zadek-Inszenierung in der Zeit. Der Titel: *Bergsteiger im Flachland*.

Der Fall von Helene Hegemann zeigte, dass zu Plagiaten im Feuilleton kein adäquates Urteil gefällt werden kann, da hier bloß subjektive Meinungen pro oder contra wiedergegeben werden, die teilweise mit Interessenvertretungen zu tun haben, nichts aber mit der Rechtslage. Lediglich Arno Orzessek äußerte die Ansicht, dass das von Hegemann reklamierte Recht zum Kopieren „vor ordentlichen Gerichten erstritten" werden müsse – was damals ausblieb und negativ für Hegemann und ihren Verlag ausgefallen wäre. Nicht von ungefähr zahlte Ullstein eine in den Medien nicht genannte Summe als Entschädigung, erwarb nachträglich die Abdruckgenehmigung für Airens Roman, gab diesen später als Taschenbuch-Lizenzausgabe heraus und listete die plagiierten Stellen in neueren Auflagen von *Axolotl Roadkill* auf.

Urs Mannharts Roman könnte nun zum Präzedenzfall werden. Nach eingehender Prüfung einer Klage vonseiten Brunnsteiners hat das Schweizer Handelsgericht in einer Verfügung mit sofortiger Wirkung dem Verlag verboten, das Buch zu verkaufen, zu bewerben und zu präsentieren. Der Secession-Verlag wertet dies in seinem Statement befremdlicherweise als Versuch Brunnsteiners, aus „Mannharts Werk" Kapital zu schlagen, sozusagen nach dem Motto „Nicht der Dieb, der Bestohlene ist schuldig". Dass Mannhart das Urteil in einer ersten Reaktion als „Angriff auf die Literatur" empfindet, muss man sich nach seinem eigenen Vorgehen auf der Zunge zergehen lassen.

Zur Person:
Thomas Antonic, Jahrgang 1980, ist Literaturwissenschafter und forscht als Max Kade Fellow am Department of German der University of California in Berkeley. Sein jüngster Roman „JOE 9/11", gem. mit dem Finnen Janne Ratia, erschien gerade in der Edition Atelier.

Antonic, Thomas: Thomas Antonic: Was ist ein Plagiat – und was nicht? In: Der Standard, 19.10.2014. Online: http://derstandard.at/2000006985863/Thomas-Antonic-Was-ist-ein-Plagiat-und-was-nicht (30.11.2014), Originalschreibweise

---

[1] *Sampling (engl. sample: Auswahl, Muster, Beispiel): bezeichnet in der Musik den Vorgang, eine fertige Ton- oder Musikaufnahme in einem neuen Kontext zu verwenden.*
[2] *Mashup (engl. to mash für vermischen: Verknüpfung): Erstellung neuer Medieninhalte durch Kombination bestehender Inhalte*
[3] *Appropriation: Aneignung, Besitzergreifung*

2.6 Textanalyse (von nichtfiktionalen Texten)

Nichtfiktionale Texte, die auch einen nichtlinearen Textteil (Infografik) beinhalten können, geben häufig nicht nur einen gesellschaftspolitisch relevanten Sachverhalt wieder, sondern weisen meist besondere sprachliche Mittel auf, welche die Meinung der Autorin bzw. des Autors bewusst unterstreichen. Deswegen geht es bei der **Analyse eines Sachtextes** nicht nur darum, den Inhalt des Textes zu analysieren, sondern es kommt auch darauf an, was die Autorin bzw. der Autor mit dem Text bewirken möchte (informieren, Stellung zu einem Thema beziehen, jemanden überzeugen oder beeinflussen).

Außerdem gilt es die Frage zu klären, für welche Zielgruppe der Text verfasst wurde (Kommunikationsabsicht). All dies spielt für die Wortwahl, den Einsatz rhetorischer Stilmittel bzw. den Stil des jeweiligen Textes eine Rolle.

nichtfiktionaler Text: Sach- und Gebrauchstext

fiktionaler Text: literarischer Text

Funktion eines Textes: deskriptiv, narrativ, explikativ oder argumentativ

SO GEHT´S!

Textsorte TEXTANALYSE

- Die **Einleitung** enthält Basisinformationen (Textsorte, Titel, Autorin bzw. Autor, Medium, Erscheinungsdatum) und das Thema (zentrale Aussage des Textes).
- Der **Hauptteil** gibt eine kurze **Paraphrase** des Inhalts. Die anschließende **Analyse** umfasst die Form des Textes (formaler Aufbau), sprachliche Merkmale (Sprachebene, Wortwahl, rhetorische Mittel, Satzbau, Stil), die **Intention** der Autorin oder des Autors und deren oder dessen Argumentation. Außerdem werden relevante Hintergrundinformationen eingearbeitet.
- Im **Schlussteil** werden die Analyseergebnisse zusammengefasst und gegebenenfalls relevante Textqualitäten oder die Erfüllung der Textfunktion eingeschätzt.
- Sprachliche Kriterien: Relevante Fachtermini in der Analyse werden korrekt eingesetzt. Der Ausdruck ist sachlich, abstrahierend.
- Die grammatikalische Zeitform ist das **Präsens**.
- Die zentralen **Schreibhandlungen** lauten: Deskription, Explikation, Rekapitulation.
- Die Textanalyse ist eine Textsorte, die vor allem Schreibkompetenzen der **Reorganisation** und des **Transfers** verlangt. Die Aufgabenstellung kann daher mehrere Operatoren aus diesem Anforderungsbereich aufweisen.

Bewertungskriterien einer Textanalyse

- Die Basisinformation der Textbeilage wird in kürzester Form, das heißt in zwei bis drei Sätzen, komprimiert zusammengefasst.
- Formale, sprachliche und inhaltliche Elemente werden beschrieben bzw. analysiert.
- Die Funktion des Textes (deskriptiv, narrativ, explikativ oder argumentativ) ist herausgearbeitet.
- Der Bezug auf die Textbeilage erfolgt inhaltlich korrekt.
- Die sprachliche Gestaltung der Analyse ist sachlich, abstrahierend und informativ.
- Die Textanalyse ist nicht interpretativ. Sie bleibt auf der Ebene des analytisch Feststellbaren. Die Zusammenfassung bzw. eine etwaige Bewertung im Schlussteil muss objektiv nachvollziehbar sein und auf den belegten Analyseergebnissen basieren.
- Fachtermini werden verwendet.
- Die vorgegebene Wortanzahl wird eingehalten.

In Anlehnung an: Textsortenkatalog. Online: https://www.bifie.at/system/files/dl/%20srdp_d_textsortenkatalog_2016-10-21.pdf (02.11.2016)

Um bei der Analyse eines Sachtextes nicht den Überblick zu verlieren, verwenden Sie zu Trainingszwecken das folgende Formblatt (Kopiervorlage):

Formblatt zur Analyse eines Sachtextes

ECKDATEN	**Quellenangabe:** ■ Autorin bzw. Autor ■ Titel ■ Datum und Ort der Veröffentlichung ■ Textsorte (Bericht, Glosse, Kommentar, Kolumne etc.) **Thema**	
INHALT	Zusammenfassung des Textes in zwei bis drei Sätzen	
FORMALE GESTALTUNG	**Aufbau und Gliederung:** Art der Einleitung, des Hauptteiles und des Schlussteiles	
SPRACHLICHE GESTALTUNG	**Sprache und Stil:** ■ Wortverwendung (Wortwahl, Wortschatz) ■ Satzstrukturen (Länge, Komplexität) ■ Einsatz rhetorischer Stilmittel (Metaphern, Fragen, Wiederholungen etc.) Struktur der Argumentation, Argumentationstypen	
SPEZIFISCHE MERKMALE DER TEXTSORTE	■ Funktion des Textes (deskriptiv, narrativ, explikativ oder argumentativ) ■ Darstellung zentraler Aussagen des Textes ■ Adressatenadäquatheit, Intention des Textes	

Trainingsaufgabe 13

Verfassen Sie eine **Textanalyse**.

Lesen Sie den Bericht *Geschäft mit gutem Gewissen* aus der Tageszeitung *Die Presse* vom 24. August 2014 (Textbeilage 1).

Verfassen Sie nun die **Textanalyse** und bearbeiten Sie dabei folgende Schreibaufträge:

- **Geben** Sie kurz den Inhalt des Textes in komprimierter Form **wieder**.
- **Untersuchen** Sie den Text hinsichtlich seiner argumentativen Strukturen.
- **Setzen** Sie die semantischen, syntaktischen und formalen Kriterien des Textes mit dem Inhalt in **Beziehung**.
- **Bewerten** Sie den Bericht aufgrund der Analyseergebnisse.

Schreiben Sie zwischen 540 und 660 Wörter. Markieren Sie Absätze mittels Leerzeilen.

Lösungshilfe zu Trainingsaufgabe 13 (Formblatt zur Textanalyse): Seite 140

Schülerarbeit zu Trainingsaufgabe 13: Seite 141

semantisch: die Bedeutungen sprachlicher Zeichen und Zeichenfolgen betreffend

syntaktisch: den Satzbau betreffend

Textbeilage 1

Geschäft mit gutem Gewissen

Die Gesellschaft findet neue Wege, mit Leid umzugehen. Aktionen wie die „Ice Bucket Challenge"[1] sind albern und erfolgreich. Politiker setzen hingegen auf Neid statt auf Wohltätigkeit.

Der Slogan für die Spendenaktion sei intern heftig diskutiert worden, erzählt der Wiener Caritas-Direktor, Michael Landau. Aktuell plakatiert die Caritas das Porträt von zwei Kindern, eines weiß, das andere dunkelhäutig. „Eines von zwei Kindern muss verhungern. Wenn wir unsere Hilfe nicht verdoppeln." Dies sollte eigentlich auf den Plakaten stehen. Doch im letzten Moment wurde aus „verhungern" ein abgeschwächtes „hungern". Hemmt zu viel schlechtes Gewissen die Spenderlaune?

Klar ist: Die Plakataktion der Caritas geht auch in abgeschwächter Form unter die Haut und ist so manchem Beobachter noch immer zu hart. Dabei sollte man doch glauben, die Menschen seien ohnehin schon abgestumpft. Tagtäglich werden ihnen die Schreckensbilder aus Syrien, der Ukraine, dem Gazastreifen frei Haus geliefert, zwischendurch noch ein paar Naturkatastrophen. Allgemein kommen Psychologen zur Ansicht, dass mit steigender Präsenz des Elends das Mitgefühl der Menschen sinkt. Und es sinkt dadurch auch die Bereitschaft, zu spenden und zu helfen.

Eine Feststellung, die Caritas-Direktor Landau im Gespräch mit der „Presse am Sonntag" aus seiner eigenen Erfahrung nicht bestätigen kann. „In Österreich gebe es einen „guten Grundwasserspiegel der Solidarität", attestiert er. Er beobachte, dass viele sich persönlich engagieren. So nehme etwa die Zahl der freiwilligen Helfer bei der Caritas kontinuierlich zu. Mittlerweile seien es 40.000.

Für den Großteil der Bevölkerung dürfte aber zutreffen, was Experten unter dem Begriff „Habituation"[2] subsumieren. Wenn sich der Schrecken zu oft wiederholt, verliert er seinen Schrecken. Es ist ein schleichender, unbewusster Prozess.

Dosis erhöhen. Wer also mit Bad News Geschäft machen oder Spenden sammeln will, muss sich dieser Tage etwas einfallen lassen. Das gilt nicht nur für Hilfsorganisationen, sondern vor allem auch für Medien. Das Nachrichtenmagazin „Profil" titelte vergangene Woche mit der Schlagzeile „Was wir vom Krieg nicht sehen wollen" und zeigte dazu das Bild zweier Kinder, die nach dem Bombardement eines Hauses in Gaza bis zum Hals im Schutt stecken. Und auch wenn sich die Coverstory dazu sehr klug mit dem Krieg der Bilder auseinandersetzt, bleibt trotzdem der Verdacht, dass hier im wahrsten Sinne des Wortes „mit aller Gewalt" versucht wird, ein Magazin zu verkaufen. Am Ende macht sich nämlich jeder sein Bild von der Wirklichkeit selbst.

Müssen wir tatsächlich die Dosis erhöhen, um das Elend zu vermitteln? „Es geht nicht darum, die Dosis zu erhöhen", sagt Michael Landau. Es gehe darum, Unangenehmes „ungeschönt" anzusprechen.

Eiskübel statt Betroffenheit. Eine Ansicht, die bei der ALS Association in Washington mittlerweile wohl keiner mehr unterschreiben wird. Ziel der Vereinigung ist es, Geld im Kampf gegen die bis dato unheilbare Nervenkrankheit Amyotrophe Lateralsklerose (ALS) aufzutreiben. Vor einem Jahr waren im August knapp zwei Millionen Dollar auf das Spendenkonto eingegangen, berichtet die Vereinigung auf ihrer Homepage. Diesen Sommer sind es mehr als 40 Millionen Dollar. Und alles nur, weil ein in den USA populärer Golfprofi sich einen Kübel Eiswasser über den Kopf geleert hat. Seit Monaten sorgt die „Ice Bucket Challenge" auf Facebook für Furore. Facebook-Gründer Mark Zuckerberg hat sich genauso gekübelt wie Microsoft-Gründer Bill Gates oder der frühere US-Präsident Georg W. Bush. Sein Nachfolger Barack Obama zog es vor, „nur" zu spenden, und ließ die Dusche aus.

Mit Respektabstand ist die Aktion auch in Österreich angekommen. Landwirtschaftsminister Andrä Rupprechter, ÖVP-Klubobmann Reinhold Lopatka, ÖBB-Chef Christian Kern, Skispringer Gregor Schlierenzauer und ORF-Journalist Armin Wolf stellten in den vergangenen Tagen ihr soziales Engagement unter Beweis und sich selbst dar.

Muss sich irgendwann auch die Caritas damit abfinden, dass man sich Spendengelder am besten erblödelt? Dass die „ungeschönte" Wahrheit keiner mehr sehen will?

„Ich sehe den Überdruss nicht", antwortet Landau. „Den Menschen ist das Leid anderer nicht egal."

Aber die Menschen wollen das Elend lieber in kleinen Häppchen serviert bekommen, damit sie es besser konsumieren können. Das Leid sollte tunlichst kein Gesicht haben, sondern am besten in abstrakte Zahlen gegossen sein. Dass laut Statistik Austria 1,5 Millionen Österreicher „armutsgefährdet" sind, darüber kann man mit gutem Gewissen besorgt sein. Der Sozialstaat verpackt Armut quasi in Cellophan und macht sie so erträglich. Erträglich vor allem für jene, die nicht betroffen sind.

Dass mittlerweile jeder dritte Steuereuro für Soziales ausgegeben wird und die Armut laut Armutskonferenz in diesem Land trotzdem nicht abnimmt, wundert zumindest Michael Landau nicht. „Der überwiegende Teil des Geldes fließt ins Pensionssystem und ins Gesundheitswesen", sagt der Caritas-Direktor. „Nur 0,8 Prozent der Sozialausgaben dienen der unmittelbaren Armutsbekämpfung."

Neid ist stärker als Leid. Wie viel Mitleid steckt in einer Gesellschaft, in der das Wort „Opfer" nicht nur unter Teenagern zum Schimpfwort avanciert? Wie viel Soziales steckt in den „sozialen Medien"?

Und in der Politik? Es ist durchaus bezeichnend, dass das oberste sozialpolitische Ziel der SPÖ inzwischen die sogenannte Millionärssteuer ist. Nicht die Armut, sondern der Reichtum wird bekämpft. Neid ist eben stärker als Leid. Und während die einen gegen „die da oben" wettern, ziehen FPÖ und ÖVP wie jüngst in Salzburg gegen „organisierte Bettlerbanden" ins Feld. „Wir kommen mit Neiddebatten weder am oberen noch am unteren Rand weiter", sagt der Wiener Caritas-Direktor.

Dass Menschen bei so vielen „Krisenherden" irgendwann das Elend auch einfach einmal „ausblenden" wollen, versteht auch er. Gelegentlich ausblenden ist besser als abstumpfen.

Hofer, Gerhard: Geschäft mit gutem Gewissen. In: Die Presse, 24.08.2014. Online: http://diepresse.com/home/wirtschaft/economist/3858996/Geschaeft-mit-gutem-Gewissen?from=suche.intern.portal (30.11.2014)

---

[1] *Ice Bucket Challenge (engl. für Eiskübelherausforderung) war eine als Spendenkampagne gedachte Aktion im Sommer 2014. Sie sollte auf die Nervenkrankheit Amyotrophe Lateralsklerose (ALS) aufmerksam machen und Spendengelder für deren Erforschung und Bekämpfung sammeln. Die Herausforderung bestand darin, sich einen Eimer kaltes Wasser über den Kopf zu gießen und danach drei oder mehr Personen zu nominieren, es einem binnen 24 Stunden gleichzutun, sowie zehn US-Dollar oder Euro an die ALS Association zu spenden. Wollte man sich keinen Eimer Wasser über den Kopf gießen, sollte man 100 US-Dollar bzw. Euro an die ALS Association spenden.*

[2] *Habituation: Gewöhnung*

Trainingsaufgabe 14

Lösungshilfe zu Trainingsaufgabe 14 (Formblatt zur Textanalyse): Seite 142

Verfassen Sie eine **Textanalyse**.

Lesen Sie den Bericht *Eine „österreichische" Sprache gibt es nicht* aus der Tageszeitung *Die Presse* vom 9. Juli 2014 (Textbeilage 1).

Verfassen Sie nun die **Textanalyse** und bearbeiten Sie dabei folgende Schreibaufträge:

- **Fassen** Sie die Gründe des Rückgangs der österreichischen Varietät des Deutschen **zusammen**.
- **Untersuchen** Sie den Satzbau insbesondere an den Stellen, in denen historische Beispiele genannt werden, sowie die Argumentationslinie, die der Autor einsetzt, um seine Sicht der Dinge darzulegen.
- **Bewerten** Sie die Argumentation des Autors hinsichtlich der nationalen Varietät des Deutschen.

Schreiben Sie zwischen 540 und 660 Wörter. Markieren Sie Absätze mittels Leerzeilen.

Textbeilage 1

Eine „österreichische" Sprache gibt es nicht

Wie speziell „österreichische" Begriffe entstanden sind und warum sie immer stärker auf dem Rückzug sind.

Es ist sehr erfreulich, dass die vom BMUKK[1] herausgegebene Broschüre „Österreichisches Deutsch als Unterrichts- und Bildungssprache" ein so breites Echo findet. Denn dass sich das typisch „österreichische" Deutsch – zusammen mit dem südlich bzw. bairisch gefärbten – bei der jüngeren Generation auf dem Rückzug befindet, ist eine Tatsache.

Eine der Ursachen, warum die österreichische Varietät des Standarddeutschen immer weiter zurückgedrängt wird, ist die globalisierte Umwelt: Der jungen Generation ist der Unterschied zwischen Norddeutsch und Süddeutsch – zu Letzterem zählt ja das österreichische Deutsch – immer weniger bewusst. In den Massenmedien (v. a. im Fernsehen und in der Werbung) überwiegt der binnendeutsche, eher nördlich geprägte Sprachgebrauch. Dazu kommt der fortschreitende Abbau der Mundarten. Dadurch entstand eine gewisse sprachliche Unsicherheit, der die nun vorliegende Broschüre entgegenwirken kann. Viele Menschen sind sprachlich unsicher und wählen zur Vorsicht die bundesdeutsche Variante und blicken lieber in den „Duden" als ins „Österreichische Wörterbuch". Ein „österreichisches Sprachbewusstsein" scheint es derzeit (zumindest bei der jüngeren Generation) nicht zu geben – im Gegensatz zum „österreichischen Nationalbewusstsein".

Dies zeigt sich auch an der Übernahme vieler im amtlichen Bereich üblicher Bezeichnungen wie „Gesundheitsakte" (statt der -akt) oder beim Telefonieren „drücken Sie die Eins" (statt „drücken Sie eins").

Und vielfach fehlt das sprachliche Wissen, was u. a. die EU-Liste der österreichischen Bezeichnungen unterstreicht: 23 Begriffe wie Erdäpfel, Eierschwammerl, Ribisel oder Powidl wurden beim EU-Beitritt Österreichs im Protokoll Nr. 10 festgehalten, die parallel zu den bundes- oder binnendeutschen Bezeichnungen (gleichrangig) zu verwenden sind. Insgesamt gibt es aber eine weit größere Anzahl von Austriazismen, nicht nur unter den Bezeichnungen für Lebensmittel, sondern v.a. auch in der Rechts- und Verwaltungssprache, hinter der die typisch österreichische Küchensprache eher eine Nebenrolle spielt. Übrigens sind nur zwölf von den 23 Bezeichnungen in diesem Protokoll Austriazismen im engeren Sinn des Wortes, denn neun davon sind auch bairisch bzw. süddeutsch, und zwei passen gar nicht in diese Liste; einige dieser Austriazismen sind darüber hinaus nicht in ganz Österreich üblich (wie u. a. die Tomate).

Als Austriazismen bezeichnet man den Wortschatz, der im außerösterreichischen deutschen Sprachgebiet als „typisch österreichisch" wahrgenommen wird. Dazu kommen auch einige Aussprachegewohnheiten (wie Chemie, China als [ki-], nicht [chi-] oder -ig als [-ik], nicht [-ich], Betonung Kaffée, Mathemátik usw.). Es betreffen zwar die für Österreich typischen Ausdrücke alle Lebensbereiche, sie häufen sich aber auf dem Gebiet der Verwaltung und Gastronomie.

Diese Broschüre will nun vermitteln, dass das österreichische Deutsch eine nationale Varietät der gemeinsamen hochdeutschen Schriftsprache ist, die sich von dieser durch einige Besonderheiten abhebt und in Österreich als Standardsprache zu betrachten ist, wie im „Österreichischen Wörterbuch" festgehalten ist – dieses ist also eine Art „Duden" für Österreich.

Der deutsche Standardraum

Das Verhältnis zwischen dem Deutschen in Österreich und in Deutschland (einschließlich des Freistaates Bayern und der Schweiz) ist allerdings ein sehr verwickeltes. Die innerstaatlich verlaufende Kommunikation, bedingt durch die Eigenstaatlichkeit (spätestens seit 1866/71, aber schon seit der zweiten Hälfte des 18. Jahrhunderts) ließ einerseits die „staatsräumlichen Austriazismen" der Amts- und Verwaltungs- bzw. Küchen- und Mediensprache entstehen und lieferte andererseits den Rahmen dazu, dass süddeutsche und bairische Besonderheiten in unserem Lande ihre Position gegenüber binnen- und bundesdeutschen Varianten besser behaupten konnten als etwa im Freistaat Bayern (diesen schreibt man mit y, bairisch mit i meint aber den Dialekt).

Entscheidend war aber für Österreich die Einbindung in die einheitliche gesamtdeutsche Standardsprache seit dem 18. Jahrhundert, die einerseits die räumliche Gliederung des pluriarealen deutschen Sprachgebietes nach den dialektalen Großräumen reflektiert, andererseits die deutschen Großdialekte überdacht und damit die Kommunikation sicherstellt. Die **plurizentrische** Gliederung des deutschen Sprachgebietes nach den drei Staaten Deutschland, Österreich und der Schweiz ist sekundär, historisch jünger und reflektiert die neuzeitliche politische Entwicklung, hat aber bisher keine geschlossenen Sprachräume nach den Staatsgrenzen schaffen können, zumindest nicht auf Ebene der allgemeinen Verkehrssprache. Grammatikalische Abweichungen sind marginal, es gibt auch nicht sehr viele österreichische Wörter, die in Deutschland nicht verstanden werden, sondern bestenfalls ein paar Dutzend, das meiste findet sich auch in den anderen süddeutschen Regionen, v. a. in Bayern.

Die Staatsgrenze zu den anderen deutschsprachigen Regionen ist keine Sprach- oder Mundartgrenze, sondern bloß eine politische, die sich nur auf sprachliche Erscheinungen des öffentlichen Lebens beschränkt, also österreichisch und schweizerisch, Nationalrat gegenüber Bundestag, österreichisch Matura, schweizerisch Matur gegenüber deutsch Abitur, deutsch und österreichisch Führerschein gegenüber schweizerisch Führerausweis usw. Sonst trinkt man seine Maß Bier in München wie in Salzburg. Weder das österreichische noch das deutschländische (noch das Schweizer) Deutsch bildet eine Einheit. Das österreichische Deutsch ist also eine historisch durch Eigenstaatlichkeit erwachsene nationale Varietät, wobei weder dieses noch das bundesdeutsche homogen sind, vielmehr setzt sich die areale Gliederung, wie sie in der BR Deutschland im Großen besteht, sich im Kleinen in Österreich fort, wobei unbestritten bleibt, dass manche Erscheinungen nur auf österreichischem Boden vorkommen, diese aber nicht immer im ganzen Bundesgebiet.

Denn eine einheitliche „österreichische Sprache" (analog zu der seit 1945 entstandenen und heute gefestigten „[Staats-]Nation") gibt es nicht; der Umkehrschluss „weil es eine österreichische Nation gibt, muss es auch eine Nationalsprache geben" ist nicht zulässig.

Es gibt also sehr wohl eine österreichische „nationale Varietät" des Deutschen, sie ist aber gleichzeitig eine durch die Eigenstaatlichkeit Österreichs bedingte süddeutsche Varietät, „national" in der Hinsicht, dass die staatlich-kulturellen Rahmenbedingungen das Festhalten am süddeutschen Sprachgut fördern, aber „nicht national" hinsichtlich des Sprachverhaltens weiter Teile der österreichischen Gesellschaft, denn in österreichischen Zeitungen, in Rundfunk und Fernsehen sind Wörter wie Junge für Knabe bzw. Bub und Bursche, Treppe für Stiege, Kartoffel für Erdäpfel usw., Plurale wie Jungs, Mädels usw., Wendungen wie er ist gut drauf, es macht keinen Sinn, tschüss usw. heute gang und gäbe; auch er/sie/es hat gestanden/gelegen/gesessen (statt süddeutsch ist) kann man heute in Österreich (wie auch in Bayern) oft hören. Ferner ist in der gehobenen Gastronomie eine Zunahme binnen- und bundesdeutscher Termini zu beobachten.

Zur Person:
Heinz-Dieter Pohl, geboren 1942, ist Professor für Allgemeine und Diachrone Sprachwissenschaft im Ruhestand an der Alpen Adria Universität Klagenfurt. Er hat u. a. das „Österreichische Wörterbuch" bearbeitet.

Pohl, Heinz-Dieter: Eine „österreichische" Sprache gibt es nicht. In: Die Presse, 09.07.2014. Online: http://diepresse.com/home/meinung/gastkommentar/3834986/Eine-osterreichische-Sprache-gibt-es-nicht (01.12.2014)

[1] BMUKK (Bundesministerium für Unterricht, Kunst und Kultur): derzeit Bundesministerium für Bildung und Frauen (BMBF)

2.7 Textinterpretation (von literarischen Texten)

Die **Interpretation** eines **fiktionalen Textes** stellt oft eine besondere Herausforderung dar. Am Anfang steht sehr häufig die Frage, wie der Text verstanden oder gedeutet werden kann.

fiktionaler Text: literarischer Text

Es fällt auch nicht immer leicht, sich in die Schreibabsicht einer Autorin oder eines Autors hineinzuversetzen, vor allem wenn diese bzw. dieser in einem früheren Jahrhundert gelebt hat.

Trotzdem üben das **Recherchieren** und **Diskutieren** über literarische Texte einen besonderen Reiz aus: Die verschiedenen Ansichten und Deutungsweisen können in spannenden Diskussionen enden, in denen nicht das „Richtig" oder „Falsch" zählt, sondern die unterschiedlichen Betrachtungsweisen zu neuen Erkenntnissen führen.

Manchmal werden **Textanalyse** und **Textinterpretation** eines fiktionalen Textes miteinander verwechselt bzw. synonym verwendet. Die Textinterpretation baut jedoch immer auf der Analyse des literarischen Textes auf, um auf dieser Basis den Text interpretativ zu erschließen.

- Einen **fiktionalen Text** zu **analysieren** heißt, ihn unter Berücksichtigung des Wechselbezuges von Textstrukturen, Funktionen und Intentionen zu erfassen. Es geht darum, zentrale strukturbildende, genretypische, semantische, syntaktische oder stilistisch-rhetorische Elemente und ihre Funktion für das Textganze herauszuarbeiten. Dabei sollen Textaussagen, Sachverhalte verständlich und differenziert dargestellt und durch zusätzliche Informationen und Beispiele veranschaulicht werden.

  ▶ **semantisch: Seite 57**

  ▶ **syntaktisch: Seite 57**

  Bei der **Analyse eines Sachtextes** geht es dagegen darum, die Argumentation der Autorin bzw. des Autors auf ihre Stichhaltigkeit zu überprüfen, zu untersuchen, welche Einstellung sie oder er zum Geschriebenen hat oder ob die Leserin bzw. der Leser belehrt, ermahnt oder informiert etc. werden soll.

- Einen Text zu **interpretieren** bedeutet, über diese Analyse hinauszugehen und den Text nicht nur inhaltlich, formal und sprachlich zu **erschließen**, sondern anschließend die Ergebnisse dieser Analyse zu **bewerten** sowie zu **deuten** und die Intentionen sowie Ergebnisse der Textbeschreibung in einen Erklärungszusammenhang zu bringen.

  Hier werden eventuell auch außerhalb des Textes liegende Erklärungsmöglichkeiten (zum Beispiel historische und literaturgeschichtliche, psychologische, soziologische, sprachorientierte oder intertextuelle Aspekte) miteinbezogen und mittels Textbelegen eine Interpretationshypothese (erklärende und wertende Textauslegung) erstellt.

  Intertextualität: Bezug von Texten aufeinander

  Die Textinterpretation setzt dort fort, wo die Textanalyse endet. Sie basiert somit auf einer Analyse, orientiert sich an den Ergebnissen, setzt dann aber diese Analyse der Zusammenhänge zwischen formalen, sprachlichen und inhaltlichen Aspekten interpretativ um, um zu einem umfassenden Textverständnis zu gelangen.

SO GEHT'S!

Textsorte TEXTINTERPRETATION

1.
- Die **Einleitung** enthält **Informationen** über die Autorin bzw. den Autor, die Quelle (Titel, Erscheinungs- bzw. Entstehungsjahr), die **Textgattung** und das **Thema**, eventuell auch den Kontext.
- Der **Hauptteil** besteht aus einer kurzen Inhaltsangabe, der **Textanalyse** (inhaltliche, formale und sprachliche Analyse) und der **Interpretation**.

2.1

Hauptteil

der Textstellen unterstreichen

Textanalyse:

Formanalyse:

2.2
- Formanalyse eines **epischen** Textes: Erzählform, Erzählperspektive, Aufbau und Handlungsverlauf, Erzählstruktur, Erzählzeit und erzählte Zeit, Gestaltung des Raumes, Personenbeschreibung und Charakteristik
- Formanalyse eines **lyrischen** Textes: Versmaß, Rhythmus, Gestaltung der Strophen, Reimform, lyrische Motive
- Formanalyse eines **dramatischen** Textes: Dramenform, Handlungsaufbau, Handlungskonzeption, Spielzeit und Spielort, Figurenkonstellation

Sprachanalyse:

2.3
- Wortschatz, Satzstrukturen, Stilebenen, rhetorische Stilmittel (Seite 22)

Textinterpretation: Schluss → Syntaktische Stilmittel

3
- Symbolgehalt des Textes
- Interpretationshypothese (erklärende und wertende Textauslegung)
- Verknüpfung der formalen und sprachlichen Analyse mit der Interpretationshypothese
- Wirkung bzw. mögliche Intention des Textes

- Im **Schlussteil** wird die Aussage der Autorin bzw. des Autors anhand der Analyse und Interpretation des Textes sowie einer ausführlichen Hintergrundrecherche formuliert. Abschließend kann die **eigene sachliche Meinung** über den Text zum Ausdruck gebracht werden.
  Die **Bewertung** des Textes und seiner Aussagen hat ebenfalls sachlich zu erfolgen. Mögliche Kritikpunkte sind mit Zitaten zu belegen.
- Sprachliche Kriterien: Relevante Fachtermini werden korrekt eingesetzt. Der Ausdruck zeigt ein eigenständiges, vom Text gelöstes Vokabular. Der Stil des Textes wird nicht übernommen.
- Die zentralen **Schreibhandlungen** lauten: Argumentation, Explikation, Deskription, Rekapitulation.

Bewertungskriterien einer Textinterpretation

- Der Inhalt der Textbeilage wird in kürzester Form wiedergegeben, die Entwicklung der Handlung ist nachvollziehbar.
- Formale, sprachliche und inhaltliche Elemente werden beschrieben bzw. analysiert. Auffällige Textmerkmale werden genau untersucht und gedeutet.
- Die Interpretationshypothese ist überprüft und abgesichert und mit der formalen und sprachlichen Analyse verknüpft.
- Der Symbolgehalt im Text wird erkannt und wiedergegeben.
- Die Wirkung bzw. die mögliche Intention des Textes ist dargestellt.
- Die Gliederung des Textes erfolgt leserfreundlich, das heißt, einzelne Textteile werden mit dem Ganztext verschränkt; relevante Textteile werden korrekt direkt oder indirekt zitiert.
- Fachtermini werden verwendet.
- Die vorgegebene Wortanzahl wird eingehalten, da vor allem eine Unterschreitung dieser Wortanzahl die Einhaltung der geforderten Kriterien kaum zulässt.

In Anlehnung an: Textsortenkatalog. Online: https://www.bifie.at/system/files/dl/%20srdp_d_textsortenkatalog_2016-10-21.pdf (02.11.2016)

Um bei der Interpretation eines literarischen Textes nicht den Überblick zu verlieren, verwenden Sie zu Trainingszwecken das folgende Formblatt (Kopiervorlage):

Formblatt zur Interpretation eines literarischen Textes

ECKDATEN	**Quellenangabe:** ■ Autorin bzw. Autor ■ Titel ■ Textgattung (Roman, Kurzgeschichte, Gedicht, Drama, Erzählung, Fabel etc.) **Thema**	
DARGESTELLTE WELT	**Figuren:** ■ Haupt- und Nebenfiguren, ihre Stellung zueinander, ihr Umgang miteinander, lyrisches Ich/Personen etc. ■ soziales Milieu der handelnden Personen ■ Handlungsmotive der Personen **Ort:** ■ Schauplatz/Schauplätze ■ symbolische Bedeutung der Orte **Zeit:** ■ Zeit der Handlung ■ Funktion der Zeit (historisch, symbolisch etc.) **Handlung:** ■ ein Erzählstrang ■ mehrere Erzählstränge	
AUFBAU UND GLIEDERUNG	**Aufbau:** ■ Abschnitte (z. B. Einleitung, Beginn der Handlung, Höhepunkt, Schluss) ■ Verse/Strophen ■ Akte **Handlungsstruktur:** ■ Rückblenden, Vorausschauen ■ geschlossene oder offene Handlung	
SPRACHE	**Sprache und Stil** (einfach, anspruchsvoll, antiquiert, Umgangssprache etc.) **Wortebene:** ■ Mit welchen Wörtern arbeitet die Autorin bzw. der Autor? **Satzebene:** ■ Haupt- und Gliedsätze, Art der Satzverknüpfung **Stilfiguren:** ■ rhetorische Stilmittel **sprachliche Darstellung:** ■ epische, lyrische, dramatische Darstellung, Monologe, Dialoge	
SPEZIFISCHE MERKMALE DER LITERARISCHEN GATTUNG	**Erzählform:** ■ Ich-Erzähler, Er-/Sie-Erzähler **Erzählperspektive:** ■ auktorial, personal, neutral **Zeitgestaltung:** ■ Erzählzeit – erzählte Zeit **Merkmale der Textsorte**	
INTERPRETATIONS-HYPOTHESE	historische und literaturgeschichtliche, psychologische, soziologische, sprachorientierte oder intertextuelle Aspekte	

Trainingsaufgabe 15

zwei Schülerarbeiten zu Trainingsaufgabe 15: Seite 143 f.

Verfassen Sie eine **Textinterpretation**.

Lesen Sie die Kurzgeschichte *Die Dicke der Haut* von Siegfried Lenz (Textbeilage 1).

Verfassen Sie nun die **Textinterpretation** und bearbeiten Sie dabei folgende Schreibaufträge:

- **Beschreiben** Sie kurz die Situation, die in der Kurzgeschichte geschildert wird.
- **Untersuchen** Sie die sprachlichen Mittel, mit denen der Autor die Beziehung zwischen Brunswik, dem Masseur und dem Hund ausdrückt.
- **Erklären** Sie die Bedeutung des Massierens in Bezug auf den Verlauf der Geschichte.
- **Bewerten** Sie die Intention bzw. Wirkung der Kurzgeschichte im Hinblick auf einen möglichen Zusammenhang von Selbstmitleid und Mitleid mit anderen Lebewesen.

Schreiben Sie zwischen 305 und 395 Wörter. Markieren Sie Absätze mittels Leerzeilen.

Textbeilage 1

Siegfried Lenz – Die Dicke der Haut

Brunswik hatte einen Masseur ins Haus bestellt, und ich fuhr noch vor dem Frühstück raus zu ihm und meldete mich an: Ich wurde bereits erwartet. Ein verhärmtes Mädchen öffnete, führte mich eine Treppe hinauf, führte mich zu einer schmalen Tür und klopfte und ließ mich rein.

Er lag auf einer fellbedeckten Couch, regungslos, mit schlapp herabhängenden, fleischigen Armen. Brunswik lag auf dem Gesicht. Sein weiches Rückenfleisch schimmerte sanft im Fensterlicht, tief gefaltet war der saubere Nackenspeck, hochgedrückt zur Seite das hängende Kinn: Der Atem ging schnell und angestrengt. Von unten erklang das Jaulen eines Hundes.

„Kommen Sie“, sagte Brunswik, „fangen Sie an.“

„Ja“, sagte ich, „sofort“, und ich machte mich fertig zur Massage. Leicht tatschte ich kleine Spritzer der Fettcreme auf seinen Rücken, auf die weichen Hüften, den Nacken, und jedes Mal zuckte er unter der kühlen Berührung des Fettes zusammen, unter dem geringen Druck meiner Fingerkuppen.

„Gleich“, tröstete ich ihn, „gleich ist es vorbei.“ Er richtete sein Gesicht auf und nickte, und ich sah, dass Brunswik sehr jung war.

Wieder erklang, laut und auflehnend, das Jaulen des Hundes unter uns, und als ich dem Jaulen nachlauschte, sagte Brunswik: „Von mir aus können Sie beginnen.“

Und ich begann: milde verstrich ich die Fettcreme, rieb sie in die gelbliche Haut, griff behutsam in das weiche Rückenfleisch und zog eine Drucklinie herab, während er leise seufzte und keuchte.

„Gut“, seufzte er, „so ist es gut.“

In diesem Augenblick jaulte der Hund auf wie unter einem plötzlichen Schmerz, und ich sagte: „Hören Sie das?“

„Ja“, sagte er, „ich höre.“

„Der scheint was zu haben, der Hund.“

„Sicher", sagte Brunswik, „er hat Hunger. Der Hund jault vor Hunger, das ist in jeder Woche so. Er wird sich schon daran gewöhnen."

„Ihr Hund?", fragte ich.

„Ja", sagte er.

Ich entdeckte neben dem tief im Rückenspeck liegenden Schulterblatt einen Knoten, weich setzte ich an, drückte mit dem Handballen, schob den Knoten mit dem Daumen auf: Brunswik stöhnte jetzt, schlug sein Gesicht aufs Kissen, aber ich ließ nicht nach.

„Da sitzt es", sagte ich.

„Ja", sagte er, „da an der Schulter."

Ich ließ die Fingerkuppen sorgfältig den Konturen des Knotens nachspüren, trommelte schwach, drückte dann wieder, bis Brunswik leise aufschrie.

„Ist genug", bat er, „nicht mehr da."

Schweigend nahm ich mir die andere Schulter vor, und als der Hund unten zu winseln begann, fragte ich: „Was fehlt Ihrem Hund?"

„Nichts", seufzte er, „gar nichts. Aber das tut ihm gut, wenn er hungert. Anderthalb Tage in der Woche muß er hungern. So ein Hund muß wissen, von wem er das Futter bekommt, und daß das Futter nicht etwas Alltägliches ist. Außerdem ist Hunger gut für Hunde. Wer seinen Hund liebt, muß ihn hungern lassen."

„Sicher", sagte ich, „aber anderthalb Tage sind viel."

Und ich walkte und knetete jetzt das hängende Hüftfleisch, rollte es beidhändig zwischen Daumen und Zeigefinger, kniff und zupfte, und Brunswik schloß unter der schmerzhaften Wohltat die Augen. Er röchelte leise, das pünktliche Gefühl unwiderstehlicher Schläfrigkeit stellte sich ein: gleich, dachte ich, gleich wird er einschlafen. Ich knetete die schlappen, fleischigen Arme durch, strich mit langem Druck bis zum Bizeps hinauf – oder doch bis zu der Stelle, wo sich sonst der Bizeps befindet –: ein kleines, wohliges Stöhnen drang aus Brunswiks Mund, ein unartikuliertes Heimweh nach Schlaf.

Plötzlich erklang das Jaulen des Hundes, erklang hell und ungeduldig, ein Jaulen der Freude. Brunswik hob mißtrauisch den Kopf, lauschte, und als dem Jaulen ein erregtes Gebell folgte, erhob er sich, winkte mir, an meinem Platz stehen zu bleiben, und trat ans Fenster. Und während er mißtrauisch dastand und hinablauschte, sah ich ihn an: die weißen, muskellosen Beine, den hängenden Hüftspeck, den fahlen und gewölbten Nacken; rasch senkte und hob sich die weiche, unbehaarte Brust, aufmerksam bewegten sich die kleinen Augen in den blassen Fettpolstern: das freudige Gebell des Hundes wiederholte sich nicht.

Müde kam Brunswik zur Couch zurück, lachte schwach, wälzte sich auf die Felldecke und nickte mir zu, die Massage fortzusetzen. Und als ich mit den Handkanten seine Hinterbacken bearbeitete, fest klopfte, um das Fleisch zu straffen, wurde die Tür geöffnet. Das verhärmte Mädchen schaute herein, atemlos, mit den großen Augen der Furcht. Ich unterbrach das Klopfen, und Brunswik fragte:

„Ist das Frühstück fertig?"

„Ja", sagte das Mädchen leise.

„Habt ihr alles bekommen? Warmen Räucheraal, frische Mayonnaise?"

„Es ist alles da", sagte das Mädchen. „Den Aal schickt uns jetzt die Räucherei, jeden Morgen."

„Wir sind gleich fertig", sagte Brunswik.

„Aber der Hund", sagte das Mädchen.

„Er bekommt erst morgen Mittag was."

„Nein", sagte das Mädchen, „der Hund, ich glaube, der Hund stirbt. Irgendwer hat ihm etwas über den Zaun geworfen. Und er hat es gefressen, und jetzt liegt er unter den Johannisbeeren und zuckt. Vielleicht haben sie ihm etwas Giftiges gegeben, weil er immer so jaulte."

„Ich werde nachsehn", sagte ich, „ich geh mal runter."

Das Mädchen brachte mich runter, zeigte mir den Garten und die schwarzen Johannisbeeren, und unter dem Busch lag der Hund. Es war ein magerer, braun gefleckter Hund: friedlich, die Pfoten ausgestreckt, so lag er auf der Seite im Gras unter den Johannisbeeren. Die Schnauze war leicht geöffnet, winzige, grünliche Schaumblasen standen an seinen Lefzen: der Hund zuckte jetzt nicht mehr, er war tot.

„Was soll ich mit ihm machen?" fragte das Mädchen.

„Gar nichts", sagte ich.

Langsam ging ich zum Haus zurück, in das Couchzimmer, wo mein Zeug war. Brunswik war verschwunden. Ich packte alles zusammen, zog den Regenmantel an, nahm meine Aktentasche und ging hinaus auf den Flur. Und jetzt ging eine Tür auf, die Tür zum Frühstückszimmer: Brunswik saß allein an einem Tisch, saß, nur mit einem gestreiften Bademantel bekleidet, vor seinem Kaffee, vor Platten mit Räucheraal, Wurst, Geflügel, feinem Speck und Eiern, und während er mit einem Löffel Mayonnaise auf ein Brot kleckste, lächelte er mich an und rief: „Bis morgen, bis morgen um dieselbe Zeit."

„Ja", sagte ich, „ja." Aber ich wusste, daß ich log.

Lenz, Siegfried: Die Dicke der Haut. In: Die Zeit Archiv, Jahrgang 1958, Ausgabe 07, 13.02.1958. Online: http://www.zeit.de/1958/07/die-dicke-der-haut (28.11.2014), Originalschreibweise

Infobox:

Siegfried Lenz (1926–2014)

Der deutsche Schriftsteller zählt neben Heinrich Böll und Günter Grass zu den bedeutendsten deutschsprachigen Erzählern der Nachkriegs- und Gegenwartsliteratur. Er gilt als Wegbereiter des Genres der Kurzgeschichte in der deutschsprachigen Literatur.

Weite Teile seines Werkes sind geprägt von der Beschäftigung mit gesellschaftskritischen Problemen sowie der Auseinandersetzung mit dem Dritten Reich bzw. seiner Verarbeitung. Zu seinem größten Erfolg wurde dabei der 1968 erschienene Roman *Deutschstunde*, der auch international bahnbrechend wurde.

In Anlehnung an: http://www.siegfried-lenz.de/biographie.cfm (12.12.2014)

Trainingsaufgabe 16

Verfassen Sie eine **Textinterpretation**.

Lösungshilfe zu Trainingsaufgabe 16 (Formblatt zur Textinterpretation): Seite 145

Lesen Sie die Kurzgeschichte *Das Experiment* von Günter Seuren (Textbeilage 1).

Verfassen Sie nun die **Textinterpretation** und bearbeiten Sie dabei folgende Schreibaufträge:

- **Beschreiben** Sie die Situation, die im Text geschildert wird.
- **Erläutern** Sie anhand der im Text zitierten Beispiele das Experiment.
- **Analysieren** Sie die sprachlichen Kriterien und die Form der Kurzgeschichte.
- **Bewerten** Sie die Intention bzw. Wirkung der Kurzgeschichte, vor allem im Hinblick darauf, ob das im Text angesprochene rückwärtsgerichtete Leben eine Option für das Zusammenleben der Menschen darstellen könnte.

Schreiben Sie zwischen 405 und 495 Wörter. Markieren Sie Absätze mittels Leerzeilen.

Textbeilage 1

Günter Seuren – Das Experiment

„Ich geh rückwärts, weil ich nicht länger vorwärts gehen will“, sagte der Mann. Er war übermittelgroß, bleich vor Anstrengung, sich auf das Rückwärtsgehen zu konzentrieren, und hatte eine vom Wind gerötete Nase. Es blies ein heftiger Westwind, und die Böen, die die übrigen Fußgänger, mit denen der Mann in dieselbe Richtung ging, nur als Brise im Rücken empfanden, trafen ihn mitten ins Gesicht. Er bewegte sich langsamer als die anderen, aber stetig wie ein Krebs im Rückwärtsgang.

„Eines Tages“, sagte der Mann, „war ich ganz allein in einem windstillen Park. Ich hörte die Amseln neben mir im Gebüsch nach Futter stochern, ich hörte Tauben rufen – und eine große Ruhe überkam mich. Ich ging ein paar Schritte rückwärts, und ich weiß jetzt: wenn man immer nur vorwärts geht, verengt sich der Weg. Als ich anfing, rückwärts zu gehen, sah ich die übergangenen und übersehenen Dinge, ich hörte sogar das Überhörte. Sie werden entschuldigen, wenn ich mich Ihnen nicht ganz verständlich machen kann. Verlangen Sie keine Logik von mir, die Entdeckung, die ich gemacht habe, lässt sich nicht in Worte fassen. Und denken Sie auch nicht, dass ich ein Mann der Umkehr bin, nein, ich kehre nicht um, ich ...“
Der Mann schwieg ein paar Sekunden und sah entschlossen geradeaus, „es wird Sie verwundern ... aber ich bin kein Träumer.“ „Was sind Sie dann?“ sagte der Begleiter, ein Mann, der sich im herkömmlichen Vorwärtsgang bewegte. „So kommen Sie doch nicht weiter. Eines Tages sind Sie stehen geblieben, vielleicht wollten Sie das Gras wachsen hören, Sie traten ein paar Schritte zurück, um Abstand zu haben. War es so?“

Der rückwärtsgehende Mann sah seinen Begleiter an, sein Blick war sanft. „Mein Experiment ist noch nicht abgeschlossen“, sagte er. „Glauben Sie, dass Ihre Art der Fortbewegung sich durchsetzen wird?“ sagte der Begleiter.

„Eine schwer zu beantwortende Frage“, sagte der Mann und hielt den Blick auf einen Punkt gerichtet, den der Begleiter nicht erkennen konnte. „Übrigens ist meine Idee nicht neu. Wie mir später eingefallen ist, hatte ein längst zu Staub zerfallenes Volk ähnliche Probleme zu lösen wie wir. Es war ebenfalls in ein Stadium getreten, wo sein Weiterleben in Frage stand. Es half sich auch auf eine scheinbar seltsame Weise, Sie können auch Trick sagen, wenn Sie so wollen: Fortan wurden kriegerische Auseinandersetzungen unter den einzelnen Stämmen derart ausgetragen, dass sich die Gegner mit dem Rücken gegeneinander stellten und so lange ihre Streiche und Hiebe in purer Luft ausführten, bis ein Kämpfer nach dem anderen erschöpft zu Boden sank. Schwer atmend fielen ganze Heere ins Gras, und der anschließende Schlaf war verdient. Es waren tagelange, aber unblutige Schlachten, und die einzige Folge war ein gewaltiger Muskelkater. Wie finden Sie das?“

„Zugegeben – ein brauchbares Ventil für Naturvölker“, sagte der Begleiter, „aber nichts für uns. Was also versprechen Sie sich von Ihrem Rückwärtsgang?“ „Ich hoffe“, sagte der Mann, „dass ich die Aufmerksamkeit auf mich lenke.“ „Das tun Sie auf jeden Fall“, sagte der Begleiter, „das tut auch ein Dauerklavierspieler oder einer, der fünfzig Kilometer auf Händen geht.“ Aber der rückwärtsgehende Mann ließ sich durch solche Anspielungen nicht aus der Fassung bringen. „Ich hoffe, ich werde verstanden“, sagte er. „Als ich das erste Mal rückwärts ging, lebte ich auf.“ „Schon gut“, sagte der andere, „Sie sind nicht der erste, der solche Ansichten vertritt. Immerhin schlagen Sie etwas Praktisches vor, doch zweifle ich sehr, dass Sie Erfolg haben.“ „Erfolg oder nicht“, sagte der Mann, „wir sollten es versuchen, wir alle.“ „Verzeihung“, sagte der Begleiter, „ich denke in Tatsachen: Haben Sie nie ein Protokoll wegen groben Unfugs bekommen?“

Der rückwärtsgehende Mann sah seinem Begleiter zum ersten Mal voll ins Gesicht. „Ein einziges Mal“, sagte er lächelnd, „das war am Anfang, als ich noch unsicher war.“

„Und heute stoßen Sie mit keinem mehr zusammen?“ „Niemals!“ sagte der Mann noch immer lächelnd. Sie schwiegen. Mit elastischen Schritten ging der Mann rückwärts. Der Begleiter hatte Mühe, ihm zu folgen. Der Mann, der rückwärts ging, wurde schneller. „Entschuldigen Sie“, sagte er „ich muss mich leider etwas beeilen. Ich habe noch eine Verabredung. Auf Wiedersehen.“ Dann verschwand er im Gedränge. Der andere verlangsamte seinen Schritt wie jemand, der zurückbleibt, um Atem zu holen. Wenige Augenblicke später geschah es. Wie aus einem Riss in der Asphaltdecke aufgestiegen explodierte ein mehrstimmiger Schrei. Die Menschen blieben stehen und sahen in eine bestimmte Richtung. Erst waren es einzelne, dann ganze Gruppen, die sich auf einen schnell anwachsenden Kreis aus Menschen zubewegten. Als der Begleiter schließlich so weit vorgedrungen war, dass er in den Kreis sehen konnte, sah er, dass der Mann, der rückwärts gegangen war, wie eine vom Himmel gefallene große Marionette auf dem Asphalt lag. Aus dem Kreis sagte jemand: „Der Wagen hat keine Schuld, das kann ich bezeugen.“ Und ein anderer sagte: „Er muss betrunken sein. Er ging rückwärts.“

Der Begleiter schob sich in die Mitte des Kreises und bückte sich über den Mann. „Können Sie mich verstehen?“ „Ja“, sagte der Mann und bewegte sich nicht. Er lag mit der linken Wange auf dem Asphalt und sprach in die graue Decke hinein. „Versuchen Sie es einmal, wenn Sie ganz allein sind. Irgendwo. In einem Park oder nachts an einer freien Stelle. Ich hoffe, Sie werden Gefallen daran finden. Und machen Sie es besser als ich.“ Polizisten betraten den Kreis.

„Können Sie Angaben machen?“ sagte ein Polizist zu dem Begleiter.

„Er wollte rückwärts gehen“, sagte der Begleiter. „Das ist heute schon der vierte, der das versucht“, sagte der Polizist. „Was ist nur mit den Leuten los?“

Seuren, Günter: Das Experiment. In: Arbeitstexte für den Unterricht. Deutsche Kurzgeschichten 11.–13. Schuljahr. Hg. v. Winfried Ulrich. Stuttgart, Reclam Universal Bibliothek, 1988, S. 65 ff., Originalschreibweise

Infobox:

Günter Seuren (1932–2003)

Er war ein deutscher Schriftsteller und Filmkritiker, der neben seinen erzählerischen Werken zahlreiche Hörspiele und Drehbücher für Fernsehspiele verfasste.

Trainingsaufgabe 17

Verfassen Sie eine **Textinterpretation**.

Lesen Sie das Gedicht *Entwicklung der Menschheit* von Erich Kästner (Textbeilage 1).

Verfassen Sie nun die **Textinterpretation** und beachten Sie dabei folgende Schreibaufträge:

- **Benennen** Sie in wenigen Sätzen die inhaltliche Aussage des Gedichts.
- **Untersuchen** Sie formale und textstrukturelle Merkmale des Gedichts.
- **Analysieren** Sie die sprachlichen Besonderheiten des Gedichts.
- **Deuten** Sie die Aussage des Gedichts.

Lösungshilfe zu Trainingsaufgabe 17 (Formblatt zur Textinterpretation): Seite 146

Schülerarbeit zu Trainingsaufgabe 17: Seite 147

Schreiben Sie zwischen 405 und 495 Wörter. Markieren Sie Absätze mittels Leerzeilen.

Textbeilage 1

Erich Kästner – Die Entwicklung der Menschheit

Einst haben die Kerls auf den Bäumen gehockt,
Behaart und mit böser Visage.
Dann hat man sie aus dem Urwald gelockt,
Und die Welt asphaltiert und aufgestockt,
Bis zur dreißigsten Etage.

Da saßen sie nun, den Flöhen entflohn,
In zentral geheizten Räumen.
Da sitzen sie nun am Telefon,
Und es herrscht noch genau derselbe Ton
Wie seinerzeit auf den Bäumen.

Sie hören weit. Sie sehen fern.
Sie sind mit dem Weltall in Fühlung.
Sie putzen die Zähne. Sie atmen modern.
Die Erde ist ein gebildeter Stern
Mit sehr viel Wasserspülung.

Sie schießen die Briefschaften durch ein Rohr.
Sie jagen und züchten Mikroben.
Sie versehn die Natur mit allem Komfort.
Sie fliegen steil in den Himmel empor
Und bleiben zwei Wochen oben.

Was ihre Verdauung übrig lässt,
Das verarbeiten sie zu Watte.
Sie spalten Atome. Sie heilen Inzest.
Und sie stellen durch Stiluntersuchungen fest,
Dass Cäsar Plattfüße hatte.

So haben sie mit dem Kopf und dem Mund
Den Fortschritt der Menschheit geschaffen.
Doch davon mal abgesehen und
Bei Lichte betrachtet sind sie im Grund
Noch immer die alten Affen.

Kästner, Erich: Die Entwicklung der Menschheit. In: Zeitgenossen, haufenweise. Gedichte. München, Carl Hanser Verlag, 1998, S. 175 f. (= ungekürzte Buchgemeinschafts-Lizenzausgabe), Originalschreibweise

Infobox:

Erich Kästner (1899–1974)

Kästner war ein deutscher Schriftsteller (Publizist, Drehbuchautor und Verfasser von Texten für das Kabarett), der für seine Kinderbücher, aber auch für seine kritischen und humorvollen Werke bekannt wurde.

Trainingsaufgabe 18

Lösungshilfe zu Trainingsaufgabe 18: Seite 148

Haiku (japanisch: lustiger Vers): eine traditionelle japanische Gedichtform; gilt als die kürzeste Gedichtform, weil sie meist nur aus 17 Silben, verteilt auf drei Zeilen, besteht.

Verfassen Sie eine **Textinterpretation**.

Lesen Sie das Gedicht *Inventur* von Günter Eich (Textbeilage 1) und die Haikus *Gefängnis* des schwedischen Lyrikers Tomas Tranströmer aus einem Jugendgefängnis (Textbeilage 2; deutsche Übersetzung).

Verfassen Sie nun die **Textinterpretation** und beachten Sie dabei folgende Schreibaufträge:

- **Stellen** Sie in wenigen Sätzen die Aussagen der lyrischen Texte **dar**.
- **Vergleichen** Sie textstrukturelle und formale Merkmale der Gedichte.
- **Analysieren** Sie die sprachlichen Besonderheiten der Gedichte.
- **Bewerten** Sie die Aussage der Gedichte vor allem im Hinblick auf die Darstellung der Lebenswelt des jeweiligen lyrischen Ichs.

Schreiben Sie zwischen 405 und 495 Wörter. Markieren Sie Absätze mittels Leerzeilen.

Textbeilage 1

Günter Eich – Inventur

Dies ist meine Mütze,
dies ist mein Mantel,
hier mein Rasierzeug
im Beutel aus Leinen.

Konservenbüchse:
Mein Teller, mein Becher,
ich hab in das Weißblech
den Namen geritzt.

Geritzt hier mit diesem
kostbaren Nagel,
den vor begehrlichen
Augen ich berge.

Im Brotbeutel sind
ein Paar wollene Socken
und einiges, was ich
niemand verrate,
so dient es als Kissen
nachts meinem Kopf.

Die Pappe hier liegt
zwischen mir und der Erde.

Die Bleistiftmine
lieb ich am meisten:
Tags schreibt sie mir Verse,
die nachts ich erdacht.

Dies ist mein Notizbuch,
dies meine Zeltbahn,
dies ist mein Handtuch,
dies ist mein Zwirn.

Eich, Günter: Inventur. Online: http://www.deutschelyrik.de/index.php/inventur.html (13.12.2014)

Infobox:

Günter Eich (1907–1972)

Zu den bekanntesten Werken des deutschen Hörspielautors und Lyrikers gehören die Nachkriegsgedichte *Inventur und Latrine*, das Hörspiel *Träume* sowie die Prosasammlung *Maulwürfe*.

Das Gedicht *Inventur* entstand, ausgehend von Eichs Erfahrungen in einem Kriegsgefangenenlager, zwischen 1945 und 1946 und wurde erstmals 1947 publiziert.

Textbeilage 2

Tomas Tranströmer – Gefängnis

Neun Haikus aus dem Jugendgefängnis Hällby (1959)

Sie treten Fußball
plötzlich Verwirrung – der Ball
flog über die Mauer.

Sie toben oft
um die Zeit in rascheren
Trab zu scheuchen.

Falsch buchstabierte Leben –
die Schönheit lebt fort als
Tätowierungen.

Als der Ausreißer gefaßt wurde
hatte er die Taschen
voller Pfifferlinge.

Das Dröhnen der Werkstätten
und die schweren Schritte der Wachttürme
verwirrten den Wald.

Das Tor gleitet auf
wir stehen auf dem Anstaltshof
in einer neuen Jahreszeit.

Die Lampen der Mauer gehen an –
der Nachtflieger sieht einen Flecken
unwirklichen Lichts.

Nacht – ein Fernlaster
fährt vorbei, die Träume der
Insassen in Zittern.

Der Junge trinkt Milch
und schläft geborgen in seiner Zelle,
eine Mutter aus Stein.

Tranströmer, Tomas: Gefängnis. In: Michael Krüger (Hrsg.): Das große Rätsel. Gedichte. München, Edition Akzente. Übersetzung aus dem Schwedischen: Hanns Grössel. Hanser Verlag, 2005, S. 21 ff., Originalschreibweise

Infobox:

Tomas Gösta Tranströmer (1931–2015)

Tranströmer war ein schwedischer Lyriker, der 2011 den Nobelpreis für Literatur erhielt. Er studierte Literaturgeschichte und Poetik, Religionsgeschichte und Psychologie und arbeitete eine Zeit lang als Psychologe in einer Jugendstrafanstalt. 1959 besuchte Tomas Tranströmer seinen Freund, den Psychologen und Dichter Åke Nordin, der damals Leiter des Jugendgefängnisses Höllby bei Eskilstuna war.

Tomas Tranströmer setzte auf Intensität und eine höchstmögliche Verdichtung von Sprachbildern, die mit sehr wenigen Worten auskommt.

Trainingsaufgabe 19

Lösungshilfe zu Trainingsaufgabe 19: Seite 149

Verfassen Sie eine **Textinterpretation**.

Lesen Sie den Textausschnitt aus *Die Wunderübung* von Daniel Glattauer (Textbeilage 1).

Verfassen Sie nun die **Textinterpretation** und beachten Sie dabei folgende Schreibaufträge:

- **Geben** Sie in wenigen Sätzen die inhaltliche Aussage des Auszugs aus der Komödie **wieder**.
- **Untersuchen** Sie die sprachlichen Merkmale des Stückes.
- **Analysieren** Sie die Aussage dieser kommunikativen Situation und die Erwartungshaltung der beiden Protagonisten.
- **Deuten** Sie die Rolle des Beraters in dieser Situation.

Schreiben Sie zwischen 405 und 495 Wörter. Markieren Sie Absätze mittels Leerzeilen.

Textbeilage 1

Daniel Glattauer – Die Wunderübung

Ein Ehepaar, beide um die 40 Jahre, haben bei einem Paartherapeuten Platz genommen, um die Ehekrise zu bewältigen. Die Stimmung ist sehr aufgeladen und aufgeheizt – Klischees werden erfüllt.

Fünfzehn Minuten später. Wir befinden uns wieder im Arbeitsraum des Paartherapeuten. Joana und Valentin Dorek haben auch diesmal auf den je äußeren der vier Stühle Platz genommen – scheinbar demonstrativ in exakt der gleichen voneinander abgewandten Haltung und mit den gleichen ernsten Gesichtszügen wie zu Beginn der Beratung, als wollten sie zur Schau stellen, dass sich an ihren verhärteten Positionen nicht das Geringste verändert hat.

Umso auffälliger ist das Erscheinungsbild des Beraters, der plötzlich betreten wirkt. Er wendet dem Paar aus einigen Metern Entfernung den Rücken zu, hält sein iPhone vors Gesicht und blickt gebannt auf dessen Bildfläche. Er geht gedankenverloren ein paar Schritte auf und ab, starrt dann nochmals auf sein Handy, schüttelt den Kopf, geht auf und ab und setzt einige Gesten der Geistesabwesenheit, ehe ihn zwei markante Stimmen ins Diesseits zurückzuholen scheinen.

VALENTIN Also, Herr äh Magister, wir wären dann wieder so weit.
JOANA Mein Mann meint: Bringen wir's hinter uns!

Der Berater zuckt kurz zusammen, als wäre er unsanft aus einem bösen Traum gerissen worden. Er bewegt sich schleppend auf das Paar zu und nimmt auf seinem Stuhl Platz. Er wirkt weggetreten. Auch seine Stimme klingt verändert.

BERATER Also ... ich hoffe, Sie haben die Pause ... ein wenig ... nützen können.

JOANA Nützen wozu?

BERATER Ich meine ... also ... eher in dem Sinn, dass Sie vielleicht ... dass Sie sich vielleicht ... vielleicht ein bisschen ... gesammelt haben ... Gedanken sammeln, in sich hineinhören ... Verstehen Sie? So meine ich ... genützt.

VALENTIN Aha!

JOANA Mein Mann hört nicht in sich hinein. Er hört lieber aus sich heraus, das ist weniger anstrengend. Und praktischer. So hört er nur, was er hören will. Der Rest verpufft im Äther.

VALENTIN (zu ihr) Jetzt weiß ich, was ich in den letzten fünfzehn Minuten wirklich genossen habe, Joana: die Abwesenheit deiner Worte in Form deiner Stimme. Mich wundert ja, dass du, wenn du in dich hineinhörst, dass du da nicht regelmäßig einen ... einen ... wie sagt man ... einen Gehörsturz erleidest. Das wundert mich wirklich.

Der Berater vergräbt den Kopf in seinen Händen. Das Ehepaar betrachtet ihn befremdet.

JOANA Ist etwas mit Ihnen?

BERATER Nein, nein, es ist nur ... es ist gar nichts mit mir ... alles in Ordnung. Sie können ruhig fortfahren.

JOANA Fortfahren womit?

VALENTIN Fortfahren, mich herunterzumachen. Deine Lieblingsbeschäftigung.

JOANA Ich mache gar nichts herunter. Was soll man da noch heruntermachen, wenn etwas schon von vornherein ganz unten ist.

Schweigepause. Das Paar wartet bereits ein bisschen ungeduldig auf die nächste Aktion des Beraters. Der wirkt weiterhin abwesend und deprimiert.

BERATER Eines würde mich schon interessieren. (Pause.) Warum trennen Sie sich eigentlich nicht?

Beide wirken überrascht, verdutzt und unangenehm berührt, fast ein wenig empört.

JOANA Wie bitte?

VALENTIN Wieso fragen Sie?

JOANA Wie meinen Sie das?

BERATER Trennen. Ich meine trennen, ganz normal trennen, wie man sich eben trennt. Wie man auseinandergeht. Wenn es nicht funktioniert, wenn es einfach nicht und nicht funktioniert, wenn man glaubt, dass man schon alles probiert hat, und wenn man noch etwas Zusätzliches probiert, und es funktioniert wieder nicht, noch immer nicht, weil es ... weil es ... schon ewig lange nicht mehr funktioniert, weil es eigentlich mehr oder weniger von Anfang an nicht funktioniert hat, dann könnte man ja, dann könnte man ja durchaus auf die Idee kommen ... es ist eigentlich eine ... eine sehr naheliegende Idee, die Schlussfolgerung, die logische Konsequenz sozusagen, dass man sagt, okay, beenden wir es, lassen wir es sein, hören wir auf, gehen wir auseinander, trennen wir uns. Ja trennen, ganz normal trennen. So habe ich es gemeint.

VALENTIN Also, Herr ... äh ... Magister, das wundert mich jetzt schon ein bisschen.

JOANA Also so extrem, dass es von Anfang an nicht funktioniert hat, das ist jetzt auch wieder ... wie soll ich sagen. Ich heirate doch keinen Mann, mit dem es von Anfang an nicht funktioniert hat. Ich war schon wahnsinnig genug, dass ich ihn überhaupt geheiratet habe. Aber da hat es wenigstens noch funktioniert. Sonst hätte ich ihn niemals geheiratet und mir zwei Kinder von ihm anhängen lassen.

VALENTIN Wir sind auch, ehrlich gestanden, das muss ich jetzt schon einmal sagen, bei allem Respekt, wir sind eigentlich nicht hergekommen, um uns von Ihnen darauf aufmerksam machen zu lassen, dass wir uns trennen könnten. Auf diese Idee kommen wir durchaus auch von selbst.

JOANA Und gar nicht selten.

BERATER (kleinlaut) Okay, dann ... Das war auch nur so ein Gedanke. Verzeihen Sie, ich wollte nicht ... ich wollte Ihnen nicht zu nahetreten. Ich dachte nur, lassen wir diesen Gedanken vielleicht einmal zu ... Ich weiß ... das war jetzt nicht sehr systemisch von mir, nicht sehr lösungsorientiert. Das war mehr so meine Meinung als ... als guter Bekannter, nicht als Berater. Aber wir sollten jetzt ohnehin wieder ... also ich möchte mich noch einmal dafür entschuldigen, dass ich ...

JOANA Es ist doch etwas mit Ihnen! Sie wirken plötzlich so ... verwirrt. Und niedergeschlagen.

BERATER (*murmelt*) Negativ.

JOANA Das passt gar nicht zu Ihnen. Was ist los?

[...]

BERATER Es ist ... es geht um ... Annika. Annika ist meine Frau. Meine Frau hat ... Aber das gehört nicht hierher. Punkt. (*Gibt sich einen Ruck.*) Ein Erlebnis. Ein schönes Erlebnis. Wir erinnern uns jetzt ... an ein schönes Erlebnis von ... Ihnen beiden. Wer mag beginnen?

Joana und Valentin werfen sich abermals verwunderte Blicke zu.

VALENTIN (*zu Joana*) Ein schönes Erlebnis? Vielleicht der Korsika-Urlaub?

JOANA (*rümpft die Nase*) Korsika? War das der Urlaub, wo du rund um die Uhr Fußball geschaut hast?

VALENTIN (*zum Berater*) Es war Fußball-Weltmeisterschaft, dem ist man praktisch nicht entkommen.

JOANA (*zum Berater*) Aber mir ist er dadurch praktisch entkommen, mir und den Kindern. Das war sogar sehr praktisch, wie er uns da entkommen ist. Ausgerechnet dieser Urlaub fällt ihm jetzt natürlich ein, wenn er an ein … an ein … schönes … Erlebnis …

[…]

Glattauer, Daniel: Die Wunderübung. Eine Komödie. Wien, Deuticke im Paul Zsolnay Verlag, 2014, S. 63 ff.

Infobox:

Daniel Glattauer (geb. 1960)

Der österreichische Schriftsteller und Journalist wurde bekannt durch seine Kolumnen, in denen er humorvoll das Alltägliche schildert, sowie durch seinen 2006 veröffentlichten Roman *Gut gegen Nordwind*, der im selben Jahr für den Deutschen Buchpreis nominiert wurde. Der Roman wurde zu einem Bestseller und wird in der ganzen Welt gelesen. 2009 erschien die Fortsetzung *Alle sieben Wellen*, die ebenfalls zu einem großen Erfolg wurde.

2.8 Meinungsrede

Die **Meinungsrede** gehört wie der offene Brief zu den argumentativen Textsorten. In einer Meinungsrede werden entweder Missstände aufgezeigt oder es wird zu einem aktuellen Ereignis Stellung bezogen. Eine besondere Bedeutung trägt dabei die Appellfunktion, die auf eine Änderung aktueller Zustände abzielt und Verbesserungsvorschläge aufzeigt. Um die Zuhörerinnen bzw. Zuhörer aufzurütteln, werden neben den sachlichen Argumenten auch Argumente eingesetzt, welche die Gefühlsebene betreffen. Rhetorische Stilmittel sollten ebenso wie eine ausgefeilte Argumentationstechnik zum Repertoire einer Rednerin bzw. eines Redners gehören.

▶ rhetorische Stilmittel: Seite 22

▶ Argumentationstechnik: Seite 49

Rednerinnen und Redner verfassen nicht nur ein Konzept ihrer Rede, zumeist formulieren sie diese auch vollständig aus (Redemanuskript), und nicht selten werden gute Reden auch gedruckt und veröffentlicht.

SO GEHT'S!

Textsorte MEINUNGSREDE

- Die **Einleitung** soll das Interesse der Zuhörerinnen und Zuhörer durch eine originelle, jedoch nicht übertriebene Hinführung zur eigentlichen Problematik wecken (**Einstieg**). Erst dann erfolgt eine zweite, sozusagen „seriöse" Einleitung, welche das Thema aufgreift.
  Leitfragen: Warum spreche ich? Was ist der Anlass?
- Der **Hauptteil** stellt die **Kerngedanken** zumeist mithilfe von drei bis fünf Argumenten dar, Vorschläge werden sachlich begründet und mit Beispielen untermauert. Dabei ist schlüssig aufzuzeigen, welche Vorteile die eigenen Argumente bieten.
  Leitfragen: Was war? Was ist? Wie sollte etwas idealerweise sein?

- Der **Schlussteil** enthält einen Ausblick oder **Appell**, der die Zuhörerinnen bzw. Zuhörer zum Handeln auffordert. Eine wünschenswerte Zukunftsperspektive, die durch Umdenken und Agieren erreicht wird, soll dargestellt werden. Leitfrage: Was können oder müssen wir tun, um den Idealzustand herzustellen?
- Die zentralen **Schreibhandlungen** lauten: Argumentation, Deskription, Explikation, Rekapitulation.
- Sprachliche Kriterien: Eine adressaten- und situationsangemessene Sprache ist zu beachten.
- Der Einsatz rhetorischer Figuren, um das Publikum zu überzeugen bzw. seine Aufmerksamkeit zu erhalten, ist wesentlich.
- Die Meinungsrede ist eine Textsorte, die vor allem Schreibkompetenzen in den Bereichen **Reorganisation**, **Transfer** sowie **Reflexion** verlangt. Die Aufgabenstellung kann daher mehrere Operatoren in einer dieser Anforderungsbereiche aufweisen.

Bewertungskriterien einer Meinungsrede

- Der Sachverhalt bzw. Anlassfall der Meinungsrede ist richtig dargestellt.
- Die Argumente erweisen sich als haltbar und relevant und sind durch konkrete Beispiele, überprüfbare Daten und Fakten nachvollziehbar.
- Die eigene Position steht im Vordergrund.
- Die Gliederung ist angemessen gestaltet: Einleitung (Einstieg: aktueller Anlass, Zitat etc.) – Hauptteil (Argumentation) – Schlussteil (Zusammenfassung, Ausblick, Aufforderung zum Handeln etc.).
- Die Adressatenorientierung erfolgt sowohl inhaltlich als auch sprachlich, rhetorische Stilmittel der Publikumsansprache werden eingesetzt, die Redeweise erfolgt situationsadäquat.
- Die vorgegebene Wortanzahl wird eingehalten.

In Anlehnung an: Textsortenkatalog. Online: https://www.bifie.at/system/files/dl/%20srdp_d_textsortenkatalog_2016-10-21.pdf (02.11.2016)

Trainingsaufgabe 20

Schülerarbeit zu Trainingsaufgabe 20: Seite 150

Verfassen Sie eine **Meinungsrede**.

Situation: Anlässlich des Nationalfeiertages veranstaltet Ihre Schule ein Fest, bei dem verschiedene Aktivitäten von Schülerinnen und Schülern gestaltet werden. Sie haben sich entschlossen, eine Meinungsrede zum Österreichbewusstsein zu halten. In der Tageszeitung *Die Presse* haben Sie den Kommentar *Debatte: Kann denn #stolzdrauf Sünde sein?* gelesen und nehmen diesen als Basis für Ihre Rede.

Lesen Sie dazu den Bericht *Debatte: Kann denn #stolzdrauf Sünde sein?* aus der Tageszeitung *Die Presse* vom 11. November 2014 (Textbeilage 1).

Verfassen Sie nun die **Meinungsrede** und bearbeiten Sie dabei folgende Schreibaufträge:

- **Beschreiben** Sie kurz die in der Textbeilage dargestellte Problematik.
- **Nehmen** Sie kritisch **Stellung** zu Werten wie Kultur, Demokratie und Toleranz in Zusammenhang mit Österreichbewusstsein bzw. Nationalstolz.
- **Bewerten** Sie die Gründe, die dafür sprechen, auf ein Land wie Österreich stolz zu sein.
- **Appellieren** Sie an Ihre jugendlichen Zuhörerinnen und Zuhörer, stolz auf das eigene Land zu sein, ohne jedoch dadurch nationalistische Tendenzen zu zeigen.

Schreiben Sie zwischen 540 und 660 Wörter. Markieren Sie Absätze mittels Leerzeilen.

Textbeilage 1

Debatte: Kann denn #stolzdrauf[1] Sünde sein?

Außenminister Sebastian Kurz will das „Österreich-Bewusstsein" fördern. Beim Begriff Stolz aber heißt es, Maß zu halten, sonst wird eine Tugend rasch zu ihrem Gegenteil.

Mit seiner Kampagne „#stolzdrauf", die das „Österreich-Bewusstsein" stärken soll und zu diesem Zweck sogar die Schönheit der heimischen Landschaft anführt, hat Außenminister Sebastian Kurz in den sozialen Medien heftige Kontroversen und ziemlich zynische Bemerkungen ausgelöst. Wie kann eine brave Imageförderung, die vor allem noch zu wenig in ihrer neuen Heimat verankerte Menschen mit Migrationshintergrund ansprechen soll, auf derartigen Widerstand stoßen? Die Hoffnung der ÖVP führt Werte wie Kultur, Demokratie und Toleranz an, und diese sind tatsächlich in jeder Hinsicht zu verteidigen, gerade auf einer Insel der Seligen, oder?

Das Problem liegt vor allem im vieldeutigen Wort Stolz. Er ist in diesem guten Land nicht ausgeprägt, seit 1918 die Monarchie der Habsburger kollabiert ist, gefolgt von der Ersten Republik, mit einem „Staat, den keiner wollte", von Diktatur und Anschluss, Besatzungszeit und einer friedlichen Zweiten Republik, die inzwischen in der Europäischen Union aufgehoben ist. Nein, beim Nationalstolz geben wir uns noch immer bescheidener als die meisten Nachbarn, da sind Österreicher demütiger als Franzosen, Briten oder Serben. Letztere, die selten einen intakten Staat besessen haben, prahlen sogar seit gut 600 Jahren mit ihren Niederlagen.

Stattlich, kühn oder einfach nur dumm

Die Österreicher aber, die sich, wie Franz Grillparzer wusste, ihren Teil denken, wenn es um die Grenzen des Landes geht, haben vielleicht scharf das Komplexe am Adjektiv stolz erkannt. In althochdeutschen Texten vor 1100 ist es nicht vorhanden, steht in Kluges Etymologischem Wörterbuch, in dem es mit übermütig, vornehm, fein und prächtig umschrieben wird. Im Mittelniederdeutschen bedeutet es stattlich, eine Verwandtschaft mit dem germanischen Wort für Stelze liegt nahe. Man kann stolz auch als hochmütig, überheblich oder kühn definieren. Manche Germanisten leiten es vom lateinischen Wort stultus her – das bedeutet unter anderem töricht, albern, dumm.

Die österreichische Skepsis gegenüber solch einem gefährlich zweideutigen Wort, das zugleich hehr und beschränkt meint, scheint angebracht. „Der Mensch fiel durch Stolz, Gott kam herab in Gnaden", schrieb im 13. Jahrhundert der Kirchenlehrer Thomas von Aquin. Für ihn ist die superbia[2] eine „Wurzelsünde, noch über den Hauptsünden". Für die katholische Kirche bedeutet Stolz als Hochmut, Hoffart oder Überheblichkeit laut Katechismus eine der sieben Hauptsünden. Ein für Thomas „zielloses Streben nach egoistischem Herausragen" verträgt sich nicht mit christlicher Demut.

Aber selbst Stolz war eine Tugend. Das Verhältnis zwischen humilitas[3] und superbia ist neurotisch. Ein echter Ritter taugte nur, wenn er neben „diemüete" auch eine gehörige Portion Kühnheit hatte: „Hôher muot" beschrieb ein Hochgefühl dieses Berufsstands. Der Ritter, der einen ganzen Katalog von Tugenden beherzigen sollte, musste sich stets seiner Ehre bewusst sein. Um die Balance zwischen Demut und Stolz zu halten, half am besten eine weitere wichtige ritterliche Eigenschaft – das rechte Maß. Zu hoher „muot" schadete dem tapferen ebenso wie zu viel Zurückhaltung dem höfischen Ritter.

Auch „#stolzdrauf", diese ministerielle Beförderung unseres Landes, sollte maßvoll bleiben. Am besten fängt Österreich damit an, auf Zuwanderer ebenso stolz zu sein, wie sie es auf uns sind. Dies hat Tradition, wie die Geschichte des Prinzen Eugen zeigt. Das Volk verehrte ihn als edlen Ritter, nachdem er 1717 Belgrad belagert und erobert hatte. Er scheint die ideale Projektion für tapfere Österreicher zu sein. Dieser Prinz von Savoyen-Carignan, der Verwandte in halb Europa hatte, verbrachte seine Jugend in Paris. Erst als ihm Ludwig XIV. ein Regiment verweigerte, weil er ihm zu klein schien, ging Eugenius 1683 nach Wien und brachte es zu historischer Größe. Er war zu stolz gewesen, sich dem Sonnenkönig zu unterwerfen. Erst dieser Hochmut machte ihn zu einem von uns.

Mayer, Norbert: Debatte: Kann denn #stolzdrauf Sünde sein? In: Die Presse, 11.11.2014. Online: http://diepresse.com/home/politik/innenpolitik/4592670/Debatte_Kann-denn-stolzdrauf-Sunde-sein?from=suche.intern.portal (15.11.2014)

---

[1] *#stolzdrauf: Internet-Kampagne des Außen- und Integrationsministeriums unter Minister Sebastian Kurz (ÖVP) (siehe http://www.stolzdrauf.at), um Beispiele für gelungene Integration vor den Vorhang zu bitten. Es können Fotos hochgeladen, Inhalte auf Facebook gepostet werden und auf Twitter Tweets mit dem Hashtag #stolzdrauf gesetzt werden.*

[2] *superbia (lat.): Hochmut*

[3] *humilitas (lat.): Demut*

Trainingsaufgabe 21

Schülerarbeit zu Trainingsaufgabe 21: Seite 151

Verfassen Sie eine **Meinungsrede**.

Situation: In Ihrer Gemeinde findet eine Veranstaltung zur Drogenprävention statt. In Arbeitsgruppen wurden unterschiedliche Themen erarbeitet. Sie sind als Absolventin bzw. Absolvent Ihrer Schule dazu eingeladen, das Thema Ihrer Arbeitsgruppe „Freigabe von Cannabis" in Form einer Meinungsrede vor dem Plenum vorzustellen.

Lesen Sie dazu den Bericht *Drogen sind Betrug am Gehirn* aus der Tageszeitung *Der Standard* vom 7. November 2014 (Textbeilage 1).

Verfassen Sie nun die **Meinungsrede** und bearbeiten Sie dabei folgende Schreibaufträge:

- **Beschreiben** Sie kurz die in der Textbeilage dargestellte Problematik.
- **Erörtern** Sie die Problematik der Freigabe leichter Drogen, insbesondere für Jugendliche.
- **Bewerten** Sie die Gründe, die eine Freigabe leichter Drogen bedenklich machen.
- **Appellieren** Sie an die anwesenden jugendlichen Zuhörerinnen und Zuhörer, von der Einnahme jeglicher Drogen Abstand zu nehmen und die Gefahren dieser Substanzen nicht zu unterschätzen.

Schreiben Sie zwischen 540 und 660 Wörter. Markieren Sie Absätze mittels Leerzeilen.

Textbeilage 1

Drogen sind Betrug am Gehirn

Nur weil eine Menge Leute illegale Substanzen konsumiert, muss man diese nicht gleich freigeben. Die Diskussion um die Freigabe leichter Drogen ignoriert völlig, dass deren Effekte hochgradig unsicher sind. Eine Predigt gegen den Mainstream.

Würden Sie ein Medikament nehmen, bei dem sich die Wissenschaften nicht einig sind, ob es jetzt dem Organismus eher schadet oder hilft? Wohl kaum, denn wenn es darum geht, wieder gesund zu werden, dann wollen wir schon auf die sicher positive Wirkung von Substanzen vertrauen können. Und würden Sie in ein Auto einsteigen, von dessen Marke bekannt ist, dass manche Fahrzeuge direkt beim Fahren plötzlich massive Probleme verursachen, die einen schweren Unfall nach sich ziehen können? Wohl kaum. Würden Sie das Ihren Kindern empfehlen oder sonst irgendjemandem? Sicher nicht. Finden Sie russisches Roulette einen erstrebenswerten Zeitvertreib? Und würden Sie Ihrem Nachwuchs raten, das doch auch einmal zu probieren, vielleicht weil das ja eh gut 500.000 Menschen auch machen?

Es gibt sicher noch andere Feinheiten des Lebens, die von noch viel mehr Menschen gemacht werden (kriminellen Organisationen beitreten, Kriege führen, andere entführen und was wir heute noch so alles in den Medien erfahren dürfen). Aber wenn das so viele machen, dann sollte das natürlich auch gesellschaftlich akzeptiert sein, entkriminalisiert werden, als positiver Bestandteil in die Gesellschaften integriert werden.

Die ganze Diskussion um die Freigabe von Drogen (welcher auch immer) geht in eine ähnliche Richtung. Aber wer Forscher befragt oder zumindest deren Studien lesen würde, der würde rasch erfahren, dass die Studienergebnisse seit Jahren zeigen, dass es hier noch immer nicht möglich ist, eindeutige und klare Antworten zu geben – auch und insbesondere keine solchen, die eine unbedenkliche Konsumation von z. B. Cannabinoiden erkennen lassen.

Komasaufen? Unfug!

Die Diskussion über die Freigabe „leichter" Drogen ignoriert die hohe Unsicherheit der Effekte der Einnahme völlig. Der ständig und gerne zitierte Vergleich mit der Schädlichkeit des Komasaufens als viel gefährlicherem Handeln ist Unfug. Natürlich hat eine Atombombe eine verheerendere Wirkung als eine einzige Kugel aus dem Pistolenlauf. Aber für denjenigen Menschen, den sie trifft, ist das eigentlich völlig wurscht. Erwischt ist erwischt.

Das Risiko für pubertierende Gehirne in einer massiven Psychose zu landen, wenn Cannabinoide auf es einwirken, ist da. Und auch, wenn die Zahl derer, die es erwischt, klein ist – niemand kann im Voraus festlegen, wen es erwischen wird. Und ob die „genetisch bedingte" Neigung zur Psychose zum Cannabiskonsum führt oder der Cannabiskonsum zur Psychose, ist schon wieder so eine erbärmliche Henne-Ei-Diskussion, die uns überhaupt nicht weiterbringt.

Die versteckte und eigentlich (da unbewusste) gefährliche Botschaft der ganzen Diskussion über die Freigabe an die Jugendlichen ist aber, dass es doch eh irgendwie ungefährlich ist, Cannabis zu nehmen, weil es ja eh viel gefährlichere Substanzen gibt – und 500.000 Menschen und vor allem die Experten können doch nicht irren. Rechtfertigung des Aufwands können auch Menschengruppen betreiben, also wenn ich etwas mache, dann muss es doch richtig sein, denn ich kann doch nicht irren. Doch, kann man. Und es wäre auch wichtig zu sehen, in welcher Art Expertentum die so gerne zitierten Experten stecken. Selektive Wahrnehmung und selektive Auswahl von Experten gehen hier gerne Hand in Hand.

Klar sollen Abhängige nicht auch noch kriminalisiert und ausgegrenzt werden. Aber wie viele der gerne zitierten 500.000 sind denn nicht irgendwo tief in sich der Meinung, dass diejenigen, die es nicht geschafft haben, „richtig" mit Drogen umzugehen, doch irgendwie selbst schuld sind?

Cannabis gilt nicht zu Unrecht als Einstiegsdroge, aber vielleicht ist es eh schon der Tabak? Ich selbst hatte viel mit Menschen zu tun, die im Drogenkonsum einen Fluchtweg aus der überfordernden Welt suchten, dort natürlich nicht fanden, weil ein Gehirn in jedweder Berauschung keinerlei sinnvolle Lernerfahrung machen kann – außer dass das Belohnungszentrum übertölpelt wird und mehr davon haben will.

Aber so wie Ratten lieber Kokain haben wollen, statt etwas zu fressen, und dabei durchaus verhungern, genauso kümmert sich das „selfish brain" nicht um die Folgen von Handlungen, wenn das Bewusstsein und die Frontallappenkontrolle ausgehebelt sind. Die Idee, etwas eh kontrollieren zu können, bei gleichzeitigem Abschalten der Kontrollinstanz, ist ja eigentlich gar nicht einmal mehr lustig. Drogen sind immer Betrug am Gehirn!

Und wie immer gilt: Mit dem Kleinen fängt es oft an, und nicht alle können dann die Schräge im Abrutschen kontrollieren. Aber wer konkret zu dieser Gruppe gehören wird, kann niemand im Voraus mit irgendeiner Sicherheit sagen. Daher ist diese ganze Diskussion lediglich ein Glaubenskrieg unterschiedlicher parareligiöser Ansätze – und nicht mehr. Und wer sich wirklich mit den Studien beschäftigen möchte, um sich vielleicht erst einmal zu informieren, wie der Stand der Dinge denn wirklich ist, der braucht ja nur zu googeln. Da kann man dann schon erschlagen werden, von so viel Information. Aber die selektive Wahrnehmung war ja immer schon Rettungsschirm schlechthin.

Wer glaubt, dass die Freigabe für über 18-Jährige an Apotheken nicht erst recht die Zielgruppe der unter 18-Jährigen für Dealer interessant macht (endlich einmal ein echter Wachstumsmarkt), hat offenbar noch nicht erfahren, dass die pubertäre Entwicklung des Gehirns erst so mit 25 Jahren abgeschlossen ist und dass das, was da rauskommt, auch nicht gerade das Gelbe vom Ei ist – wie man an den Argumenten feststellen kann.

Und in keiner Droge ist das Wissen um den „richtigen" Umgang damit quasi automatisch mit eingebaut. Wenn wir eine Gesellschaft wollen, in der die Menschen mit Drogen nicht allzu schädigend umgehen können, dann müssen die Menschen das auch gut lernen, denn jedes Gehirn kann nur das, was es gelernt hat, und nicht, was es sich selbst wünscht oder andere wünschen. Diese Reife hatten wir als Gesellschaft aber noch nicht einmal mit Weihrauch, und das wäre die eigentlich zu führende Diskussion. Alles andere ist Quatsch. Amen.

Beran, Johann: Drogen sind Betrug am Gehirn. In: Der Standard, 07.11.2014. Online: http://derstandard.at/2000007814238/Drogen-sind-Betrug-am-Gehirn (01.12.2014)

Zur Person:
Johann Beran ist klinischer Psychologe, Neuropsychologe und Arbeitspsychologe in Wien.

2.9 Kommentar

Der **Kommentar** ist eine journalistische Textsorte, bei der aktuelle Ereignisse, bedeutende Nachrichten oder andere gesellschaftlich relevante Themen von einer namentlich genannten Autorin bzw. einem Autor erläutert und bewertet werden. Der Kommentar zielt auf die Meinungsbildung der Leserinnen und Leser ab.

Die Argumentationslinie eines Kommentars muss zwar sachlich nachvollziehbar sein und in einer fundierten Schlussfolgerung münden, jedoch erlaubt der Kommentar rhetorische Besonderheiten sowie die Einarbeitung von Hintergrundinformationen und pointiertes Schreiben.

SO GEHT'S!

Textsorte KOMMENTAR

- Die **Einleitung** soll mit einem **originellen Einstieg** das Interesse der Leserin bzw. des Lesers wecken. Das Thema (aktuelles Ereignis, Problematik) wird vorgestellt, auch die Intention der Schreiberin bzw. des Schreibers sollte angesprochen werden.
- Der **Hauptteil** enthält die **logisch aufgebaute Argumentationslinie**, in der Gegenargumente sachlich widerlegt werden müssen und keine Gedankensprünge vorkommen dürfen. Es können eventuell Hintergrundinformationen eingebaut werden. Die Reihenfolge der Argumente muss gut überlegt dargestellt werden, das schlagkräftigste Argument sollte den Schluss des Hauptteils bilden.
- Der **Schlussteil** soll mit einer klaren und eindeutigen Schlussfolgerung die Leserin bzw. den Leser zum Nachdenken anregen und stellt eine klare Positionierung zum Thema dar.
  Der Kommentar ist ein empfängerorientiertes Schreiben für eine bestimmte Zielgruppe (Adressatenadäquatheit).
- Sprachliche Kriterien: Rhetorische Mittel und Stilmittel wie Fragen, Ellipsen und Kurzsätze werden gezielt eingesetzt. Die Sprache kann unterhaltend oder polemisierend und daher die Argumentation mit dem Ziel der Zuspitzung bzw. Pointierung verknappt sein.
- Die zentralen **Schreibhandlungen** lauten: Argumentation, Evaluation, Deskription, Explikation.
- Der Kommentar ist eine Textsorte, die vor allem **Reorganisation, Transfer** sowie **Reflexionskompetenz** verlangt. Die Aufgabenstellung kann daher mehrere Operatoren in einer dieser Anforderungsbereiche aufweisen.

Bewertungskriterien eines Kommentars

- Der Sachverhalt bzw. die Ausgangssituation ist korrekt und knapp dargestellt.
- Die eigene Meinung ist klar herausgearbeitet, wobei die Argumentationslinie relevant und haltbar ist; Gegenargumente sind zu berücksichtigen.
  Die Gedanken werden selbstständig fortgeführt.
- Argumente sind zwar als einzelne erkennbar, aber miteinander in Beziehung gesetzt. Dies geschieht durch Mittel der Verknüpfung, Verben der Meinungsäußerung, Konjunktionen etc.
- Rhetorische Stilmittel (Metaphern, Vergleiche, Fragen, Kurzsätze etc.) werden eingesetzt. Neben dem Informieren und Argumentieren zeichnet sich ein Kommentar vor allem dadurch aus, dass pointiert und unterhaltsam formuliert wird.
- Die Gliederung ist proportional angemessen (Einstieg, Argumentationsteil, Schlussfolgerung).
- Die vorgegebene Wortanzahl wird eingehalten.

In Anlehnung an: Textsortenkatalog. Online: https://www.bifie.at/system/files/dl/%20srdp_d_textsortenkatalog_2016-10-21.pdf (02.11.2016)

Trainingsaufgabe 22

Lösungshilfe zu Trainingsaufgabe 22: Seite 152

Schülerarbeit zu Trainingsaufgabe 22: Seite 153

Verfassen Sie einen **Kommentar**.

Situation: Sie haben im Geografie-Unterricht das Thema „Demografische Entwicklungen in Österreich" behandelt und sind dabei auch auf interessante Informationen in den Medien gestoßen. Da Sie als junger Mensch diese Entwicklungen besonders betreffen, verfassen Sie einen Kommentar für die Schülerzeitung.

Lesen Sie den Bericht *Unsere Gesellschaft wächst und altert* aus der Tageszeitung *Salzburger Nachrichten* vom 22. November 2014 (Textbeilage 1).

Verfassen Sie nun den **Kommentar** und bearbeiten Sie dabei folgende Schreibaufträge:

- **Geben** Sie in wenigen Sätzen die derzeitige Situation in vielen ländlichen Gemeinden Österreichs **wieder**.
- **Bewerten** Sie die demografische Entwicklung Österreichs in den nächsten zehn bis 20 Jahren.
- **Entwerfen** Sie ein mögliches Zukunftsszenario über die Entwicklung der Bevölkerung in den nächsten 50 Jahren.
- **Erörtern** Sie die Möglichkeit, jungen Familien spezielle Angebote bezüglich kinder- und familienfreundlichen Arbeits- und Wohnbedingungen in ländlichen Gebieten zu bieten, um Abwanderungstendenzen aufzuhalten.

Schreiben Sie zwischen 540 und 660 Wörter. Markieren Sie Absätze mittels Leerzeilen.

Textbeilage 1

Unsere Gesellschaft wächst und altert

Steigende Lebenserwartung, steigende Zuwanderung, steigende Pensionistenzahlen. Wie sich Österreichs Bevölkerung in den nächsten Jahren entwickeln wird.

Österreichs Gesellschaft wird sich in den kommenden Jahren dramatisch wandeln. Sie wird durch Zuwanderung stärker wachsen, als noch vor Kurzem angenommen. Und sie wird trotzdem stark altern.

Schon seit der Jahrtausendwende legen die Bevölkerungszahlen ausschließlich durch Migration zu, ein Phänomen, das nicht nur anhalten wird. Es wird, so die neueste Prognose der Statistik Austria – die aufgrund des Zuwanderungsbooms der vergangenen vier Jahre ihre Annahmen ändern musste –, deutlicher ausfallen. Das ist das eine prägende Element.

Das andere: Auch das angenommene Mehr an Zuwanderung kann die Alterung der Gesellschaft nicht stoppen. Zum einen, weil aus der gewaltigen Generation der Babyboomer – die derzeit noch das Rückgrat der Erwerbstätigen und damit der Beitragszahler bildet – innerhalb der kommenden 15 Jahre Pensionisten und damit Beitragsempfänger werden. Zum anderen, weil die Lebenserwartung steigt und steigt. Zwar wird sie einmal an ihre Grenzen stoßen, aber noch ist es nicht so weit. Die Demografen gehen davon aus, dass die Lebenserwartung bis deutlich jenseits der Jahrhundertwende um zwei bis drei Jahre pro Jahrzehnt zulegen wird.

Damit sind die größten Herausforderungen, für die die Politik rasch Lösungen suchen muss, klar umrissen. Konrad Pesendorfer, Chef der Statistik Austria, gewichtet sie so: Sicherung des Gesundheitssystems, Sicherung des Pensionssystems, Sicherung des Pflegesystems – und eine weitere Verstärkung der Integrationsbemühungen, vor allem in Wien, wohin es die meisten Zuwanderer zieht.

Die Prognose der Statistik Austria, die einen Ausblick bis 2060 wagt, im Detail: Bereits in zehn Jahren und nicht erst 2030 dürfte die Bevölkerung wegen der starken Zuwanderung die Neun-Millionen-Grenze erreichen. Derzeit leben 8,5 Millionen Menschen in Österreich, darunter 1,37 Millionen (16 %) Zuwanderer; 2030 dürften es 9,2 Millionen sein, darunter 1,99 Millionen Zuwanderer (22 %).

Die Zahl der Kinder und Jugendlichen (bis 19) bleibt konstant bei 1,7 bis 1,8 Millionen. Die Zahl der potenziell Erwerbsfähigen – gemeint: die 20- bis 64-Jährigen – nimmt bis 2020 um etwa 200.000 auf 5,4 Millionen zu, beginnt dann aber zu schrumpfen (2030: 5,3 Millionen; 2040: 5,1 Millionen). Enorm legt die Zahl der Bevölkerung im Pensionsalter zu. Derzeit sind 1,5 Millionen Einwohner 65 oder älter, bis 2030 wird ihre Zahl um 41 Prozent auf 2,2 Millionen in die Höhe schnellen und auch danach massiv wachsen.

All das führt dazu, dass die Struktur der Bevölkerung 2030 so aussehen dürfte: 19,3 Prozent machen die Kinder und Jugendlichen (derzeit 20 %) aus, 57,1 Prozent der Einwohner sind im erwerbsfähigen Alter (derzeit 61,8 %) und 23,6 Prozent Pensionisten (derzeit 18,2 %). Ohne Zuwanderer – ihr Durchschnittsalter liegt bei 30 – würde der Anteil der über 65-Jährigen an der Gesamtbevölkerung 2030 bereits bei 26,4 und 2060 bei 37 Prozent liegen.

Die Fertilität – also die statistische Zahl der Kinder, die eine Frau im Lauf ihres Lebens bekommt – wird von derzeit 1,44 leicht auf 1,55 steigen. Das deshalb, weil der Kinderwunsch zwar immer öfter auf später verschoben, dann aber doch noch erfüllt wird. Die Lebenserwartung dürfte wie erwähnt weiter zulegen. Die Demografie-Experten halten es für realistisch, dass die Lebenserwartung für Männer 2060 bei 87,3 (derzeit 78,5) und für Frauen bei 90,6 (83,6) liegt.

Vor der Jahrtausendwende war es vor allem die steigende Alterung, die trotz sinkender Geburtenzahlen zu positiven Geburtenbilanzen (Geburten minus Sterbefälle) führte. Unterdessen sind sie ausgeglichen. Und künftig wird vor den Geburtenbilanzen ein Minus stehen, und zwar in allen Bundesländern.

Zahl der Muslime steigt drastisch

Für Wien werden weiterhin starke Zuwanderungsströme aus dem Ausland prognostiziert. Mit diesem Bevölkerungswachstum wird auch eine grundlegende Umwälzung der Glaubensstruktur einhergehen: In 30 Jahren wird Wien keine mehrheitlich christliche Stadt mehr sein.

Katholisch wird in 30 Jahren nur noch jeder dritte Wiener sein, ergibt eine Prognose der Akademie der Wissenschaften. Hingegen wird sich der Anteil der Muslime in Wien in diesen 30 Jahren verdoppeln und dann bei 21 Prozent liegen. Ein Drittel der Wiener ist konfessionslos.

Landflucht – Viel versucht, kaum Wirkung

Der Salzburger Lungau ist ein Bezirk, der seit Jahrzehnten gegen die Abwanderung kämpft. Und stimmen die Prognosen der Statistik Austria, dann werden auch in Zukunft viele Menschen den ländlichen Regionen den Rücken kehren und in die Ballungszentren ziehen.

Wolfgang Eder ist Bürgermeister von Mauterndorf und gleichzeitig Vorsitzender der Lungauer Bürgermeisterkonferenz. Seit mehr als 20 Jahren leitet er die Geschicke der Gemeinde und seit dieser Zeit ist er auch mit dem Thema Abwanderung konfrontiert. Sein Resümee im Kampf gegen die Abwanderung: Es gebe viele Experten, viele Konzepte, es sei im Lungau vieles probiert worden, das Problem habe man nie wirklich in den Griff bekommen.

Dabei sei der Lungau ein Bezirk mit einer funktionierenden Infrastruktur. Das Schulangebot reiche bis zum Gymnasium und einer Handelsakademie. Und es gebe im Tourismus, im Gewerbe und im Handel auch ausreichend Arbeitsplätze. Probleme gebe es für die jungen Lungauer, wenn sie nach der Matura studieren, und auch bei den Arbeitsplätzen für Akademiker. Diese habe man einfach nicht. Und wenn die jungen Lungauerinnen und Lungauer erst einmal fort seien, dann kämen sie auch kaum noch zurück. Und außerdem könne ein ländlicher Bezirk, auch wenn er sich noch so bemühe, mit den Angeboten eines Ballungsraums nicht mithalten. Angefangen von den Berufsaussichten bis zu den Freizeitmöglichkeiten.

Baldinger, Inge: Unsere Gesellschaft wächst und altert. In: Salzburger Nachrichten, 22.11.2014. Online: http://www.salzburg.com/nachrichten/rubriken/bestestellen/karriere-nachrichten/sn/artikel/unsere-gesellschaft-waechst-und-altert-128769/ (02.12.2014)

Trainingsaufgabe 23

Schülerarbeit zu Trainingsaufgabe 23: Seite 154

Verfassen Sie einen **Kommentar**.

Situation: Immer wieder werden Sie mit Vorwürfen konfrontiert, dass die neuen Medien und besonders das Schreiben von SMS die Rechtschreibfähigkeit Jugendlicher mindern würde. Aufgrund dieser Vorwürfe schreiben Sie einen Kommentar in der Schülerzeitung und nehmen zu diesen Vorwürfen Stellung.

Lesen Sie den Bericht *Rechtschreibfehler in SMS: Für Jugend kein Problem* aus der Tageszeitung *Die Presse* vom 23. August 2014 (Textbeilage 1) sowie die im Bericht enthaltene Statistik (Textbeilage 2).

Verfassen Sie nun den **Kommentar** und bearbeiten Sie dabei folgende Schreibaufträge:

- **Geben** Sie in wenigen Sätzen die im Text dargestellte Situation über das Verhalten von Jugendlichen beim Schreiben von SMS **wieder**.
- **Bewerten** Sie die unterschiedlichen Einflüsse, denen eine Sprache laut Textbeilage ausgesetzt ist und die eine Veränderung von Sprache bedingen können.
- **Beurteilen** Sie aufgrund Ihrer eigenen Erfahrung und Ihres persönlichen Umfelds die Verwendung der Sprache in SMS und den Umgang mit Sprachrichtigkeit.
- **Nehmen** Sie kritisch **Stellung** zur Forderung, auf eine korrekte Verwendung der Sprache zu achten und zwischen privater und öffentlicher Kommunikation strikt zu unterscheiden.

Schreiben Sie zwischen 540 und 660 Wörter. Markieren Sie Absätze mittels Leerzeilen.

Textbeilage 1

Rechtschreibfehler in SMS: Für Jugend kein Problem

Ein Viertel der Österreicher bemerkt eine starke Veränderung der eigenen Sprache. Den größten Einfluss darauf hat die Technik.

Wien. HDL für Hab dich lieb, LG für Liebe Grüße und LOL für Laughing out Loud: All diese Abkürzungen wurden in den vergangenen Jahren für viele Menschen Teil des täglichen Sprachgebrauchs. Die Sprache verändert sich. Das bemerkt ein großer Teil der Österreicher auch an der eigenen Kommunikation.

Konkret nimmt ein Viertel der Österreicher eine starke Veränderung im eigenen Sprachverhalten wahr. Das ist das zentrale Ergebnis einer Umfrage des GfK-Austria-Instituts[1], das – im Auftrag des Mobilfunkbetreibers A1 – 1000 Mobiltelefonnutzer ab zwölf Jahren befragte. Auffallend ist, dass es vorwiegend die Jungen sind, die einen Wandel feststellen. 47 Prozent der unter 24-Jährigen sehen eine starke Bewegung. Bei den über 55-Jährigen sind es nur noch 18 Prozent.

Den Grund für die Veränderungen sieht die Mehrheit der Österreicher in der Technik. 58 Prozent halten Computer, Handy und Internet für die stärksten Einflussfaktoren in Bezug auf Sprache. Auch der Jugendkultur (50 Prozent), den Medien (42 Prozent) und der Globalisierung (29 Prozent) wird in diesem Zusammenhang Bedeutung beigemessen. Dass auch die Wissenschaft unser Sprachverhalten prägt, glauben hingegen nur acht Prozent der Befragten. „Die Wissenschaft wird hier gröblich unterschätzt. Denken Sie nur an die Medizin oder die Technik. ‚Smart' kannte man früher nur als Zigarettenmarke. Clouds und Apps waren selbst vor acht Jahren noch völlig unbekannt", sagt Rudolf Bretschneider vom GfK-Institut.

Der Sprachveränderung stehen die Österreicher durchaus ambivalent gegenüber. 58 Prozent empfinden sie sowohl positiv als auch negativ. Ausschließlich schlecht bewertet sie ein Drittel. Davon befürchtet jeder Fünfte, dass es künftig noch mehr Anglizismen geben wird und die österreichische Sprache bzw. der Dialekt verloren gehen werde. Wiederum elf Prozent würden ein Überhandnehmen von Abkürzungen schlecht finden.

SMS werden in Öffis getippt

Der Umgang mit der Rechtschreibung ist hingegen ein durchaus lockerer. Mehr als 40 Prozent halten Rechtschreibfehler in der digitalen Sprache für unproblematisch (siehe Grafik). Sie unterscheiden dabei aber sehr wohl zwischen verschiedenen Situationen. Während mehr als zwei Drittel davon kein Problem damit haben, wenn Rechtschreibfehler in SMS auftauchen, halten es bei beruflichen E-Mails nur zwei Prozent für unproblematisch. In puncto Rechtschreibung sind Junge besonders tolerant: 60 Prozent halten Fehler in der digitalen Sprache für (eher) zulässig. Bei den über 55-Jährigen sind es lediglich 29 Prozent. „Die Jugend kommuniziert hauptsächlich schriftlich – und das schnell. Sie legt nicht jedes Wort auf die Waagschale", sagt Bretschneider.

Das Kommunikationsverhalten von jungen und alten Mobiltelefonnutzern unterscheidet sich tatsächlich grundsätzlich. Während das Handy allgemein zu zwei Dritteln zum Telefonieren und nur zu einem Drittel für die schriftliche Kommunikation genutzt wird, ist das bei Jungen umgekehrt. Die unter 24-Jährigen nützen es zu zwei Dritteln zum Versenden von Textnachrichten. „Es ist noch nie zuvor so viel geschrieben worden wie heute", sagt Bretschneider.

SMS getippt wird am liebsten in öffentlichen Verkehrsmitteln. Die Hälfte der Befragten macht das zumindest gelegentlich. Immerhin jeder Dritte schreibt auch während privater Verabredungen Textnachrichten. Selbst im Schlafzimmer und am WC werden SMS gesendet (26 bzw. 21 Prozent). 13 Prozent der Befragten geben sogar zu, dass sie sich nicht an das Gesetz halten und beim Autofahren tippen.

Lautlos stellen statt abschalten

„Es geht immer mehr darum, ständig erreichbar zu sein", sagt Hannes Ametsreiter, Generaldirektor von A1. Im Vergleich zu früher wird das Mobiltelefon immer seltener abgeschaltet. Waren es im Jahr 2002 wochentags 5,3 Stunden, sind es jetzt nur noch 3,1 Stunden pro Tag. „Lautlos ersetzt das Abschalten", so Ametsreiter. Wurde das Mobiltelefon 2002 nur für 1,9 Stunden lautlos geschaltet, sind es jetzt 5,2 Stunden pro Tag.

Neuhauser, Julia: Rechtschreibfehler in SMS: Für Jugend kein Problem. In: Die Presse, 23.08.2014. Online: http://diepresse.com/home/panorama/oesterreich/3858677/Rechtschreibfehler-in-SMS_Fur-Jugend-kein-Problem?from=suche.intern.portal (30.11.2014)

[1] *GfK-Austria-Institut: Marktforschungsinstitut*

Textbeilage 2

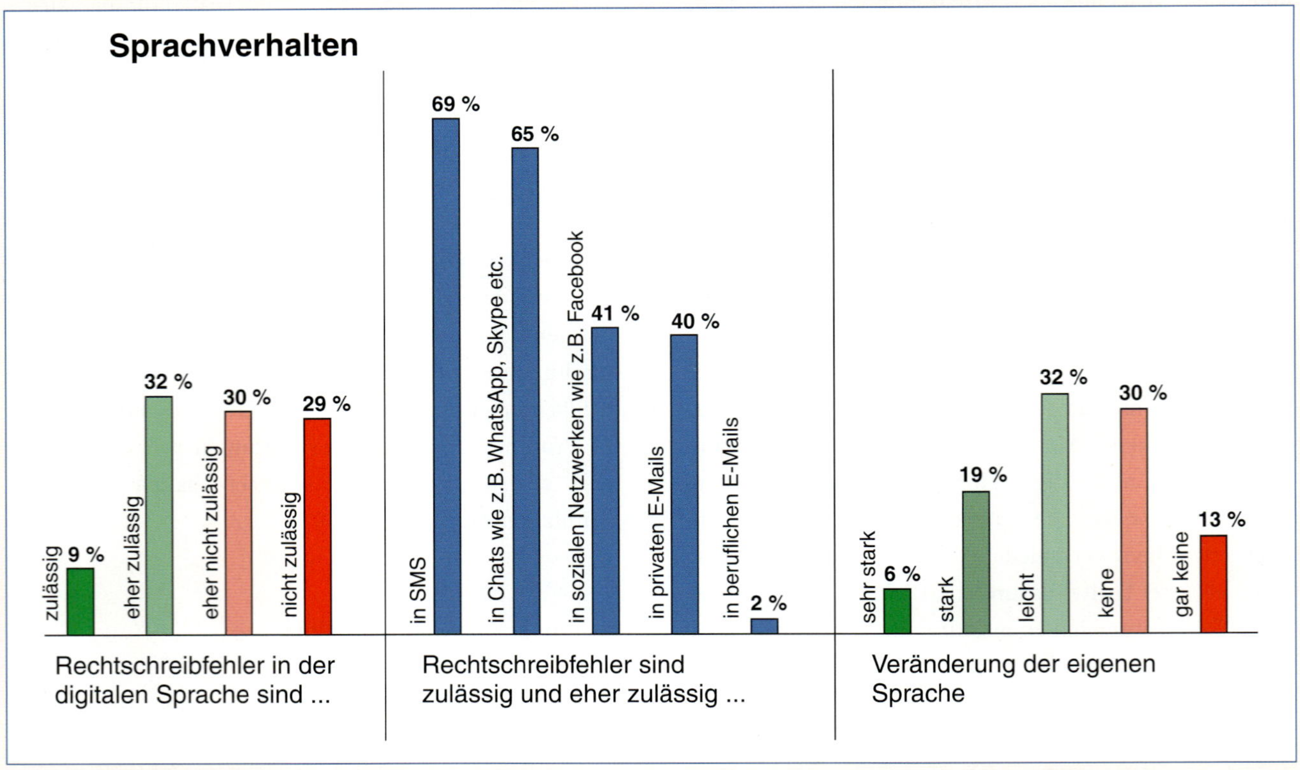

In Anlehnung an: A1 Social Impact Studie, GfK-Grafik: Die Presse, PW

4

Wie ich für die Klausur üben kann

- ☑ Übungsklausur A
- ☑ Übungsklausur B
- ☑ Übungsklausur C

Anweisung für die Klausur

Prüfungsformat: Seite 6

Das Prüfungsformat der Klausur sieht drei Aufgaben (Themen) vor, die jeweils aus zwei voneinander unabhängigen Schreibaufträgen (Teilaufgaben) bestehen und die beide zu bearbeiten sind. Ein Thema ist auszuwählen und vollständig zu bearbeiten.

Im Folgenden sehen Sie, wie die erste Anweisung Ihrer Klausur lauten wird:

Sehr geehrte Kandidatin! Sehr geehrter Kandidat!

Ihnen stehen dafür 300 Minuten an Arbeitszeit zur Verfügung.
Die Aufgaben sind unabhängig voneinander bearbeitbar.
Verwenden Sie einen nicht radierbaren, blau oder schwarz schreibenden Stift.
Verwenden Sie ausschließlich die Ihnen zur Verfügung gestellten Blätter. In die Beurteilung wird alles einbezogen, was auf den Blättern steht und nicht durchgestrichen ist. Streichen Sie Notizen auf den Blättern durch.
Schreiben Sie auf jedes Blatt Ihren Namen und die fortlaufende Seitenzahl. Geben Sie die Nummer des gewählten Themenpaketes und den jeweiligen Aufgabentitel an.
Falls Sie mit dem Computer arbeiten, richten Sie vor Beginn eine Kopfzeile ein, in der Ihr Name und die Seitenzahl stehen.
Als Hilfsmittel dürfen Sie gedruckte und, falls Sie mit dem Computer arbeiten, elektronische Wörterbücher verwenden. Die Verwendung von (gedruckten und online verfügbaren) Enzyklopädien oder elektronischen Informationsquellen ist nicht erlaubt.
Abzugeben sind das Aufgabenheft und alle von Ihnen verwendeten Blätter.

Ihre Arbeit wird nach folgenden Kriterien beurteilt:

- Inhalt
- Textstruktur
- Stil und Ausdruck
- normative Sprachrichtigkeit

Übungsklausur A

Übungsklausur A

Thema	Aufgaben (Wortanzahl)	Textbeilagen
Thema 1: Kinder- und Jugendrechte	**Zusammenfassung** (270 bis 330 Wörter)	Kinderrechtskonvention (Auszüge)
	Kommentar (540 bis 660 Wörter)	Zeitungsbericht
Thema 2: Überwachung	**Leserbrief** (270 bis 330 Wörter)	Zeitungsbericht
	Erörterung (540 bis 660 Wörter)	Zeitungsbericht
Thema 3: Arbeit	**Empfehlung** (405 bis 495 Wörter)	Zeitungsbericht
	Textinterpretation (405 bis 495 Wörter)	Kurzgeschichte

Thema 1: Kinder- und Jugendrechte

Aufgabe 1

Lösungshilfe zu Aufgabe 1: Seite 157

Verfassen Sie eine **Zusammenfassung**.

Situation: Sie haben sich aus Anlass des 25. Geburtstages der UN-Konvention über Kinderrechte intensiv mit diesen auseinandergesetzt und möchten im Rahmen Ihres Praktikums in einer Kinder- und Jugendbetreuungsstelle Ihrer Heimatgemeinde einen Abriss darüber geben, wie die Kinderrechte in Österreich gehandhabt werden.

Lesen Sie den Auszug der *Kinderrechtekonvention*, wie sie im *Bundesverfassungsgesetz* vom 20. Jänner 2011 über die Kinderrechte in Österreich verankert sind (Textbeilage 1).

Verfassen Sie nun die **Zusammenfassung** und bearbeiten Sie dabei folgende Schreibaufträge:

- **Geben** Sie die wesentlichen Teile des Auszugs der *Kinderrechtskonvention* **wieder**.
- **Benennen** Sie die für Sie besonders relevant erscheinenden Bereiche zum Schutz von Kindern und Jugendlichen.
- **Ordnen** Sie die wesentlichen Informationen in die vorgegebene Situation **ein**.

Schreiben Sie zwischen 270 und 330 Wörter. Markieren Sie Absätze mittels Leerzeilen.

Textbeilage 1

Die Rechte von Kindern und Jugendlichen

Die Kinderrechtekonvention bringt Kinderrechte auf den Punkt

Die Kinderrechtekonvention ist ein von der internationalen Staatengemeinschaft – den Vereinten Nationen (UNO) – beschlossener Vertrag. Mit der Einräumung eigener Rechte für Kinder sollen die Lebensbedingungen von Kindern und Jugendlichen auf der ganzen Welt verbessert werden.

Alle Staaten, welche die Kinderrechtekonvention angenommen haben – und das sind immerhin 194 Länder weltweit – bekennen sich zu diesen Rechten und müssen ihnen auch im Alltag der Kinder zur Geltung verhelfen. Die UNO kontrolliert mit einem eigenen Kinderrechteausschuss, ob sich das jeweilige Land tatsächlich daran hält. Dabei werden auch die Meinungen von Kinder- und Jugendorganisationen aus dem jeweiligen Land berücksichtigt.

Die wichtigsten Kinderrechte auf einen Blick

- Recht auf Leben
- Recht auf Nahrung
- Recht auf Bildung
- Recht auf Freizeit
- Recht auf Partizipation
- Recht auf Informations- und Meinungsfreiheit
- Recht auf Privatsphäre
- Recht auf Gedanken-, Gewissens- und Religionsfreiheit
- Recht auf Schutz vor körperlicher oder geistiger Gewalt
- Recht auf Schutz vor sexueller Ausbeutung
- Recht auf Schutz vor wirtschaftlicher Ausbeutung (z. B. Kinderarbeit)
- Recht auf besondere Unterstützung von Kindern mit Behinderungen
- Recht von Flüchtlingskindern auf Schutz und Unterstützung
- Rehabilitation für Opfer von Gewalt und Ausbeutung
- Recht auf Schutz bei bewaffneten Konflikten

[...]

Die wichtigsten Prinzipien der Kinderrechtekonvention

Grundlage der Kinderrechtekonvention sind vier Leitprinzipien:
Recht auf Gleichbehandlung und Schutz vor Diskriminierung:
Dabei geht es um das Recht auf Gleichbehandlung aller Kinder – ob Mädchen oder Bub – unabhängig von Alter, Hautfarbe, Religionszugehörigkeit oder Herkunft (Artikel 2).

Vorrangigkeit des Kindeswohles: Die Kinderrechtekonvention verlangt, dass bei alle Kinder betreffenden Maßnahmen das Wohl des Kindes im Vordergrund steht (Artikel 3).
[...]

Wichtig ist: Die Kinderrechtekonvention gilt auf der ganzen Welt – und damit für allen Kinder, egal, woher sie kommen. Wer die Kinderrechte kennt, kann damit auch anderen Kindern und Jugendlichen helfen, dass ihre Rechte beachtet werden.

Österreich hat Kinderrechte in der Verfassung

Derzeit haben 194 Staaten der Welt die Kinderrechtekonvention anerkannt. Österreich hat nicht nur die Kinderrechtekonvention im Jahr 1992 anerkannt, sondern die wichtigsten Rechte von Kindern im Jahr 2011 auch in der Verfassung verankert. Damit sollen die Kinderrechte eine noch stärkere Geltungskraft entfalten: Gerichte müssen sich z. B. bei ihren Entscheidungen viel stärker an den Kinderrechten orientieren. Etwa wenn es um das Recht des Kindes auf beide Eltern geht, dass sich beide Eltern gleichteilig verantwortlich für sein Wohlergehen sorgen.
[...]

Kinderrechte sind Teil der Österreichischen Bundesverfassung

Das Bundesverfassungsgesetz über die Rechte von Kindern

Artikel 1
Jedes Kind hat Anspruch auf den Schutz und die Fürsorge, die für sein Wohlergehen notwendig sind, auf bestmögliche Entwicklung und Entfaltung sowie auf die Wahrung seiner Interessen auch unter dem Gesichtspunkt der Generationengerechtigkeit.

Bei allen Kinder betreffenden Maßnahmen öffentlicher und privater Einrichtungen muss das Wohl des Kindes eine vorrangige Erwägung sein.

Artikel 2
(1) Jedes Kind hat Anspruch auf regelmäßige persönliche Beziehungen und direkte Kontakte zu beiden Elternteilen, es sei denn, dies steht seinem Wohl entgegen.
(2) Jedes Kind, das dauernd oder vorübergehend aus seinem familiären Umfeld, welches die natürliche Umgebung für das Wachsen und Gedeihen aller ihrer Mitglieder, insbesondere der Kinder ist, herausgelöst ist, hat Anspruch auf besonderen Schutz und Beistand des Staates.

Artikel 3
Kinderarbeit ist verboten. Abgesehen von gesetzlich vorgesehenen begrenzten Ausnahmen darf das Mindestalter für den Eintritt in das Arbeitsleben das Alter, in dem die Schulpflicht endet, nicht unterschreiten.

Artikel 4
Jedes Kind hat das Recht auf angemessene Beteiligung und Berücksichtigung seiner Meinung in allen das Kind betreffenden Angelegenheiten, in einer seinem Alter und seiner Entwicklung entsprechenden Weise.

Artikel 5
(1) Jedes Kind hat das Recht auf gewaltfreie Erziehung. Körperliche Bestrafungen, die Zufügung seelischen Leides, sexueller Missbrauch und andere Misshandlungen sind verboten. Jedes Kind hat das Recht auf Schutz vor wirtschaftlicher und sexueller Ausbeutung.
(2) Jedes Kind als Opfer von Gewalt oder Ausbeutung hat ein Recht auf angemessene Entschädigung und Rehabilitation. Das Nähere bestimmen die Gesetze.

Artikel 6
Jedes Kind mit Behinderung hat Anspruch auf den Schutz und die Fürsorge, die seinen besonderen Bedürfnissen Rechnung tragen. Im Sinne des Artikel 7 Abs. 1 B-VG ist die Gleichbehandlung von behinderten und nicht behinderten Kindern in allen Bereichen des täglichen Lebens zu gewährleisten.

Artikel 7
Eine Beschränkung der in den Artikeln 1, 2, 4 und 6 dieses Bundesverfassungsgesetzes gewährleisteten Rechte und Ansprüche ist nur zulässig, insoweit sie gesetzlich vorgesehen ist und eine Maßnahme darstellt, die in einer demokratischen Gesellschaft für die nationale Sicherheit, die öffentliche Ruhe und Ordnung, das wirtschaftliche Wohl des Landes, die Verteidigung der Ordnung und zur Verhinderung von strafbaren Handlungen, zum Schutz der Gesundheit oder zum Schutz der Rechte und Freiheiten anderer notwendig ist.

Artikel 8
Mit der Vollziehung dieses Bundesverfassungsgesetzes ist die Bundesregierung betraut. Das Bundesverfassungsgesetz über die Rechte von Kindern – in erster Linie zu erwähnen ist das dort verankerte „Kindeswohlvorrangigkeitsprinzip“ (Art. 1) – ist ein verbindlicher Orientierungsmaßstab für die Gesetzgebung, Gerichtsbarkeit und Verwaltung sowie auch für die Leistungen staatlicher und privater Einrichtungen.

Dieses Bundesverfassungsgesetz wurde am 20. Jänner 2011 [...] beschlossen.

Bundesministerium für Familien und Jugend. Die Rechte von Kindern und Jugendlichen. Die Kinderrechtekonvention im Wortlaut & verständlich formuliert. Neuauflage 2014. S. 6–13. Online: http://www.kinderrechte.gv.at/wp-content/uploads/2013/01/Die-Rechte-von-Kindern-und-Jugendlichen-25-Jahre-KRK.pdf (29.11.2014)

Aufgabe 2

Lösungshilfe zu Aufgabe 2: Seite 158

Verfassen Sie einen **Kommentar**.

Situation: Als engagiertes Mitglied Ihrer Gemeinde, die Asylwerber aufnimmt, sind Sie auch immer wieder mit minderjährigen Flüchtlingen konfrontiert. Sie sind auf einen Beitrag in der Wochenzeitung *Die Furche* gestoßen, der die Problematik jugendlicher Flüchtlinge thematisiert. Als engagierte junge Erwachsene bzw. engagierter junger Erwachsener möchten Sie die darin beschriebene Ungleichbehandlung aufzeigen. Sie verfassen daher einen Kommentar darüber, den Sie in der Gemeindezeitung veröffentlichen wollen.

Lesen Sie den Auszug des Berichts *Zwei-Klassen-Recht beim Kinderschutz* aus der Wochenzeitung *Die Furche* vom 20. November 2014 (Textbeilage 1).

Verfassen Sie nun den **Kommentar** und bearbeiten Sie dabei folgende Schreibaufträge:

- **Beschreiben** Sie in wenigen Sätzen die derzeitige Situation minderjähriger Flüchtlinge in Österreich.
- **Bewerten** Sie durchführbare Hilfestellungen und Änderungsvorschläge der derzeitigen Situation für minderjährige nichtbegleitete Flüchtlinge.
- **Nehmen** Sie kritisch zur Ungleichstellung bzw. Diskriminierung jugendlicher Flüchtlinge in Österreich **Stellung**.

Schreiben Sie zwischen 540 und 660 Wörter. Markieren Sie Absätze mittels Leerzeilen.

Textbeilage 1

Zwei-Klassen-Recht beim Kinderschutz

Seit 25 Jahren soll die UN-Konvention über Kinderrechte die Schwächsten schützen. In Österreich werden die Rechte von einigen Kindern aber wiederholt missachtet. Ein neues Salzburger Gesetz will die Diskriminierung nun erstmals festschreiben.

[...] Am 20. November feiert die UN-Konvention über die Rechte der Kinder ihren 25. Geburtstag. Bei einer parlamentarischen Enquete vergangene Woche betonte die Nationalratspräsidentin Doris Bures die Verbesserungen, zu denen der völkerrechtliche Vertrag geführt hat. Und sie mahnte: „Man darf nicht die Augen davor verschließen, dass Kinder- und Jugendrechte weltweit immer noch mit Füßen getreten werden.“ Auch in Österreich werden die Rechte von Kindern wie Ali[1] gebrochen.

Spielball zwischen Bund und Land

In der großen Gruppe kam Ali nicht gut zurecht. „Ich habe noch keinen Jugendlichen gesehen, der so zerstört war wie er“, erinnert sich Bernhard Spiegel, der Leiter des Clearing-house. Ali kam auf die Kinder- und Jugendpsychiatrie. Temporär, kein Ort zum Bleiben. Man bemühte sich um ihn, fand einen Platz in Wien mit einer anderen, engmaschigeren Betreuung. Umziehen konnte Ali aber nicht – das Bundesland Wien, das seine Betreuungsquote erfüllt, wollte keinen zusätzlichen Asylwerber aufnehmen.

Wäre Ali ein österreichisches Kind, wäre die Kinder- und Jugendhilfe für ihn zuständig. Es gäbe zusätzliche therapeutische Möglichkeiten. Er könnte in eine kleinere Wohngruppe wechseln, die Kinder- und Jugendhilfe würde sich um Stabilität bemühen.

Wäre Ali ein österreichisches Kind, würde die Kinder- und Jugendhilfe des Bundeslandes mindestens 120 Euro pro Tag für seinen Betreuungsplatz ausgeben. Weil er aber ein afghanisches Flüchtlingskind ist, zahlt das Land gar nichts, sondern der Bund aus dem Topf der Grundversorgung – je nach Betreuungsintensität – zwischen 39 und 77 Euro pro Tag.

„In Österreich sieht man in Kinderflüchtlingen in erster Linie Flüchtlinge, und erst in zweiter Linie Kinder“, kritisiert Katharina Glawischnig von der Asylkoordination. Weil Kinderschutz Landessache ist, Flüchtlingsbetreuung aber Aufgabe des Bundes, werden Kinderflüchtlinge zu einem Problem, für das sich im Zweifelsfall niemand verantwortlich fühlt. [...]

Manchmal funktioniert die Kooperation gut. In Wien, Niederösterreich und Oberösterreich gibt es Einrichtungen, in denen die Grundversorgungsstellen und die Kinder- und Jugendhilfen kooperieren, sich Kosten teilen. In Kärnten werden in einer Einrichtung Flüchtlingskinder zum selben Tagsatz betreut wie österreichische Kinder. Und in Graz wurden sogar schon minderjährige Asylwerber in Pflegefamilien untergebracht.

In anderen Fällen, in Alis Salzburg zum Beispiel, funktioniert die Kooperation nicht: „Es ist unwürdig, dass die Betreuung wie auf einem Bazar ausgehandelt werden muss. Wer Glück hat, kommt zu einem engagierten Sozialarbeiter. Wer Pech hat, in ein Grundversorgungsquartier, wo der einzige Ansprechpartner der Fernseher ist“, empört sich Michael Gnauer, der bei SOS Kinderdorf für Anwaltschaft zuständig ist. Ali hatte zwar engagierte Sozialarbeiter, aber trotzdem kein Glück.

Ausschlussklausel für Flüchtlinge

Pünktlich zum 25-Jahres-Jubiläum der UN-Kinderrechtskonvention bringt Salzburg nun eine Novelle zum Kinder- und Jugendgesetz auf den Weg. Das Budget wird um sieben Prozent aufgestockt, Präventionsarbeit und frühzeitige Hilfe sollen forciert werden. [...]

Ein Passus des Gesetzesentwurfs aber erntet Empörung: Für Kinder wie Ali, Kinderflüchtlinge, sollen all die neuen Regelungen nicht gelten. Paragraph 8 schreibt explizit fest, dass eine Leistungsgewährung nicht in Betracht kommt „für unbegleitete minderjährige Fremde, die Anspruch auf Grundversorgung [...] haben“.

„Dieser Gesetzesentwurf ist eine Schande“, sagt Katharina Glawischnig. Auch wenn es faktisch bereits eine Diskriminierung von Kinderflüchtlingen gibt – so explizit niedergeschrieben war sie bisher noch nie. „Das ist ein verheerendes Signal, weil sogar die wenigen Kooperationen und Kontakte, die es gibt, wegfallen würden“, fürchtet Michael Gnauer.

Landesrat Schellhorn verteidigt seinen Gesetzesvorschlag: In seinem ursprünglichen Entwurf hätte es keine Ausschlussklausel gegeben. Gegen den wehrten sich aber Gemeinde- und Städtebund, die in Salzburg 50 Prozent zum Jugendwohlfahrtstopf beisteuern. Bei ihnen liege der Ball. „Man kann nicht ein ganzes Gesetz kippen, weil ein Punkt nicht akzeptiert wird“, rechtfertigt sich Schellhorn. Asylwerberbetreuung sei schließlich Aufgabe der Grundversorgung. „Sobald sie anerkannte Flüchtlinge sind, greifen sofort alle Leistungen der regulären Sozialhilfe“, sagt Schellhorn.

Die Kinder- und Jugendhilfe betrifft das allerdings selten. Bis die Kinderflüchtlinge nämlich einen Asylbescheid bekommen, sind sie oft keine Kinder mehr. Ihre Verfahren dauern häufig so lange, dass ihr 18. Geburtstag sie für Leistungen der Kinder- und Jugendhilfe disqualifiziert. Von den 20 jugendlichen Flüchtlingen, die in den zwei Minderjährigen-WGs des Wiener Integrationshauses leben, haben derzeit nur drei einen positiven Bescheid bekommen. Drei weitere warten seit einem Jahr auf ein Schreiben. 14 wurden noch nicht einmal zur Einvernahme geladen, stehen also noch ganz am Anfang des Asylverfahrens.

In Alis Fall, er ist mittlerweile 14, wird es noch dauern, bis er volljährig ist. Die Kinder- und Jugendhilfe wird, wenn das Salzburger Gesetz in der Form angenommen wird, trotzdem nicht für ihn zuständig sein. Sein Weg führte ihn zuletzt in eine Notschlafstelle für obdachlose Jugendliche. Und Ali ist kein Einzelfall. Die Salzburger Kinder-und Jugendanwältin Andrea Holz-Dahrenstaedt kennt ähnliche Geschichten: „Wenn die Unterbringung in einer Einrichtung für minderjährige Asylwerber aus welchen Gründen auch immer nicht möglich ist, bleiben nach dem derzeitigen System nur mehr Notschlafstellen oder Einrichtungen für Erwachsene: beides Orte, wo Jugendliche definitiv nicht hingehören.“
[...]

Dolna, Veronika: Zwei-Klassen-Recht beim Kinderschutz. In: Die Furche, 47, 20.11.2014, S. 8 f., gekürzt

[1] *Ali ist ein Flüchtling aus Afghanistan, der mit 13 Jahren unbegleitet nach Österreich gekommen ist und schwer traumatisiert ist.*

Thema 2: Überwachung

Aufgabe 1

Schülerarbeit zu Aufgabe 1: Seite 159

Verfassen Sie einen **Leserbrief**.

Situation: Als junger Mensch, der sich mit den neuesten Errungenschaften der Technik auseinandersetzt, haben Sie Berichte über die Aufzeichnung von Gesundheitsdaten gelesen und möchten nun Ihre Meinung in Form eines Leserbriefes zum Ausdruck bringen.

Lesen Sie die Berichte *Ösi-Politiker fordert: Implantiert Menschen Daten-Chips!* aus dem wöchentlich erscheinenden Nachrichtenmagazin *Focus online* vom 30. Juni 2014 (Textbeilage 1) und *Gibt es schon den gechipten Menschen?* aus der Monatszeitschrift *PM-Magazin* (Textbeilage 2).

Verfassen Sie nun den **Leserbrief** und bearbeiten Sie dabei folgende Schreibaufträge:

- **Fassen** Sie die Hauptinformationen der beiden Textbeilagen kurz **zusammen**.
- **Bewerten** Sie Vor- und Nachteile zentral gespeicherter Gesundheitsdaten.
- **Nehmen** Sie kritisch zu der Überwachung der Gesundheitsdaten per Chip **Stellung**.

Schreiben Sie zwischen 270 und 330 Wörter. Markieren Sie Absätze mittels Leerzeilen.

Textbeilage 1

Gläserner Mensch?

Ösi[1]-Politiker fordert: Implantiert Menschen Daten-Chips!

Österreich diskutiert die Einführung einer elektronischen Gesundheitsakte. Kritik kommt vor allem wegen der Kosten und der verspäteten Einführung auf. Nun fordert ein Ösi-Politiker: Implantiert Daten-Chips!

Die elektronische Gesundheitsakte Elga sorgte in Österreich für Diskussionen: Kritiker sprechen von explodierenden Kosten und exorbitantem Verwaltungsaufwand. Elga steht für „elektronische Gesundheitsakte". Sie speichert relevante Kranken-Daten, auf die Ärzte, Krankenhäuser, Pflegeeinrichtungen und Apotheken zugreifen können.

Doch der Start verzögert sich. Elga hätte ursprünglich Anfang 2015 eingeführt werden sollen, laut Berichten österreichischer Medien zufolge wird das System erst Ende des kommenden Jahres starten.

„Auslaufmodell"

In der „Krone"-Zeitung äußerte sich nun der Team-Stronach-Abgeordnete Marcus Franz zu Elga: „Es ist schon ein Auslaufmodell, bevor sie noch richtig etabliert wurde."

Er fordert: Einzig sinnvoll wäre das System, „wenn sie in Form eines implantierbaren Chips, auf dem alle notwendigen medizinischen Daten gespeichert sind, für die breite Masse zur Verfügung steht", sagt der Politiker weiter.

Auf diesem Chip seien dann, so erklärt Franz sein futuristisches Konzept gegenüber der „Krone" weiter, „jene Daten gespeichert, welche der Patient gespeichert haben möchte, und vor allem genau jene, die medizinisch relevant sind."

Kommende Realität?

Franz gibt aber zu: „Zugegeben: Der nahezu alleskönnende Chip im Patienten und das Lesegerät erinnern ein wenig an den legendären Doc ‚Pille' McCoy vom Raumschiff Enterprise." Dennoch stellt er klar: „Das Szenario stellt aber eine kommende Realität dar."

Das Öffentliche Gesundheitsportal Österreichs ist der Anbieter des Systems und wirbt damit, dass Elga den „Informationsfluss verbessere“. Bis das passiert, wird es aber wohl noch dauern. Der Vorschlag des Team-Stronach-Abgeordneten wird Zukunfts-Musik bleiben. Denn eines wolle man auf gar keinen Fall: den gläsernen Menschen.

Ösi-Politiker fordert: Implantiert Menschen Daten-Chips! In: Focus online, 30.06.2014. Online: http://www.focus.de/gesundheit/news/glaeserner-mensch-oesi-politiker-fordert-implantier-daten-chips_id_3957960.html (29.11.2014)

[1] *Ösi: bundesdeutsche (abwertende oder scherzhafte) Bezeichnung für Österreicher*

Textbeilage 2

Wissenschaft & Technik

Gibt es schon gechipte Menschen?

Leslie Jacobs war die erste Amerikanerin, die sich den Patienten-Chip implantieren ließ, während ihr Mann und ihr Sohn dabei zusahen.

Was wir in Deutschland bislang nur aus Filmen kennen, ist in anderen Ländern längst real. Seit 2002 vertreibt zum Beispiel das US-Unternehmen VeriChip Corporation einen implantierbaren RFID-Chip. Verpackt in eine biokompatible[1] Glashülle ist der „VeriChip“ kaum größer als ein Reiskorn und wird oberhalb des Trizeps[2] unter die Haut gespritzt.

Er enthält eine 16-stellige Nummer, die innerhalb von zehn Metern an ein Lesegerät übermittelt werden kann und Zugang zu einer Datenbank gewährt. Hier kann der Nutzer Adresse und Kontodaten, aber auch Blutgruppe und Medikamentenunverträglichkeiten hinterlegen.

Wird er bewusstlos ins Krankenhaus eingeliefert, kann der Arzt diese Daten sofort abrufen. Allerdings nicht nur der – die Nummer im Chip ist unverschlüsselt und somit theoretisch für jeden zugänglich. In den USA sind bereits über 200 Krankenhäuser mit Lesegeräten ausgestattet. 500 Patienten haben sich „chippen“ lassen, Kostenpunkt: 150 Dollar.

Der Chip hat aber noch weitere Einsatzgebiete: Unternehmen lassen ihre Mitarbeiter chippen, um den Zugang zu Sicherheitsbereichen zu kontrollieren. Und das mexikanische Unternehmen Xega verkauft den VeriChip, ergänzt um einen externen GPS-Sender, an potenzielle Entführungsopfer. Drückt man den „Panikknopf“ am Sender, wandelt er die Radiofrequenz-Signale des Chips in stärkere GPS-Signale um.

Bereits über 2000 Mexikaner haben sich mit dem System ausstatten lassen. Für 4000 Dollar, plus 2000 Dollar Servicegebühren jährlich. Pech nur, wenn die Entführer den Sender finden und zerstören.

Eine ganz andere Anwendung findet der Chip in Europa: In Clubs wie dem Baja Beach Club in Barcelona oder der Bar Soba in Glasgow erhalten Gäste mit Chip im Arm VIP-Eintritt und können den Chip als Kreditkarte einsetzen.

Gibt es schon gechipte Menschen? In: P.M. Welt des Wissens. Online: http://www.pm-magazin.de/r/gute-frage/gibt-es-schon-gechipte-menschen (29.11.2014)

[1] *biokompatibel: verträglich*
[2] *Trizeps: Muskel des Oberarms*

Aufgabe 2

Schülerarbeit zu Aufgabe 2: Seite 160

Verfassen Sie eine **Erörterung**.

Lesen Sie den Bericht *Der Arzt am Leib* aus der Wochenzeitung *Die Zeit* vom 11. September 2014 (Textbeilage 1).

Verfassen Sie nun die **Erörterung** und bearbeiten Sie dabei folgende Schreibaufträge:

- **Beschreiben** Sie die im Text angesprochenen Fitness- bzw. Gesundheits-Apps.
- **Analysieren** Sie mögliche Vor- und Nachteile derartiger Apps im Hinblick auf die Überwachung des eigenen Körpers.
- **Nehmen** Sie kritisch **Stellung** zu einer zentralen Speicherung sensibler persönlicher Gesundheitsdaten durch die Anbieter digitaler Medien.

Schreiben Sie zwischen 540 und 660 Wörter. Markieren Sie Absätze mittels Leerzeilen.

Textbeilage 1

Medizin-Apps

Der Arzt am Leib

Apples neue Digitaluhr und alle Smartphones werden jetzt zu Instrumenten für die komplette Überwachung des eigenen Körpers

„Eine Sache noch!" In der Manier seines legendären Vorgängers Steve Jobs präsentierte der Apple-Chef Tim Cook am Dienstag unter großem Brimborium das neueste Produkt der Firma: die Armbanduhr Apple Watch. Der lange erwartete Zeitmesser soll nicht nur ein weiteres technisches Spielzeug sein. Vielmehr soll er „vielen Menschen helfen, bessere Tage und ein gesünderes Leben zu leben".

Dieses bessere Leben erkauft sich der Besitzer, indem er sich einer permanenten Protokollierung seiner Aktivitäten unterwirft. Ununterbrochen messen Sensoren in der Uhr seinen Puls, zählen jeden seiner Schritte und die Treppenstufen, die er erklommen hat. Eine Fitness-App sagt ihm jeden Tag, ob er sein Soll für das gesunde Leben erfüllt hat. Und sämtliche Daten werden in eine Anwendung namens Health App auf dem iPhone gespeist, die auch Gesundheitswerte aus anderen Apps erfasst und so ein umfangreiches persönliches Vitalprotokoll erstellt.

Wenn Apple sich einem neuen Feld zuwendet, dann ist das ein Zeichen dafür, dass dort große Veränderungen anstehen. Bei der digitalen Musik war das so, bei Tablet-Computern und natürlich beim Smartphone als persönlichem Universalgerät, das neben einem Telefon auch Walkman, Kalender, Adressbuch, Chatroom und Nachschlagewerk ist.

Jetzt rücken das Smartphone und tragbare Gadgets uns mehr auf den Pelz als je zuvor. Außer Apple setzen auch Google und Samsung darauf, das Handy zur Sammelstelle persönlicher Gesundheitsdaten zu machen.

Die Firmen machen sich dazu die vielfältigen digitalen Sinne moderner Smartphones zunutze: Schon ab Werk verfügen sie über eine Vielzahl von Sensoren, mit denen sich auch medizinische Werte ermitteln lassen. Und sie sind stets online, um solche Daten zu übermitteln, etwa an einen Arzt, der aus der Ferne seine Patienten untersuchen kann.

Tatsächlich findet eine wachsende Zahl von Menschen Gefallen daran, ihre eigenen Körperparameter zu erfassen. [...] Nun soll aus Spaß Ernst werden. Die neuen Anwendungen wollen die Einstellung zur eigenen Gesundheit verändern und nebenbei das Gesundheitssystem umkrempeln. Statt alle Jubeljahre einmal zum Arzt zu gehen, wo dann in einer Momentaufnahme der Puls gemessen, ein EKG geschrieben oder Blutwerte ermittelt werden, erhebt der Patient selbst permanent Körperdaten. Er kann entscheiden, ob und mit wem er sie teilt, und mithilfe der passenden Software im beschränkten Rahmen sogar selbst seinen Gesundheitsstatus analysieren.

Die Autorität des Arztes wird also angekratzt – aber kann Technik wirklich den Doktor ersetzen? „Es gibt einen alten Spruch: Wer viel misst, misst viel Mist", sagt Franz-Joseph Bartmann, der im Vorstand der Bundesärztekammer sitzt und dort den Ausschuss Telematik leitet. „Aber ich möchte auch keine Spaßbremse sein – wer das macht, der soll das als ein Spielzeug für Erwachsene ansehen." Im Klartext: Das ist nicht so genau, das misst nicht so zuverlässig wie professionelles medizinisches Gerät.

Markus Müschenich dagegen ist überzeugt, dass Apps für Puls, Blutdruck und Co. längst kein Spielzeug mehr sind. „Wir haben jetzt die Chance, damit ernsthafte Medizin zu betreiben", sagt der Kinderarzt und Vorsitzende des Bundesverbands Internetmedizin. Er macht das selbst vor: Mit seiner Firma Caterna Vision hat er „Sehschulung" auf den Markt gebracht, die erste App in Deutschland, die von Ärzten verordnet und von einer Krankenkasse bezahlt wird. Sehbehinderte Kinder können damit ihre Augen trainieren.

Schon heute existiert eine Fülle von Apps, die aus dem Smartphone einen Hosentaschendoktor machen. Das Mikrofon dient als Stethoskop und registriert Herzschläge, Töne aus dem Lautsprecher helfen als Audiometer Hörstörungen aufzudecken, der Beschleunigungssensor überwacht das charakteristische Zittern von Parkinson-Patienten. Unters Kopfkissen gelegt, soll ein Handy allein anhand der Bewegungen des Nutzers dessen Schlafqualität beurteilen. Aber an dem Beispiel zeigen sich schon die Grenzen: Die zugehörige App zeichnet schöne Kurven der unterschiedlichen Schlafphasen – dabei hat sie nur gemessen, ob das Bett gewackelt hat.

Schließt man externe Sensoren ans Handy an, dann werden die Messungen genauer, und neue Funktionen sind möglich, etwa den Augeninnendruck zu messen oder ein EKG aufzuzeichnen. [...]

Andere Entwickler scheuen sich nicht, in den Körper einzudringen. So arbeitet das amerikanische Start-up Sano Intelligence an einem Pflaster, das mit winzigen Nadeln in die Haut piekst, um den Gehalt an Blutzucker, Elektrolyten und Kreatinin zu überprüfen. So lassen sich Rückschlüsse auf die Nierenfunktion ziehen. In Großbritannien testet der staatliche Gesundheitdienst das System Proteus Digital Health: Patienten schlucken dabei eine mit Sensorik vollgepackte Pille, welche Messwerte aus dem Körperinneren an ein Smartphone übermittelt.

[...]

Die Health App wird die unterschiedlichsten Gesundheitsdaten sammeln und sie bewerten, etwa Herzfrequenz, Kalorienaufnahme, Schlafverhalten, Blutzucker, Blutdruck, Sauerstoffsättigung im Blut und natürlich Körpergewicht. Auf Wunsch zeichnet die App auch auf, was man isst und wie gut man schläft. Darüber hinaus kann jeder Nutzer die App mit wichtigen Daten für den medizinischen Notfall füttern: Medikamente, Blutgruppe, Allergien und chronische Krankheiten, zudem den Organspenderstatus. So entsteht mit der Zeit ein Datensatz, der viel über den Handybesitzer aussagt. [...] Apple verspricht immerhin hoch und heilig, die Gesundheitsdaten nicht zu verkaufen, und hat das auch seinen Partnerfirmen untersagt.

An einem eigenen „Gesundheits-Ökosystem" arbeitet auch Samsung. Die Firma LG baut Kopfhörer, die neben dem Puls auch die Sauerstoffaufnahme messen. Und natürlich ist auch Google aktiv: Der Konzern arbeitet an einer offenen Plattform namens GoogleFit, die ebenfalls Gesundheitsdaten von allerhand Sensoren zusammenführen soll.

Auf diese Weise entstehen bei Apple, Google und Co. riesige zentrale Sammelstellen für medizinische Daten – just das, was man in Deutschland aus Datenschutzgründen bislang weitgehend scheute. Einst fürchteten die Menschen eine elektronische Krankenakte. Nun haben viele keine Bedenken, ihre Körperdaten den Internetkonzernen anzuvertrauen. In einer Studie ermittelt derzeit ein Netzwerk von Hochschulen und Medizinfirmen die Haltung der Deutschen gegenüber Gesundheits-Apps. Vorläufiges Ergebnis: 68 Prozent der online Befragten würden sie zur Selbstkontrolle von Gesundheitsdaten einsetzen und 70 Prozent zur Einhaltung eines gesundheitsfördernden Lebensstils. In einer Erhebung des Branchenverbands Bitkom war einer von fünf Befragten bereit, sich einen Chip einpflanzen zu lassen, der seine Gesundheit überwacht.

Das weckt düstere Visionen. Christopher Lauer, Landesvorsitzender der Piratenpartei in Berlin, schrieb in der Frankfurter Allgemeinen Zeitung, Gesundheits-Apps würden „die Gesellschaft so fundamental verändern, dass wir uns wünschen werden, sie seien nie erfunden worden", denn sie würden ein über Jahrzehnte gewachsenes Solidarsystem zerschlagen. „Diejenigen, die sich nicht vermessen lassen, werden die sein, die etwas zu verbergen haben: Sie sind verdächtig."

Werden wir den Zeitpunkt erkennen, an dem aus Freiwilligkeit Druck wird? Wenn die Krankenversicherung für diejenigen teurer wird, die sich dem neuen System verweigern? Oder der Arbeitgeber die Verwendung einer speziellen App nicht mehr nur empfiehlt, sondern den zum Gespräch bittet, der sich entzieht?

Der Ölkonzern BP hat bereits an 14.000 Mitarbeiter Fitnessarmbänder verschenkt. Wer in einem Jahr mehr als eine Million Schritte geht, kann seinen Krankenversicherungsbeitrag senken. Die Berliner Sparkasse hat 300 ihrer Mitarbeiter mit Schrittzählern ausgestattet. Die kalifornische Softwarefirma Evernote bietet ihren Mitarbeiterinnen eine App an, die dabei hilft, schwanger zu werden, indem der Zeitpunkt des Eisprungs bestimmt wird. Als Nebeneffekt erfährt die Firma, wie viele ihrer Angestellten gerade versuchen, ein Baby zu bekommen. Im Moment noch anonymisiert.

[...] Interessierten Patienten bringt diese Entwicklung erst einmal mehr Unübersichtlichkeit. Was fehlt, ist ein verlässlicher Wegweiser zu brauchbaren Medizin-Apps. Wer trennt die Spreu vom Weizen, wer sagt, welche Anwendungen sinnvoll sind, welche nutzlos und welche gar gefährlich? [...]

Das Smartphone wird in den kommenden Jahren zwar nicht den Arzt ersetzen. Aber es wird zum medizinischen Assistenten werden. Die digitale Körpervermessung ist ein weiterer Schritt, das Informationsmonopol der Mediziner erodieren zu lassen. Die täten gut daran, ihre Rolle neu zu definieren – nicht als Hüter von Geheimwissen, sondern als Helfer, die auf die Frage „Wie geht's uns denn heute?" immer öfter eine Menge an Rohdaten bekommen. Und deren Job es dann ist, diese für ihre Patienten zu sortieren und zu interpretieren.

Drösser, Christoph/Stillich, Sven: Der Arzt am Leib. In: Die Zeit, Nr. 38, 11.09.2014. Online: http://www.zeit.de/2014/38/apple-digitaluhr-smartphone-ueberwachung-koerper (29.11.2014), gekürzt

Thema 3: Arbeit

Aufgabe 1

Lösungshilfe zu Aufgabe 1: Seite 161

Verfassen Sie eine **Empfehlung**.

Situation: Sie absolvieren ein Praktikum in einer Gesundheitsvorsorgeeinrichtung Ihrer Gemeinde. Sie beschäftigen sich dort intensiv mit dem Thema „Arbeitszufriedenheit". Sie haben einen Bericht in den *Salzburger Nachrichten* gelesen, der Sie nachdenklich stimmt. Sie wollen den Inhalt dieses Zeitungsberichtes aufgreifen und eine Empfehlung für junge Arbeitnehmerinnen und Arbeitnehmer bezüglich Gesundheit am Arbeitsplatz verfassen.

Lesen Sie dazu den Bericht *Die Arbeit macht häufig krank* aus der Tageszeitung *Salzburger Nachrichten* vom 27. November 2014 (Textbeilage 1).

Verfassen Sie nun die **Empfehlung** und bearbeiten Sie dabei folgende Schreibaufträge:

- **Benennen** Sie die in der Textbeilage dargestellte Problematik.
- **Beurteilen** Sie den Nutzen gesundheitsfördernder Maßnahmen am Arbeitsplatz.
- **Setzen** Sie den Wert gesundheitsfördernder Vorsorge am Arbeitsplatz mit einer besseren Leistungsfähigkeit der Mitarbeiterinnen und Mitarbeiter **in Beziehung**.
- **Entwerfen** Sie eine Empfehlung, in der Sie Tipps zu Verbesserungen am Arbeitsplatz – sowohl im physischen als auch im psychischen Bereich – anführen.

Schreiben Sie zwischen 405 und 495 Wörter. Markieren Sie Absätze mittels Leerzeilen.

Textbeilage 1

Die Arbeit macht häufig krank

Eine Million Menschen hat Gesundheitseinschränkungen, hervorgerufen vom Arbeitsplatz. Was können Erwerbstätige tun, um Stress, Burn-out und Rückenschmerzen zu verhindern?

Die Belastungen am Arbeitsplatz nehmen weiter zu. Eine Befragung von Statistik Austria ergab, dass acht von zehn Erwerbstätigen einem Gesundheitsrisiko ausgesetzt sind und rund eine Million Menschen über eine durch die Arbeit bedingte Gesundheitseinschränkung klagen. Am häufigsten genannt wurden starke Anstrengung der Augen (35 Prozent der Befragten), ergonomische Belastungen (26,9 Prozent) und die Gefahr, Unfällen ausgesetzt zu sein (26,7 Prozent).

Als schwerwiegendste Gesundheitsprobleme nannte beinahe ein Drittel der Befragten durch die Arbeit hervorgerufene Rückenprobleme, ein Fünftel berichtet von Beschwerden an Nacken, Schultern, Armen und Händen. Beschäftigte in der Land- und Forstwirtschaft leiden am häufigsten unter Gesundheitsproblemen, die von der Arbeit verursacht wurden (26,8 Prozent), gefolgt von der Baubranche sowie dem Gesundheits- und Sozialwesen.

Zu den körperlichen Beschwerden kommen häufig auch psychische Probleme. Am häufigsten genannt wurden als Ursachen Zeitdruck beziehungsweise Überbeanspruchung (38,3 Prozent). Immerhin noch 3,4 Prozent fühlen sich am Arbeitsplatz belästigt oder gemobbt. Am stärksten psychischen Belastungen ausgesetzt sind laut Statistik Austria Berufe im Gesundheits- und Verkehrswesen sowie in der Kommunikationsbranche.

Michael Nikl, Arbeitsmediziner bei der Allgemeinen Unfallversicherungsanstalt (AUVA), zufolge sind Probleme mit dem Stütz- und Bewegungsapparat auf dem Vormarsch. „Arbeitnehmer mit Büroarbeitsplätzen sind von statischen Belastungen heute schon mehr betroffen als klassische Arbeiter", sagt Nikl. Das ständige Sitzen sei für Bandscheiben und Wirbelsäule Gift. Der Arbeitsmediziner empfiehlt, im Büro regelmäßige Bewegungspausen einzubauen. Es genügten schon ein paar Minuten. Vor allem die Bandscheiben benötigten dynamische Bewegungen.

„Die Arbeitsplätze müssen an die Menschen angepasst werden. Gute Arbeitsbedingungen schaffen ein besseres Betriebsklima. Das wiederum ist wichtig für unsere Psyche", erklärt Nikl. Und weiter: „Wenn es den Menschen gut geht, geht es auch den Firmen gut."

Als eines der großen Zukunftsthemen für die Arbeitsmedizin nennt Nikl die zunehmende Überalterung der Bevölkerung und damit verbunden immer mehr ältere Arbeitnehmer, die an chronischen Erkrankungen leiden. „Die Muskulatur reduziert sich im Alter. Es ist daher wichtig, die Arbeitsplätze entsprechend zu gestalten", sagt Nikl. Eine Lösung des Problems sieht er beispielsweise in flexibleren Zeitmodellen.

Die AUVA-Arbeitspsychologin Sylvia Rothmeier-Kubinecz verweist darauf, dass Zeitdruck und Überbelastung in vielen Unternehmen Thema seien. Die Produktivität sei in den vergangenen fünf Jahrzehnten um das Elffache gestiegen. „Heute wird die gleiche Arbeit von viel weniger Menschen erledigt." Die Automatisierung führe dazu, dass Arbeitnehmer zwar weniger schwer körperlich leisten müssten, dafür aber monotone Tätigkeiten wie Fließbandarbeit oder Qualitätskontrolle verrichteten. „Oft ist die Arbeit mit hoher Verantwortung gekoppelt. Man muss ständig aufmerksam sein, tut aber nichts", erzählt Rothmeier-Kubinecz.

Kurzfristige Auswirkungen bei Fehlbeanspruchung seien Ermüdung, Stress, Sättigung oder Sinnentleerung. Langfristig komme es zu Beschwerden – von psychosomatischen Problemen bis zu Erschöpfungsdepressionen. Die AUVA hat ein Fitnessprogramm ins Leben gerufen, bei dem Arbeitsbedingungen darauf untersucht werden, ob sie Burn-out oder psychische Belastungen hervorrufen. Mittels Kennzahlen kann beispielsweise ständige Überbelastung vermieden werden.

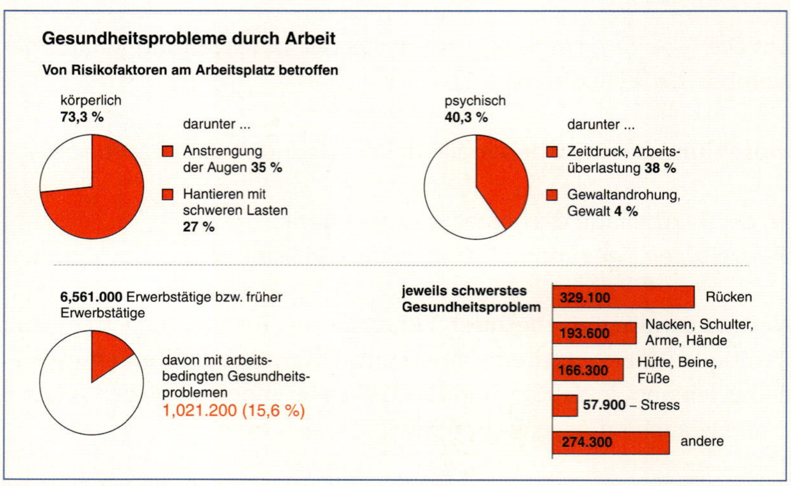

Pessl, Fritz: Die Arbeit macht häufig krank. In: Salzburger Nachrichten, 27.11.2014. Online: http://www.salzburg.com/nachrichten/rubriken/bestestellen/karriere-nachrichten/sn/artikel/die-arbeit-macht-haeufig-krank-129337/ (04.12.2014)

Aufgabe 2

Lösungshilfe zu Aufgabe 2: Seite 162

Verfassen Sie eine **Textinterpretation**.

Lesen Sie die Kurzgeschichte *Es wird etwas geschehen*, die Heinrich Böll 1954 verfasst hat.

Verfassen Sie nun die **Textinterpretation** und bearbeiten Sie dabei folgende Schreibaufträge:

- **Beschreiben** Sie den Arbeitsplatz und die Tätigkeit des Ich-Erzählers.
- **Untersuchen** Sie die sprachlichen Mittel, mit denen das Bewerbungsgespräch, die Fabrik sowie die handelnden Personen beschrieben werden.
- **Erklären** Sie die Bedeutung des Satzes „Es wird etwas geschehen“.
- **Deuten** Sie den Text im Hinblick auf eine mögliche Intention bzw. Wirkung, vor allem im Zusammenhang mit der Problematik „Arbeit und Arbeitszufriedenheit“.

Schreiben Sie zwischen 540 und 660 Wörter. Markieren Sie Absätze mittels Leerzeilen.

Textbeilage 1

Heinrich Böll – Es wird etwas geschehen

Eine handlungsstarke Geschichte

Zu den merkwürdigsten Abschnitten meines Lebens gehört wohl der, den ich als Angestellter in Alfred Wunsiedels Fabrik zubrachte. Von Natur bin ich mehr dem Nachdenken und dem Nichtstun zugeneigt als der Arbeit, doch hin und wieder zwingen mich anhaltende finanzielle Schwierigkeiten – denn Nachdenken bringt sowenig ein wie Nichtstun –, eine so genannte Stelle anzunehmen. Wieder einmal auf einem solchen Tiefpunkt angekommen, vertraute ich mich der Arbeitsvermittlung an und wurde mit sieben anderen Leidensgenossen in Wunsiedels Fabrik geschickt, wo wir einer Eignungsprüfung unterzogen werden sollten.

Schon der Anblick der Fabrik machte mich misstrauisch: Die Fabrik war ganz aus Glasziegeln gebaut, und meine Abneigung gegen helle Gebäude und helle Räume ist so stark wie meine Abneigung gegen die Arbeit. Noch misstrauischer wurde ich, als uns in der hellen, fröhlich ausgemalten Kantine gleich ein Frühstück serviert wurde: hübsche Kellnerinnen brachten uns Eier, Kaffee und Toaste, in geschmackvollen Karaffen stand Orangensaft; Goldfische drückten ihre blasierten Gesichter gegen die Wände hellgrüner Aquarien. Die Kellnerinnen waren so fröhlich, dass sie vor Fröhlichkeit fast zu platzen schienen. Nur starke Willensanstrengung – so schien mir – hielt sie davon zurück, dauernd zu trällern. Sie waren mit ungesungenen Liedern so angefüllt wie Hühner mit ungelegten Eiern. Ich ahnte gleich, was meine Leidensgenossen nicht zu ahnen schienen: dass auch dieses Frühstück zur Prüfung gehöre; und so kaute ich hingebungsvoll, mit dem vollen Bewusstsein eines Menschen, der genau weiß, dass er seinem Körper wertvolle Stoffe zuführt. Ich tat etwas, wozu mich normalerweise keine Macht dieser Welt bringen würde: Ich trank auf den nüchternen Magen Orangensaft, ließ den Kaffee und ein Ei stehen, den größten Teil des Toasts liegen, stand auf und marschierte handlungsschwanger in der Kantine auf und ab.

So wurde ich als erster in den Prüfungsraum geführt, wo auf reizenden Tischen die Fragebogen bereitlagen. Die Wände waren in einem Grün getönt, das Einrichtungsfanatikern das Wort „entzückend“ auf die Lippen gezaubert hätte. Niemand war zu sehen, und doch war ich so sicher, beobachtet zu werden, dass ich mich benahm, wie ein Handlungsschwangerer sich benimmt, wenn er sich unbeobachtet glaubt: Ungeduldig riss ich meinen Füllfederhalter aus der Tasche, schraubte ihn auf, setzte mich an den nächstbesten Tisch und zog den Fragebogen an mich heran, wie Choleriker Wirtshausrechnungen zu sich hinziehen.

Erste Frage: Halten Sie es für richtig, dass der Mensch nur zwei Arme, zwei Beine, Augen und Ohren hat?
Hier erntete ich zum ersten Male die Früchte meiner Nachdenklichkeit und schrieb ohne Zögern hin: „Selbst vier Arme, Beine, Ohren würden meinem Tatendrang nicht genügen. Die Ausstattung des Menschen ist kümmerlich."

Zweite Frage: Wie viel Telefone können Sie gleichzeitig bedienen?
Auch hier war die Antwort so leicht wie die Lösung einer Gleichung ersten Grades. „Wenn es nur sieben Telefone sind", schrieb ich, „werde ich ungeduldig, erst bei neun fühle ich mich vollkommen ausgelastet."

Dritte Frage: Was machen Sie nach Feierabend?
Meine Antwort: „Ich kenne das Wort Feierabend nicht mehr – an meinem fünfzehnten Geburtstag strich ich es aus meinem Vokabular, denn am Anfang war die Tat."

Ich bekam die Stelle. Tatsächlich fühlte ich mich sogar mit den neun Telefonen nicht ganz ausgelastet. Ich rief in die Muscheln der Hörer: „Handeln Sie sofort!" oder: „Tun Sie etwas! – Es muss etwas geschehen – Es wird etwas geschehen – Es ist etwas geschehen – Es sollte etwas geschehen." Doch meistens – denn das schien mir der Atmosphäre gemäß – bediente ich mich des Imperativs.

Interessant waren die Mittagspausen, wo wir in der Kantine, von lautloser Fröhlichkeit umgeben, vitaminreiche Speisen aßen. Es wimmelte in Wunsiedels Fabrik von Leuten, die verrückt darauf waren, ihren Lebenslauf zu erzählen, wie eben handlungsstarke Persönlichkeiten es gern tun. Ihr Lebenslauf ist ihnen wichtiger als ihr Leben, man braucht nur auf einen Knopf zu drücken, und schon erbrechen sie ihn in Ehren.

Wunsiedels Stellvertreter war ein Mann mit Namen Broschek, der seinerseits einen gewissen Ruhm erworben hatte, weil er als Student sieben Kinder und eine gelähmte Frau durch Nachtarbeit ernährt, zugleich vier Handelsvertretungen erfolgreich ausgeübt und dennoch innerhalb von zwei Jahren zwei Staatsprüfungen mit Auszeichnung bestanden hatte. Als ihn Reporter gefragt hatten: „Wann schlafen Sie denn, Broschek?", hatte er geantwortet: „Schlafen ist Sünde!"

Wunsiedels Sekretärin habe einen gelähmten Mann und vier Kinder durch Strichen ernährt, hatte gleichzeitig in Psychologie und Heimatkunde promoviert, Schäferhunde gezüchtet und war als Barsängerin unter dem Namen *„Vamp 7"* berühmt geworden.

Wunsiedel selbst war einer von den Leuten, die morgens, kaum erwacht, schon entschlossen sind zu handeln. „Ich muss handeln", denken sie, während sie energisch den Gürtel des Bademantels zuschnüren. „Ich muss handeln", denken sie, während sie sich rasieren, und sie blicken triumphierend auf die Barthaare, die sie mit dem Seifenschaum von ihrem Rasierapparat abspulen: Diese Reste der Behaarung sind die ersten Opfer ihres Tatendranges. Auch die intimeren Verrichtungen lösen Befriedigung bei diesen Leuten aus: Wasser rauscht, Papier wird verbraucht. Es ist etwas geschehen. Brot wird gegessen, dem Ei wird der Kopf abgeschlagen.

Die belangloseste Tätigkeit sah bei Wunsiedel wie eine Handlung aus: Wie er den Hut aufsetzte, wie er – bebend vor Energie – den Mantel zuknöpfte, den Kuss, den er seiner Frau gab, alles war Tat.

Wenn er sein Büro betrat, rief er seiner Sekretärin als Gruß zu: „Es muss etwas geschehen!" Und diese rief frohen Mutes: „Es wird etwas geschehen!" Wunsiedel ging dann von Abteilung zu Abteilung, rief sein fröhliches: „Es muss etwas geschehen!" Alle antworteten: „Es wird etwas geschehen!" Und auch ich rief ihm, wenn er mein Zimmer betrat, strahlend zu: „Es wird etwas geschehen!"

Innerhalb der ersten Woche steigerte ich die Zahl der bedienten Telefone auf elf, innerhalb der zweiten Woche auf dreizehn, und es machte mir Spaß, morgens in der Straßenbahn neue Imperative zu erfinden oder das Verbum geschehen durch die verschiedenen Tempora, durch die verschiedenen Genera, durch Konjunktiv und Indikativ zu hetzen; zwei Tage lang sagte ich nur den einen Satz, weil ich ihn so schön fand: „Es hätte etwas geschehen müssen", zwei weitere Tage lang einen anderen: „Das hätte nicht geschehen dürfen."

So fing ich an, mich tatsächlich ausgelastet zu fühlen, als wirklich etwas geschah. An einem Dienstagmorgen – ich hatte mich noch gar nicht richtig zurechtgesetzt – stürzte Wunsiedel in mein Zimmer und rief sein „Es muss etwas geschehen!"

Doch etwas Unerklärliches auf seinem Gesicht ließ mich zögern, fröhlich und munter, wie es vorgeschrieben war, zu antworten: „Es wird etwas geschehen!" Ich zögerte wohl zu lange, denn Wunsiedel, der sonst selten schrie, brüllte mich an: „Antworten Sie! Antworten Sie, wie es vorgeschrieben ist!" Und ich antwortete leise und widerstrebend wie ein Kind, das man zu sagen zwingt: Ich bin ein böses Kind. Nur mit großer Anstrengung brachte ich den Satz heraus: „Es wird etwas geschehen", und kaum hatte ich ihn ausgesprochen, da geschah tatsächlich etwas: Wunsiedel stürzte zu Boden, rollte im Stürzen auf die Seite und lag quer vor der offenen Tür. Ich wusste gleich, was sich mir bestätigte, als ich langsam um meinen Tisch herum auf den Liegenden zuging: dass er tot war.

Kopfschüttelnd stieg ich über Wunsiedel hinweg, ging langsam durch den Flur zu Broscheks Zimmer und trat dort ohne anzuklopfen ein. Broschek saß an seinem Schreibtisch, hatte in jeder Hand einen Telefonhörer, im Mund einen

Kugelschreiber, mit dem er Notizen auf einen Block schrieb, während er mit den bloßen Füßen eine Strickmaschine bediente, die unter dem Schreibtisch stand. Auf diese Weise trägt er dazu bei, die Bekleidung seiner Familie zu vervollständigen. „Es ist etwas geschehen", sagte ich leise. Broschek spuckte den Kugelstift aus, legte die beiden Hörer hin, löste zögernd seine Zehen von der Strickmaschine.

„Was ist denn geschehen?" fragte er.

„Herr Wunsiedel ist tot", sagte ich.

„Nein", sagte Broschek.

„Doch", sagte ich, „kommen Sie!"

„Nein", sagte Broschek, „das ist unmöglich", aber er schlüpfte in seine Pantoffeln und folgte mir über den Flur.

„Nein", sagte er, als wir an Wunsiedels Leiche standen, „nein, nein!" Ich widersprach ihm nicht. Vorsichtig drehte ich Wunsiedel auf den Rücken, drückte ihm die Augen zu und betrachtete ihn nachdenklich.

Ich empfand fast Zärtlichkeit für ihn, und zum ersten Male wurde mir klar, dass ich ihn nie gehasst hatte. Auf seinem Gesicht war etwas, wie es auf den Gesichtern der Kinder ist, die sich hartnäckig weigern, ihren Glauben an den Weihnachtsmann aufzugeben, obwohl die Argumente der Spielkameraden so überzeugend klingen.

„Nein", sagte Broschek, „nein."

„Es muss etwas geschehen", sagte ich leise zu Broschek.

„Ja", sagte Broschek, „es muss etwas geschehen."

Es geschah etwas: Wunsiedel wurde beerdigt, und ich wurde ausersehen, einen Kranz künstlicher Rosen hinter seinem Sarg herzutragen, denn ich bin nicht nur mit einem Hang zur Nachdenklichkeit und zum Nichtstun ausgestattet, sondern auch mit einer Gestalt und einem Gesicht, die sich vorzüglich für schwarze Anzüge eignen. Offenbar habe ich – mit dem Kranz künstlicher Rosen in der Hand hinter Wunsiedels Sarg hergehend – großartig ausgesehen. Ich erhielt das Angebot eines eleganten Beerdigungsinstitutes, dort als berufsmäßiger Trauernder einzutreten. „Sie sind der geborene Trauernde", sagte der Leiter des Instituts, „die Garderobe bekommen Sie gestellt. Ihr Gesicht – einfach großartig!"

Ich kündigte Broschek mit der Begründung, dass ich mich dort nicht richtig ausgelastet fühle, dass Teile meiner Fähigkeiten trotz der dreizehn Telefone brachlägen. Gleich nach meinem ersten berufsmäßigen Trauergang wusste ich: Hierhin gehörst du, das ist der Platz, der für dich bestimmt ist.

Nachdenklich stehe ich hinter dem Sarg in der Trauerkapelle, mit einem schlichten Blumenstrauß in der Hand, während Händels *„Largo"* gespielt wird, ein Musikstück, das viel zu wenig geachtet ist. Das Friedhofscafé ist mein Stammlokal, dort verbringe ich die Zeit zwischen meinen beruflichen Auftritten, doch manchmal gehe ich auch hinter Särgen her, zu denen ich nicht beordert bin, kaufe aus meiner Tasche einen Blumenstrauß und geselle mich zu dem Wohlfahrtsbeamten, der hinter dem Sarg eines Heimatlosen hergeht. Hin und wieder auch besuche ich Wunsiedels Grab, denn schließlich verdanke ich es ihm, dass ich meinen eigentlichen Beruf entdeckte, einen Beruf, bei dem Nachdenklichkeit geradezu erwünscht und Nichtstun meine Pflicht ist.

Spät erst fiel mir ein, dass ich mich nie für den Artikel interessiert habe, der in Wunsiedels Fabrik hergestellt wurde. Es wird wohl Seife gewesen sein.

Böll, Heinrich: Es wird etwas geschehen. Eine handlungsstarke Geschichte. In: Arbeitstexte für den Unterricht. Deutsche Kurzgeschichten. 11.–13. Schuljahr. Hg. von Winfried Ulrich. Stuttgart, Reclam, 1973, 14 ff.

Infobox:

Heinrich Böll (1917–1985)

Der deutsche Schriftsteller und Übersetzer gilt als einer der bedeutendsten Vertreter der deutschen Nachkriegsliteratur. Er erhielt 1972 den Nobelpreis für Literatur.

Böll schrieb Essays, Reden, Erzählungen und Romane, in denen er zur politischen Situation der Bundesrepublik Deutschland Stellung bezieht.

In Anlehnung an: Heinrich Böll. Leben und Werk. Online: http://www.heinrich-boell.de/HeinrichBoellHinweise.htm (04.12.2014)

Übungsklausur B

Wählen Sie ein Thema aus und bearbeiten Sie es vollständig.

Übungsklausur B

Thema	Aufgaben (Wortanzahl)	Textbeilagen
Thema 1: Mobbing	**Offener Brief** (405 bis 495 Wörter)	Zeitungsbericht
	Textanalyse (405 bis 495 Wörter)	Zeitungsbericht
Thema 2: Flüchtlinge	**Zusammenfassung** (270 bis 330 Wörter)	Zeitungskommentar
	Textinterpretation (540 bis 660 Wörter)	Drama (Textausschnitt)
Thema 3: Umwelt	**Empfehlung** (405 bis 495 Wörter)	Zeitungsbericht
	Meinungsrede (405 bis 495 Wörter)	Zeitungsbericht

Thema 1: Mobbing

Aufgabe 1

Lösungshilfe zu Aufgabe 1: Seite 163

Verfassen Sie einen **offenen Brief**.

Situation: In Ihrer Schule wird erfolgreich ein Schülercoaching-Programm zur Gewaltprävention durchgeführt. Sie sind aktiv an diesem Coaching-Programm beteiligt und von dieser Idee überzeugt. Deshalb verfassen Sie einen offenen Brief an den Landesschulrat/Stadtschulrat, weil Sie sich wünschen, dass dieses Coaching an allen Schulen zum Standard gehört und nicht nur in wenigen Schulen durchgeführt wird.

Lesen Sie den Bericht *Warum an Schulen Mobbing betrieben wird* aus der Tageszeitung *Die Presse* vom 29. Oktober 2014 (Textbeilage 1).

Verfassen Sie nun den **offenen Brief** und bearbeiten Sie dabei folgende Schreibaufträge:

- **Fassen** Sie die Hauptaussagen des Berichtes in ein bis zwei Sätzen **zusammen**.
- **Nehmen** Sie kritisch zu Maßnahmen, wie man Mobbing in Schulen verhindern könnte, **Stellung**.
- **Appellieren** Sie an den Landesschulrat/Stadtschulrat, geeignete Maßnahmen an Schulen zu installieren, um Gewalt und Mobbing zu vermeiden.

Schreiben Sie zwischen 405 und 495 Wörter. Markieren Sie Absätze mittels Leerzeilen.

Textbeilage 1

Warum an Schulen Mobbing betrieben wird

Mehr Sozialarbeiter in den Klassen würden dazu beitragen, größere Konflikte und Probleme zu entschärfen.

Der Mobbingfall in Vorarlberg, bei dem nun eine Familie die Republik Österreich klagt, gibt Anlass, um über Mobbing und Gewalt an österreichischen Schulen ganz allgemein nachzudenken.

Die Frage, ob die Klage juristisch gerechtfertigt ist, müssen nun die unabhängigen Gerichte klären. Das vom zuständigen Richter angeregte Vergleichsangebot wurde von Klägerseite abgelehnt. Damit kommt es jedenfalls zu einem Prozess – dem ersten dieser Art in Österreich.

Doch wie konnte es nur so weit kommen? Was steckt hinter Mobbing, bzw. was ist Mobbing überhaupt? Mobbing ist Gewalt, wobei das Besondere bei Mobbing das wiederholte Vorkommen aggressiver Handlungen ist, die sich auf ein Machtungleichgewicht stützen. Dieses Machtungleichgewicht muss dabei nicht zwingend formalisiert sein, wie dies zum Beispiel in einer Hierarchie der Fall wäre. Es kann sich auch aus den Beziehungsstrukturen ableiten. Mobbingopfer stehen dabei allein einer Gruppe von Gewalttätern gegenüber, die, neben dem Rädelsführer, aus Mitläufern und Zuschauern besteht.

Mobbing findet jedoch mittlerweile häufig nicht mehr nur im direkten Kontakt statt: Die neuen Medien über Internet und Handy schaffen eine permanente Angriffsmöglichkeit, der sich das Opfer kaum entziehen kann. Das verschärft die Situation für das Opfer, an der grundsätzlichen Problematik und Dynamik ändert es aber kaum etwas.

Nicht mehr, nicht weniger

Denn eines vorweg: Die Gewalt – und dazu gehört auch Mobbing – an österreichischen Schulen ist in den vergangenen Jahren nicht mehr geworden. Sie ist aber bedauerlicherweise auch nicht relevant gesunken. Aktuelle Zahlen aus einer Studie von Strohmeier aus dem Jahr 2012 zeigen, dass zwölf Prozent der Mädchen und 29 Prozent der Burschen regelmäßig als Opfer oder Täter in Gewalthandlungen in der Schule involviert sind. Dabei erfasst ist auch die Gewalt über neue Medien, wobei sich zeigt: Täter sind meist keine Cyberspezialisten, sondern sie nutzen die neuen Möglichkeiten eben auch und sind sowohl im realen Leben als auch im Cyberspace Mobber.

In derselben Studie geben die Schüler auch an, dass über 40 Prozent der Lehrpersonen bei Gewalthandlungen nicht (ausreichend) eingreifen. Was kann und muss die Schule daher tun? Eine Frage, die uns über die Schule hinaus alle angeht. Denn es ist nicht nur eine rechtliche, sondern auch eine ganz zentrale gesellschaftliche Frage.

Ganz allgemein gilt: Dort, wo viele Menschen viel Zeit miteinander verbringen, kommt es unweigerlich zu Konflikten. Das ist per se weder gut noch schlecht, sondern schlicht menschlich. Eine Wertung wird erst dann möglich, wenn man sich anschaut, wie diese Konflikte gelöst werden – oder eben nicht.

Kinder erobern die Welt spielerisch, und dabei gehören auch Grenzüberschreitungen dazu. Die Regeln und Gegebenheiten, die wir entwickelt haben, müssen erkundet und erprobt und letztlich verinnerlicht werden. Es ist normal und gesund für Kinder und Jugendliche, auch die Belastbarkeit von zwischenmenschlichen Beziehungen zu testen. Dabei lernen sie gesellschaftliche Normen: Was ist noch okay, und was geht zu weit? Wann fühle ich mich verletzt, und wann verletze ich andere?

Soziale Intelligenz

Diese Lernprozesse führen zu dem, was mittlerweile als soziale Intelligenz bezeichnet wird, und sind notwendige Entwicklungsschritte auf dem Weg zu einem verantwortungsbewussten Erwachsenen. Dabei ist es wichtig und richtig, dass diese Lernprozesse auch in der Schule, in einer quasi beaufsichtigten und behüteten Umgebung, stattfinden. Und weil das so ist, hat Schule als Institution auch die Verantwortung, sich dieser Aufgabe aktiv zu stellen.

Pädagogen sind dafür jedoch nicht primär ausgebildet. Ihre hauptsächliche Aufgabe ist die Wissensvermittlung, und das ist auch gut so! Damit soll keineswegs die Bedeutung der sogenannten überfachlichen Kompetenzen im laufenden Unterricht infrage gestellt werden. Natürlich haben Lehrkräfte eine wesentliche Vorbildfunktion, sind Bezugsperson und somit auch für die Erziehung der Kinder und Jugendlichen verantwortlich (nur am Rande: Die Erziehungsaufgabe von Lehrkräften ist, wenn auch oft bestritten, geltendes österreichisches Recht, siehe zum Beispiel § 17 SchUG oder § 2 SchOG).

Jedenfalls sind Lehrkräfte bei Konflikten und Problemen wichtige „Seismografen“ und oft erste Anlaufstellen für Schüler. Der ihnen im konkreten Fall zur Verfügung stehende Dienstweg über die Direktion, die Schulaufsicht und den Landesschulrat bietet vielleicht juristischen Halt, Unterstützung im konkreten Umgang bietet er kaum. Zur Bearbeitung und Lösung größerer Konflikte und Mobbingfälle braucht es eben auch dafür explizit geschultes psychosoziales Personal an den Schulen. Damit Fälle wie jener in Vorarlberg erst gar nicht so heiß werden können, wären daher an jeder Schule fix angestellte Schulsozialarbeiter dringend nötig.

Schulsozialarbeit, in tatsächlich flächendeckender Form, könnte dabei auch mehr als Mobbingfälle verhindern. Sie wäre eine wichtige Stütze in der Prävention von Radikalisierungen von Kindern und Jugendlichen – sei es nun durch den derzeit viel diskutierten Jihad, sei es durch rechtsextreme Verführer oder Sekten.

Gesellschaftliche Probleme brauchen gesellschaftliche Antworten. Und die Gesellschaft von morgen wird in den heutigen Schulen geprägt. Umso wichtiger ist es, dass Schule ein Ort der Sozialisation ist, in dem der Zusammenhalt, die Gemeinschaft und Demokratie als positive Werte erfahren werden. Und ja, dazu gehören auch Umgangsformen wie z. B. das Grüßen, aber auch gegenseitiger Respekt und Wertschätzung.

Genügend Ressourcen

Darüber hinaus kann Schulsozialarbeit einen bedeutenden Beitrag zur politischen Bildung leisten. Das in einer aktuellen Studie der Wiener Arbeiterkammer festgestellte Defizit an politischer Bildung ist nämlich ernst zu nehmen und kann zu einer Gefahr für die Demokratie werden. Dagegen schafft Schulsozialarbeit Raum, um zu erfahren, wie Konflikte auf demokratische und gewaltfreie Weise gelöst werden können. Natürlich nur, wenn es die Schulstruktur und -kultur zulassen und genügend Zeit und Ressourcen dafür zur Verfügung gestellt werden.

Damit sind wir bei einem entscheidenden Punkt: Können wir uns eine flächendeckende psychosoziale Versorgung an den Schulen leisten? Nun ja, die eigentliche Frage müsste lauten: Können wir uns keine psychosoziale Versorgung an den Schulen leisten, wenn wir die gesellschaftlichen Aufgaben, die vor uns liegen, ernst nehmen?

Eine kleine Anmerkung noch zur Finanzierung: Mit den vom Wiener Bürgermeister Häupl versprochenen 20 Millionen Euro pro Jahr für die Gratisnachhilfe könnte auch an jeder der rund 650 Wiener Schulen eine Schulsozialarbeiterin oder ein Schulsozialarbeiter fix angestellt werden. Es ist daher, wie so oft, eine Frage der Prioritäten!

Zur Person:
Georg Koenne ist studierter Psychologe, er hat die parlamentarische Ausschussarbeit des Bildungsvolksbegehrens von Hannes Androsch geleitet und ist jetzt Geschäftsführer des Österreichischen Zentrums für psychologische Gewaltprävention im Schulbereich (ÖZPGS). Koenne ist für die Grünen Mitglied im Wiener Stadtschulrat.

Koenne, Georg: Warum an Schulen Mobbing betrieben wird. In: Die Presse, 29.10.2014. Online: http://diepresse.com/home/meinung/gastkommentar/4396744/Warum-an-Schulen-Mobbing-betrieben-wird?from=suche.intern.portal (08.12.2014)

Aufgabe 2

Verfassen Sie eine **Textanalyse**.

Lösungshilfe zu Aufgabe 2: Seite 164

Lesen Sie den Bericht *Das Verbrechen beginnt mit dem falschen Wort* aus der Tageszeitung *Die Presse* vom 27. Oktober 2014 (Textbeilage 1).

Verfassen Sie nun die **Textanalyse** und bearbeiten Sie dabei folgende Schreibaufträge:

- **Geben** Sie kurz den Inhalt des Textes in komprimierter Form **wieder**.
- **Analysieren** Sie den Text hinsichtlich seiner semantischen, syntaktischen, formalen und inhaltlichen Kriterien.
- **Bewerten** Sie den Bericht aufgrund seiner argumentativen Kriterien.

Schreiben Sie zwischen 405 und 495 Wörter. Markieren Sie Absätze mittels Leerzeilen.

Textbeilage 1

„Das Verbrechen beginnt mit dem falschen Wort“

Eskalation oder Deeskalation: Wie wir durch unsere Kommunikation Konflikte schüren und Stress erzeugen.

„Ein 16-jähriges Mobbingopfer klagt Republik“, schrieben die Zeitungen vor einigen Tagen. Das ist der erste Prozess in Österreich, bei dem das Opfer zwei Jahre lang von seinen Mitschülern gequält wurde und jetzt von den Lehrern Schadenersatz fordert, weil sie zu wenig dagegen unternommen haben sollen. Es kam zu monatelangen Krankenständen des Schülers mit gravierenden psychischen Folgen für das Mobbingopfer.

Schon sind wir auf der Palme

„Das Verbrechen beginnt mit dem falschen Wort“, soll Karl Kraus gesagt haben. Wir alle kennen Menschen, die es schaffen, uns in kurzer Zeit zu ärgern. Oft genügen ein Wort, eine Geste, und schon sind wir auf der Palme. Herzfrequenz und Blutdruck steigen, wir atmen schneller, unsere Stimme wird höher, und das Gesicht beginnt sich zu röten. Das alles geschieht unbewusst, im Augenblick, trotz des Vorsatzes, das nächste Mal ruhig zu bleiben. So ergeht es uns nicht nur im Umgang mit Menschen, sondern auch bei gewissen Arbeiten und Situationen unseres Lebens, die wir innerlich ablehnen.

Das alles kostet Energie, Nerven und führt zusammen mit dem ständig steigenden Leistungsdruck und der Zeitknappheit zu Stress. Die Folgen sind Unruhe, Gereiztheit, Konzentrationsprobleme, Schlafstörungen, Alkoholmissbrauch, Magengeschwüre, Bluthochdruck, Herzinfarkt bis hin zum Burn-out. Das Drama ist, dass all dies unbewusst geschieht und wir somit nicht eingreifen können.

Wie können wir in Extremsituationen dafür das Bewusstsein erlangen und gegensteuern? Über die Kommunikation wird die Einstellung zum Gesprächspartner sichtbar und spürbar. Die Verwendung von sogenannten Reizworten entscheidet, ob es zu einer Eskalation oder Deeskalation kommt. Auf diese Reizworte sollten wir genau achten, um sie vermeiden zu können. Auch die Satzstellung verrät einiges. Wenn ein Satz mit „Du“ beginnt und mit einem Ausrufungszeichen (!) endet, enthält er oft einen Vorwurf, eine Unterstellung oder Anklage: „Du hast gesagt, …“ oder „Du hast versprochen, …“ führt beim Gesprächspartner zu Widerspruch, Verteidigung und einem Gegenangriff.

Kontrollverlust vermeiden

Wenn er sich dann wehrt, begegnen wir ihm mit der Killerphrase: „Ah, du verträgst keine Wahrheit!?“ Achten Sie daher auf Ihre Wortwahl, entdecken Sie die Reizworte, die Sie auf die Palme bringen, oder gehen Sie auf räumliche Distanz zu Ihrem Streitpartner. So vermeiden Sie einen Kontrollverlust.

Ich lade die Leser an dieser Stelle ein, einen Blick hinter die Kulisse unseres Bewusstseins zu werfen und darf mit einem Beispiel beginnen. Sie befinden sich in einem Verkaufsgespräch, haben sich gewissenhaft vorbereitet, alle Argumente vorgebracht und die Fragen Ihres Kunden ehrlich beantwortet. Nach und nach bekommen Sie das Gefühl, an einem toten Punkt angelangt zu sein. Sie können Ihr Gesprächsziel nicht erreichen, es gibt keinen Geschäftsabschluss.

Warum? Sie haben auf der Sachebene brilliert und alle Zahlen, Daten, Fakten optimal präsentiert. Aber es fehlt an Vertrauen, Sympathie und Akzeptanz. Solange Sie keine gute Beziehung zum Gesprächspartner aufgebaut haben, werden Sie auf der Sachebene scheitern.

Den größten Streich spielt uns aber unsere Wahrnehmung und was daraus folgt. Ein Beispiel: Sie stehen am Fenster eines Hauses mit Blick auf eine dicht befahrene Straße. Auf der anderen Straßenseite stürzt ein junger Mann aus einer Bankfiliale und rennt, ohne auf den Verkehr zu achten, über die Straße. Was sehen Sie? Einen Bankräuber? Einen zornigen Kunden, dem der Kredit fällig gestellt wurde? Einen Verliebten, der zu seiner Freundin auf die andere Straßenseite will? Nein!! Sie sehen einen jungen Mann, der aus einer Bankfiliale kommt.

Alles, was dann folgt, ist bereits eine Interpretation Ihrer Wahrnehmung, gefolgt von einer Be- und Verurteilung dieser Person auf der Grundlage Ihres Wertesystems. Wir können nicht anders, wir müssen ständig interpretieren, werten, verurteilen und schaffen damit Probleme, die wir später selbst wieder lösen müssen.

Wichtige Botschaft

Es ist daher wichtig, die Einstellung zum Gesprächspartner zu überprüfen. Letzten Endes kommunizieren Sie immer, was Sie fühlen und nicht (nur), was Sie sagen. Wenn Sie Ihren Gesprächspartner für einen Dummkopf halten, kommunizieren Sie Dummkopf, auch wenn Sie ihn dabei verbal loben. Der Empfänger der Botschaft spürt das.

In der Kommunikation stehen wir uns oft selbst im Weg. Unsere Psyche ist erst dann zufrieden, wenn die Wahrnehmung mit dem Wertesystem in Einklang steht. Der Bereich des gegenseitigen Ausrichtens basiert auf dieser sogenannten rekonstruktiven[1] Psyche. Wir richten andere Menschen aus, damit wir uns besser fühlen.

Es gibt allerdings Wahrnehmungen, die sich mit dem Wertesystem nicht mehr in Einklang bringen lassen. Da ist das, was wir gegensätzlich zu unserem Wertesystem sehen. Wir reagieren mit: „Das geht zu weit, so etwas macht man nicht!“ Damit wir die Lücke zwischen Wahrnehmung und Wertesystem auch in diesem Fall schließen können und das System der rekonstruktiven Psyche funktioniert, haben wir die Toleranz erfunden.

Gefangen im Wertesystem

Die Inhalte der Wahrnehmung verstoßen zwar massiv gegen unser Wertesystem, aber wir sind ja sooo tolerant und billigen zähneknirschend das wahrgenommene Verhalten. Letzten Endes bleiben wir damit Gefangene in unserem Wertesystem, denn die Toleranz ist eine schwache Stütze und eine Knebelung unserer Werte.

Wir haben die Toleranz erfunden, um mit den Verstößen gegen unser Wertesystem besser umgehen zu können. Bei genauer Betrachtung ist die Toleranz aber auch ein Zeichen von Arroganz. Sie setzt voraus, dass mein Wertesystem das Maß aller Dinge ist. Ich kenne die Wahrheit und nehme mir das Recht, alles zu beurteilen und zu verurteilen. Im Anschluss bin ich dann tolerant, wenn es mir gerade passt.

Wenn wir auf die Toleranz verzichten wollen, benötigen wir einen brauchbaren Ersatz: die Wertschätzung. Wertschätzung bedeutet nicht, dass wir mit anderen Menschen einer Meinung sind, dass wir die Gesprächspartner sympathisch finden oder gar lieben müssen. Wertschätzung geht davon aus, dass jeder Mensch als ein einzigartiges Geschöpf weder gut noch böse ist. Das zeigt sich nicht nur im Fingerabdruck, sondern in der gesamten Person.

Gefangen im Wertesystem

Diese Einzigartigkeit ist in jedem Fall wertzuschätzen. Dann können wir auf bewerten, beurteilen und verurteilen im Alltag verzichten. Wir befreien uns aus dem Gefängnis des Wertesystems, erweitern unseren Horizont und vermeiden unnötige Konflikte und Stress durch ständiges Beurteilen und Verurteilen der Gesprächspartner.

Braunöck, Herbert: „Das Verbrechen beginnt mit dem falschen Wort“. In: Die Presse, 27.10.2014. Online: http://diepresse.com/home/meinung/gastkommentar/4197279/Das-Verbrechen-beginnt-mit-dem-falschen-Wort (08.12.2014)

[1] *rekonstruktiv: zum Zweck der Rekonstruktion (wiederherstellen, nachbilden)*

Thema 2: Flüchtlinge

Aufgabe 1

Verfassen Sie eine **Zusammenfassung**.

Schülerarbeit zu Aufgabe 1: Seite 165

Situation: Sie haben sich im Geschichtsunterricht intensiv mit globalen Problemen der Gegenwart und hier besonders mit dem Problem von flüchtenden Menschen aus Krisengebieten beschäftigt. Im Rahmen einer Projektarbeit zu diesem Thema lesen Sie verschiedene Berichte und fassen diese als Einstieg in das Thema zusammen.

Lesen Sie den Zeitungskommentar *Flucht nach innen vor den globalen Problemen* aus der Tageszeitung *Die Presse* vom 14. Oktober 2014 (Textbeilage 1).

Verfassen Sie nun die **Zusammenfassung** und bearbeiten Sie dabei folgende Schreibaufträge:

- **Geben** Sie die wichtigsten Aussagen des Textes **wieder**.
- **Benennen** Sie die vom Autor angeführten Argumente für die Aufnahme und Unterstützung von Flüchtlingen.
- **Ordnen** Sie die wichtigsten Informationen des Textes in die vorgegebene Situation **ein**.

Schreiben Sie zwischen 270 und 330 Wörter. Markieren Sie Absätze mittels Leerzeilen.

Textbeilage 1

Flucht nach innen vor den globalen Problemen

Ist das österreichische Boot voll? Studien zeigen, dass die Aus- und Abgrenzung von Gesellschaften zu Stagnation führt.

Auf Facebook war Ende September ein Video zu sehen, das eine Autofahrt an einem Mittelmeerstrand zeigt. Keine gewöhnliche Kamerafahrt. Unter wolkenlosem Himmel lagen da angeschwemmte Körper im Sand, umspült vom Meerwasser, auf einem Abschnitt von mehreren hundert Metern: junge Männer, Frauen, auch Kinder – tot. Nur wenige Minuten später war das Video gelöscht, wie viele andere Zeugnisse solcher Vorfälle, die der westlichen Öffentlichkeit offenbar nicht zumutbar sind.

Auf dem Semmering fand zur gleichen Zeit eine Protestversammlung wütender Bürger gegen die vorübergehende Unterbringung von syrischen und irakischen Flüchtlingen in einem Hotel statt. Zur Sorge von Frauen, dass hier nur Männer untergebracht werden und keine Familien, kam die Urangst vor der schleichenden Überfremdung brutal zum Vorschein. „Nicht nur Steinhaus, sondern ganz Österreich braucht keine Flüchtlinge“, erklärte ein älterer Herr im Steireranzug unter dem tosenden Applaus der Anwesenden.

In einem anderen von der Natur verwöhnten Urlaubsgebiet Österreichs, in der Nockregion in Kärnten, wurde im Sommer eine Vorschau auf die Bevölkerungsentwicklung bis 2030 geliefert. In den nächsten 15 Jahren, so der Demografie-Check der Universität für Bodenkultur, werde die Region bis zu 20 Prozent ihrer Bevölkerung durch Geburtenrückgang, Überalterung und Abwanderung in die Ballungsräume verlieren. Das bedeutet: Weitere Bauernhöfe sterben, Schulen werden schließen, Gasthöfe zusperren.

Angst vor Veränderung

Nicht nur in der Nockregion, auch in anderen Regionen Österreichs, insbesondere in den Randgebieten, verwaist die Infrastruktur. Die österreichische Leerstandskonferenz des Architektenbüros Nonconform brachte es auf den Punkt: Die Zurückgebliebenen sind mit immer höheren Kosten der Erhaltung konfrontiert, bei sinkenden Steuereinnahmen. Auch leerstehende Häuser verursachen Kosten. Dabei könnten diese viel Platz für Menschen bieten, die auf der Flucht vor Krieg, Verfolgung und Hunger ein neues Zuhause suchen – und für Belebung der bedrohten Infrastruktur sorgen.

Was aber ist die Reaktion? Was sind die Antworten? Flüchtlinge werden in Containern verwahrt, hinter Stacheldraht interniert, wie Kriminelle in Auffanglager gesteckt. Wenn sie illegal in Zügen aufgegriffen oder halb erfroren aus Kühlwagen gezogen werden, können sie mit der sofortigen Abschiebung rechnen.

Dürfen sie bleiben, wird ihnen die Arbeit verwehrt, weil dies gegen das Ausländerbeschäftigungsgesetz verstößt. Sie haben keine Chance auf legalen Broterwerb und erhöhen so die (Drogen-)Kriminalität. Sie dürfen sich nicht von dem ihnen zugewiesenen Ort entfernen, werden an Nasenringen und mit Fußfesseln durch die Medien geschleift und vertiefen so die Vorurteile in der Öffentlichkeit.

Dabei sind wir in Europa selbst auf der Flucht. Gesättigt von Jahrzehnten des Friedens und des Wohlstands flüchten wir in eine vermeintlich heile Parallelwelt auf der viel gepriesenen Insel der Seligen und verlieren dabei den Blick für die Schattenseiten dieses Reichtums, für jene Länder der Welt, die dafür die Zeche zahlen.

Wir laufen vor den globalen Problemen davon, die wir zum Teil mitverursacht haben. Wir schieben die Schuld jenen zu, die nur ihr Leben retten wollen und scheuen selbst die Verantwortung, aus purer Angst vor Veränderung. Die Politiker werden dann gern für die Misere verantwortlich gemacht. Aber die sind bloß ein Spiegelbild der Gesellschaft.

Integration statt Ausgrenzung

Schon der griechische Philosoph Heraklit wusste: Die einzige Konstante im Universum ist die Veränderung. In einem Ö1-Interview hat die Gerichtsgutachterin für forensische Psychiatrie, Adelheid Kastner, dazu kürzlich interessante Gedanken entwickelt. Wenn das ganze Leben im Fluss und Veränderung das Natürlichste der Welt sei, dann seien Menschen, die sich dagegen sträuben, von Grund auf böse. Kastner macht dies etwa an Gewalttätern fest, die sich mit Mord und Totschlag rächen, wenn sie von ihrer Partnerin verlassen werden. Konsequent durchdacht muss das dann wohl auch für alle Menschen gelten, die sich – auch mit Gewalt – gegen jede Veränderung ihrer Lebensumstände wehren.

Zukunftsforscher berichten, dass die Generation Golf und deren Kinder es verlernt haben, Verantwortung für die Gemeinschaft zu übernehmen. Work-Life-Balance, lustbetontes Leben, Egoismen und persönliche Unabhängigkeit sind wichtiger als Gemeinschaft, Fürsorge und Nächstenliebe. Nur noch das Ich zählt, das Ego, die Selbstverwirklichung des Einzelnen – und niemand will mehr Kompromisse eingehen.

Der Selfie-Wahn

Die Menschen vereinsamen auf diese Weise, soziale Kontakte reißen ab. „Der Selfie-Wahn macht Beziehungen kaputt", haben Forscher von der Birmingham Business School kürzlich herausgefunden. Facebook macht Menschen zu Autisten, wie wir inzwischen wissen, der viel gerühmte Dialog findet woanders statt.

Umgekehrt zeigen alle bekannten Forschungsergebnisse, dass Engagement für die Gemeinschaft, ehrenamtliche Tätigkeiten, die Übernahme von Aufgaben für benachteiligte und ausgegrenzte Menschen in allen Kulturen und Gesellschaften höchstes Glück und Zufriedenheit schaffen und zudem Anerkennung bringen.

Ebenso zeigen alle bekannten Studien, dass wirtschaftlich und politisch prosperierende Gesellschaften von der Fähigkeit zur sozialen Integration und ständigen Veränderung profitieren, und nicht von Aus- und Abgrenzung, die in die Stagnation führt. Die Flucht nach innen kann keine Lösung für eine offene und zukunftsorientierte Gesellschaft sein.

Es geht also nicht nur um die Frage des menschenwürdigen Umgangs mit Flüchtlingen und Asylwerbern aus den Kriegsgebieten, sondern auch um unsere eigene Zukunft. Das Drama an der Südgrenze Europas wird in den nächsten Jahren eine der zentralen Herausforderungen für die EU und jedes einzelne Mitgliedsland. Mit Verantwortung abschieben und Augen verschließen kann ihr nicht begegnet werden.

Die Zäune nieder

Jeder ist betroffen, und jeder Einzelne kann helfen, dass der notwendige Dialog und die Integration in Gang kommen. Damit Integration funktioniert, dürfen keine neuen Grenzen oder Ghettos entstehen. Der Flüchtlingsansturm, Ergebnis vieler globaler Fehlentwicklungen, ist nun einmal Faktum und kaum zu ändern.

Die Ankömmlinge müssen daher, egal, warum und woher sie kommen, aufgenommen werden. Kommunen und Betriebe sollen definieren, welche Leute mit welchen beruflichen Fertigkeiten sie brauchen können; Hausbesitzer, wie sie etwaige ungenützte Flächen verfügbar machen können. Kindergeschrei und kulturelle Vielfalt sind allemal besser für die Zukunft eines Landes als leerstehende Häuser und verwaiste Höfe.

Seywald, Wilfried: Flucht nach innen vor den globalen Problemen. In: Die Presse: 14.10.2014. Online: http://diepresse.com/home/meinung/gastkommentar/3886740/Flucht-nach-innen-vor-den-globalen-Problemen (08.12.2014)

Aufgabe 2

Verfassen Sie eine **Textinterpretation**.

Lösungshilfe zu Aufgabe 2: Seite 166

Lesen Sie den Textausschnitt *Der Flüchtling* von Fritz Hochwälder.

Verfassen Sie nun die **Textinterpretation** dieses dramatischen Textes und bearbeiten Sie dabei folgende Schreibaufträge:

- **Fassen** Sie in wenigen Sätzen die inhaltliche Aussage des Dramenauszuges **zusammen**.
- **Analysieren** Sie die Situation der Protagonistin und des Protagonisten hinsichtlich ihrer unterschiedlichen Lebenspositionen.
- **Bewerten** Sie anhand des Textausschnitts das Verhalten der Frau des Grenzwächters gegenüber dem Flüchtling.

Schreiben Sie zwischen 540 und 660 Wörter. Markieren Sie Absätze mittels Leerzeilen.

Textbeilage 1

Fritz Hochwälder – Der Flüchtling

Die Frau eines Grenzwächters rettet einem Flüchtling das Leben, indem sie ihn bei sich im Haus versteckt. Sie hat sich bis jetzt nicht für die Vorgänge in ihrem Land interessiert und meint, den Erzählungen ihres Mannes zufolge, dass es sich um kriminelle Personen handelt, die tagtäglich von den Grenzwächtern aufgegriffen werden.

[...]
Flüchtling: *(beginnt zu essen)*
Frau: *(sieht ihm zu, nach einer Weile)* Man könnte meinen, Sie hätten seit ein paar Tagen nichts gegessen.
Flüchtling: *(isst)*
Frau: Wann – zuletzt?
Flüchtling: Als man uns verladen hat. Beim Einwaggonieren.
Frau: Wann war das?
Flüchtling: Gestern. *(legt das Brot zurück auf den Tisch)* Gestern früh.
Frau: Waren es – viele?
Flüchtling: Fünfhundert haben sie verhaftet.
Frau: Fünfhundert.
Flüchtling: Es sind schon Tausende drüben.
Frau: Wozu brauchen die soviele Menschen?
Flüchtling: Wer soll in den Bergwerken arbeiten? In diesen Bergwerken, die sie jetzt haben?
Frau: Mein Gott.
Flüchtling: Die Fünfhundert sind jetzt drüben.
Frau: Alle andern – sind im Zug geblieben?
Flüchtling: Alle andern.
Frau: Sie sind allein geflohen?
Flüchtling: Allein.
Frau: Sie müssen mir nichts sagen. Ich kümmere mich sonst nicht drum. Was hätte man für Sorgen, wenn man sich um alles kümmern wollte. Das sagt auch immer –
Flüchtling: Wer sagt das?

Frau: So reden alle! – Warum soll ich mich drum kümmern? Das geht eine Frau nichts an, das sollen die Männer untereinander ausmachen. – Aber ich möchte wissen, warum bloß einer geflohen ist. Warum gerade Sie ?
Flüchtling: Das – möchten Sie wissen?
Frau: Wenn es möglich war zu fliehen – und es war doch möglich, sonst würden Sie nicht hier sitzen! – warum sind die andern im Zug geblieben, warum ist von Fünfhundert nur Einer auf und davon?
Flüchtling: *(schweigt)*
Frau: Haben Sie Glück gehabt und die andern nicht?
Flüchtling: Glück? Auf Glück hab ich nicht gewartet. Ich hab mir gesagt: mit mir machen sie das nicht, und wenn ich dran krepiere, ich lasse mich nicht verschleppen!
Frau: Und – Ihre Kameraden ?
Flüchtling: Da war ein Diskutieren während der Fahrt, mit Wenn und Aber. Keiner wollte sein Leben aufs Spiel setzen. Da hat es geheissen: Wer weiss, ob es so arg sein wird, die Zeitungen lügen, auch aus den Bergwerken kann man zurückkommen, wenn man Glück hat – sehen Sie, wer so spricht, flieht nicht. Wenn es so einfach wäre, dann wären alle längst davon. Aber so – *(verstummt).*
Frau: *(schiebt ihm das Käsebrot, das er weggelegt hatte, wieder zu)*
Flüchtling: *(beachtet es nicht)* Zuerst haben sie die Ausländer geholt. Da hat man gesagt: Was geht das uns an? Wer hat den Ausländern geschafft, zu uns zu kommen? Recht geschieht ihnen! – Als dann die ersten von uns geholt worden sind, da haben die Leute nicht mehr so geredet. Als man den Fremden eine Grube gegraben hat, sind sie ruhig dabei gestanden und haben zugeschaut, es war ein Spektakel wie jedes andere – Ein paar Wochen später hat der Teufel die Zuschauer beim Kragen genommen. War das eine Überraschung! Wer hätte das gedacht! Auf einmal ist den Leuten klar geworden, was los ist. Die jüngeren sind in die Berge gegangen, jeden Morgen hat einer gefehlt, am Hafen und an der Promenade. Es hat geheissen: wem seine Freiheit lieb ist, wer nicht in den Bergwerken drüben elend zugrunde gehen will, der soll schleunigst in die Berge!
Frau: Und – Sie?
Flüchtling: Damals war ich noch nicht so weit. Ich hab es nicht verstanden. Man versteht so langsam, wenn man auf das angewiesen ist, was geredet und geschrieben wird. Was der oder jener spricht, kann erlogen sein, und was in der Zeitung steht, ist ohnehin nicht wahr. Man hört und liest, aber man versteht nichts.
Frau: Wann – haben Sie es verstanden?
Flüchtling: Man wird erst hell, wenn alles wie im Traum geschieht. Da fährt es einem plötzlich durch das Hirn wie ein Blitz. – Es läutet frühmorgens. Man tappt im Halbschlaf zur Tür – da stehen zwei Gendarmen draussen. Beeil dich, rasch, du bist nicht der Einzige. Und auf dem Bahnsteig Lärm, Fluchen. Die Lokomotiven. Rauch. Das Schlachtvieh vorn im Zug brüllt. Man weiss nicht mehr, was Mensch und was Vieh ist. Man weiss nichts mehr –

Hochwälder, Fritz: Der Flüchtling. Schauspiel in drei Akten. In: Dramen. Das heilige Experiment. Der öffentliche Ankläger. Donadieu. Der Flüchtling. Der Himbeerpflücker. München, Langen Müller Verlag, 1968, Originalschreibweise

Infobox:

Fritz Hochwälder: (1911–1986)

Der österreichische Dramatiker engagierte sich in der sozialistischen Arbeiterjugend und musste nach der nationalsozialistischen Machtübernahme in die Schweiz fliehen, wo er sich nie wirklich heimisch fühlte. Seine Familie wurde von den Nationalsozialisten ermordet. Nach dem Zweiten Weltkrieg war er einer der meist gespielten Dramatiker in Wien.

Thema 3: Umwelt

Aufgabe 1

Lösungshilfe zu Aufgabe 1: Seite 167

Verfassen Sie eine **Empfehlung**.

Situation: Als Jugendliche bzw. Jugendlicher sind Sie am Thema „Umweltschutz“ interessiert und möchten in Ihrer Schule aktiv etwas dazu beitragen. Nach der Lektüre eines interessanten Beitrages sehen Sie sich zu einer Stellungnahme veranlasst und schreiben an die Schulleitung eine Empfehlung zu mehr Nachhaltigkeit im Bereich der Energieversorgung.

Lesen Sie den Bericht *Auf dem Weg zur Energieautarkie* aus der Tageszeitung *Salzburger Nachrichten* vom 6. November 2014 (Textbeilage 1).

Verfassen Sie nun die **Empfehlung** und bearbeiten Sie dabei folgende Schreibaufträge:

- **Benennen** Sie die Hauptaussage des Berichtes in ein bis zwei Sätzen.
- **Nehmen** Sie zum Projekt der Gemeinde zur Energieversorgung **Stellung**.
- **Entwerfen** Sie auf Basis der Erfahrungen in der Salzburger Gemeinde Vorschläge für einen nachhaltigen Umgang mit Energie in Ihrer Schule.

Schreiben Sie zwischen 405 und 495 Wörter. Markieren Sie Absätze mittels Leerzeilen.

Textbeilage 1

Flachgauer Nachrichten

Auf dem Weg zur Energieautarkie

Eine Photovoltaikanlage auf vier öffentlichen Gebäuden ist in Bürmoos[1] erst der Anfang eines groß angelegten Projektes zum Umwelt- und Klimaschutz.

Günther Schmidhuber, Bürmoos. „Wir wollen nicht nur eine Klimabündnis-Gemeinde auf irgendeiner Tafel sein, sondern wollen das Umweltbewusstsein auch leben.“ Der Bürmooser Bürgermeister Peter Eder (SPÖ) fand anlässlich der Eröffnung von Photovoltaikanlagen auf vier gemeindeeigenen Gebäuden (Gemeindezentrum, Volks- und Neue Mittelschule, Kindergarten und Feuerwehr) klare Worte über das Bürmooser Verständnis von Nachhaltigkeit. „Besonders freut mich, dass die gesamte Gemeindevertretung dabei die gleiche Meinung vertritt.“

340 Quadratmeter Photovoltaikpaneele mit einer Spitzenleistung von 50 kWp[2] wurden nun installiert, damit sollen 70 Prozent des Stromverbrauchs der vier Gebäude abgedeckt werden. Insgesamt verbrauchen die vier Gebäude momentan jährlich rund 230.000 kWh. Die Kosten von 125.000 Euro für die Errichtung werden unter anderem durch den Gemeindeausgleichsfonds unterstützt.

Auslöser für die neue Anlage war unter anderem das Projekt „ÖkoEnergieschule“ Bürmoos in Verbindung mit dem technischen-naturwissenschaftlichen Schwerpunkt. Seit Beginn dieses Schuljahres fließen die verschiedenen Themen des Umwelt- und Klimaschutzes auch direkt in den Unterricht der jungen Bürmooser mit ein.

„In der ersten Klasse liegt der Schwerpunkt dabei auf der Mobilität, in der zweiten auf dem Wasser, in der dritten auf der Energie und in der vierten auf der Kommunikation sowie der Datensicherheit“, erklärt NMS-Direktorin Susanne Winterer die Themen der verschiedenen Schulstufen und ergänzt: „Das Verständnis für die Wertschätzung gegenüber der Natur muss bereits im Kindesalter beginnen, um wirklich nachhaltige Effekte zu erzielen.“

Und auch die Photovoltaikanlage soll in den Unterricht eingebunden werden. Auf in den Schulgängen montierten Monitoren können sich die Schüler jederzeit über die momentane Leistung der Anlage auf dem Dach und über den aktuellen Stromverbrauch des Gebäudes informieren. Außerdem erhält jeder Schüler auch ein Passwort, damit er über das Internet in das Monitoringsystem einsteigen kann.

„Jetzt wird die Anlage ein Jahr zur Probe laufen, dann werden wir weiter investieren", blickt Eder bereits in die Zukunft, „unser Ziel ist es, in zwei bis drei Jahren mit unseren öffentlichen Gebäuden energieautark zu sein". Für 2015 sind dafür beispielsweise bereits Wärmepumpen und eine zusätzliche Solaranlage in der Neuen Mittelschule geplant. Und auch zwei Stromtankstellen für Elektroautos und Elektrofahrräder wurden bereits installiert. Dieses fortschrittliche Engagement freut auch den Bürmooser Projektpartner, die Salzburg AG, die sich bei der Planung und Errichtung der verschiedensten Anlagen gemeinsam mit der Gemeinde voll ins Zeug legt. „Bürmoos ist hier wirklich Vorreiter", ist sich auch Salzburg-AG-Sprecher Sigi Kämmerer sicher.

O. V.: Auf dem Weg zur Energieautarkie. In: Salzburger Nachrichten, 06.11.2014. Online: http://search.salzburg.com/display/fn060200_06.11.2014_41-55284384 (08.12.2014)

[1] Bürmoos: kleine Gemeinde im Salzburger Flachgau (ca. 4.800 Einwohner)
[2] kWp: Abkürzung für Kilowatt-Peak und steht für die (elektrische) Spitzenleistung. Gebräuchlich ist die Angabe Kilowatt-Peak bei Photovoltaikanlagen zur Erzeugung von Strom aus Sonnenlicht. Der Begriff setzt sich zusammen aus der Einheit Kilowatt (kW) und dem englischen Wort „peak" für Spitze.

Aufgabe 2

Lösungshilfe zu Aufgabe 2: Seite 167

Verfassen Sie eine **Meinungsrede**.

Situation: Sie werden als jugendliche Abgeordnete bzw. jugendlicher Abgeordneter am Rande eines nationalen Klimagipfels zu einer Tagung eingeladen, an der junge Menschen aus ganz Europa teilnehmen. Im Zuge dieser Tagung halten Sie eine Meinungsrede zum Thema „Umweltschutz".

Lesen Sie dazu die Berichte *„Sofortiges Handeln" gegen Erderwärmung* aus der Tageszeitung *Die Presse* vom 2. November 2014 (Textbeilage 1) und *Weltklimareport: Es ist noch Zeit, aber sehr wenig* vom 3. November 2014 (Textbeilage 2).

Verfassen Sie nun die **Meinungsrede** und bearbeiten Sie dabei folgende Schreibaufträge:

- **Erklären** Sie die in den Textbeilagen dargestellte Problematik.
- **Erörtern** Sie mögliche Maßnahmen eines Verzichtes oder einer Einschränkung wirtschaftlichen Wachstums zugunsten der Umwelt.
- **Appellieren** Sie an die verantwortlichen Politikerinnen und Politiker, den Umweltschutz ernst zu nehmen und wirkungsvolle Maßnahmen gegen den CO_2-Ausstoß zu setzen.

Textbeilage 1

„Sofortiges Handeln" gegen Erderwärmung

Die Konzentration der Treibhausgase in der Atmosphäre ist auf dem höchsten Stand seit mindestens 800.000 Jahren, warnt der Weltklimarat IPCC in seinem aktuellen Bericht.

Ohne sofortiges entschlossenes Handeln droht eine tief greifende und nicht mehr umkehrbare Veränderung des Weltklimas – doch noch sind die Kosten für die notwendigen Gegenmaßnahmen begrenzt: Dies ist die Kernbotschaft des Abschlussberichts des Weltklimarats IPCC, der am Sonntag in Kopenhagen vorgestellt wurde. US-Außenminister John Kerry warnte, die Erkenntnisse der Wissenschafter zu ignorieren.

„Wir wissen, dass wir die Emissionen drastisch reduzieren müssen", sagte IPCC-Chef Rajendra Pachauri bei der Vorstellung des 5. Weltklimaberichts. „Wenn wir weitermachen wie bisher, werden uns die Möglichkeiten, den Temperaturanstieg zu begrenzen, in den nächsten Jahrzehnten entgleiten", mahnte UN-Generalsekretär Ban Ki-moon. Es sei ein unbelegter „Mythos", dass der Kampf gegen den Klimawandel teuer sei. „Es gibt noch ein Zeitfenster von zwei bis drei Jahrzehnten, in dem der Klimawandel zu akzeptablen Kosten gebremst werden kann", erläuterte der IPCC-Autor Ottmar Edenhofer. Nach dem Bericht sind sich die Forscher sehr sicher, dass der Mensch der dominierende Faktor für den Temperaturanstieg seit Mitte des 20. Jahrhunderts ist. Diese Erkenntnis in solcher Klarheit sei neu, sagte der stellvertretende IPCC-Chef Jean-Pascal van Ypersele.

Der Bericht „muss ein Weckruf für die internationale Klimapolitik sein", forderte die Grüne Klubobfrau Eva Glawischnig. Sie verlangte einen global verbindlichen Klimavertrag bei der Klimakonferenz 2015.

„Österreich hat seine bisherigen Klimaziele deutlich verfehlt und droht auch die nächsten zu verfehlen", so Glawischnig in einer Aussendung. Umweltminister Andrä Rupprechter (ÖVP) habe es bisher nicht geschafft, Klimamaßnahmen für das nächste Jahr zu fixieren. „Appelle und Bekenntnisse, die Österreich in einem besseren Licht erscheinen lassen, alleine reichen nicht aus", forderten die Grünen konkrete Taten.

Höchster Stand seit mindestens 800.000 Jahren

Die Konzentration von Treibhausgasen in der Atmosphäre sei auf dem höchsten Stand seit mindestens 800.000 Jahren, warnte der IPCC in seinem sogenannten Synthesebericht, der die Ergebnisse der drei vorherigen Teilberichte zusammenfasst. Nach den Erkenntnissen des Expertengremiums hat sich die Oberflächentemperatur zwischen 1880 und 2012 um 0,85 Grad erhöht, während der Meeresspiegel zwischen 1901 und 2010 um 19 Zentimeter stieg.

Die wissenschaftlichen Erkenntnisse zum Klimawandel seien klarer denn je zuvor, sagte Pachauri. Es bleibe nur noch wenig Zeit, um die Chance zu nutzen, die Erderwärmung auf unter zwei Grad Celsius zu halten. Sollte der Ausstoß von klimaschädlichen Gasen nicht drastisch reduziert werden, drohe eine Erwärmung um bis zu vier Grad, was die Zunahme extremer Wetterphänomene wie Stürme, Hitzeperioden und Überschwemmungen zur Folge hätte.

Notwendig sei eine Reduzierung des Ausstoßes der Treibhausgase wie Kohlendioxid um 40 bis 70 Prozent zwischen 2010 und 2050 und auf null bis 2100, erklärte das unabhängige Gremium, das Experten aus 195 Ländern vereint. Dafür müsse von fossilen Energiequellen wie Öl, Gas und Kohle auf Energie aus erneuerbaren Quellen wie Sonne, Wind und Wasser umgeschwenkt werden und der Energieverbrauch deutlich reduziert werden.

Warnung vor steigenden Kosten

Nach den Berechnungen des IPCC würde das globale Wachstum von den Kosten zur Reduzierung der CO_2-Emissionen nicht „stark betroffen". Selbst „ehrgeizige" Maßnahmen würden demnach nur jährlich 0,06 Prozentpunkte des weltweiten Konsums im 21. Jahrhundert kosten, wobei mit einem jährlichen Wachstum zwischen 1,6 und drei Prozent gerechnet wird. Sollte dagegen nicht rasch etwas unternommen werden, würden die Kosten stark ansteigen.

Der Synthesebericht fasst die drei Teilberichte zusammen, die zwischen September 2013 und April 2014 vom IPCC vorgelegt worden waren. Er schließt damit den fünften Sachstandsbericht ab – den ersten umfassenden Bericht zur Klimaveränderung seit 2007. Die Berichte, die von mehr als 800 Experten aus aller Welt auf der Grundlage wissenschaftlicher Studien erstellt wurden, sollen den Regierungen als Handlungsempfehlungen zur Bekämpfung des Klimawandels dienen.

Frankreich pocht auf „sofortige, allgemeine Mobilisierung"

Frankreich, das im Dezember 2015 den globalen Klimagipfel in Paris ausrichtet, forderte eine „sofortige, allgemeine Mobilisierung", um in Paris „eine politische Antwort" auf die Erkenntnisse der Wissenschaft zu finden. US-Außenminister Kerry warnte davor, die Erkenntnisse in dem Bericht zu ignorieren oder zu bestreiten. „Je länger wir in einer Debatte über Ideologie und Politik feststecken, umso mehr werden die Kosten der Tatenlosigkeit steigen und steigen."

Die Umweltorganisation Germanwatch forderte ein weltweites Ende der Kohleverstromung, um das Zwei-Grad-Ziel einzuhalten. Greenpeace erklärte, der Bericht zeige, dass ein Umstieg von fossilen Energieträgern auf erneuerbare Energien technisch und wirtschaftlich möglich sei. Die Grünen erklärten, der Bericht sei ein „klarer Handlungsauftrag an die Politik" und müsse an die „Tür des Kanzleramts" genagelt werden.

APA/AFP: „Sofortiges Handeln" gegen Erderwärmung. In: Die Presse, 02.11.2014. Online: http://diepresse.com/home/panorama/klimawandel/4584307/Sofortiges-Handeln-gegen-Erderwaermung?direct=4584490&_vl_backlink=/home/wirtschaft/international/4584490/index.do&selChannel=&from=articlemore (07.12.2014)

Textbeilage 2

Weltklimareport: „Es ist noch Zeit, aber sehr wenig“

Der Kampf gegen den Klimawandel sei bezahlbar – noch, sagt der Weltklimarat. Eine CO_2-Reduktion würde das globale Wirtschaftswachstum kaum beeinträchtigen.

Kopenhagen. Der Weltklimarat (IPCC) hat mit der Zusammenfassung seiner drei jüngsten Berichte die Bedrohung des Klimawandels auf den Punkt gebracht: Ohne sofortiges entschlossenes Handeln drohe eine tiefgreifende und irreversible Veränderung des Weltklimas – und noch seien die Kosten für Gegenmaßnahmen begrenzt.

Der fünfte Weltklimareport wurde am Sonntag in Kopenhagen vorgestellt. Die Forscher stellten klar, dass der Temperaturanstieg mit globalem Einsatz noch gebremst werden könne – und ein rascher Wechsel auf alternative Energien wenig kosten würde. Der IPCC hält die Erwärmung der Erde bei einem völligen Stopp des Treibhausgas-Ausstoßes bis 2100 für noch beherrschbar. „Es ist noch Zeit, aber sehr wenig“, sagte der Chef des Klimarats IPCC, Rajendra Pachauri, am Sonntag.

Kosten jetzt noch tragbar

Wenn Kohlendioxid-, also CO_2-, und andere Treibhausgas-Emissionen in den nächsten 90 Jahren auf nahe null gedrückt würden, sei die globale Erwärmung auf etwa zwei Grad gegenüber der vorindustriellen Zeit zu begrenzen und verursache noch tragbare Kosten, heißt es in dem Bericht. Er dient als Grundlage für die Weltklimakonferenz Ende November in Peru. Diese soll wiederum den Weg für das entscheidende Treffen ein Jahr später in Paris ebnen, wo sich die Weltgemeinschaft auf einen umfassenden Klimavertrag einigen will.

Die nun vorgestellte 40-seitige Synthese fasst die Erkenntnisse von drei vorherigen, detaillierten Berichten des IPCC aus den vergangenen zwölf Monaten zusammen. Seit 2010 arbeiteten mehr als dreitausend Experten aus mehr als 70 Ländern daran. Der Bericht bestätigt erneut, dass der Klimawandel mit einer Wahrscheinlichkeit von über 95 Prozent vom Menschen gemacht ist. „Der Kampf gegen den Klimawandel ist bezahlbar, wir sind aber nicht auf dem richtigen Weg“, sagte der Chefökonom des Potsdam-Instituts für Klimafolgenforschung (PIK), Ottmar Edenhofer. Edenhofer war führend an den letzten IPCC-Berichten beteiligt.

Ohne einschneidende Maßnahmen werde das Risiko erheblich steigen, dass es durch die Erwärmung am Ende des 21. Jahrhunderts zu schwerwiegenden und unumkehrbaren Folgen für die Umwelt komme, heißt es in dem Bericht weiter. Damit ist etwa das komplette Abschmelzen der Grönland-Gletscher mit einem Anstieg des Meeresspiegels und großflächigen Überschwemmungen der Küstenregionen gemeint.

Um eine Erwärmung über zwei Grad Celsius zu verhindern, sei eine drastische Reduzierung der CO_2-Emissionen in den kommenden Jahrzehnten notwendig. Die Konzentration der Treibhausgase in der Atmosphäre sei auf dem höchsten Stand seit mindestens 800.000 Jahren, warnte der IPCC. Die weltweite Oberflächentemperatur habe sich zwischen 1880 und 2012 um 0,85 Grad erhöht, und der Meeresspiegel sei zwischen 1901 und 2010 um 19 Zentimeter gestiegen.

Null CO_2-Ausstoß bis 2100

Notwendig sei eine Reduzierung des Ausstoßes der Treibhausgase wie Kohlendioxid um 40 bis 70 Prozent zwischen 2010 und 2050 und auf null bis 2100. Dafür müsse von fossilen Energiequellen wie Öl, Gas und Kohle auf Energie aus erneuerbaren Quellen wie Sonne, Wind und Wasser umgeschwenkt und der Energieverbrauch deutlich reduziert werden.

Nach den Berechnungen des IPCC würde das globale Wachstum von den Kosten zur Reduzierung der CO_2-Emissionen nicht stark betroffen werden. Selbst ehrgeizige Maßnahmen würden demnach nur jährlich 0,06 Prozentpunkte des weltweiten Konsums im 21. Jahrhundert kosten, wobei mit einem jährlichen Wachstum zwischen 1,6 und drei Prozent gerechnet wird. Sollte dagegen nicht rasch etwas unternommen werden, würden die Kosten stark ansteigen, warnte der Weltklimarat.

Österreich ist zuletzt von seiner Rolle als Umweltmusterland zugunsten der Wirtschaft abgewichen. Wirtschaftsminister Reinhold Mitterlehner forderte kurz vor dem EU-Klimagipfel Ende Oktober gratis CO_2-Zertifikate für die Industrie und ein Ende der verbindlichen EU-Klimaschutzziele. (es/ag.)

Weltklimareport: „Es ist noch Zeit, aber sehr wenig“. In: Die Presse, 03.11.2014. Online: http://diepresse.com/home/wirtschaft/international/4584490/Weltklimareport_Es-ist-noch-Zeit-aber-sehr-wenig?from=suche.intern.portal (08.12.2014)

Übungsklausur C

Wählen Sie ein Thema aus und bearbeiten Sie es vollständig.

Übungsklausur C		
Thema	**Aufgaben (Wortanzahl)**	**Textbeilagen**
Thema 1: Medien	**Offener Brief** (405 bis 495 Wörter)	Kommentar
	Textanalyse (405 bis 495 Wörter)	Zeitungsbericht
Thema 2: Medizin und Gesundheit	**Leserbrief** (270 bis 330 Wörter)	Zeitungsbericht
	Kommentar (540 bis 660 Wörter)	Zeitungsbericht
Thema 3: Werte	**Empfehlung** (405 bis 495 Wörter)	Zeitungsbericht
	Textinterpretation (405 bis 495 Wörter)	2 Gedichte

Thema 1: Medien

Aufgabe 1

Verfassen Sie einen **offenen Brief**.

Lösungshilfe zu Aufgabe 1: Seite 169

Situation: Sie haben in mehreren Medien Berichte über das unethische Verhalten von PR-Agenturen verfolgt. Als kritische Beobachterin bzw. kritischer Beobachter der Medienlandschaft schreiben Sie einen offenen Brief an Medienvertreterinnen und Medienvertreter über diese moralisch nicht vertretbaren Vorgehensweisen.

Lesen Sie den Kommentar *Die Luft für unethisches Verhalten wird dünner*, publiziert am 28. August 2014 auf der Website des *Public Relations Verbandes Austria* (Textbeilage 1).

Verfassen Sie nun den **offenen Brief** und bearbeiten Sie dabei folgende Schreibaufträge:

- **Benennen** Sie die Hauptaussagen des Kommentars.
- **Nehmen** Sie kritisch zum unethischen Vorgehen mancher PR-Agenturen **Stellung**.
- **Appellieren** Sie an die Medienvertreterinnen und -vertreter, im Sinne der journalistischen Verantwortung ethisch korrekt zu handeln.

Schreiben Sie zwischen 405 und 495 Wörter. Markieren Sie Absätze mittels Leerzeilen.

Textbeilage 1

Die Luft für unethisches Verhalten wird dünner

Koppelungsgeschäfte, Erfolgsgarantien, die Annahme von unangemessenen Geschenken, Bestechungen und Schwarzgeld, Mitarbeiterausbeutung und Gratis-Praktikanten: Die Liste unethischer Verhaltensweisen in der PR-Branche ist lang; und einige schwarze Schafe haben unsere Branche in den letzten Jahren gehörig in Verruf gebracht. Wer hört schon Fragen gern wie „Habt ihr eh nix mit dem xxx-Skandal zu tun“? Oder: „Verlangt ihr auch 10.000 Euro für eine Pressekonferenz“?

Als Strategieberater arbeiten wir direkt mit Unternehmensführern zusammen. Vertrauen und Glaubwürdigkeit sind essenziell für langfristige Beziehungen. Daher müssen wir als Agenturen unseren Kunden und Partnern die Sicherheit geben, dass wir ethisch korrekt handeln. Und somit auch das Ansehen des gesamten Berufsstands in Österreich verbessern. Aber wie? Es gibt in Österreich neben den gesetzlichen Regulatorien, deren Erfüllung sowieso außer Streit stehen muss, auch gute unabhängige Instanzen, die als Anlaufstelle bei Fragen rund um Ethik und Arbeitsqualität dienen – ich denke hier an die Branchenverbände – und „Beschwerdebriefkästen“ wie den PR-Ethik-Rat. Finden wir natürlich gut.

Noch wichtiger ist uns aber die freiwillige Selbstregulierung jeder Agentur über den Ehrenkodex des PRVA hinaus. Richtlinien für Arbeitsqualität und ethisches Verhalten von der Honorargestaltung bis hin zum Umgang mit Mitarbeiter/innen und Umweltschutz müssen nicht nur niedergeschrieben, sondern laufend aktualisiert und kommuniziert werden. Mitarbeiter/innen müssen sich dazu verpflichten, die Standards ihrer Agentur im Arbeitsalltag penibel umzusetzen – und sie müssen mit Konsequenzen rechnen, wenn sie sich anders verhalten.

Es ist unsere Aufgabe, unseren Teams das Rüstzeug in die Hand zu geben, diese internen Richtlinien auch auf den Boden zu bringen. Konkrete Vorgehensweisen in Situationen, die aus einem ethischen Blickwinkel heikel erscheinen, wie beispielsweise bei Angeboten zu Koppelungsgeschäften. Textbausteine und Argumentarien, die ihnen helfen, in solchen Situationen richtig zu reagieren. Damit ethisches Verhalten nicht nur graue Theorie bleibt, sollten die Prozesse in internen Workshops gemeinsam besprochen und anhand von Beispielen erklärt werden.

Arbeitsqualität und Ethik werden immer wichtiger, und in Zukunft auch immer stärker die Entscheidung eines Auftraggebers für eine Agentur beeinflussen. Mit dem Österreichischen PR-Gütezeichen, das dieses Jahr ins Leben gerufen wurde, hat PR Quality Austria einen wichtigen Meilenstein gesetzt. Als einer der ersten neun stolzen Träger dieser Zertifizierung dürfen wir uns zum Kreis jener Agenturen zählen, deren Qualität und seriöse Kommunikation auf den ersten Blick erkennbar ist. Nun liegt es an den zahlreichen weiteren Agenturen und Kommunikationsabteilungen, diesem Beispiel zu folgen.

Zur Person:
Mag. Susanne Hudelist ist Managing Partner bei ikp Wien GmbH.

Hudelist, Susanne: Die Luft für unethisches Verhalten wird dünner. 28.08.2014. Online: http://prva.at/news/kommentare/522-die-luft-fuer-unethisches-verhalten-wird-duenner (08.12.2014)

Aufgabe 2

Lösungshilfe zu Aufgabe 2: Seite 170

Verfassen Sie eine **Textanalyse**.

Lesen Sie den Bericht *Wenn Journalisten sich aneinander orientieren* aus der Tageszeitung *Die Presse* vom 22. November 2014 (Textbeilage 1).

Verfassen Sie nun die **Textanalyse** und bearbeiten Sie dabei folgende Schreibaufträge:

- **Geben** Sie kurz den Inhalt des Textes in komprimierter Form **wieder**.
- **Untersuchen** Sie den Text hinsichtlich seiner argumentativen Strukturen.
- **Setzen** Sie die semantischen, syntaktischen und formalen Kriterien des Textes mit dem Inhalt in **Beziehung**.
- **Bewerten** Sie den Bericht aufgrund seiner Aussagen.

Schreiben Sie zwischen 405 und 495 Wörter. Markieren Sie Absätze mittels Leerzeilen.

Textbeilage 1

Wenn Journalisten sich aneinander orientieren

In den Medien dominiert zunehmend ein missionarisches Berufsverständnis. Die Medienschaffenden sehen ihr Glaubensgebäude als das allein selig machende an und wollen all jene ruinieren, die nicht ihrem Glauben folgen.

Es ist seltsam: Viele junge Leute wollen Journalisten werden, im Ansehen der Bevölkerung aber steht dieser Beruf auf einem Abstiegsplatz: Nur Politiker haben ein schlechteres Image. Woher kommt das? Ist dieser schlechte Ruf wohl erworben?

Wer die Zeitungen aufmerksam liest, wird sich kaum wundern. Wenn man die Fernsehnachrichten verfolgt, wird das Glaubwürdigkeitsproblem der Journalisten sogar noch deutlicher: Nahezu täglich kann der aufmerksame Beobachter feststellen, wie da manipuliert wird, wie Fakten zurechtgebogen und Tatsachen ideologisch aufbereitet werden – nach dem Motto: Wenn die Wirklichkeit nicht meiner Einstellung entspricht, umso schlimmer für die Wirklichkeit.

Ein eindrucksvolles Beispiel lieferte in den vergangenen Monaten das deutsche Fernsehen, die ARD. Nach massiver Zuschauerkritik reagierte der ARD-Programmbeirat mit massiven Vorwürfen, die Berichterstattung über die Ukraine-Krise betreffend.

Selbstkritische Erkenntnisse

In einer ausführlichen Analyse ist unter anderem von „Voreingenommenheit", „tendenziöser Berichterstattung", „mangelnder Differenziertheit" und „Lückenhaftigkeit" die Rede. Kritisiert wird auch die merkwürdige Auswahl der Experten, die vor die Kameras gezerrt wurden. Wohlgemerkt, diese Analyse stammt nicht von böswilligen Konkurrenten, sondern von den offiziellen Programmbeobachtern des Senders.

Alles nur Putin-Versteher? Natürlich nicht. Die Redakteure der „Tagesschau"[1] haben inzwischen selbstkritisch erkannt, dass man „mit dem Wissen von heute" manchen Akzent anderes gesetzt und manche Formulierung anders gewählt hätte. Man sei „zu leicht dem Nachrichten-Mainstream" gefolgt.

Eine eher freundliche Umschreibung für die Tatsache zum Beispiel, dass man das Wrack eines Hubschraubers als von den Separatisten abgeschossen bezeichnete – ein Bild, das in Wirklichkeit aus Syrien stammte. So ging es am laufenden Band: Am 20. Mai „berichtete" Udo Lielischkies von zwei toten Ukrainern, die angeblich von Separatisten ermordet worden waren. Peinlich, dass Tage vorher diese Bilder schon gelaufen waren – mit der zutreffenden Bemerkung, dass die Männer von ukrainischen Soldaten erschossen worden waren.

Ebenfalls am 20. Mai: Aus Donezk[2] wird von einer Demonstration berichtet. Viele Menschen mit orangefarbenen Fahnen protestierten gegen prorussische Separatisten, so die Moderatorin. Die Bilder vermitteln eine Großdemo – auf YouTube ist die Wahrheit zu sehen: Es ist nicht mehr als ein kleines Grüppchen von Demonstranten.

Der „Nachrichten-Mainstream“ – ein verräterisches Wort. Die Meinungsforscherin Noelle-Neumann hatte vor Jahren schon gewarnt: „Journalisten orientieren sich aneinander und verfallen in Schweigen, wenn sie merken, dass die Mehrheit der Kollegen anderer Meinung ist – und damit ist der Meinungstenor da mit der entsprechend starken Wirkung auf Politiker, aber auch auf die Bevölkerung als Ganzes. (...) Was Sie heute in den Köpfen der Menschen finden, ist oft gar nicht mehr die Realität, sondern eine von den Medien konstruierte, hergestellte Wirklichkeit.“

Immer öfter, so ist zu beobachten, haben wir es in den Medien mit einem missionarischen Berufsverständnis zu tun, das geprägt ist von einer volkspädagogischen Haltung, die ihr Glaubensgebäude als allein selig machend ansieht und all jene ruinieren will, die nicht ihrem Glauben folgen. Der Chef der Berliner Agentur Scholz und Friends, Wolfgang Bok, meint, in deutschen Redaktionen habe sich die „Generation G“ durchgesetzt – G steht für „Greenpeace, Gender und Gerechtigkeit“. Man kann auch sagen: Zeitgeist oder Mainstream, dem sogar ehemals seriöse Zeitungen wie die „Frankfurter Allgemeine“ inzwischen erlegen sind.

Verzicht auf eigene Gedanken

So wird auch verständlich, warum Günter Grass[3] von den „gleichgeschalteten Medien“ sprach (vergessend, dass er von dieser Gleichschaltung jahrelang profitiert hatte). Die „politische Korrektheit“ hat dazu geführt, dass viele Journalisten sich an die Sprachregelung der Alpha-Kollegen anlehnen und auf eigene Gedanken verzichten. Man ist sich einig, hat die „richtige“ Gesinnung, sieht sich im Kollegenkreis bestätigt – Mainstream!

Udo Ulfkotte hat in seinem neuen Buch, „Gekaufte Journalisten“, eine bemerkenswerte Verbindung recherchiert: Da gibt es in Deutschland eine Organisation, die Atlantik-Brücke, gegründet als „Gesellschaft ehemaliger Besatzungsfunktionäre im Nachkriegsdeutschland“, die als CIA-nah beschrieben wird.

Ihr gehören zahlreiche Spitzenjournalisten an, unter anderem die künftige Leiterin des Berliner ARD-Studios, Tina Hassel, der Chefredakteur der „Bild“-Zeitung, Kai Diekmann, Claus Kleber (ZDF), Stefan Kornelius („Süddeutsche Zeitung“), Klaus-Dieter Frankenberger („FAZ“) usw. „Allein in den Jahren 2006 bis 2012 werden in den Jahresberichten 88 Journalisten erwähnt. Solch eine Zugehörigkeit schafft natürlich Konsequenzen: So unterschrieb der damalige „FAZ“-Mann Nikolas Busse als Korrespondent für Nato und EU im Februar 2003 – kurz vor dem Einmarsch der USA in den Irak – eine in der „New York Times“ geschaltete Anzeige, in der er versprach, „keine Mühe zu scheuen“, die Verbindung mit den USA zu erhalten.

Aber auch in Brüssel sind Treueschwüre dieser Art offenbar keine Ausnahme. Die EU bezahlt Journalisten indirekt dafür, dass sie positiv über Brüssel berichten. Da werden Millionensummen für die Werbung für das europäische Projekt ausgegeben.

EU-Hofberichterstattung

Kein Wunder, dass dann manch einer keine Hemmungen hat, eine Verpflichtungserklärung zu unterschreiben: „Ich versichere, das Image der EU, ihrer Politik und Einrichtungen weder direkt noch indirekt zu schädigen.“ So haben wir uns unabhängigen Journalismus schon immer vorgestellt! Oder sollte man eher von Hofberichterstattung sprechen?

Kein Wunder dann auch, dass der Printjournalismus in der Krise steckt, immer mehr Zeitungen rote Zahlen schreiben und die Redaktionen ausdünnen – was zur Folge hat, dass das Produkt immer schlechter wird. Die „FAZ“ streicht 200 ihrer 900 Arbeitsplätze, der Verlag Gruner und Jahr 400 von 2400 Stellen. Zeitungen wie der „Rheinische Merkur“ und die „Financial Times Deutschland“ sind bereits völlig vom Markt verschwunden. „Spiegel“, „Stern“ und „Focus“ wechseln in Panik nahezu jährlich ihre Chefredakteure.

Offenbar haben die Zeitungen (nicht aber das übermächtige Fernsehen, das durch Zwangsgebühren gespeist wird) die Probleme einer veränderten Kommunikationsstruktur noch nicht verarbeitet. Die USA sind bereits einen Schritt weiter: Da hat sich das Politikportal „Politico“ etabliert, dessen Chef, John F. Harris, warnt: „Der Durchschnittsjournalismus wird verschwinden. Für ihn ist kein Platz mehr. Für ihn gibt es kein Publikum und damit auch kein Geschäft mehr.“

Zur Person:
Detlef Kleinert begann seine berufliche Laufbahn beim Bayerischen Fernsehen. Er war unter anderem Südosteuropa-Korrespondent der ARD in Wien. 1992 erhielt er für den Fernsehbericht „Die Hölle von Sarajewo“ den Bayerischen Fernsehpreis. Autor des Buches „Wenn Tito das wüsste: Von der kroatischen Küste bis zu den Bergen des Balkans“ (Herbig). Er lebt nahe Wien.

Kleinert, Detlef: Wenn Journalisten sich aneinander orientieren. In: Die Presse, 22.10.2014. Online: http://diepresse.com/home/meinung/gastkommentar/4192181/Wenn-Journalisten-sich-aneinander-orientieren?from=suche.intern.portal#frame1 (08.12.2014)

[1] *Tagesschau: Nachrichtensendung der ARD*
[2] *Donezk: Stadt in der Ostukraine, Zentrum des Kohlereviers Donbass und mit etwa 1,1 Millionen Einwohnerinnen bzw. Einwohnern die fünftgrößte Stadt der Ukraine*
[3] *Günter Grass (geb. 1927): einer der bedeutendsten deutschsprachigen Autoren der Gegenwart*

Thema 2: Medizin und Gesundheit

Aufgabe 1

Lösungshilfe zu Aufgabe 1: Seite 171

Verfassen Sie einen **Leserbrief**.

Situation: Sie haben in der letzten Zeit Medienberichte über „Social Freezing“ gelesen, eine Methode, bei der unbefruchtete Eizellen eingefroren werden, um Frauen die Möglichkeit zu geben, sich ihren Kinderwunsch später zu erfüllen. Mediale Aufmerksamkeit erlangte dieses medizinische Verfahren aber erst, als die Firmen Facebook und Apple bekannt gaben, ihren Mitarbeiterinnen die Kosten für das Einfrieren von Eizellen erstatten zu wollen. Sie haben sich nun dazu entschlossen, einen Leserbrief an die Wochenzeitung *Die Zeit* zu verfassen.

Lesen Sie den Zeitungsbericht *Kinderwunsch: Junge Deutsche zeigen sich offen für Social Freezing* aus der Wochenzeitung *Die Zeit* vom 22. Oktober 2014 (Textbeilage 1).

Verfassen Sie nun den **Leserbrief** und bearbeiten Sie dabei folgende Schreibaufträge:

- **Beschreiben** Sie die in der Textbeilage dargestellte Thematik.
- **Beurteilen** Sie diese Methode der Fortpflanzungsmedizin aus ethischer Sicht.
- **Nehmen** Sie zum Angebot von Firmen, die Kosten derartiger medizinischer Verfahren zu übernehmen, kritisch **Stellung**.

Schreiben Sie zwischen 270 und 330 Wörter. Markieren Sie Absätze mittels Leerzeilen.

Textbeilage 1

Kinderwunsch: Junge Deutsche zeigen sich offen für Social Freezing

Die Deutschen spüren kaum Druck des Arbeitgebers auf die Karriereplanung, zeigt eine ZEIT-Umfrage. Ein Drittel kann sich dennoch vorstellen, Eizellen einlagern zu lassen.

Die Meinungen zum Thema Social Freezing, dem Einfrieren von Eizellen aus persönlichen oder beruflichen Gründen, gehen in Deutschland weit auseinander. Zwar lehnt die Mehrheit der Deutschen Angebote von Arbeitgebern wie Facebook und Apple ab, die ihren Mitarbeiterinnen das Einfrieren von Eizellen finanzieren, damit sie ihren Kinderwunsch auf einen späteren Zeitpunkt verschieben können. Dennoch spricht sich eine starke Minderheit von 37 Prozent dafür aus und hält ein Angebot wie dieses für „grundsätzlich richtig". Das ist das Ergebnis einer repräsentativen Umfrage des Meinungsforschungsinstituts TNS Emnid im Auftrag der ZEIT.

Es sind vor allem junge Menschen, die offen für Social Freezing sind. Bei den 14- bis 29-Jährigen spricht sich sogar eine Mehrheit von 53 Prozent für diese Möglichkeit aus. Ähnlich positiv stehen die 40- bis 49-Jährigen der Option gegenüber: 51 Prozent sind dafür. Bei den über 60-Jährigen ist es hingegen nur eine Minderheit von 20 Prozent.

Entscheidend für die Überlegung ist auch der berufliche Status. 40 Prozent der Berufstätigen finden die Option grundsätzlich richtig, aber nur 33 Prozent der Nicht-Berufstätigen. Bemerkenswert ist auch, dass Männer der Idee, Eizellen einfrieren zu lassen, eher positiv gegenüberstehen (40 Prozent) als Frauen (34 Prozent).

In der vergangenen Woche war bekannt geworden, dass die US-Unternehmen Apple und Facebook ihren Mitarbeiterinnen anbieten, die Kosten für das Einfrieren von Eizellen zu übernehmen. Facebook zahlt dazu bereits seit Anfang dieses Jahres bis zu 20.000 Dollar pro Angestellter, Apple will im kommenden Januar mit der Umsetzung des Angebots beginnen.

Deutsche spüren kaum Druck des Arbeitgebers

In Deutschland gibt es diese Option in Unternehmen bislang nicht. Dennoch: Fast jeder fünfte Befragte könnte sich vorstellen, ein derartiges Mitarbeiter-Angebot selbst zu nutzen oder der eigenen Partnerin dazu zu raten, wenn es diese Möglichkeit gäbe. Das betrifft vor allem die Altersgruppe der 40- bis 49-Jährigen, unabhängig vom beruflichen Status.

Die Politik hatte sich nach Bekanntwerden der Angebote in den USA parteiübergreifend kritisch geäußert. Gegner des Social Freezing sehen darin die Gefahr, den Selbstoptimierungsdruck für Frauen zu verstärken. Laut der ZEIT-Umfrage spüren die Deutschen dies allerdings kaum. 90 Prozent gaben an, dass sie keinen Druck des Arbeitgebers spüren, die Familienplanung nach seinen Wünschen auszurichten. Am ehesten sind es die 30- bis 39-Jährigen. In dieser Altersgruppe spüren immerhin 17 Prozent den Druck.

Einfrieren aus nicht-medizinischen Gründen in Deutschland relativ neu

Dass Eizellen bei einer Erkrankung entnommen werden, etwa vor einer Chemotherapie, ist in Deutschland schon länger üblich. Bei bestimmten Chemotherapien werden die gesunden Eizellen beschädigt. Um auch nach einer Krebsbehandlung noch fruchtbar zu sein, werden die Eizellen vorher entnommen und konserviert – die sogenannte Kryokonservierung. So bleibt die Möglichkeit, ein Kind zu bekommen, auch später noch bestehen. Das Einfrieren aus nicht-medizinischen Gründen dagegen ist noch relativ neu und selten. Ganz anders in den USA. Dort nutzen immer mehr Frauen diese Möglichkeit aus Karrieregründen.

Es gibt keine belastbaren Zahlen darüber, wie viele Frauen in Deutschland explizit aus beruflichen Gründen ihre Eizellen einlagern lassen. Mediziner gehen aber davon aus, dass andere Faktoren ausschlaggebend sind. Frank Nawroth vom Kinderwunschzentrum Hamburg und Jörg Puchta, Chefarzt am Kinderwunsch Zentrum an der Oper in München, sagen, in den meisten Fällen sei es nicht der Beruf, der die Frauen zu ihnen bringe. Von seinen 35 Patientinnen im vergangenen Jahr, sagte Nawroth, hätten 27 angegeben, ihnen fehle der richtige Mann zum Kinderkriegen. Andere wollten aus anderen Gründen noch ein paar Jahre warten – aber keine Frau habe explizit auf ihre Karriere verwiesen.

Für die Umfrage wurden im Zeitraum von drei Tagen 1.003 Personen befragt.

Kinderwunsch: Junge Deutsche zeigen sich offen für Social Freezing. In: Die Zeit, 22.10.2014. Online: http://www.zeit.de/wirtschaft/2014-10/social-freezing-umfrage-zeit (08.10.2014)

Aufgabe 2

Lösungshilfe zu Aufgabe 2: Seite 172

Verfassen Sie einen **Kommentar**.

Situation: Sie haben sich aufgrund Ihrer Volljährigkeit mit Versicherungen und Versicherungsschutz beschäftigt und sind auf einen interessanten Beitrag über Maßnahmen in der Krankenversicherung gestoßen. Als interessierte junge Erwachsene bzw. interessierter junger Erwachsener schreiben Sie einen Kommentar an die Tageszeitung *Die Presse* zu diesem Thema.

Lesen Sie den Bericht *Versicherung: Darf man gesund leben belohnen?* aus der Tageszeitung *Die Presse* vom 22. November 2014 (Textbeilage 1).

Verfassen Sie nun den **Kommentar** und bearbeiten Sie dabei folgende Schreibaufträge:

- **Beschreiben** Sie in wenigen Sätzen die Absicht von Versicherungen bezüglich eines Selbstbehaltes.
- **Erörtern** Sie die Vor- und Nachteile gesundheitsbezogener Versicherungsprämien.
- **Beurteilen** Sie mögliche gesetzliche Regelungen zur Vermeidung des Ausgrenzens kranker Menschen aus Gesundheitssystemen.

Schreiben Sie zwischen 540 und 660 Wörter. Markieren Sie Absätze mittels Leerzeilen.

Textbeilage 1

Versicherung: Darf man gesund leben belohnen?

In Deutschland will eine Versicherung günstigere Verträge anbieten, wenn ihre Kunden Sport betreiben, sich gesund ernähren und das mit einer App nachweisen.

Wien. Herr A. ernährt sich gesund, treibt Sport, raucht nicht und trinkt Alkohol in Maßen. Herr B. isst vornehmlich Fast Food, sitzt am liebsten auf dem Sofa, raucht 60 Zigaretten am Tag und trinkt in Massen. Unser Solidaritätsprinzip stellt sicher, dass der weniger krankheitsanfällige Herr A. mit seinen Versicherungsbeiträgen für die Behandlung von Herrn B. wegen Herzverfettung, Lungenkrebs und Leberschaden mitbezahlt. Nur so funktioniert der Sozialstaat.

Was aber, wenn das erste Interesse des Versicherungsunternehmens nicht das Gemeinwohl, sondern die Gewinnmaximierung ist? Die Meldung aus Deutschland, dass die Generali-Versicherung den Lebensstil ihrer Kunden überwachen will, sorgte am Freitag für heftige Diskussionen. Die Idee: Wer eine Zusatzkranken- oder Lebensversicherung abschließt, kann sich (freiwillig) dazu verpflichten, der Versicherung über eine Handy-App regelmäßig Daten über seinen Lebensstil zu übermitteln (Schrittzähler, sportliche Aktivitäten, Vorsorgeuntersuchungen).

SVA bietet geringeren Selbstbehalt

Wer sich gesundheitsbewusst verhält und Sport treibt, wird belohnt. In einem ersten Schritt mit Gutscheinen für Reisen und Fitnessstudios, in einem zweiten Schritt mit Prämiennachlässen. Das Programm Vitality soll binnen zwölf bis 18 Monaten in Deutschland angeboten werden. Ob es auch nach Österreich kommt, wird von der Wiener Generali-Vertretung derzeit geprüft.

Neu ist die Idee nicht. Die heimische Sozialversicherungsanstalt der gewerblichen Wirtschaft (SVA) bietet ein im Detail viel weitergehendes Programm seit 2012 an. Dabei legt ein Arzt bei einer Vorsorgeuntersuchung mit dem Versicherten in fünf Bereichen (Blutdruck, Gewicht, Bewegung, Tabak, Alkohol) bestimmte Gesundheitsziele fest: Ein Übergewichtiger muss beispielweise abnehmen, ein Raucher mit dem Rauchen aufhören, jemand mit hohem Blutdruck mehr Bewegung machen usw.

Bei einer Nachuntersuchung in einem halben Jahr (oder bei Bedarf später) prüft der Arzt, ob sich die Werte verbessert haben. Wurden die festgelegten Gesundheitsziele erreicht, wird der Selbstbehalt beim Arztbesuch, den alle Versicherten der SVA bezahlen müssen, von 20 Prozent auf zehn Prozent reduziert. Wer älter als 40 Jahre ist, muss nach zwei Jahren zur nächsten Vorsorgeuntersuchung, jüngere nach drei Jahren.

Mit dem Erfolg des Programms ist die SVA zufrieden. Etwas mehr als 50.000 Versicherte hätten sich bisher angemeldet (insgesamt hat die Krankenversicherung für Selbstständige 750.000 Kunden, darunter 370.000 aktive Erwerbstätige, der Rest sind Angehörige und Pensionisten).

Auch in anderen Fällen werden in Österreich bereits jetzt Gesundheitsdaten erhoben, beispielsweise beim Abschluss einer Lebensversicherung. Der Kunde muss Ärzte und Gebietskrankenkasse üblicherweise in einer eigenen Erklärung von der Schweigepflicht entbinden, damit die Versicherung die Krankheitsgeschichte einsehen kann. Teilweise schreibt das Versicherungsunternehmen sogar eine spezielle Gesundenuntersuchung vor. (rie/red.)

O. V.: Versicherung: Darf man gesund leben belohnen? In: Die Presse, 22.11.2014. Online: http://diepresse.com/home/wirtschaft/economist/4601608/Versicherung_Darf-man-gesund-leben-belohnen?from=suche.intern.port (09.12.2014)

Thema 3: Werte

Aufgabe 1

Lösungshilfe zu Aufgabe 1: Seite 173

Verfassen Sie eine **Empfehlung**.

Situation: Als Absolventin bzw. Absolvent einer allgemeinbildenden oder berufsbildenden höheren Schule machen Sie sich Gedanken über Ihre berufliche Karriere. Sie besuchen deshalb ein Seminar für zukünftige Jungarbeitnehmerinnen und -arbeitnehmer. Im Zuge dieses Seminars wird eine Abschlussveranstaltung mit Vertreterinnen und Vertretern aus der Wirtschaft organisiert. Sie halten ein Impulsreferat in Form einer Empfehlung, welche Soft-Skills von Arbeitgeberinnen und -gebern verlangt werden, damit die Arbeitszufriedenheit steigt.

Lesen Sie dazu den Bericht *Neue Ansprüche an den Job* aus der Tageszeitung *Der Standard* vom 4./5. Oktober 2014 (Textbeilage 1) und betrachten Sie die dazu gehörende Grafik *Was ist Ihnen in Ihrem Job wichtig?* (Textbeilage 2)

Verfassen Sie nun die **Empfehlung** und bearbeiten Sie dabei folgende Schreibaufträge:

- **Benennen** Sie die in der Textbeilage dargestellte Problematik.
- **Diskutieren** Sie, welche Maßnahmen in Unternehmen zu treffen wären, um für erhöhte Jobzufriedenheit zu sorgen.
- **Entwerfen** Sie Vorschläge für Wirtschaftstreibende, wie aufgrund einfacher Maßnahmen für mehr Effizienz im Betrieb gesorgt werden könnte.

Schreiben Sie zwischen 405 und 495 Wörter. Markieren Sie Absätze mittels Leerzeilen.

Textbeilage 1

Neue Ansprüche an den Job

Eine sozial kompetente Führung und alles, was sich daraus ergibt, eine erfüllende Aufgabe und ein gutes Betriebsklima stehen mittlerweile ganz oben auf der Wunschliste an den Job.

Schlechtes Arbeitsklima, Mobbing und Probleme mit den unmittelbaren Vorgesetzten sind der Hauptantrieb in allen Altersgruppen, den Job hinzuschmeißen. Wobei: Mit 40+ werden Mobbing und Vorgesetztenprobleme bedeutsamer.

Das ist das Ergebnis einer jahrelangen fortlaufenden Befragung von 700 Arbeitnehmern quer durch alle Branchen, Hierarchien und Altersgruppen durch Geraldine Hofstetter, Inhaberin der Wiener Job Bowl Personalberatung.

Abkehr vom Job

Keine Aufstiegschancen (fast 53 Prozent bei Jungen) und keine Eigenverantwortung (63 Prozent bei 40+) folgen in der Hitliste der totalen Abkehr vom Job. Schlechte Auftragslage oder Wochenendarbeit und Überstunden rangieren weit dahinter.

Dazu passt die Frage von der anderen Seite: Was ist Ihnen im Job wichtig? Ein erfüllendes Aufgabengebiet führt mit über 70 Prozent bei Männern und Frauen, ebenso wichtig ist Frauen das gute Arbeitsklima. Männer bejahen das zu 67 Prozent – so hoch ist die Zustimmung bei Männern auch zum „hohen Gehalt“ als zentralem Faktor. Für Frauen ist die Kohle lediglich zu 54 Prozent bedeutsam.

Ein „toller Chef“ ist nur 38 Prozent der Männer wichtig, 54 Prozent der Frauen. Vorgesetzte müssen offenbar nicht „toll“ sein, es reicht, wenn sie ihrer Führungsrolle halbwegs gerecht werden.

„Es ist die negative emotionale Belastung, die den Job wechseln lässt“, kommentiert Geraldine Hofstetter. Sie vermutet klassische Anlassfälle: Allzu oft würden Junge ohne Führungserfahrung oder interne Fachexperten in Führungsjobs gehoben und dann mit der Mitarbeiterführung alleine gelassen. Sie mahnt Begleitung und Coaching von Unternehmen ein, statt „die Leute mit der Ehre der Beförderung alleine im Regen stehen zu lassen“.

Zeitausgleich wird gewünscht

Interessantes Detail der groß angelegten Befragung: „fringe benefits“[1] sind nicht so wichtig wie gedacht: Nur 29 Prozent würdigen Essenszuschuss, Pensionsvorsorge & Co als „wichtig“. Dies mag daran liegen, so Hofstetter, dass diese Goodies nicht ausreichend kommuniziert würden. Zum aktuellen Diskussionsthema Überstunden ergibt die Befragung: Ältere (40+) sind am ehesten bereit, Überstunden zu leisten – 20 pro Monat und etwas mehr. Zehn bis 15 ergeben sich als Mittelwert durch die Altersgruppen. Dafür möchten 56 Prozent Zeitausgleich statt Bezahlung. Arbeitgeber müssten also nicht immer tief in die Tasche greifen, um ihre Mitarbeiter motiviert und im Unternehmen zu halten, so Hofstetter.

Allerdings: Sicherheit und Berechenbarkeit sind offenbar zentrale Faktoren: Fast 70 Prozent möchten ein Fixgehalt, nicht Grundgehalt plus Prämie. Am „unternehmerischsten“ denkt man da mit 40+ – hier wäre man am ehesten zu mehr Variabilität bereit. Beliebtestes Arbeitszeitmodell ist eine Kernzeitregelung (47 Prozent, Frauen haben noch höhere Werte) mit flexibler Arbeitszeit. Arbeit zu Hause können sich Jüngere besonders gut vorstellen. Absolut flexible Arbeitszeit wünschen sich Männer wie Frauen zu rund einem Viertel.

Bauer, Karin: Neue Ansprüche an den Job. In: Der Standard, 04./05.10.2014. Online: http://derstandard.at/2000006368942/Neue-Anspruech-an-den-Job (08.12.2014)

[1] *fringe benefits (engl.): freiwillige betriebliche Zusatzleistungen in Form von Sachleistungen (wie Essensmarken, Kultur-, Sport- und Freizeiteinrichtungen, Kostenerstattungen für Fahrten zwischen Wohnort und Arbeitsplatz)*

Textbeilage 2

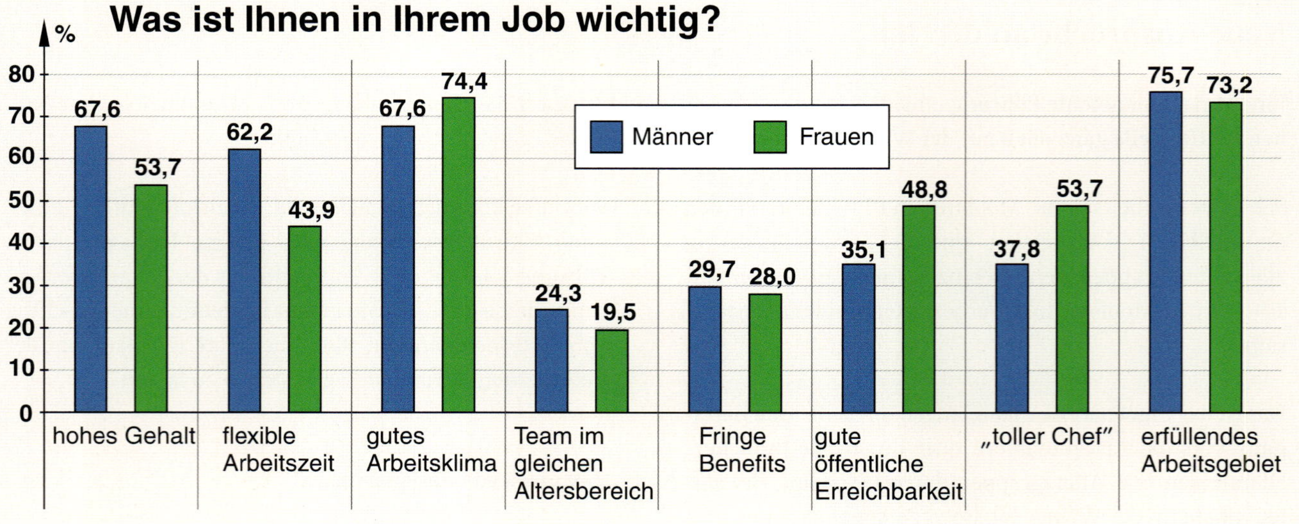

In Anlehnung an: http://derstandard.at/2000006368942/Neue-Ansprueche-an-den-Job (09.12.2014)

Aufgabe 2

Lösungshilfe zu Aufgabe 2: Seite 174

Verfassen Sie eine **Textinterpretation**.

Lesen Sie die Gedichte *Der Angestellte* von Hans Magnus Enzensberger (Textbeilage 1) sowie *Augen in der Großstadt* von Kurt Tucholsky (Textbeilage 2).

Verfassen Sie nun die **Textinterpretation** und bearbeiten Sie dabei folgende Schreibaufträge:

- **Benennen** Sie in wenigen Sätzen die inhaltlichen Aussagen der beiden Gedichte.
- **Erläutern** Sie die sprachlichen und formalen Unterschiede beider Gedichte.
- **Vergleichen** Sie die textstrukturellen Besonderheiten beider Texte.
- **Deuten** Sie die Aussagen der beiden Gedichte.

Schreiben Sie zwischen 605 und 695 Wörter. Markieren Sie Absätze mittels Leerzeilen.

Textbeilage 1

Hans Magnus Enzensberger – Der Angestellte

Nie hat er jemanden umgebracht. Nein,
er wirft aus Versehen Flaschen um.
Er möchte gern, schwitzt, verliert
Seinen liebsten Schlüssel. Immerzu
Erkältet er sich. Er weiß, daß er muß.
Er mutet sich Mut zu, er gähnt,
er tupft seinen Gram auf den Putz.
Er denkt, lieber nicht. Eingezwängt
in zwei Schuhe, beteuert er bleich
das Gegenteil. Ja, er meldet sich an
und ab. Das Gegenteil sagt er von dem,
was er sagen wollte. Eigentlich, sagt er,
eigentlich nicht. Der Anzug ist ihm zu eng,
zu weit. Seine Stelle schmerzt. Nein,
seine eigene Handschrift kann er schon längst
nicht mehr lesen. Er hat sich scheiden lassen,
vergebens. Kein Mensch ruft ihn an. Überall
juckt es ihn. Sein Kugelschreiber läuft aus,
beim besten Willen. Er ist öfters vorhanden,
in jedem Zimmer einmal, immer allein.
Er schneidet sich beim Rasieren. Ja,
er paßt nämlich immer auf, sonst
kann er nicht schlafen. Er schläft.
Alles meckert, alles was recht ist,
alles lacht über ihn. Er merkt nicht,
was los ist, das merkt er. Sein Kopfweh
ist unpolitisch. Er stellt sich an,
er stottert schon wieder, verschluckt sich.
Was er vorhin hat sagen wollen, das hat er
vorhin vergessen. Er hat vergessen,
sich umzubringen. Beim besten Willen.
Heimlich lebt er. Nein, er darf nicht,
aber er müßte. Er hat keinen Krebs,
aber das weiß er nicht. Sein Hut schwitzt.
Es ist ihm noch nie so gut gegangen
wie jetzt. Eigentlich möchte er nicht,
aber er muß. Er weint beim Friseur. Ja,
er ist anstellig, er entschuldigt sich.
Ja, er schreibt, ja, er kratzt sich,
ja er müßte, aber er darf nicht,
nein, seinen Jammer hat niemand bemerkt.

Enzensberger, Hans Magnus: Der Angestellte. In: Gedichte 1950–2005. Frankfurt/Main, Suhrkamp Taschenbuch Verlag, 2006, S. 137, Originalschreibweise

Infobox:

Hans Magnus Enzensberger (geb. 1929)

Der deutsche Dichter, Schriftsteller, Herausgeber, Übersetzer und Redakteur sorgt mit seinen Themen oft für spannende Diskussionen in der kulturellen und politischen Debatte. Er schreibt Essays, Gedichte, aber auch Prosa, Dramen und Hörspiele. Er ist vielfach preisgekrönt (unter anderem Georg-Büchner-Preis, Heinrich-Böll-Preis).

Textbeilage 2

Kurt Tucholsky – Augen in der Großstadt

I.
Wenn du zur Arbeit gehst
Am frühen Morgen,
wenn du am Bahnhof stehst
mit deinen Sorgen:
da zeigt die Stadt
dir asphaltglatt
im Menschentrichter
Millionen Gesichter:
Zwei fremde Augen, ein kurzer Blick,
die Braue, Pupillen, die Lider –
Was war das? vielleicht dein Lebensglück ...
vorbei, verweht, nie wieder.

II.
Du gehst dein Leben lang
auf tausend Straßen;
du siehst auf deinem Gang,
die dich vergaßen.
Ein Auge winkt,
die Seele klingt;
du hasts gefunden,
nur für Sekunden ...
Zwei fremde Augen, ein kurzer Blick,
die Braue, Pupillen, die Lider –
Was war das? kein Mensch dreht die Zeit zurück ...
vorbei, verweht, nie wieder.

III.
Du mußt auf deinem Gang
durch die Städte wandern;
siehst einen Pulsschlag lang
den fremden Andern.
Es kann ein Feind sein,
es kann ein Freund sein,
es kann im Kampfe dein
Genosse sein.
Es sieht hinüber
und zieht vorüber ...
Zwei fremde Augen, ein kurzer Blick,
die Braue, Pupillen, die Lider –
Was war das? Von der großen Menschheit ein Stück!
Vorbei, verweht, nie wieder.

Tucholsky, Kurt: Augen in der Großstadt. In: Gesammelte Werke 1930. Reinbek bei Hamburg, Rowohlt Taschenbuch Verlag, 1975, Band 8, S. 69 f., Originalschreibweise

Infobox:

Kurt Tucholsky (1890–1935)

Der deutsche Journalist und Schriftsteller schrieb auch unter den Pseudonymen Kaspar Hauser, Peter Panter, Theobald Tiger und Ignaz Wrobel. Er zählt zu den bedeutendsten Publizisten der Weimarer Republik. Als politisch engagierter Journalist und zeitweiliger Mitherausgeber der Wochenzeitschrift *Die Weltbühne* erwies er sich als Gesellschaftskritiker. Er warnte vor der Erstarkung der politischen Rechten – vor allem in Politik, Militär und Justiz – und vor der Bedrohung durch den Nationalsozialismus.

Er schrieb Essays, Reden, Erzählungen und Romane, in denen er zur politischen Situation der Weimarer Republik Stellung bezog.

5

Was von mir erwartet wird

- Beurteilungskriterien und Beurteilungsraster der Klausur
- inhaltliche Hinweise (Lösungshilfen) zu einzelnen Aufgabenstellungen aus Kapitel 3 und 4
- Schülerarbeiten zu einzelnen Aufgabenstellungen aus Kapitel 3 und 4

1 Beurteilung der Klausur

Die Aufgabenstellungen der Klausur in Deutsch sind zentral vorgegeben. Die Beurteilung dagegen führt die Deutschlehrerin bzw. der Deutschlehrer der Klasse nach einem verpflichtend vorgesehenen **Beurteilungsraster** sowie einer vorgegebenen Korrektur- und Beurteilungsanleitung durch.

Beide Teilaufgaben werden nach den folgenden Kompetenzbereichen bewertet:

- **Kompetenzbereich 1:** Inhalt und Textstruktur des ersten Textes
- **Kompetenzbereich 2:** Inhalt und Textstruktur des zweiten Textes
- **Kompetenzbereich 3:** Stil und Ausdruck sowie normative Sprachrichtigkeit beider Texte gemeinsam

Für jeden Kompetenzbereich sind Kriterien definiert, die eine qualitative Bewertung der zu erfüllenden Kompetenzen ermöglichen.

Ihre Deutschlehrerin bzw. Ihr Deutschlehrer bewertet jede Teilaufgabe für sich hinsichtlich Inhalt und Textstruktur. Für den Kompetenzbereich 3 (Stil und Ausdruck sowie normative Sprachrichtigkeit) werden beide Texte herangezogen und gemeinsam bewertet. Dadurch wird eine gewisse Kompensation der Leistungen zwischen den beiden Texten ermöglicht, wenn eine Schreibaufgabe hinsichtlich normativer Schreibrichtigkeit negativ beurteilt wird, die zweite Schreibaufgabe aber positiv ausgefallen ist.

Letztendlich muss jeder der drei Kompetenzbereiche für sich positiv bewertet werden, damit die Arbeit eine positive Note erhält.

Ihre Deutschlehrerin bzw. Ihr Deutschlehrer füllt nicht nur einen Beurteilungsraster aus, sondern begründet zusätzlich noch verbal den Beurteilungsvorschlag der Klausur.

Die endgültige Beurteilung Ihrer Klausur in Deutsch erfolgt erst in einer Beurteilungskonferenz, in deren Rahmen die Noten aller Klausuren beschlossen und Ihnen anschließend mitgeteilt werden.

In Anlehnung an: Korrektur- und Beurteilungsanleitung zur standardisierten Reifeprüfung in Deutsch, Kroatisch, Slowenisch, Ungarisch. Online: https://www.bifie.at/system/files/dl/srdp_us_korrektur_beurteilungsanleitung_2016-12-06.pdf (12.12.2016)

Den **Beurteilungsraster zur Klausur** finden Sie auf den folgenden zwei Seiten.

Schriftliche SRDP Deutsch, Kroatisch, Slowenisch, Ungarisch – Beurteilungsraster für Text 1 und Text 2. Online: https://www.bifie.at/system/files/dl/srdp_us_beurteilungsraster_2016_12-06.pdf (12.12.2016)

Kandidat/in:	Klasse/Jahrgang:	Prüfer/in:

Schriftliche SRDP Deutsch, Kroatisch, Slowenisch, Ungarisch – Beurteilungsraster für Text 1

K1	*nicht erfüllt*	*das Wesentliche überwiegend erfüllt*	*das Wesentliche zur Gänze erfüllt*	*über das Wesentliche hinausgehend erfüllt*	*weit über das Wesentliche hinausgehend erfüllt*
Inhalt	☐	☐	☐	☐	☐
Aufgabenerfüllung aus inhaltlicher Sicht		Schreibhandlung(en) im Sinne der geforderten Textsorte überwiegend realisiert	Schreibhandlung(en) im Sinne der geforderten Textsorte weitgehend realisiert	Schreibhandlung(en) im Sinne der geforderten Textsorte durchgehend realisiert	Schreibhandlung(en) im Sinne der geforderten Textsorte umfassend realisiert
		Arbeitsaufträge überwiegend erfüllt	Arbeitsaufträge weitgehend erfüllt	alle Arbeitsaufträge erfüllt	alle Arbeitsaufträge umfassend erfüllt
		Textbeilage(n) im Sinne der Arbeitsaufträge überwiegend erfasst	Textbeilage(n) im Sinne der Arbeitsaufträge weitgehend erfasst	Textbeilage(n) im Sinne der Arbeitsaufträge vollständig erfasst	Textbeilage(n) im Sinne der Arbeitsaufträge vollständig erfasst
		sachlich überwiegend richtig	sachlich weitgehend richtig	sachlich richtig	sachlich durchgehend richtig
		Qualität der inhaltlichen Auseinandersetzung: oberflächlich/wenig treffsicher/reproduzierend	Qualität der inhaltlichen Auseinandersetzung: ansatzweise komplex/weitgehend treffsicher/Ansätze zur Eigenständigkeit	Qualität der inhaltlichen Auseinandersetzung: komplex/treffsicher/merklich eigenständig	Qualität der inhaltlichen Auseinandersetzung: in hohem Maße komplex/treffsicher/eigenständig; gegebenenfalls ideenreich
Textstruktur	☐	☐	☐	☐	☐
Aufgabenerfüllung aus textstruktureller Sicht		Kohärenz: Text gedanklich und formal überwiegend der Textsorte angemessen strukturiert	Kohärenz: Text gedanklich und formal weitgehend der Textsorte angemessen strukturiert	Kohärenz: Text gedanklich und formal durchgehend der Textsorte angemessen und klar strukturiert	Kohärenz: Text gedanklich und formal durchgehend der Textsorte angemessen, klar, zielgerichtet und gegebenenfalls eigenständig strukturiert
		Bezugnahme auf die Textbeilage(n) im Sinne der geforderten Textsorte überwiegend erkennbar	Bezugnahme auf die Textbeilage(n) im Sinne der geforderten Textsorte realisiert	gelungene Verknüpfung mit der/den Textbeilage(n) im Sinne der geforderten Textsorte	besonders gelungene Verknüpfung mit der/den Textbeilage(n) im Sinne der geforderten Textsorte
		Einsatz passender Kohäsionsmittel überwiegend erkennbar	Einsatz passender Kohäsionsmittel weitgehend erkennbar	nahezu durchgehender Einsatz passender Kohäsionsmittel	durchgehender Einsatz passender Kohäsionsmittel
K1	☐	☐	☐	☐	☐

K3/1	*nicht erfüllt*	*das Wesentliche überwiegend erfüllt*	*das Wesentliche zur Gänze erfüllt*	*über das Wesentliche hinausgehend erfüllt*	*weit über das Wesentliche hinausgehend erfüllt*
Stil/Ausdruck	☐	☐	☐	☐	☐
Aufgabenerfüllung in Bezug auf Stil und Ausdruck		überwiegend schreibhandlungs- und situationsadäquate Sprachverwendung	weitgehend schreibhandlungs- und situationsadäquate Sprachverwendung	nahezug durchgehend schreibhandlungs- und situationsadäquate Sprachverwendung	durchgehend schreibhandlungs- und situationsadäquate Sprachverwendung
		überwiegend angemessene und semantisch korrekte Ausdrucksweise sowie geringe Varianz in der Wortwahl	weitgehend angemessene und semantisch korrekte Ausdrucksweise sowie variantenreiche Wortwahl	durchgehend angemessene und semantisch korrekte Ausdrucksweise sowie präzise und variantenreiche Wortwahl	durchgehend angemessene und semantisch korrekte Ausdrucksweise sowie besonders präzise, differenzierte und variantenreiche Wortwahl
		überwiegend gut verständliche bzw. nur wenig variierende Satzstrukturen	weitgehend gut verständliche und variantenreiche Satzstrukturen	durchgehend variantenreiche und komplexe bzw. der Textsorte angemessene Satzstrukturen	besonders variantenreiche und komplexe bzw. der Textsorte angemessene Satzstrukturen
		viele an die Textbeilage(n) angelehnte oder wörtlich übernommene Formulierungen	weitgehend eigenständige Formulierungen	nahezu durchgehend eigenständige Formulierungen	durchgehend eigenständige Formulierungen
Sprachnormen	☐	☐	☐	☐	☐
Aufgabenerfüllung in Bezug auf normative Sprachrichtigkeit		überwiegend richtige Anwendung der Regeln der Orthografie	weitgehend richtige Anwendung der Regeln der Orthografie	richtige Anwendung der Regeln der Orthografie; wenige Fehler	orthografisch (nahezu) fehlerfrei
		überwiegend richtige Anwendung der Regeln der Zeichensetzung	weitgehend richtige Anwendung der Regeln der Zeichensetzung	richtige Anwendung der Regeln der Zeichensetzung; wenige Fehler	Zeichensetzung (nahezu) fehlerfrei
		überwiegend richtige Anwendung der Regeln der Grammatik	weitgehend richtige Anwendung der Regeln der Grammatik	richtige Anwendung der Regeln der Grammatik; wenige Fehler	grammatikalisch (nahezu) fehlerfrei
K3/1	☐	☐	☐	☐	☐

Kandidat/in:	Klasse/Jahrgang:	Prüfer/in:

Schriftliche SRDP Deutsch, Kroatisch, Slowenisch, Ungarisch – Beurteilungsraster für Text 2

K2	*nicht erfüllt*	*das Wesentliche überwiegend erfüllt*	*das Wesentliche zur Gänze erfüllt*	*über das Wesentliche hinausgehend erfüllt*	*weit über das Wesentliche hinausgehend erfüllt*
Inhalt	☐	☐	☐	☐	☐
Aufgaben-erfüllung aus inhaltlicher Sicht		Schreibhandlung(en) im Sinne der geforderten Textsorte überwiegend realisiert	Schreibhandlung(en) im Sinne der geforderten Textsorte weitgehend realisiert	Schreibhandlung(en) im Sinne der geforderten Textsorte durchgehend realisiert	Schreibhandlung(en) im Sinne der geforderten Textsorte umfassend realisiert
		Arbeitsaufträge überwiegend erfüllt	Arbeitsaufträge weitgehend erfüllt	alle Arbeitsaufträge erfüllt	alle Arbeitsaufträge umfassend erfüllt
		Textbeilage(n) im Sinne der Arbeitsaufträge überwiegend erfasst	Textbeilage(n) im Sinne der Arbeitsaufträge weitgehend erfasst	Textbeilage(n) im Sinne der Arbeitsaufträge vollständig erfasst	Textbeilage(n) im Sinne der Arbeitsaufträge vollständig erfasst
		sachlich überwiegend richtig	sachlich weitgehend richtig	sachlich richtig	sachlich durchgehend richtig
		Qualität der inhaltlichen Auseinandersetzung: oberflächlich/wenig treffsicher/reproduzierend	Qualität der inhaltlichen Auseinandersetzung: ansatzweise komplex/weitgehend treffsicher/Ansätze zur Eigenständigkeit	Qualität der inhaltlichen Auseinandersetzung: komplex/treffsicher/merklich eigenständig	Qualität der inhaltlichen Auseinandersetzung: in hohem Maß komplex/treffsicher/eigenständig; gegebenenfalls ideenreich
Textstruktur	☐	☐	☐	☐	☐
Aufgaben-erfüllung aus textstruktureller Sicht		Kohärenz: Text gedanklich und formal überwiegend der Textsorte angemessen strukturiert	Kohärenz: Text gedanklich und formal weitgehend der Textsorte angemessen strukturiert	Kohärenz: Text gedanklich und formal durchgehend der Textsorte angemessen und klar strukturiert	Kohärenz: Text gedanklich und formal durchgehend der Textsorte angemessen, klar, zielgerichtet und gegebenenfalls eigenständig strukturiert
		Bezugnahme auf die Textbeilage(n) im Sinne der geforderten Textsorte überwiegend erkennbar	Bezugnahme auf die Textbeilage(n) im Sinne der geforderten Textsorte realisiert	gelungene Verknüpfung mit der/den Textbeilage(n) im Sinne der geforderten Textsorte	besonders gelungene Verknüpfung mit der/den Textbeilage(n) im Sinne der geforderten Textsorte
		Einsatz passender Kohäsionsmittel überwiegend erkennbar	Einsatz passender Kohäsionsmittel weitgehend erkennbar	nahezu durchgehender Einsatz passender Kohäsionsmittel	durchgehender Einsatz passender Kohäsionsmittel
K2	☐	☐	☐	☐	☐

K3/2	*nicht erfüllt*	*das Wesentliche überwiegend erfüllt*	*das Wesentliche zur Gänze erfüllt*	*über das Wesentliche hinausgehend erfüllt*	*weit über das Wesentliche hinausgehend erfüllt*
Stil/Ausdruck	☐	☐	☐	☐	☐
Aufgaben-erfüllung in Bezug auf Stil und Ausdruck		überwiegend schreibhandlungs- und situationsadäquate Sprachverwendung	weitgehend schreibhandlungs- und situationsadäquate Sprachverwendung	nahezu durchgehend schreibhandlungs- und situationsadäquate Sprachverwendung	durchgehend schreibhandlungs- und situationsadäquate Sprachverwendung
		überwiegend angemessene und semantisch korrekte Ausdrucksweise sowie geringe Varianz in der Wortwahl	weitgehend angemessene und semantisch korrekte Ausdrucksweise sowie variantenreiche Wortwahl	durchgehend angemessene und semantisch korrekte Ausdrucksweise sowie präzise und variantenreiche Wortwahl	durchgehend angemessene und semantisch korrekte Ausdrucksweise sowie besonders präzise, differenzierte und variantenreiche Wortwahl
		überwiegend gut verständliche bzw. nur wenig variierende Satzstrukturen	weitgehend gut verständliche und variantenreiche Satzstrukturen	durchgehend variantenreiche und komplexe bzw. der Textsorte angemessene Satzstrukturen	besonders variantenreiche und komplexe bzw. der Textsorte angemessene Satzstrukturen
		viele an die Textbeilage(n) angelehnte oder wörtlich übernommene Formulierungen	weitgehend eigenständige Formulierungen	nahezu durchgehend eigenständige Formulierungen	durchgehend eigenständige Formulierungen
Sprachnormen	☐	☐	☐	☐	☐
Aufgaben-erfüllung in Bezug auf normative Sprach-richtigkeit		überwiegend richtige Anwendung der Regeln der Orthografie	weitgehend richtige Anwendung der Regeln der Orthografie	richtige Anwendung der Regeln der Orthografie; wenige Fehler	orthografisch (nahezu) fehlerfrei
		überwiegend richtige Anwendung der Regeln der Zeichensetzung	weitgehend richtige Anwendung der Regeln der Zeichensetzung	richtige Anwendung der Regeln der Zeichensetzung; wenige Fehler	Zeichensetzung (nahezu) fehlerfrei
		überwiegend richtige Anwendung der Regeln der Grammatik	weitgehend richtige Anwendung der Regeln der Grammatik	richtige Anwendung der Regeln der Grammatik; wenige Fehler	grammatikalisch (nahezu) fehlerfrei
K3/2	☐	☐	☐	☐	☐

Kandidatennummer:	Geschlecht: weiblich ☐ männlich ☐	Gesamtnote:

2 Lösungshilfen und Schülerarbeiten zu den Trainingsaufgaben aus Kapitel 3

Im Folgenden finden Sie zu den einzelnen Trainingsaufgaben Tabellen, die Ihnen Hinweise darauf geben, welche Kriterien erfüllt werden sollten (**Lösungshilfen**). Sie haben Vorschlagscharakter.

Zu einigen Trainingsaufgaben gibt es auch **Arbeiten von Schülerinnen und Schülern**, die jedoch **nicht als Musterlösungen** anzusehen sind. Es geht vielmehr darum zu beurteilen, wie die Schülerarbeit die Aufgabenstellung gelöst hat. Deshalb sind Sie aufgefordert, diese Arbeiten anhand von bestimmten Kriterien zu analysieren, um so herauszufinden, wo eventuell formale oder inhaltliche Defizite liegen, bzw. zu erfassen, wie unterschiedlich die Anforderungen der Textsorten sind.

Lösungshilfe zu Trainingsaufgabe 1 (Zusammenfassung, Seite 26)

Thema:	Gendergerechte Sprache
Situation:	Adressaten: Mitglieder einer Frauenorganisation; Aufbereitung eines Zeitungskommentars für ein Referat
Textsorte:	Zusammenfassung
Wortanzahl:	270–330
Schreibhandlungen:	Deskription, Rekapitulation
Aufgabenerfüllung aus inhaltlicher Sicht:	
Operator: **wiedergeben** (wesentlicher Teile des Inhaltes)	■ Bezugnahme auf die Quelle ■ Verwendung neuer Wortbildungen wie des Buchstaben „X“, um weder männlich noch weiblich zu benennen ■ Nachteil, dass nur Männliches und Weibliches verbunden wird, andere Identifikationsmöglichkeiten werden ausgeschlossen ■ „X“ als Assoziation zur schwarzen Bürgerrechtsbewegung, in Anlehnung an den amerikanischen Comichelden Charles Xavier und als Variable für etwas Unbekanntes in der Mathematik ■ feministische Ideen führen sich damit ad absurdum ■ historische Entwicklung: indoeuropäischer Urzustand der Sprache ohne Geschlecht, erst antike Grammatiker haben das sprachliche Geschlecht durchgesetzt, 19. Jahrhundert ist Höhepunkt des biologistischen Zugangs zur Grammatik, Maskulinum wird zum Standardgeschlecht
Operator: **benennen** (richtige Sprachverwendung, um Diskriminierung vorzubeugen)	■ geschlechtsneutrale Begriffe verwenden ■ Begriffe einführen, die zum Rest der Sprache passen und neutral sind
Operator: **einordnen**	■ abschließender Satz, der darauf eingeht, dass diese Zusammenfassung für ein Referat zum Thema Diskriminierung durch Sprache im Rahmen eines Praktikums in einer Frauenorganisation erstellt wurde

Lösungshilfe zu Trainingsaufgabe 2 (Zusammenfassung, Seite 28)

Thema:	Gesundheitskommunikation in Zeiten des Web 2.0
Situation:	Adressaten: Mitarbeiterinnen und Mitarbeiter eines medizinischen Zentrums; Aufbereitung eines Berichtes für eine Besprechung
Textsorte:	Zusammenfassung
Wortanzahl:	270–330
Schreibhandlungen:	Deskription, Rekapitulation

Aufgabenerfüllung aus inhaltlicher Sicht:

Operator: **wiedergeben** (wesentlicher Teile der Studie)	■ Bezugnahme auf die Quelle ■ Ziel der Studie: Wie junge Menschen Facebook für Ernährungsthemen nutzen ■ Medizinstudentinnen und -studenten sind dazu eingeladen – Daten der Umfrage sind anonymisiert ■ es ist keine repräsentative, sondern eine qualitative Studie ■ ca. 6,5 % der Posts waren gesundheitsrelevant ■ führen eher zur Darstellung von Exzessen als zur Präsentation gesundheitsfördernder Maßnahmen ■ Geselligkeit und Spaß stehen im Vordergrund ■ präventive Ernährungskommunikation findet nicht statt
Operator: **beschreiben** (Empfehlungen der Medizinsoziologin)	■ Medienvielfalt (verschiedene Kanäle) ist unumgänglich ■ Digital Natives werden besonders gut mit den neuen Technologien erreicht, um über Gesundheit und Ernährung zu kommunizieren ■ spezielle Formate müssen in den neuen Medien aufbereitet werden, um Erfolg zu haben und die Bedürfnisse der Zielgruppe zu erfüllen ■ Internet ist gut als Vorinformation, um dem Arzt gezielte Fragen zu stellen ■ gut informierte Patientinnen und Patienten helfen dem Arzt ■ Gütesiegel und Wegweiser im Internet wären wünschenswert ■ Laienwissen kann fatale Folgen haben
Operator: **einordnen**	■ abschließender Satz, der darauf eingeht, dass diese Zusammenfassung für eine Besprechung mit Mitarbeiterinnen und Mitarbeitern eines medizinischen Zentrums im Rahmen eines Praktikums erstellt wurde

Lösungshilfe zur Trainingsaufgabe 3 (Zusammenfassung, Seite 30)

Thema:	Bedeutung klassischer Literatur für Jugendliche
Situation:	Vorbereitung auf die mündliche Reifeprüfung bzw. Reife- und Diplomprüfung
Textsorte:	Zusammenfassung
Wortanzahl:	270–330
Schreibhandlungen:	Deskription, Rekapitulation

Aufgabenerfüllung aus inhaltlicher Sicht:

Operator: **wiedergeben** (wesentlicher Teile des Inhaltes)	■ Bezugnahme auf die Quelle ■ Italo Calvino, italienischer Autor des 20. Jahrhunderts, liebte Werke aus anderen Epochen, diese empfand er als Gesprächspartner, nicht als Autorität ■ der Autor verknüpft aktuelle Fragen mit alten Texten und liest sie als Kriegsdokumentarfilm, streitet mit Protagonisten und diskutiert mit Texten ■ Trivialliteratur lehnt Calvino im Gegensatz zu Umberto Eco (ein berühmter italienischer Autor des 20. Jahrhunderts) ab ■ Lektüre befördert die Entwicklung des geistigen und seelischen Befindens ■ alte Texte sprechen zu den Leserinnen und Lesern trotz sozialer, persönlicher, politischer, religiöser oder ökonomischer Distanz ■ wir leiden, lieben, darben und kämpfen mit den Helden vergangener Zeiten ■ Klassiker geben keine allgemeingültigen Wahrheiten wieder und verstören häufig ■ Leserinnen und Leser sind ob der vielen Übersetzungen aus fremden Sprachen verwöhnt ■ häufig sogar mehrere Übersetzer mit unterschiedlichen Interpretationen (Beispiel: Shakespeare) ■ Übersetzungen können veralten – Auffassungsproblem ■ das biografische Wissen über den Autor beeinflusst die Übersetzung ■ manche Übersetzer „korrigieren“ vom Autor beabsichtigte Stilmittel
Operator: **benennen** (Bedeutung und Reiz von klassischer Literatur)	■ vergangene Zeiten dringen in gegenwärtige Realität ein ■ Beschäftigung mit klassischer Literatur bietet Auseinandersetzung mit unterschiedlichen Lebenswelten ■ Beschäftigung mit Literatur kann Spannung, Aufregung, Unterhaltung bieten ■ durch die Beschäftigung mit Literatur wird Weitblick gewonnen ■ Empathie mit Protagonisten wird geweckt (Spannung, Mitleid, Angst etc.)

Lösungshilfe zu Trainingsaufgabe 4 (Leserbrief, Seite 34)

Thema: Situation: Textsorte: Wortanzahl:	Generation Y (Jugendliche von heute) Stellungnahme zu einem Zeitungsbericht Leserbrief 270–330
Schreibhandlungen:	Argumentation, Deskription, Explikation, Evaluation

Aufgabenerfüllung aus inhaltlicher Sicht:

Operator: **benennen** (Hauptaussagen des Berichtes)	■ Bezugnahme auf die Quelle ■ Jugendliche waren noch nie besser ausgebildet als heute ■ Druck und Konkurrenz am Arbeitsmarkt ist größer denn je ■ Jugendliche haben kaum Interesse an solidarischen Ideen und traditionellen Werten ■ Freizeitinteressen und soziale Medien rücken in den Mittelpunkt
Operator: **Stellung nehmen** (Probleme der heutigen Jugendlichen)	■ Aufwachsen ist von Krisen geprägt ■ Chance auf planbares Leben ist gering ■ Konkurrenzkampf ist stärker geworden ■ Jugendliche befinden sich in diesem Alter vielfach in der Sinnkrise ■ viele Jugendliche brechen die Schule ab ■ Entscheidungen sind oft ökonomisch beeinflusst ■ auch ältere Generation will als jugendlich gelten, das führt zu Abgrenzungsproblemen zwischen den Generationen
Operator: **bewerten** (Verhalten und Lebensmodelle)	■ individuelle Bearbeitung

Lösungshilfe zu Trainingsaufgabe 5 (Leserbrief, Seite 36)

Thema: Situation: Textsorte: Wortanzahl:	Droht eine neue Generation „furchtbarer" Juristen? Leserbrief aufgrund des Ausgangstextes Leserbrief 270–330
Schreibhandlungen:	Argumentation, Deskription, Explikation, Evaluation

Aufgabenerfüllung aus inhaltlicher Sicht:

Operator: **zusammenfassen** (Hauptaussagen des Berichtes)	■ Bezugnahme auf die Quelle ■ Langzeitstudie besagt, dass jede dritte Rechtsstudentin bzw. jeder dritte Rechtsstudent der Todesstrafe positiv gegenübersteht und Folter als brauchbares Mittel der Wahrheitsfindung ansieht ■ Rechtsprechung kann als Machtinstrument gesehen werden ■ Studie ist ernst zu nehmendes Warnzeichen

Operator: **Stellung nehmen** (Todesstrafe und Folter)	■ Todesstrafe als Abschreckung angesehen ■ Realität und Fiktionales aus Filmen werden vermischt ■ Druck der Öffentlichkeit nach hohen Strafen ■ Angemessenheit der Strafen ist nicht immer gegeben ■ individuelle Bearbeitung
Operator: **bewerten** (Ursache dieser Fehlentwicklung)	■ Kriminalstatistik verfälscht Sichtweise ■ Berufserfahrung der Befragten fehlt ■ mangelnde psychologische, psychiatrische, soziologische, kriminologische Ausbildung während des Studiums ■ Empathiefähigkeit als wesentliches Persönlichkeitsmerkmal der angehenden Richterin bzw. des angehenden Richters muss gegeben sein ■ individuelle Bearbeitung

Lösungshilfe zu Trainingsaufgabe 6 (offener Brief, Seite 38)

Thema: Situation: Textsorte: Wortanzahl:	Glocken als mögliche Lärmbelästigung Adressaten: Gemeindemitglieder Offener Brief 405–495
Schreibhandlungen:	Argumentation, Deskription, Explikation

Aufgabenerfüllung aus inhaltlicher Sicht:

Operator: **beschreiben** (Hauptaussagen des Berichtes)	■ Bezugnahme auf die Quelle ■ Lärm ist unerwünschter Schall und ein weitgehend psychologischer Begriff ■ Glockenläuten ist liebgewonnene Tradition für die einen und Lärmimmission für die anderen
Operator: **erläutern** (historische Bedeutung von Kirchenglockenläuten)	■ Ruf zum Gottesdienst ■ Beten für den Sieg (geht auf die Religionskriege zurück) ■ Glockenläuten signalisierte früher auch unterschiedliche Tageszeiten (z. B. Mittagsläuten, Stundenläuten) ■ heute Glockenläuten bei besonderen Anlässen wie Taufen, Hochzeiten, Begräbnissen ■ Bedeutung der Pummerin (wichtigste Kirchenglocke des Wiener Stephansdomes) zu Silvester
Operator: **Stellung nehmen** (Auffassung von Lärmbelästigung)	■ psychologisch unterschiedliche Wahrnehmung von Lärm ■ Lärm wird allgemein als Bedrohung empfunden ■ Glockenläuten oft Nostalgie und zur Gewohnheit geworden ■ Lärmemmission wird zwischen zehn Uhr abends und sechs Uhr morgens als besonders störend empfunden
Operator: **appellieren** (Lösung des Lärmproblems)	■ Läuten der Glocken tagsüber einschränken ■ Glockenläuten in der Nacht vermeiden oder abschaffen ■ als traditionelle Gewohnheit „bewerben“

Schülerarbeit zu Trainingsaufgabe 7 (offener Brief, Seite 40)

Sehr geehrte Frau Bildungsministerin!

Als ich den Artikel von Helmut Schliesselberger „Auf der Suche nach der verlorenen Generation" gelesen habe, lief es mir kalt über den Rücken. Sage und schreibe 1,8 Millionen (!) Euro kostet unsere Gesellschaft ein Schulabbrecher. In Österreich gibt es derzeit 53 000 Schulabbrecher, welche zwischen 18 und 24 Jahre alt sind. Gerade in der heutigen Zeit, wo sich fast alles um die Kostenreduktion und um das Sparen handelt, muss es doch ein Anreiz sein, den jungen Leuten ein besseres Bildungssystem zu bieten, um später einmal Mehreinnahmen durch Steuern zu erwirtschaften. Als Unterrichtsministerin können Sie eine Veränderung bewirken, dafür müssten Sie sich endlich gegen andere Parteien und Politiker Ihrer eigenen Partei durchsetzen.

Als angehender Maturant einer berufsbildenden höheren Schule, welcher sehr freudig in seine Zukunft blickt, ist es erschreckend zu sehen, wie viele Jugendliche völlig planlos ihr Leben bestreiten. Orientierungslos, arbeitslos und ohne einen Plan für die Zukunft, das sind unsere jungen Schulabbrecher. Man muss bemerken, dass Schulabbrecher hinkünftig weniger Steuern bezahlen und öfters krank sein werden. Somit belasten sie unser Gesundheitssystem stärker als jede andere Gesellschaftsgruppe. Allein diese Tatsache müsste für unsere Politiker doch genug Ansporn sein, um eine Veränderung zu bewirken. Durch soziale Ausgrenzung haben es Jugendliche, welche die Schule nicht abgeschlossen haben, später sehr schwer, wieder in das Bildungssystem oder in die Arbeitswelt einzusteigen.

Wir müssen vermeiden, dass die Quote der Schulabbrecher in Österreich weiter steigt. Um diese Gefahr zu verringern, muss man Präventivmaßnahmen ergreifen und mehr alternative Ausbildungsplätze anbieten. Es ist klar, dass dies einiges an Geld verschlingen wird, jedoch muss man beachten, dass sich diese Maßnahmen doppelt rechnen werden. Denn eine gut ausgebildete Jugend bringt dem Staat später einmal mehr Geld als Schulabbrecher, welche sehr wahrscheinlich später ein niedriges Einkommen haben. Darum bitte ich Sie, Frau Bildungsministerin, investieren Sie mehr in unser Bildungssystem und schrecken Sie auch nicht vor radikalen Veränderungen zurück. Die Bevölkerung wird es Ihnen später einmal danken.

Hochachtungsvoll
Sebastian Z., Schüler einer berufsbildenden höheren Schule
(324 Wörter)

Was fällt Ihnen auf? Ist der Text aus Ihrer Sicht gelungen?

Analysieren Sie den oben stehenden offenen Brief nach folgenden Kriterien:

- Enthält dieser offene Brief Ihrer Meinung nach alle gestellten Anforderungen (adäquate Einleitung, sachliche Darstellung des Ist-Zustandes, Lösungsvorschläge, abschließenden Appell)?
- Unterstreichen Sie in unterschiedlichen Farben
  - ☐ den Teil des offenen Briefes, der eine Zusammenfassung der Hauptaussagen beinhaltet,
  - ☐ den Teil des Briefes, der die Situation der Jugendlichen beschreibt,
  - ☐ den Appell an die Ministerin.
- Welche Ergänzungen hätte man in diesem offenen Brief vornehmen können, was ist Ihrer Meinung nach überflüssig?
- Analysieren Sie die Gliederung des Textes, die sprachliche Verwendung (Varianz in der Satzstruktur, Wortwahl, eigenständige Formulierung etc.).

Wenn Sie unsicher sind, ob Sie alle Fragen ausreichend beantworten können, lesen Sie die Qualitäts- und Bewertungskriterien nochmals genau durch (Kapitel 3, offener Brief, Seite 37 f.).

Schülerarbeit zu Trainingsaufgabe 8 (Empfehlung, Seite 44)

Empfehlung pro oder contra das E-Book

Das moderne E-Book bringt zweifelsohne die Diskussion mit sich, ob es das herkömmliche Buch allmählich ersetzen wird. Doch Anhänger des gedruckten Buches verschmähen es als Kopie und bezeichnen es als wertlos. Ihnen fehlt das Authentische und Beständige an dem neuen elektronischen Buch. Sie vergessen dabei, dass der E-Book-Reader nur das übertragende Medium ist – an dem Inhalt ändert sich nichts. Die Vorteile eines E-Book-Readers steigern das Lesevergnügen jedoch zusätzlich. Im Grunde sind die Kritiker nicht offen für Neues und wagen ohnehin keine Veränderungen. Dies zeigt sich deutlich an der Art, wie sie sich vehement gegen den neuen Trend stellen.

Doch da die Digitalisierung immer weiter fortschreitet, kann man sich vor ihr nicht gänzlich verschließen. Ein E-Book-Reader bringt unzählige Vorteile mit sich, und lässt man sich einmal auf ihn ein, ist er nicht mehr wegzudenken.

Gegen herkömmliche Bücher ist nichts einzuwenden, doch ein E-Book-Reader ist auf lange Sicht einfach kostengünstiger. Abgesehen von der einmaligen Anschaffung des Gerätes kann man dann die vielen Vorzüge zu günstigen Preisen genießen. Ein elektronisches Buch ist um einiges billiger als ein herkömmliches und auch die Lieferkosten entfallen.

Zudem ist es auch umweltfreundlicher, weil der oft langwierige Transport durch einen digitalen Download ersetzt wird.
Kauft man ein E-Book, steht es nämlich zum sofortigen Download zur Verfügung. Dies ist wiederum ein Vorteil, weil dadurch lange Lieferzeiten ein Ende haben.
Außerdem ist das E-Book leichter und handlicher als so manch dicker Schmöker und kann einfacher in der Handtasche transportiert werden. Die Zeiten, in denen man sich mit schweren Büchern plagen musste, sind vorbei.
Mit einem Gerät trägt man den Inhalt des gesamten Bücherregals in der Tasche und es ermöglicht einem jederzeit, aus der Vielzahl der Bücher zu wählen. Dadurch ist der E-Book-Reader ein idealer Begleiter für Reisen.
Doch investiert man in einen E-Book-Reader, sollte man auch einen hochwertigen wählen, weil auch diese bereits zu angemessenen Preisen erhältlich sind und man von guter Qualität und Langlebigkeit profitiert. Auf manchen E-Book-Readern ist sogar ein direkter Kauf von E-Books über das Gerät durch eine Internetverbindung möglich.
Viele Anbieter bieten auch bestimmte Aktionen an, die man als E-Book-Besitzer nützen sollte, weil bei solchen die ohnehin bereits günstigen E-Books zu wahren Schnäppchen verkauft werden.
Außerdem zu empfehlen ist eine schicke E-Book-Hülle, weil diese nicht nur das Gerät schützt, sondern auch ein modisches Accessoire darstellt, das dem E-Book-Reader einen eigenen Charme verleihen kann.
Ein E-Book-Reader ist somit leichter, handlicher und zudem auch kostengünstiger. Eine Investition in einen E-Book-Reader lohnt sich aber nicht nur aus praktischen Gründen, denn er verleiht dem Besitzer auch ein gewisses Prestige. Man bedenke, dass ein E-Book-Reader nicht nur ein Gegenstand ist, sondern er auch zu einem neuen modernen Lebensstil verhelfen kann. Da wir in einer digitalen Zeit leben, sollte man sich mit dem Wandel anfreunden und auf ihn eingehen, anstatt sich dagegen zu sträuben.

Mit dem E-Book-Reader wagt man durchaus einen Schritt in die Digitalisierung, einen Schritt in die Zukunft, und man kann die unzähligen Vorteile, die er mit sich bringt, nützen.

Christina G., Schülerin
(493 Wörter)

Was fällt Ihnen auf? Ist der Text aus Ihrer Sicht gelungen?

Analysieren Sie den oben stehenden offenen Brief nach folgenden Kriterien:

- Erfüllt die Empfehlung alle gestellten Anforderungen (Einleitung, kurze Darstellung des Sachverhaltes, sachlich begründete Bewertung, Argumentationslinie, Lösungsvorschläge in Form von Tipps)?
- Überprüfen Sie anhand der Operatoren, ob der Schreibauftrag erfüllt wurde. Begründen Sie mögliche Mängel anhand konkreter Beispiele.
- Welche Ergänzungen hätte man in dieser Empfehlung vornehmen können, was ist Ihrer Meinung nach überflüssig?
- Analysieren Sie die Gliederung des Textes, die sprachliche Verwendung (Varianz in der Satzstruktur, Wortwahl, eigenständige Formulierung etc.).

Wenn Sie unsicher sind, ob Sie alle Fragen ausreichend beantworten können, wiederholen Sie nochmals die Qualitäts- und Bewertungskriterien (Kapitel 3, Empfehlung, Seite 43 f.).

Lösungshilfe zur Trainingsaufgabe 9 (Empfehlung, Seite 46)

Thema: Situation: Textsorte: Wortanzahl:	Gesundheitsbewusstes Leben Adressaten: junge Menschen Empfehlung 405–495
Schreibhandlungen:	Argumentation, Deskription, Explikation, Evaluation, Rekapitulation

Aufgabenerfüllung aus inhaltlicher Sicht:

Operator: **beschreiben** Bewegungsgewohnheiten)	■ Bezugnahme auf die Quelle ■ aufgrund mangelnder Bewegung in der Kindheit verlieren Menschen fünf Lebensjahre ■ Ruf nach täglicher Turnstunde ■ Sorge, dass Stunden für Bewegung und Sport zugunsten von Mathematik, Deutsch oder Englisch gekürzt werden könnten ■ effizient, weil Lernerfolg in anderen Fächern bei mehr Sport steigt
Operator: **bewerten** (Erkenntnisse über ungesundes Verhalten)	■ zu wenig Bewegung schadet dem Bewegungsapparat ■ es können frühzeitige Herz-Kreislauf-Probleme entstehen ■ Gefahr von Diabetes sowie Gewichtszunahme drohen ■ Konzentrationsfähigkeit nimmt ab ■ Lebenserwartung sinkt
Operator: **appellieren** (an Jugendliche, Sport zu treiben und gesund zu leben)	■ „sich mehr bewegen“ auch in der Gruppe ■ es muss kein Leistungssport sein ■ für gesündere Ernährung sorgen, mehr ungesüßte Getränke trinken, Obstanteil erhöhen

Lösungshilfe zur Trainingsaufgabe 10 (Empfehlung, Seite 47)

Thema:	38-Stunden-Woche für Kinder und Kindertagesheime
Situation:	Empfehlung für junge Eltern bezüglich optimaler Kinderbetreuung
Textsorte:	Empfehlung
Wortanzahl:	405–495
Schreibhandlungen:	Argumentation, Deskription, Explikation, Evaluation, Rekapitulation

Aufgabenerfüllung aus inhaltlicher Sicht:

Operator: **benennen** (Problematik der Textbeilagen)	■ Bezugnahme auf die beiden Textbeilagen ■ 38-Stunden-Woche ist Normalität für Kinder ■ Eltern sind aber unersetzbar ■ Qualität der Betreuung im Kindergarten ist unterschiedlich
Operator: **beschreiben** (Modelle der Kinderbetreuung)	■ Kindergärten, Kinderkrippen, Horte, altersgemischte Betreuungseinrichtungen sind mögliche Modelle ■ mehr als die Hälfte der Betreuungseinrichtungen wird von Bund, Ländern, Gemeinden finanziert ■ Im Durchschnitt haben Kindergärten ca. 24 Betriebstage pro Jahr geschlossen ■ 90 % der Kindergärten haben ab 7.30 Uhr geöffnet, mehr als 50 % bis 17.00 Uhr ■ Wien hat eine sehr gute Versorgungslage
Operator: **charakterisieren** (Voraussetzungen für eine gute Form der Kinderbetreuung)	■ Kinderbetreuung in Kleingruppen ■ Vorhandensein eines großen Platzangebots im Kindergarten ■ gut ausgebildete Betreuung ■ flexible Öffnungszeiten ■ ausreichendes Freizeitangebot
Operator: **entwerfen** (Zukunftsvorschläge)	■ jedes Kind sollte einen guten Betreuungsplatz mit entsprechend qualifizierter Betreuung und ausreichendem Platzangebot haben ■ Versorgung sollte das ganze Jahr gesichert sein ■ individuelle Bearbeitung

Schülerarbeit zu Trainingsaufgabe 11 (Erörterung, Seite 50)

HANDSCHRIFT VS. WORD-DOKUMENT

„Der Sinn hinter dem handschriftlichen Schreiben ist eher Bildung und nicht Kultur, denn Kultur alleine wird nicht überleben“, diese Worte von Sebastian Schwanhäußer, Stabilo-Stiftehersteller, sind von großer Bedeutung. Heutzutage verdrängen digitale Medien wie Laptop, Tablet und Co. immer öfter die alltagsübliche Handschrift. Der Bericht „Schule: Vom Wert der Handschrift“ von Bernadette Bayrhammer, der am 18.11.2014 in der Tageszeitung „Die Presse“ erschienen ist, veranschaulicht sehr gut die Problematik rund um das Thema „Handschrift versus Word-Dokument“.

Die Autorin stellt gleich zu Beginn eine kurze und prägnante These auf: Wer schreibt, der lernt. Obwohl diese vier Wörter ziemlich einfach klingen, wirken sie plausibel. Dieser Standpunkt wird von einem stichhaltigen Faktenargument bekräftigt. Laut diverser Studien gibt es eine enge Verbindung zwischen der Handschrift und dem kognitiven Prozess. Durch die Aktivierung bestimmter Gehirnregionen werden Fähigkeiten wie Denken, Lernen sowie Probleme lösen schneller, einfacher und besser erlernt.

Dahingegen zeigt ein unumstößliches Kontraargument, dass die Entwicklung in Richtung digitaler Medien unvermeidlich ist. Dies ist an sich kein negativer Aspekt, denn Computer und Laptops erleichtern heutzutage den Arbeitsalltag in Unternehmen jeder Branche. Nicht nur der Arbeitsprozess wurde optimiert, sondern auch die Archivierung von Daten jeglicher Art wurde rationalisiert. Früher musste stundenlang gesucht werden, bis der richtige Zettel mit der erwünschten Information gefunden wurde. Heute wird ein Schlagwort in die Suchleiste eingegeben, das gesuchte Dokument kann sofort geöffnet werden. Deshalb ist es entscheidend, dass Kinder in der Schule auf die Praxis in Unternehmen vorbereitet werden.

Trotzdem ist es wichtig, das händische Schreiben zu erlernen. Gerade weil persönliche Nachrichten wie Weihnachtsgrüße, Postkarten oder Einkaufszettel immer häufiger elektronisch verschickt werden, ist es umso wichtiger, seinen persönlichen Fingerabdruck nicht zu verlieren. Stellen Sie sich vor, Sie erhalten einen handgeschriebenen Liebesbrief. Dieser sagt doch viel mehr aus als ein gedrucktes Worddokument, welches eventuell einen Text aus dem Internet beinhaltet. So geht die individuelle Note auf jeden Fall verloren.

Zusammengefasst ist also bewiesen, dass das Schreiben mit der Hand die Merkfähigkeit bedeutend verbessert und gleichzeitig Informationen leichter verarbeitet werden können. Dieser Vorteil ergibt sich durch die Vernetzung gewisser Gehirnareale.

Ich, Klassensprecherin der 5BK, bin dem Thema „Handschrift versus Word-Dokument“ gegenüber trotzdem kritisch eingestellt. Meiner Meinung nach ist der Einsatz von digitalen Medien im Unterricht von wesentlicher Bedeutung. Ausschlaggebend dafür ist für mich eine bestmögliche Ausbildung für die Arbeitswelt. Obwohl für gewisse Dinge digitale Medien immer verwendet werden können, sollte eine Art Kompromiss mit der Handschrift und dem Einsatz von Laptops gefunden werden. Jeder sollte sich eingestehen, dass Schreiben mit der Hand einen großen Einfluss auf das Lernen hat. Wer hat sich denn selbst noch nie einen Schummel-Zettel geschrieben und dann doch von selbst gewusst, was darauf gestanden ist? Es fehlen letztendlich immer die Antworten, die nicht oben zu finden sind ...

Kerstin M., Schülerin
Wörter: 444

Was fällt Ihnen auf? Ist die Arbeit aus Ihrer Sicht gelungen?

Analysieren Sie die oben stehende Erörterung nach folgenden Kriterien:

- Enthält die Erörterung alle gestellten Anforderungen (angemessene Einleitung, nachvollziehbare Argumentationslinie, Verwendung adäquater Textverknüpfungsmittel etc.)?
- Überprüfen Sie anhand der Operatoren, ob der Schreibauftrag erfüllt wurde. Begründen Sie mögliche Mängel anhand konkreter Beispiele.
- Welche Ergänzungen hätte man vornehmen können, was ist Ihrer Meinung nach überflüssig?
- Analysieren Sie die sprachliche Gestaltung (Varianz in der Satzstruktur, Wortwahl, eigenständige Formulierung etc.).

Wenn Sie unsicher sind, ob Sie alle Fragen ausreichend beantworten können, lesen Sie nochmals die Qualitäts- und Bewertungskriterien (Kapitel 3, Erörterung, Seite 49 f.).

Lösungshilfe zu Trainingsaufgabe 12 (Erörterung, S. 52)

Thema: Textsorte: Wortanzahl:	Plagiate in der Literatur Erörterung 405–495
Schreibhandlungen:	Argumentation, Deskription, Explikation, Evaluation, Rekapitulation

Aufgabenerfüllung aus inhaltlicher Sicht:

Operator: **beschreiben** (Abgrenzung von Plagiaten)	■ Bezugnahme auf die Quelle ■ Plagiate sind in der Literatur häufig und nichts Neues (konkreter Fall eines Schweizer Autors)
Operator: **bewerten** (Argumente bezüglich Plagiatsverdacht)	■ Pro-Argumente: rechtliche Verfehlung gegenüber dem Urheber, Diebstahl geistigen Eigentums, Betrug der Leserinnen und Leser ■ Kontra-Argumente: oft handelt es sich um eine subjektive Einschätzung, ob es sich um ein Plagiat handelt, Bezahlung einer Entschädigungssumme
Operator: **diskutieren** (Nachahmung von Literatur unter Plagiatsverdacht?)	■ Einschätzung und Abgrenzung oft schwer zu treffen ■ Copyright-Zeichen im Impressum angeben ■ Angabe des Copyrights bei Zitaten aber immer notwendig ■ ursprüngliches Werk dient oft als Ausgangslage oder Inspiration für ein neues Werk

Lösungshilfe zu Trainingsaufgabe 13 (Textanalyse, Seite 57)

Formblatt zur Analyse eines Sachtextes

Operator: wiedergeben	ECKDATEN	**Quellenangabe:** ■ Autorin bzw. Autor ■ Titel ■ Datum und Ort der Veröffentlichung ■ Textsorte (Bericht, Glosse, Kommentar, Kolumne etc.) **Thema**	Gerhard Hofer *Geschäft mit gutem Gewissen* 14. August 2014, Tageszeitung *Die Presse* Kommentar Spendenbereitschaft der Österreicherinnen und Österreicher
	INHALT	Zusammenfassung des Textes in zwei bis drei Sätzen	Es müssen neue Wege gefunden werden, die Spendenbereitschaft anzukurbeln. „Spaß"-Aktionen, um aufzurütteln, sind wirkungsvoll, aber es besteht Gefahr des Abstumpfens, wenn zu viel Leid gezeigt wird. Es stellt sich die Frage, welche Bedeutung „sozial" in der Gesellschaft von heute hat.
Operatoren: untersuchen und in Beziehung setzen	FORMALE GESTALTUNG	**Aufbau und Gliederung:** Art der Einleitung, des Hauptteiles und des Schlussteiles	**Einleitung:** Diskussion über Werbeslogan der Caritas **Hauptteil:** „Ice Bucket Challenge" als erfolgreiche Spendenaktion **Schlussteil:** Gefahr des Neids statt Mitleids; Politik setzt teilweise auf Bekämpfung des Reichtums statt der Armut
	SPRACHLICHE GESTALTUNG	**Sprache und Stil:** ■ Wortverwendung (Wortwahl, Wortschatz) ■ Satzstrukturen (Länge, Komplexität) ■ Einsatz rhetorischer Stilmittel (Metaphern, Fragen, Wiederholungen etc.) Struktur der Argumentation, Argumentationstypen	■ Metapher, rhetorische Fragen ■ Daten und Fakten werden zitiert (Faktenargumente) ■ bedeutende Persönlichkeiten werden zitiert (Autoritätsargumente)
Operator: bewerten	SPEZIFISCHE MERKMALE DER TEXTSORTE	■ Funktion des Textes (deskriptiv, narrativ, explikativ oder argumentativ) ■ Darstellung zentraler Aussagen des Textes ■ Adressatenadäquatheit, Intention des Textes	explikativer Text (adressatenadäquat); zentrale Aussagen werden mit anschaulichen Beispielen dargestellt; Intention des Textes ist es, auf Problematik der Übersättigung und Abstumpfung gegenüber dem Leid von Mitmenschen aufmerksam zu machen

Schülerarbeit zu Trainingsaufgabe 13 (Textanalyse, Seite 57)

Geschäft mit gutem Gewissen

Der von Gerhard Hofer verfasste Bericht „Geschäft mit gutem Gewissen" ist am 23. August 2014 in der Tageszeitung „Die Presse" erschienen und befasst sich mit der Gesellschaft, die stets gleichgültiger und abgestumpfter gegenüber dem Elend in der Welt wird. Während Spendenaktionen, die auf Leid und Bedürftigkeit hinweisen, immer weniger beachtet werden, sind neue Kampagnen wie die „Ice Bucket Challenge" ein voller Erfolg. Die Gesellschaft scheint immer teilnahmsloser zu werden und sich von oberflächlichen Interaktionen besser angesprochen zu fühlen. Als Einstieg in die Problematik führt der Autor als Beispiel die Werbekampagne der Caritas an und greift damit die Frage auf, ob sich schlechtes Gewissen negativ auf Spendenaktionen auswirkt oder ob das Leid ohnehin kaum mehr wahrgenommen wird. Einerseits verweist der Autor auf Psychologen, die bestätigen, dass das Mitgefühl der Menschen und somit auch die Hilfsbereitschaft sinken. Andererseits bestätigt ein angeführtes Interview mit Caritas-Direktor Landau, dass die Anzahl der freiwilligen Helfer bei der Caritas steigt. Dennoch macht der Autor deutlich seinen Standpunkt klar, indem er feststellt, dass der Großteil der Bevölkerung immer gleichgültiger gegenüber dem vorherrschenden Elend wird. Passagenweise hat der Autor daher einen zynischen Ton angeschlagen, der seine Entrüstung über die Problematik darstellt und starke Kritik an Gesellschaft und Politik ausübt. Seiner Meinung nach werden Spendenaktionen heutzutage besser „erblödelt", anstatt mit der „ungeschönten" Wahrheit zu überzeugen. Mit dem Gebrauch von Metaphern verleiht er seiner Kritik zusätzliche Schärfe und behauptet beispielsweise, dass die Menschen das Elend lieber „in kleinen Häppchen serviert" bekommen wollen. Jedoch macht der Autor auch Gebrauch von rhetorischen Fragen, um die Leser zum Nachdenken anzuregen oder ein neues Thema einzuleiten. Er drückt auch deutlich sein Missfallen gegenüber den Nachrichtenmagazinen aus, die „mit aller Gewalt" von dem Bad-News-Geschäft profitieren wollen. Doch auch die Politiker bleiben von der Kritik nicht verschont, denn anstatt die Armut zu bekämpfen, wenden sie sich gegen den Reichtum. Der Verfasser des Textes führt das auf den Neid zurück, der stärker ist als das Bedürfnis, Leid zu verringern. Schließlich richtet der Autor einen indirekten Appell an die Leser, der dazu auffordert, die Augen nicht vor dem Elend zu verschließen, auch wenn die Versuchung naheliegt. Der Bericht hinterlässt daher einen bleibenden Eindruck und weckt in den Lesern auch ohne direkte Aufforderung das Bedürfnis, selbst weniger oberflächlich zu sein, als die Gesellschaft in dem Text beschrieben wird.

Der Autor hat jedoch zwei Meinungen, die sich beharrlich gegenüberstehen, in den Text eingebaut. Auf der einen Seite kritisiert der Autor die Gesellschaft, auf der anderen Seite hält der Wiener Caritas-Direktor an den Menschen und deren Mitgefühl fest. Damit schafft der Autor ein Gleichgewicht, schwächt seine Kritik teilweise ab und ermöglicht den Lesern, die Thematik aus zwei verschiedenen Blickwinkeln zu betrachten. Somit überlässt er es trotz aller Kritik den Lesern, sich selbst eine Meinung zu bilden, gibt jedoch den Anstoß, sich mehr Gedanken darüber zu machen. Mit der Erwähnung des großen Erfolges der „Ice Bucket Challenge" wirft er immerhin die Frage auf, ob die Menschen den wahren Sinn hinter dieser Kampagne verstanden haben oder doch nur einem weiteren Trend gefolgt sind. Die Aktion diente vielmehr dem Vergnügen als dem Spenden und sammelte dennoch mehr Spendengelder, als so manche herkömmliche Spendenaktionen erzielen konnten, die mit wahren Fotos und Berichten aus Krisenregionen aufmerksam machen – und meist ignoriert werden. Dies ist eine Tatsache, die uns der Autor näher bringen möchte, weil sie keinesfalls gutzuheißen ist.

Christina G., Schülerin
(560 Wörter)

Was fällt Ihnen auf? Ist der Text aus Ihrer Sicht gelungen?

Unterziehen Sie die oben stehende Sachtextanalyse einer sinnvollen Gliederung und bewerten Sie die sprachliche Gestaltung. Beachten Sie dabei die Anforderungen an die Textsorte (Beschreibung von analytisch Feststellbarem ohne Interpretation oder persönlichem Geschmacksurteil) und die Operatoren. Orientieren Sie sich auch am Formblatt zur Analyse eines Sachtextes auf Seite 56.

Lösungshilfe zu Trainingsaufgabe 14 (Textanalyse, Seite 59)

Formblatt zur Analyse eines Sachtextes

Operator	Bereich	Kriterien	Ergebnis
Operator: zusammenfassen	ECKDATEN	**Quellenangabe:** ■ Autorin bzw. Autor ■ Titel ■ Datum und Ort der Veröffentlichung ■ Textsorte (Bericht, Glosse, Kommentar, Kolumne etc.) **Thema**	Heinz-Dieter Pohl *Eine „österreichische" Sprache gibt es nicht* 9. Juli 2014, Tageszeitung *Die Presse* Kommentar Österreichisches Deutsch als Varietät
	INHALT	Zusammenfassung des Textes in zwei bis drei Sätzen	Broschüre „Österreichisches Deutsch als Unterrichts- und Bildungssprache" soll die Unsicherheit in der Sprachverwendung beseitigen helfen. Historisch gewachsene Sprachräume sind nicht deckungsgleich mit Staatsgrenzen, daher gibt es auch keine einheitliche österreichische Sprache. Das Sprachverhalten weiter Teile der Gesellschaft passt sich der binnen- und bundesdeutschen Termini an, vor allem aufgrund der Medien.
Operatoren: untersuchen, bewerten und in Beziehung setzen	FORMALE GESTALTUNG	**Aufbau und Gliederung:** Art der Einleitung, des Hauptteiles und des Schlussteiles	**Einleitung:** Broschüre des BMBF versus Sprachverwendung aufgrund der Massenmedien **Hauptteil:** historische Bedingungen, unter denen sich die deutsche Sprache entwickelte; Gründe, warum es keine Nationalsprache gibt **Schlussteil:** Österreichisch als Varietät des Deutschen verliert an Bedeutung
	SPRACHLICHE GESTALTUNG	**Sprache und Stil:** ■ Wortverwendung (Wortwahl, Wortschatz) ■ Satzstrukturen (Länge, Komplexität) ■ Einsatz rhetorischer Stilmittel (Metaphern, Fragen, Wiederholungen etc.) Struktur der Argumentation, Argumentationstypen	■ sehr lange und verschachtelte Sätze, um komplexe Inhalte kurz und bündig darzustellen ■ historische Diskurse ■ Beispiele für österreichisches und bundesdeutsches Deutsch (z.B. Gesundheitsakte/Gesundheitsakt; drücken Sie die Eins/drücken Sie eins; Junge/Knabe; Bub/Bursche etc.) ■ Beispiele für Besonderheiten in der Aussprache und Betonung ■ eine umgangssprachliche Ausdrucksweise (z.B. Das Verhältnis [...] ist ein verwickeltes) ■ keine besondere sprachliche Gestaltung; keine sprachlichen Bilder; sehr sachlich gehaltene Sprache ■ Fachwörter: (plurizentrisch, Varietät, Sprachräume, Verkehrssprache, Austriazismen ...)
	SPEZIFISCHE MERKMALE DER TEXTSORTE	■ Funktion des Textes (deskriptiv, narrativ, explikativ oder argumentativ) ■ Darstellung zentraler Aussagen des Textes ■ Adressatenadäquatheit, Intention des Textes	explikativer Text, richtet sich allgemein an Leserinnen und Leser der Tageszeitung *Die Presse*, die an Sprache und Kultur (Kulturgütern) interessiert sind (adressatenadäquat); zentrale Aussagen mit anschaulichen Beispielen dargestellt; Intention des Textes: auf Problematik des Verschwindens der österreichischen Varietät aufmerksam zu machen

Schülerarbeit 1 zu Trainingsaufgabe 15 (Textinterpretation, Seite 64)

INTERPRETATION – DIE DICKE DER HAUT

„Die Dicke der Haut" ist eine Kurzgeschichte, geschrieben von Siegfried Lenz. Der Text handelt von einem jungen Mann, der mit der von ihm angeordneten „Hungerkur" den Tod seines Hundes zu verantworten hat.

Das markanteste Merkmal ist ohne Zweifel das von Lenz gleich zu Beginn eingebaute Symbol, welches sich durch den gesamten Text zieht. So wird einer der Protagonisten, Brunswik, als äußert fettleibig dargestellt, um damit ein Bild von Wohlstand zu erzeugen, da ja bekanntlich früher und in manchen Ländern auch heute noch Fettleibigkeit mit Wohlstand assoziiert wurde und wird. Nicht selten ist von Nackenspeck, Hüftfleisch, Rückenfleisch, Fettpolster und Ähnlichem die Rede. Im Gegensatz dazu steht Brunswiks Hund, ausgezehrt und der Willkür seines Herrn ausgesetzt. Der Tod seines Hundes scheint einfach an Brunswik vorbeizuziehen, ohne jegliche Emotionen. Sein Verhalten spiegelt sich in dem von Lenz gewählten Titel der Geschichte – und natürlich auch dem Nackenspeck – wider. Eingeigelt in sein tiefstes Innerstes lässt er weder etwas nach innen noch nach außen.

Die Geschichte wird von einem personalen Erzähler in der Ich-Form wiedergegeben und ist in offener Form verfasst. Außerdem findet ein Zeitraffer Anwendung, obwohl der größte Teil von Gesprächen zwischen dem Protagonisten, dessen Name nicht bekannt ist, und Brunswik eingenommen wird. Die eben genannten Konversationen verpackt Lenz ausschließlich in direkte Reden, die wie der restliche Text eine chronologische Reihenfolge einhalten und weder Vorausschauen noch Rückblenden bieten. Durch die beträchtliche Anzahl der direkten Reden beschleicht einen manchmal das Gefühl, alles passiere zu diesem Zeitpunkt, obgleich die Kurzgeschichte im Präteritum verfasst wurde. Die Zeit selbst, in der die Geschehnisse spielen, ist nicht ersichtlich, beläuft sich aber mit hoher Wahrscheinlichkeit auf den Wirkungszeitraum des Autors im 20. Jahrhundert. Als fiktiver, realistischer Schauplatz wurde gezielt ein mehrstöckiges Gebäude gewählt, um das zu Beginn angesprochene Bild von Wohlstand zu intensivieren. Zu letzterem trägt auch die anfangs nicht bedeutend erscheinende Nebenfigur, das Dienstmädchen, einen großen Teil dazu bei, sowie eine Requisite, nämlich die fellbedeckte Couch, auf der Brunswik liegt, die als solche wiederum Wohlstand symbolisiert. Aufgrund der Tatsache, dass Lenz sich darauf fokussiert hat, ein möglichst abstoßendes Bild von Brunswik zu erschaffen, tritt die äußere Handlung meist in den Vordergrund und ist dementsprechend auch episch breit erzählt.

Die Kurzgesichte ist ein gelungenes Beispiel für die allgegenwärtige Unterdrückung durch eine „Oberschicht" und zeigt überdies, wie Wohlstand den Menschen verändert. Nicht unbedingt körperlich, jedoch vielmehr charakterbezogen.

Doris B., Schülerin
(390 Wörter)

Schülerarbeit 2 zu Trainingsaufgabe 15 (Textinterpretation, Seite 64)

Interpretation „Die Dicke der Haut“

Die Kurzgeschichte „Die Dicke der Haut“ von Siegfried Lenz schildert das lehrreiche, jedoch traurige Ereignis, welches ein Masseur während seines Aufenthaltes bei einem gut betuchten Mann erlebt.

„Die Dicke der Haut“ erzählt über die Vorgänge im Haus eines Reichen und die Schattenseiten einer vorerst scheinbar heilen Welt. Der realistische Schauplatz der Geschichte, das Haus, in dem ein beleibter junger Mann wohnt, zeugt von Wohlstand. Die Erzählperspektive des Textes verläuft im personalen Stil mit einem gewissen Maß an innerer Handlung. Durch den Einsatz von direkten Reden wird der Leser gut in das Geschehen integriert. Der Ich-Erzähler stellt den Masseur und somit die Hauptperson der Geschichte dar. Der Hausherr namens Brunswick wird im Text als Mann, dem es an finanziellen Mitteln nicht fehlt, dargestellt. Durch den Besitz eines hauseigenen Dienstmädchens und Requisiten wie eine fellbedeckte Couch wird diese Vermutung verdeutlicht. Das Dienstmädchen sowie der Hund des Mannes spielen eine bedeutende Rolle für die Geschichte.

Der Ich-Erzähler tut seine Arbeit und massiert Brunswick. Auffallend wird dabei der kläglich heulende Hund im Garten des Mannes, der laut Besitzer einmal in der Woche hungern muss, und dieser Tatsache polarisierend dargestellt das Jammern und die Wehleidigkeit Brunswicks beim Massieren. Der Hausherr vermeint alles unter Kontrolle zu haben und ist der Meinung, dass es dem Hund an nichts fehle. Der Wendepunkt der Geschichte ergibt sich jedoch darin, dass den Vermutungen des Dienstmädchens nach der Hund durch sein unerträgliches Gebelle von Leuten aus der Nachbarschaft vergiftet worden sei. Brunswick scheint an dem Tod des Hundes kein Interesse zu haben. Dies wird dadurch deutlich, dass es ihm wichtiger ist, ein Luxusfrühstück zu genießen, als sich über den tödlichen Vorfall im Klaren zu werden. Durch diese gefühlslose Weise des Hausherren wird dem Masseur klar, nie wieder bei dem Mann arbeiten zu wollen.

Als typische Kurzgeschichte weist der Text einen offenen Anfang sowie ein offenes Ende auf, wobei unklar bleibt, weshalb der Hund wirklich vergiftet worden ist. Eindeutig jedoch ist, dass Brunswick einen sehr egozentrischen Charakter versprüht und ihm sein Umfeld egal zu sein scheint. Der Ich-Erzähler verleiht der Geschichte eine episch breite Seite, indem er beschreibende Worte wie „hängendes Kinn“ oder „weiches Rückenfleisch“ zur Darstellung des Hausherren verwendet und das Hausmädchen als verhärmt bezeichnet.

Siegfried Lenz zeigt mit der Geschichte, wie weit Selbstmitleid und Mitleid mit anderen Lebewesen manchmal auseinanderklaffen. Brunswick stellt eine selbstverliebte, unsolidarische Person dar, die meint, dass Wohlstand das Wichtigste im Leben sei und der abgeschottet von der eigenen Umwelt lebt. Dabei wird durch seine Einsamkeit erkenntlich, dass Reichtum nicht alles ist.

Pia S., Schülerin
(423 Wörter)

Was fällt Ihnen bei den beiden Arbeiten auf? Sind sie aus Ihrer Sicht gelungen?

Vergleichen Sie die beiden Interpretationsarbeiten zur Kurzgeschichte von Siegfried Lenz *Die Dicke der Haut*. Begründen Sie, welche der beiden Arbeiten aus Ihrer Sicht besser gelungen ist. Markieren Sie allfällige Mängel in den jeweiligen Texten.

Lesen Sie auch die Qualitäts- und Bewertungskriterien nochmals genau durch (Kapitel 3, Textinterpretation, Seite 61 f.).

Lösungshilfe zu Trainingsaufgabe 16 (Textinterpretation, Seite 67)

Formblatt zur Interpretation eines literarischen (epischen) Textes			
Operator: beschreiben	ECKDATEN	**Quellenangabe:** ■ Autorin bzw. Autor ■ Titel ■ Textgattung (Roman, Kurzgeschichte, Gedicht, Drama, Erzählung, Fabel etc.) **Thema**	Günter Seuren *Das Experiment* Kurzgeschichte Experiment: durch Rückwärtsgehen ein Umdenken der Menschen bewirken
	DARGESTELLTE WELT	**Figuren:** ■ Haupt- und Nebenfiguren, ihre Stellung zueinander, ihr Umgang miteinander, lyrisches Ich/Personen etc. ■ soziales Milieu der handelnden Personen ■ Handlungsmotive der Personen **Ort:** ■ Schauplatz/Schauplätze ■ symbolische Bedeutung der Orte **Zeit:** ■ Zeit der Handlung ■ Funktion der Zeit (historisch, symbolisch etc.) **Handlung:** ■ ein Erzählstrang ■ mehrere Erzählstränge	„rückwärtsgehender Mann" und „Begleiter"; soziales Milieu wird nicht näher erläutert; Handlungsmotive: durch Rückwärtsgehen das Denken und Handeln der Menschen zu ändern Schauplatz: fiktive Stadt Zeit: keine Angabe ein Erzählstrang: ein Mann bewegt sich nur noch rückwärts fort und will damit ein Umdenken bewirken; scheitert jedoch an seinem Vorhaben
Operatoren: erläutern, analysieren	AUFBAU UND GLIEDERUNG	**Aufbau:** ■ Abschnitte (z. B. Einleitung, Beginn der Handlung, Höhepunkt, Schluss) ■ Verse/Strophen ■ Akte **Handlungsstruktur:** ■ Rückblenden, Vorausschauen ■ geschlossene oder offene Handlung	**Einleitung:** Gespräch der Männer – setzt sich im **Hauptteil** fort **Schlussteil:** Unfall des rückwärtsgehenden Mannes offener Einstieg; Ende geschlossen; keine Rückblenden oder Vorausschauen
	SPRACHE	**Sprache und Stil** (einfach, anspruchsvoll, antiquiert, Umgangssprache etc.) **Wortebene:** ■ Mit welchen Wörtern arbeitet die Autorin bzw. der Autor? **Satzebene:** ■ Haupt-und Gliedsätze, Art der Satzverknüpfung **Stilfiguren:** ■ rhetorische Stilmittel **sprachliche Darstellung:** ■ epische, lyrische, dramatische Darstellung, Monologe, Dialoge	■ einfache Sprachwahl ■ Rückwärtsgehen steht als Metapher für das Verbessern der Welt ■ Geschichte des „Naturvolkes" als Beispiel für Weltveränderung (Vermeidung von Kriegen) ■ episch verknappt erzählt ■ äußere Handlung überwiegt ■ Spannungskurve – Unfall ■ Text besteht zu einem Großteil aus direkten Reden; Dialoge
	SPEZIFISCHE MERKMALE DER LITERARISCHEN GATTUNG	**Erzählform:** ■ Ich-Erzähler, Er-/Sie-Erzähler **Erzählperspektive:** ■ auktorial, personal, neutral **Zeitgestaltung:** ■ Erzählzeit – erzählte Zeit **Merkmale der Textsorte**	Er-/Sie-Erzähler auktorialer Erzähler Zeitdeckung typische Kennzeichen der Kurzgeschichte
Operator: bewerten	INTERPRETATIONSHYPOTHESE	historische und literaturgeschichtliche, psychologische, soziologische, sprachorientierte oder intertextuelle Aspekte	Zurückdrehen der Zeit nicht möglich; rückwärtsgerichtetes Leben nicht durchführbar; Abheben von der Masse der Menschen; gegen den Strom schwimmen

Lösungshilfe zu Trainingsaufgabe 17 (Textinterpretation, Seite 69)

Formblatt zur Interpretation eines literarischen (lyrischen) Textes

Operator: benennen	**ECKDATEN**	**Quellenangabe:** ■ Autorin bzw. Autor ■ Titel ■ Textgattung (Roman, Kurzgeschichte, Gedicht, Drama, Erzählung, Fabel etc.) **Thema**	Erich Kästner *Die Entwicklung der Menschheit* Gedicht Entwicklung bzw. Stillstand der Menschheit
	DARGESTELLTE WELT	**Figuren:** ■ Haupt- und Nebenfiguren, ihre Stellung zueinander, ihr Umgang miteinander, lyrisches Ich/Personen etc. ■ soziales Milieu der handelnden Personen ■ Handlungsmotive der Personen **Ort:** ■ Schauplatz/Schauplätze ■ symbolische Bedeutung der Orte **Zeit:** ■ Zeit der Handlung ■ Funktion der Zeit (historisch, symbolisch etc.) **Handlung:** ■ ein Erzählstrang ■ mehrere Erzählstränge	Menschheit allgemein Entwicklung der Menschen von „Affen" zu „fortschrittlichen" Wesen mit allen technischen Errungenschaften Schauplatz: die Erde/Erdoberfläche im Allgemeinen Zeit: von der Urgeschichte bis Mitte des 20. Jahrhunderts
Operatoren: untersuchen und analysieren	**AUFBAU UND GLIEDERUNG**	**Aufbau:** ■ Abschnitte (z. B. Einleitung, Beginn der Handlung, Höhepunkt, Schluss) ■ Verse/Strophen ■ Akte **Handlungsstruktur:** ■ Rückblenden, Vorausschauen ■ geschlossene oder offene Handlung	Kennzeichen des Gedichts: Reim: a-b-a-a-b rhythmische Sprache sechs Strophen zu je fünf Verszeilen
	SPEZIFISCHE MERKMALE DER LITERARISCHEN GATTUNG, SPRACHE	**Sprache und Stil** (einfach, anspruchsvoll, antiquiert, Umgangssprache etc.) **Wortebene:** ■ Mit welchen Wörtern arbeitet die Autorin bzw. der Autor? **Satzebene:** ■ Haupt-und Gliedsätze, Art der Satzverknüpfung **Stilfiguren:** ■ rhetorische Stilmittel **sprachliche Darstellung:** ■ epische, lyrische, dramatische Darstellung, Monologe, Dialoge	■ einfache Sprachwahl ■ stellt Bereiche aus der Tierwelt dem Fortschritt gegenüber ■ Metapher „atmet modern", „hören weit, sehen fern" ■ Alliteration „den Flöhen entflohn" ■ einfacher Satzbau
Operator: deuten	**INTERPRETATIONSHYPOTHESE**	historische und literaturgeschichtliche, psychologische, soziologische, sprachorientierte oder intertextuelle Aspekte	Menschen haben sich zwar dem Äußeren nach entwickelt, aber sie sind in ihrem Verhalten noch immer den Tieren ähnlich; Fortschritt ist oftmals ein Rückschritt; Interesse der Menschen gilt dem Fortschritt, aber es wird viel unnütze Forschung betrieben; Recht des Stärkeren noch immer vorherrschend wie bei Affen; der Umgang miteinander hat sich nicht verbessert

Schülerarbeit zu Trainingsaufgabe 17 (Textinterpretation, Seite 69)

Erich Kästner – „Die Entwicklung der Menschheit"

Interpretation

Das Gedicht „Die Entwicklung der Menschheit" wurde von dem deutschen Schriftsteller Erich Kästner, der von 1899 bis 1974 gelebt hat, verfasst. Kästner beschreibt in dem Gedicht auf eine bissige und ironische Art die Entwicklung der Menschheit vom Leben im Urwald bis zum Leben in der Großstadt.

Dass das Gedicht vom Fortschritt der Menschheit eine Satire ist, ist nicht schwer zu erkennen. Trotz der fortschreitenden Technik und den bahnbrechenden Erfindungen sei der Mensch noch immer das geblieben, was er einmal war, ein Affe.

Das Gedicht besteht aus sechs Strophen, die jeweils fünf Verse umfassen. Das Reimschema bleibt in allen Strophen konstant. Der erste Vers reimt sich jeweils mit dem dritten und vierten, der zweite Vers mit dem fünften, die Verse sind jedoch immer unterschiedlich lang. Der Rhythmus des Gedichtes beginnt regelmäßig, wird jedoch zum Ende jeder Strophe uneinheitlich, jeder Vers beginnt mit einer unbetonten Silbe. Die Formulierung in der dritten Person Singular stellt eine gewisse Distanz her.

Die Botschaft der Satire ist, dass die Entwicklung der Menschheit nur vorübergehend stattgefunden hat und die Menschen im Grunde noch immer die alten Affen von damals sind. Es gibt in gewisser Weise zwei Zustände, die Kästner beschreibt, den Ausgangszustand und den Endzustand, es existiert auch ein Übergang zwischen diesen Zuständen: „Dann hat man die aus dem Urwald gelockt" [Z 3]. Schon hier sieht man, dass nicht wirklich eine geschichtliche Entwicklung beschrieben wird, denn „die asphaltierte Welt" und die „dreißigste Etage" folgen in den nächsten Verszeilen.

Den Ausgangszustand des Menschen beschreibt er mit Wörtern wie „Kerls", die er durch spöttische Wörter wie „behaart" und „böse" verstärkt. Um den Endzustand zu analysieren, werden wichtige Entdeckungen und Erfindungen erwähnt, die die Menschheit im Laufe der Zeit zu dem gemacht hat, was sie heute ist. Den Schluss bildet ein Fazit, welches in der sechsten Strophe zu finden ist, es sagt aus, dass es zwar einen Fortschritt gibt, aber wenn man ihn bei Licht betrachtet, sind die Menschen noch immer dieselben Affen von den Bäumen.

Erich Kästner hat meiner Meinung nach ein sehr ironisches Gedicht geschrieben, was allerdings nicht sonderlich schwer zu verstehen ist. Er will uns mit dem Gedicht sagen, dass wir die Entwicklung kritisch beurteilen sollten. Die Menschheit hat zwar den Kopf und Verstand, um die notwendigen Entwicklungen zu schaffen, aber im Inneren, also in der Verhaltensweise, gibt es oft keine erkennbare Weiterentwicklung zu den am Anfang beschriebenen Urwaldaffen.

Doris B., Schülerin
(399 Wörter)

Was fällt Ihnen auf? Ist die Aufgabe aus Ihrer Sicht gelungen?

Analysieren Sie die oben stehende Textinterpretation nach folgenden Kriterien:

- Wird der Inhalt in wenigen Sätzen komprimiert wiedergegeben?
- Werden formale, sprachliche und inhaltliche Elemente anhand konkreter Beispiele beschrieben bzw. analysiert?
- Wird eine Interpretationshypothese geboten?
- Wird die vorgegebene Wortanzahl eingehalten?
- Welche Ergänzungen hätte man vornehmen können, was ist Ihrer Meinung nach überflüssig? Begründen Sie mögliche Mängel anhand konkreter Beispiele.

Wenn Sie unsicher sind, ob Sie alle Fragen ausreichend beantworten können, lesen Sie nochmals die Qualitäts- und Bewertungskriterien (Kapitel 3, Textinterpretation, Seite 61 f.).

Lösungshilfe zu Trainingsaufgabe 18 (Textinterpretation, Seite 70)

Thema: Textsorte: Wortanzahl:	Wertvolles im Leben Textinterpretation eines lyrischen Textes 405–495
Schreibhandlungen:	Argumentation, Deskription, Explikation, Rekapitulation

Aufgabenerfüllung aus inhaltlicher Sicht:

Operator: **darstellen** (Aussage der Gedichte)	Günter Eich: *Inventur:* ein Kriegsgefangener beschreibt seine wenigen Habseligkeiten Tomas Tranströmer: *Gefängnis:* jugendliche Gefangene beschreiben ihre Lebenswelt
Operator: **vergleichen** (Textstruktur und formale Merkmale)	**Günter Eich: *Inventur*** ■ 7 Strophen zu je 4 Verszeilen ■ keine Reime ■ einfache Satzstruktur **Tomas Tranströmer: *Gefängnis*** ■ 9 Haikus (17 Silben in 3 Zeilen)
Operator: **analysieren** (sprachlichen Besonderheiten)	■ Aufzählung der Gegenstände, die wertvoll sind ■ Beschreibung von Alltagssituationen ■ verfremdete Lebenswelten ■ sprachliche Bilder: die Zeit in rascherem Trab zu scheuchen (Personifikation), falsch buchstabierte Lebenswelten (Metapher), schwere Schritte der Wachttürme (Personifikation), neue Jahreszeit (Metapher); Träume der Insassen in Zittern (Metapher), eine Mutter aus Stein (Personifikation)
Operator: **bewerten** (Aussage der Gedichte)	■ es gibt wenige Dinge und Ereignisse, die Wichtigkeit erlangen ■ Einfachheit des Lebens ist anzustreben ■ das Leben reduziert sich manchmal auf wenige Gegenstände und Alltagssituationen, Belangloses wird dann bedeutend ■ Gedichte stellen verfremdete Situationen dar sowie die Reduktion des menschlichen Daseins

Lösungshilfe zu Trainingsaufgabe 19 (Textinterpretation, Seite 72)

Thema: Textsorte: Wortanzahl:	Partnerschaftsprobleme Textinterpretation eines dramatischen Textes 405–495
Schreibhandlungen:	Argumentation, Deskription, Explikation, Rekapitulation

Aufgabenerfüllung aus inhaltlicher Sicht:

Operator: **wiedergeben** (Aussage der Komödie)	■ Bezugnahme auf die Quelle ■ Ehepaar diskutiert beim Eheberater ■ Ehepaar ist für Beratung des Eheberaters nicht zugänglich ■ unterschiedliche Auffassung von Erlebnissen wird deutlich ■ Ehepartner reden aneinander vorbei (gegenseitige Beschuldigungen und Beschimpfungen)
Operator: **untersuchen** (sprachliche Merkmale des Stücks)	■ unvollständige Sätze ■ typische Wiedergabe der gesprochenen Sprache ■ viele Sprechpausen ■ viele (rhetorische) Fragen ■ gestammelte Satzteile
Operator: **analysieren** (Aussagen und Erwartungshaltung)	■ gegenseitige Schuldzuweisungen ■ Berater soll „schlichten" oder „beurteilen", „Wunder wirken" ■ Naheliegendes (Trennung) wird nicht akzeptiert bzw. in Betracht gezogen ■ Beratungsgespräch muss wie Medikament wirken, wenn man es in Anspruch nimmt
Operator: **deuten** (Rolle des Beraters)	■ versucht Gemeinsamkeiten herauszuarbeiten ■ zeigt alternative Handlungsmuster auf (Trennung) ■ wirkt teilweise überfordert ■ stößt mit seinem schlichtenden Eingreifen an Grenzen ■ scheint selbst mit einer schwierigen Situation befasst

Schülerarbeit zu Trainingsaufgabe 20 (Meinungsrede, Seite 75)

Seid stolz drauf!

Liebe Mitschülerinnen und Mitschüler!

Obwohl es von uns Österreichern oft als ein negatives Wort assoziiert wird, hat es eigentlich einen positiven Charakter. Wovon ich spreche, ist der Stolz, der gerade jetzt durch die Kampagne „#stolzdrauf" von Sebastian Kurz im Mittelpunkt der Gesellschaft steht. Der österreichische Außenminister hat das Ziel, zugewanderten Menschen, die sich mit ihrer neuen Heimat noch nicht sehr verbunden fühlen, Österreichs schöne Seiten zu vermitteln. Die Idee der Kampagne ist nicht schlecht, trotzdem hat sie nicht den gewünschten Anklang bei der Gesellschaft gefunden. Warum nicht?

Bei uns Österreicherinnen und Österreichern ist der Stolz nicht ausgeprägt. Es könnte darauf zurückzuführen zu sein, dass in den letzten 100 Jahren nicht alles zu unserer Zufriedenheit verlaufen ist. Das zweite Hindernis ist, dass dieses Wort vieldeutig ist. Einerseits kann es vornehm, fein, prächtig heißen, doch auch für hochmütig, überheblich oder sogar töricht wird es verwendet. Nicht zuletzt trägt auch die Kirche Mitschuld an mangelndem Stolz. Denn für Katholiken ist Stolz, definiert als Hochmut oder Überheblichkeit, eine der sieben Hauptsünden.

In Österreich ist es prinzipiell nicht schwer, auf etwas stolz zu sein, denn wir haben mit unserem Land mehr als nur Glück. Allem voran denke ich, ist es wichtig, stolz auf den Frieden in Österreich zu sein. Er ist zwar vielen Ländern zu verdanken, doch essentiell ist, dass jeder seinen Beitrag dazu leistet. Würdet ihr auf ein Land stolz sein, dass nicht zum Frieden beiträgt?

Mehr Anerkennung steht unserem Land auch dank seines Sozialsystems zu. Wie viele Länder weltweit haben ein derartiges Netz an sozialen Leistungen? Denkt nun aber nicht nur an europäische Länder, sondern an asiatische oder afrikanische. Viele Österreicherinnen und Österreicher halten dieses Sozialsystem für unfair, weil Arbeitslose stark davon profitieren. Doch jeder Gegner soll glücklich darüber sein, die staatlichen Transferleistungen nicht zu brauchen.

Nennenswert ist ebenfalls, dass der Staat Österreich versucht, nachhaltig zu wirtschaften. Ich denke hier speziell an Energiegewinnung aus Wind, Wasser und Solarkraft anstatt aus Kohle oder Atomkraft. Dies ist in der heutigen Zeit ein zentraler Punkt, denn jeder muss seinen Beitrag leisten, um Ressourcen zu schonen und den Klimawandel zu bekämpfen.

Schätzenswert sind alle Freiheiten und Rechte, die wir Österreicher haben. Ihr denkt jetzt wahrscheinlich, welche das sein könnten? Es gibt viele, angefangen damit, dass ihr alle hier sitzt. Ihr habt das Recht frei zu leben, auf Schulbesuch beziehungsweise eine Ausbildung. Ihr könnt euch später aussuchen, wo ihr wohnen, arbeiten oder wen ihr heiraten wollt. Leider genießt diese Freiheiten nicht jeder. Aus diesem Grund müssen wir dies umso mehr schätzen.

Nicht zuletzt dürfen wir auf unsere Alpenrepublik stolz sein, weil sie einfach wunderschön ist. Im Sommer sind zahlreiche bunte Felder und einzigartige Seen, ob im Flachland oder in den Bergen, eine Augenweide. Im Winter verzaubern uns die mit Schnee bedeckten Berge, die von unseren Top-Skifahrern bezwungen werden. Darauf können, dürfen und sollen wir stolz sein.

Wichtig ist aber, es mit dem Stolz weder zu übertreiben noch andere zu diskriminieren. Das heißt, dass wir genauso auf Immigranten und ihre Kultur stolz sein sollen, wie auf beispielsweise unsere Skifahrer. Liebe Mitschülerinnen und Mitschüler, wir dürfen auf unser Land in all seinen Facetten stolz sein. Vergesst aber nicht, dass wir ohne unsere Toleranz anderen Kulturen gegenüber nie so geworden wären, wie wir es jetzt sind. Darum appelliere ich an euch: Ihr dürft stolz sein auf den Frieden, auf unser Sozialsystem, auf unsere Umweltwirtschaft, auf die Schönheit Österreichs, auf den multikulturellen Charakter unseres Landes und auf so viel mehr. Seid stolz auf Österreich!

Gernot Sch., Schüler
(575 Wörter)

Was fällt Ihnen auf? Ist die Aufgabe aus Ihrer Sicht gelungen?

Analysieren Sie oben stehende Meinungsrede nach folgenden Kriterien:

- Wird die in der Textbeilage dargestellte Problematik in wenigen Sätzen beschrieben?
- Ist die Gliederung angemessen gestaltet: Einstieg – Hauptteil (Pro- und Kontraargumente) – Schlussteil (Aufforderung zum Handeln, Appell)?
- Markieren Sie die Ausformulierung der einzelnen Operatoren in unterschiedlichen Farben.
- Erfolgt die Adressatenorientierung (Schülerinnen und Schüler) sowohl inhaltlich als auch sprachlich richtig? Werden rhetorische Stilmittel eingesetzt, um überzeugend zu argumentieren, um die Aufmerksamkeit des Publikums zu erhalten etc.?
- Welche Ergänzungen hätte man vornehmen können, was ist Ihrer Meinung nach überflüssig? Begründen Sie mögliche Mängel anhand konkreter Beispiele.

Wenn Sie unsicher sind, ob Sie alle Fragen ausreichend beantworten können, lesen Sie die Qualitäts- und Bewertungskriterien nochmals genau durch (Kapitel 3, Meinungsrede, Seite 74 f.).

Lösungshilfe zu Trainingsaufgabe 21 (Meinungsrede, Seite 77)

Thema:	Auswirkung von Drogen auf das Gehirn
Situation:	Rede für eine Veranstaltung zur Drogenprävention
Textsorte:	Meinungsrede
Wortanzahl:	540–660
Schreibhandlungen:	Argumentation, Deskription, Explikation, Rekapitulation

Aufgabenerfüllung aus inhaltlicher Sicht:

Operator: **beschreiben** (Problematik)	■ Bezugnahme auf die Quelle ■ Diskussion um Drogenfreigabe läuft in die falsche Richtung ■ Forschungsergebnisse zeigen Bedenklichkeit und Gefährlichkeit von Cannabinoiden insbesondere in der Pubertät
Operator: **erörtern** (Freigabe von Drogen für Jugendliche)	■ Entkriminalisierung des Drogenkonsums notwendig ■ Einschränkung des Dealens ist zwingend erforderlich ■ unabsehbare Gefahren von Schädigungen des Gehirns ■ Umgang mit gefährlichen Stoffen muss gelernt werden ■ Vergleiche mit anderen berauschenden Stoffen sind unzulänglich
Operator: **bewerten** (Gründe für Drogenfreigabe)	■ Risiko des Ausbruchs einer Psychose bei Einnahme von Cannabinoiden ■ Cannabis als Einstiegsdroge bekannt
Operator: **appellieren**	■ Gesundheitsrisiko vor allem für die Psyche bewusst machen ■ auf Suchtgefahr aufmerksam machen ■ andere Formen der Belohnung suchen ■ vor Abrutschen in kriminelle Szene warnen ■ aufklären: kein „Kavaliersdelikt“

Lösungshilfe zu Trainingsaufgabe 22

(Kommentar, Seite 80)

Thema:	Entwicklung der österreichischen Bevölkerung
Situation:	Kommentar für die Schülerzeitung
Textsorte:	Kommentar
Wortanzahl:	540–660
Schreibhandlungen:	Argumentation, Deskription, Explikation, Evaluation

Aufgabenerfüllung aus inhaltlicher Sicht:

Operator: **wiedergeben** (Situation in ländlichen Gemeinden)	■ Bezugnahme auf die Quelle ■ Abwanderung aus ländlichen Regionen ist hoch ■ keine Arbeitsplätze für gut Ausgebildete in ländlichen Gemeinden vorhanden ■ wenig Freizeitangebote in Landgemeinden vorhanden
Operator: **bewerten** (demografische Entwicklung)	■ 2030: ca. 19 % der Bevölkerung sind Kinder und Jugendliche ■ 57 % im erwerbsfähigen Alter ■ 23 % Pensionisten ■ ohne Zuwanderer würde der Anteil der über 65-Jährigen 2030 bei 26 % und 2060 bei 37 % liegen ■ Fertilität wird von 1,44 auf 1,55 steigen ■ Lebenserwartung steigt weiter an
Operator: **entwerfen** (Zukunftsperspektive)	■ starke Zuwanderung besonders in den Ballungszentren ■ Geburtenbilanz insgesamt im Minus ■ Überalterung der Gesellschaft ■ Wien als nicht mehr mehrheitlich christliche Stadt ■ Verdoppelung des Anteils der Muslime ■ ein Drittel der Bevölkerung konfessionslos
Operator: **erörtern** (Abwanderungstendenzen stoppen)	■ Arbeitsplätze in der Region schaffen ■ attraktive Angebote öffentlicher Verkehrsmittel für Pendler anbieten ■ familienfreundliche Bedingungen durch die Errichtung von Kinderbetreuungseinrichtungen, bessere Freizeitangebote schaffen ■ Ausbildungsangebot an unterschiedlichen Schulformen für Kinder und Jugendliche schaffen ■ günstige Wohnmöglichkeiten (günstige Mieten bzw. Preise für Grundstücke) in der Gemeinde anbieten

Schülerarbeit zu Trainingsaufgabe 22 (Kommentar, Seite 80)

Erschreckende Zukunft unserer Gesellschaft

Steigende Lebenserwartung, steigende Zuwanderung und steigende Pensionszahlen – diese von der Gesellschaft gefürchteten Themen stehen aktuell in der Öffentlichkeit oft zur Debatte. Mit großem Interesse habe ich im Geographie-Unterricht über demographische Entwicklungen gelernt und verfolge darüber hinaus täglich die darüber erschienenen Beiträge in den Nachrichten. Dabei bin ich auch auf Inge Baldingers Bericht „Unsere Gesellschaft wächst und altert“ gestoßen.
In ihrem Text veranschaulicht sie sehr deutlich die derzeitige und zukünftige Situation unserer Gesellschaft.

In der heutigen Zeit wird besonders in den ländlichen Gebieten gegen die Abwanderung gekämpft, weil sie trotz funktionierender Infrastruktur, gutem Schulangebot und ausreichenden Arbeitsplätzen im Tourismus, im Gewerbe und im Handel nicht mit den Angeboten eines Ballungsraums mithalten können. Es gibt zwar viele Experten, die mit vielen Konzepten schon einiges versucht haben, aber eine Lösung für dieses Problem hat noch niemand gefunden.

In großen Städten wie Wien wiederum gibt es aus diesem Grund und durch die Migration immer mehr Zuwanderer.

Nun stellt sich auch für mich die Frage: Wie wird sich die Bevölkerung in den nächsten 50 Jahren verändern?

Zuerst ist zu nennen, dass die Bevölkerungszahl bereits in zehn Jahren die Neun-Millionen-Grenze überschreiten wird.
Die Zahl der Zuwanderer und potenziellen Erwerbstätigen steigt, wobei die Zahl der Kinder und Jugendlichen gleich bleibt. Enorm ist die Veränderung bei den pensionierten Einwohnern. Hier wird es nicht nur einen sagenhaften Anstieg um 41 Prozent geben, sondern diese Zahl wird auch danach noch massiv zunehmen.
So werden 2030 19,3 Prozent der Bevölkerung Kinder und Jugendliche, 57,1 Prozent Erwerbsfähige und 23,6 Prozent Pensionisten sein.

Außerdem gibt es in den kommenden 15 Jahren eine Vielzahl mehr an Pensionisten und damit Beitragsempfängern.

Zurückzuführen ist diese Entwicklung auf die Generation der Babyboomer, innerhalb der ein Großteil der Bevölkerung geboren worden ist. Derzeit sind sie selbst noch Erwerbstätige und somit Beitragszahler, aber in den kommenden 15 Jahren wird sich das Blatt wenden.
Hinzu kommt, dass aus der mittlerweile noch ausgeglichenen Geburtenbilanz künftig eine negative wird. Zwar steigt die Anzahl der Kinder, die eine Frau im Laufe ihres Lebens bekommt, leicht an, die Lebenserwartung nimmt jedoch auch unaufhaltbar immer weiter zu. Die Demographie-Experten prognostizieren sogar eine zukünftige Alterung bis zu 87,3 Jahren für Männer und 90,6 Jahren für Frauen.

Nicht zu vergessen ist aber auch, dass die Zahl der Muslime drastisch steigt. Vor allem in Ballungsräumen wie Wien werden die Zuwanderungsströme auch in den kommenden Jahren kein Ende nehmen. Dies hat nicht nur Auswirkungen auf das alltägliche Berufs- und Privatleben, sondern auch auf den Glauben.

Eine Prognose der Akademie der Wissenschaften ergibt, dass in 30 Jahren nur noch ein Drittel der Wiener katholisch sein werden. Die anderen beiden Drittel teilen sich auf muslimische und ungläubige Einwohner auf.

Zu guter Letzt ist das bereits oben angesprochene Problem der „Landflucht“ zu nennen.

Trotz aller Bemühungen der ländlichen Gegenden, gegen die Abwanderung anzukämpfen, werden auch in Zukunft unzählige Einwohner ihre Heimat verlassen, um in Ballungsräume mit umfangreicherem Angebot von Berufen und Freizeitmöglichkeiten zu ziehen.
So wie es im Salzburger Lungau beispielsweise auch mittlerweile schon der Fall ist.

Meiner Meinung nach ist es wichtig, eine Lösung für das Problem der steigenden Zuwanderung, der zunehmenden Lebenserwartung, der wachsenden Pensionszahlen und vor allem der Abwanderung in ländliche Gebiete zu finden.
Es liegt nicht nur in der Hand der Politiker, die für die Sicherung des Gesundheitssystems, des Pensionssystems und des Pflegesystems sorgen müssen, sondern auch an den einzelnen Gemeinden in den Regionen außerhalb von Ballungsräumen. Ihre Aufgabe ist es, Angebote für junge Familien einzuführen und kinder- und familienfreundliche Arbeits- und Wohnbedingungen zu schaffen.
So ist es ihnen möglich, mit den großen Städten mitzuhalten und die Abwanderungstendenzen zu stoppen.

Tanja H., Schülerin
(598 Wörter)

Was fällt Ihnen auf? Ist die Aufgabe aus Ihrer Sicht gelungen?

Analysieren Sie den oben stehenden Kommentar nach folgenden Kriterien:

- Enthält der Kommentar alle gestellten Anforderungen (Einleitung, Argumentationsteil, Schlussfolgerung)?
- Unterstreichen Sie in unterschiedlichen Farben
  - ☐ die Darstellung der derzeitigen demografischen Situation in den ländlichen Gebieten Österreichs,
  - ☐ die Bewertung der demografischen Entwicklung in den nächsten zehn bis 20 Jahren,
  - ☐ die dargebotene Zukunftsperspektive in den nächsten 50 Jahren,
  - ☐ die Schlussfolgerung (Angebote an junge Familien, um die Abwanderung aus ländlichen Gebieten aufzuhalten).
- Welche Ergänzungen hätte man in diesem Kommentar vornehmen können, was ist Ihrer Meinung nach überflüssig?

Wenn Sie unsicher sind, ob Sie alle Fragen ausreichend beantworten können, lesen Sie nochmals die Qualitäts- und Bewertungskriterien (Kapitel 3, Kommentar, Seite 79 f.).

Schülerarbeit zu Trainingsaufgabe 23 (Kommentar, Seite 82)

Verlust der Sprachkompetenz durch neue Medien?

Handy, Twitter, Facebook und Co. dominieren das Leben der Teenager. Dadurch bemerkt ein Viertel der Österreicher eine starke Veränderung der eigenen Sprache. Den neuen Medien wird zugeschrieben, schuld an der Häufung von Rechtschreibfehlern sowie an Abkürzungen in SMS zu sein.

Die Jugendlichen nehmen sich kaum noch Zeit, ihre Nachrichten in ganzen Sätzen zu verfassen. Doch kann man es ihnen verübeln, Sätze abzukürzen? Die Zeit ist sehr schnelllebig geworden und die Prioritäten haben sich geändert, im Vordergrund steht nun die rasche Antwort. Da man aber nicht nur einer Person schreibt, sondern mehreren gleichzeitig, gerät man durchaus in einen Stresszustand. Keiner will lange auf seine Antwort warten und so ist auch schon der Grundstein für die Abkürzung von Wörtern gelegt. Sehe ich auf meinem Smartphone, dass ich in Whats App in sieben Gruppen neue Nachrichten habe, achte ich auch darauf, mich möglichst kurz zu fassen, und eine Abkürzung von langen Wörtern ist für mich unausweichlich. Aber ist es wirklich notwendig, seine Liebe zum anderen mit abgekürzten Buchstaben zum Ausdruck zu bringen? HDL (Hab dich lieb) oder ILD (Ich liebe dich) können ja keine Gefühle in einem hervorrufen. Einerseits ist fraglich, warum man sich für solch bedeutende Worte keine Zeit nimmt, andererseits will man diese Worte vielleicht mit Absicht abschwächen. Diese Abkürzungen sind nämlich eher ein Phänomen der 13- bis 15-Jährigen und legen sich später wieder, wenn man die Wichtigkeit dieser Worte begreift.

Mit der zunehmenden Verwendung von digitalen Geräten häufen sich die Rechtschreibfehler, die aber von mehr als 40 Prozent als unproblematisch gesehen werden. Zu unterscheiden ist aber, ob es sich um eine private oder berufliche Nachricht handelt. Generell zeigen die Jungen mehr Toleranz im Gegensatz zur Generation Ü50. Ich achte bei meinen SMS auch nicht auf die korrekte Schreibweise, kann aber sehr wohl unterscheiden, wenn ein Text formell sein muss beziehungsweise eine korrekte Rechtschreibung von wichtiger Bedeutung ist. Als Resultat einer Studie geht hervor, dass weder Stil noch Aufbau und Rechtschreibung in schulischen Texten durch Plaudermedien beeinflusst werden. Die Rechtschreibung hat in den letzten zehn Jahren generell nachgelassen. Da stellt sich die Frage, ob man nicht lieber neue Lehrmethoden finden sollte, als diese Medien zu bekritteln?

Durch Technik und andere Einflussfaktoren findet eine Veränderung der Sprache statt. Ein vermehrter Gebrauch von Anglizismen ist beispielsweise eine Folge davon. Mitverantwortlich dafür könnte auch die Globalisierung sein, durch die eine weltweite Verflechtung entsteht. Also warum sollte nicht auch unsere Sprache gewisse gemeinsame Wörter haben? Klar tritt der Dialekt gewissermaßen in den Hintergrund, was aber nicht von Dauer ist, denn oft gibt es Anglizismen, die nur der jungen Generation geläufig sind.

Den digitalen Medien wie Handy, Internet und Co. wird vorgeworfen, dass durch ihre Nutzung der Wortschatz verkleinert wird sowie die richtige Bedeutung von Wörtern nicht mehr bekannt ist. Es stellt sich die Frage, ob diese Anschuldigung berechtigt ist? Dank Apps auf dem Handy wird der Zugang zu Bildung sogar erleichtert. Zeitungsanwendungen und Wörterbücher beispielsweise sollten Sie auf Ihrem Smartphone installiert haben, um eine richtige Sprachverwendung zu pflegen. Zu beachten ist dabei die Gefahr von Manipulation und Falschmeldungen in den Nachrichten. Dabei ist es besonders wichtig, zwischen privater und öffentlicher Kommunikation strikt zu unterscheiden. Jeder beklagt sich einmal über einen Schulkollegen oder Lehrer, aber dies sollte am besten nur mündlich erfolgen und nicht über ein soziales Netzwerk, denn es könnte von den falschen Menschen gelesen werden. Auch auf die Rechtschreibung sollte ein Nutzer auf Facebook aufpassen, weil ein zukünftiger Chef darauf achten könnte.

SMS, Whats App und soziale Netzwerke sind keineswegs verantwortlich für die Häufung von Rechtschreibfehlern. Außerdem werden die Abkürzungen in SMS und Co. keine Auswirkungen auf formelle Texte haben, weil die Jugendlichen dies differenzieren können.

Magdalena M., Schülerin
(608 Wörter)

Was fällt Ihnen auf? Ist die Aufgabe aus Ihrer Sicht gelungen?

Analysieren Sie den oben stehenden Kommentar nach folgenden Kriterien:

- Erfüllt der Kommentar alle gestellten Anforderungen (Einleitung, Argumentationsteil, Schlussfolgerung)?
- Überprüfen Sie anhand der Operatoren, ob der Schreibauftrag erfüllt wurde.
- Welche Ergänzungen hätte man in diesem Kommentar vornehmen können, was ist Ihrer Meinung nach überflüssig?

Wenn Sie unsicher sind, ob Sie alle Fragen ausreichend beantworten können, lesen Sie nochmals die Qualitäts- und Bewertungskriterien (Kapitel 3, Kommentar, Seite 79 f.).

3 Lösungshilfen und Schülerarbeiten zu den Aufgaben der Übungsklausuren aus Kapitel 4

Auf den folgenden Seiten finden Sie zu jeder Aufgabe der drei Klausurvorschläge von Kapitel 4 entweder **Hinweise zur inhaltlichen Erfüllung der Aufgabe** (Lösungshilfe) oder **Arbeiten einzelner Schülerinnen und Schüler**, die jedoch **nicht als Musterlösungen** anzusehen sind, sondern dazu dienen, nochmals einen kritischen Blick auf die Bewertungskriterien der einzelnen Textsorte zu werfen. Sie sind daher mit einer Analyseaufgabe verbunden.

Übungsklausur A

Thema	Aufgaben (Wortanzahl)	Textbeilagen
Thema 1: Kinder- und Jugendrechte	**Zusammenfassung** (270 bis 330 Wörter)	Kinderrechtskonvention (Auszüge)
	Kommentar (540 bis 660 Wörter)	Zeitungsbericht
Thema 2: Überwachung	**Leserbrief** (270 bis 330 Wörter)	Zeitungsbericht
	Erörterung (540 bis 660 Wörter)	Zeitungsbericht
Thema 3: Arbeit	**Empfehlung** (405 bis 495 Wörter)	Zeitungsbericht
	Textinterpretation (405 bis 495 Wörter)	Kurzgeschichte

Übungsklausur A, Thema 1: Kinder- und Jugendrechte

Lösungshilfe zu Aufgabe 1 (Zusammenfassung, Seite 87)

Thema:	Verankerung der Kinder- und Jugendrechte in der Österreichischen Bundesverfassung
Situation:	Abriss über Kinder- und Jugendrechte für eine Weiterverwendung am Praktikumsplatz
Textsorte:	Zusammenfassung
Wortanzahl:	270–330
Schreibhandlungen:	Deskription, Rekapitulation

Aufgabenerfüllung aus inhaltlicher Sicht:

Operator: **wiedergeben** (wesentlicher Teile des Bundesverfassungsgesetzes bezüglich Kinderrechtskonventionen)	■ Bezugnahme auf die Quelle ■ UN-Konvention über Kinderrechte von internationaler Staatengemeinschaft beschlossener Vertrag, von 194 Ländern angenommen ■ UN-Kinderrechtskonvention ist seit 2011 Teil der österreichischen Bundesverfassung ■ Kinderrechtsausschuss kontrolliert die Einhaltung ■ Grundrechte der Kinder: Recht auf Leben, Nahrung, Bildung, Freizeit, Partizipation, Informations- und Meinungsfreiheit, Privatsphäre, Gedanken-, Gewissens- und Religionsfreiheit ■ Kinderschutz-Konvention: Schutz vor körperlicher und geistiger Gewalt, sexueller Ausbeutung, wirtschaftlicher Ausbeutung; Unterstützung von Kindern mit Behinderung, Recht von Flüchtlingskindern auf Schutz und Unterstützung, Rehabilitation für Opfer von Gewalt und Ausbeutung, Recht auf Schutz bei bewaffneten Konflikten
Operator: **benennen** (zusätzliche schützenswerte Bereiche von Jugendlichen und Kindern)	■ Anspruch auf Schutz und Fürsorge ■ Anspruch auf regelmäßige persönliche Beziehung zu beiden Elternteilen ■ Anspruch auf Schutz und Beistand des Staates ■ Beteiligung und Berücksichtigung seiner Meinung in allen das Kind betreffenden Angelegenheiten ■ gewaltfreie Erziehung ■ Gleichbehandlung von behinderten und nichtbehinderten Kindern
Operator: **einordnen** (in vorgegebene Situation)	abschließender Satz, der den Bezug auf die Situation (Praktikum in einer Kinder- und Jugendbetreuungsstelle) herstellt

Lösungshilfe zu Aufgabe 2 (Kommentar, Seite 89)

Thema:	Minderjährige Flüchtlinge in Österreich
Situation:	Kommentar für eine Gemeindezeitung
Textsorte:	Kommentar
Wortanzahl:	540–660
Schreibhandlungen:	Argumentation, Deskription, Explikation, Evaluation

Aufgabenerfüllung aus inhaltlicher Sicht:

Operator: **beschreiben** (Situation minderjähriger Flüchtlinge in Österreich)	■ Bezugnahme auf die Quelle ■ Waisen haben selten Anspruch auf Pflegefamilien ■ minderjährige Flüchtlinge haben nur Anspruch auf Grundversorgung, nicht die gleichen Rechte wie österreichische Kinder und Jugendliche ■ bei besonderen Bedürfnissen (Behinderung, psychische Belastung etc.) wird die Betreuung minderjähriger Flüchtlinge nicht bezahlt
Operator: **bewerten** (Hilfestellungen und Änderungsvorschläge)	■ Aufgaben werden zwischen Bund, Ländern und Gemeinden hin- und hergeschoben ■ Ungleichbehandlung je nach Bundesland, in das ein minderjähriger nichtbegleiteter Flüchtling aufgenommen wird ■ Sparmaßnahmen auf Kosten von Kindern, aber langfristige Kosten werden nicht bedacht ■ österreichweite Gleichbehandlung ist gefordert
Operator: **Stellung nehmen** (zur Diskriminierung)	■ Diskriminierung von Kinderflüchtlingen ■ entspricht nicht der UN-Kinderschutz-Konvention ■ Schande für Österreich, das sich der Kinderschutz-Konvention verpflichtet hat ■ Asylbescheid dauert sehr lange, häufig bis zur Volljährigkeit ■ traumatisierte Kinder landen oft in Notschlafstellen für Erwachsene ■ sofortige Gleichbehandlung von Kinderflüchtlingen und österreichischen Kindern notwendig

Übungsklausur A, Thema 2: Überwachung

Schülerarbeit zu Aufgabe 1 (Leserbrief, Seite 91)

Nur keine Chips

Leserbrief

t_h@gmx.com
lesebriefe@focus.com

Mit großem Interesse habe ich die aktuelle Diskussion über Gesundheitsüberwachung per Chip laufend mitverfolgt und bin dabei auf zwei sehr informative Berichte gestoßen, „Gläserner Mensch?", erschienen am 30. Juni 2014 in der Zeitschrift „focus" und „Gibt es schon den gechipten Menschen", veröffentlicht im „PM-Magazin".

Sie informieren darin über unsere zukünftige beziehungsweise teilweise schon gegenwärtige Gesundheitsakte, den Patienten-Chip. Zwar sind bereits rund 500 Amerikaner und über 2000 Mexikaner „gechippt", in Österreich ist dieses System aber einstweilen nur Zukunftsmusik. Zur Situation in Österreich betont der Abgeordnete Marcus Franz aber, dass die Umsetzung noch einige Zeit dauern werde, denn die eingesetzten Chips sollen auf keinen Fall einen gläsernen Menschen erzeugen.

Aber ist dies mit der Einführung eines solchen Systems wirklich aufzuhalten? Ich bin in diesem Punkt nicht seiner Meinung und möchte Ihnen in den folgenden Zeilen meinen Standpunkt darlegen. An erster Stelle ist zu nennen, dass der Chip nicht nur als Träger von wichtigen Daten für das Gesundheitssystem dient, sondern darüber hinaus auch als Peilsender für potenzielle Entführungsopfer, zur Kontrolle des Zugangs zu Sicherheitsbereichen in Unternehmen, zur Bezahlung mittels Kreditkarte und als Vorlage für VIP-Eintritt in manchen Clubs.

Kommt also beispielsweise ein junges Mädchen in eine bedrohliche Situation, braucht es nur den „Panikknopf" am Sender zu drücken, der die Radiofrequenz-Signale in stärkere GPS-Signale umwandelt, und schon ist die Suche nach ihr erleichtert.

Demgegenüber ist jedoch zu bedenken, dass der Chip ein Fremdkörper ist. Die winzige elektronische Festplatte muss unter die Haut transplantiert werden, was für einige Menschen bestimmt ein Problem darstellt. Abschreckend sind natürlich die Schmerzen, aber es gibt genug Leute, die auch einfach aus Prinzip keine Fremdstoffe in oder auf ihrem Körper tragen wollen.

Nicht zu vergessen ist aber auch, dass der Chip nicht verschlüsselt ist. Die Daten sind somit für jeden zugänglich und können daher auch missbraucht werden. Außerdem hat dies eine tragische Auswirkung auf unsere Privatsphäre. Wir stehen unter ständiger Beobachtung durch den Staat, der uns auf Schritt und Tritt verfolgen und alles über uns herausfinden kann.

Treffen Sie sich zum Beispiel mit einer Freundin zum Kaffee, liefert Ihnen der Chip alle Daten darüber, in welchem Kaffeehaus Sie sich mit welcher ihrer Freundinnen befinden und was Sie dort konsumieren.

Meiner Meinung nach ist die Einführung der Chips zur Überwachung der Gesundheitsdaten kritisch zu betrachten. Klar ist das System vielfältig anwendbar, aber die Gefahr des Datenmissbrauchs, das Wegfallen der Privatsphäre durch die ständige Überwachung durch den Staat und noch dazu das Einführen eines Fremdkörpers unter die Haut sprechen eindeutig dagegen.

Tanja H., Schülerin
(409 Wörter)

Was fällt Ihnen auf? Ist die Arbeit aus Ihrer Sicht gelungen?

Analysieren Sie den oben stehenden Leserbrief nach folgenden Kriterien:
- Wird der Sachverhalt kurz und sachlich korrekt mit eigenen Worten dargestellt?
- Wird die eigene Argumentationslinie bzw. Position klar dargestellt und mit konkreten Beispielen belegt?
- Überprüfen Sie anhand der Operatoren, ob der Schreibauftrag erfüllt wurde.
- Wird die Wortanzahl eingehalten?
- Welche Ergänzungen hätte man in diesem Leserbrief vornehmen können, was ist Ihrer Meinung nach überflüssig?

Wenn Sie unsicher sind, ob Sie alle Fragen ausreichend beantworten können, lesen Sie nochmals die Qualitäts- und Bewertungskriterien (Kapitel 3, Leserbrief, Seite 33 f.).

Schülerarbeit zu Aufgabe 2 (Erörterung, Seite 93)

Mein Handy, mein Arzt

Um wie viel besser wäre unser Leben, wenn wir unseren Körper mithilfe von Smartphones überwachen könnten? Wir würden über alle Aktivitäten unseres Körpers informiert und alle Daten wären gespeichert, ganz privat natürlich. In den großen App-Stores existiert schon eine ständig wachsende Anzahl von Apps mit den verschiedensten Funktionen, die uns helfen sollen, unser Leben sportlicher zu gestalten und gesünder zu leben. Durch Personal Trainer mit individuellen Übungsprogrammen oder auch durch Apps mit medizinischer Selbsteinschätzung, entwickelt sich unser Smartphone auch zu einem Gesundheitsberater und Trainingsbegleiter.
Nun hat auch Apple sein eigenes Gesundheitssystem entwickelt. Die neue Apple Watch, die weit mehr angibt als nur die Zeit, wurde im Herbst auf dem Markt eingeführt. Der Kunde erwirbt mit diesem Produkt sozusagen auch ein „gesünderes Leben". Die Apple Watch informiert den User jeden Tag über seinen Gesundheitsstatus und sagt ihm, ob er das Erforderliche für ein gesundes Leben erfüllt hast. Die Daten werden jeden Tag auf dem Smartphone gespeichert und der Anwender kann entscheiden, ob er sie teilt oder nicht. Diese Anwendung kann nicht nur den Puls messen und die Schritte zählen, sondern auch die gesammelten Gesundheitsdaten wie Herzfrequenz, Kalorienaufnahme und Blutdruck sowie Blutzucker bewerten.

Das klingt zwar alles schön und gut, aber verlassen sollte man sich darauf nicht. Diese Werkzeuge können viele nützliche Information gewähren, aber so genau wie ein professionelles medizinisches Gerät sind sie bei Weitem nicht. Diese Apps können Diagnosen aufstellen und Therapiemöglichkeiten vorschlagen, aber nicht die Untersuchung beim Doktor ersetzen.

Während manche nichts mit dieser Art von medizinischem Werkzeug anfangen können, entwickeln andere schon eigene Apps, die kranken Menschen helfen, wie z. B. die App „Sehschulung", die sehbehinderten Kindern hilft, von zu Hause aus ihre Augen zu trainieren. Das Sortiment an Gesundheitsapps ist enorm, und es spricht nichts dagegen, sie für den eigenen Vorteil zu nutzen. Jeder von uns weiß, wie schwer es ist, sich für Sport zu motivieren: Wir lassen jede Ausrede gelten, um nicht joggen zu gehen oder zu Hause ein paar Minuten zu trainieren. Mit einigen Klicks auf dem Smartphone kann die Motivation auf Hochtouren laufen, da man immer über seine Fortschritte informiert wird und einem das Ziel immer vor Augen gehalten wird.

Doch wie lang wird es dauern, bis sich diese im Moment freiwillige und harmlose Zusatzinfo zu einer Pflicht entwickelt? Ein zukünftiger Druck zur Selbstkontrolle und Weitergabe der Gesundheitsdaten könnte unsere Gesellschaft und unser Gesundheitssystem verändern: keine Arbeitsplätze für Menschen, die etwas „zu verschweigen" haben. Höhere Kosten bei der Krankenversicherung für Personen, die sich dem neuen System nicht anpassen. Ein gesunder Einheits-Lebensstil für die gesamte Bevölkerung.

Soweit kann es kommen, oder sind wir schon in der Zukunft angelangt? Denn in manchen Ländern wird diese Idee schon umgesetzt. Die Kranken- und Lebensversicherungen speichern die Gesundheitsdaten ihrer Kunden in einem Zentralkataster. Das soll verhindern, dass eine Versicherung einen Kunden ablehnt und er sich bei einer anderen Versicherung als gesund ausgibt. Diejenigen, die sich für das neue System entscheiden, bekommen Gutscheine für Reisen oder Rabatte bei den Versicherungsprämien. Der „gläserne Patient" ist schon teilweise Realität.

Was wir brauchen, sind „gläserne Apps": klare Informationen, welche Apps vertrauenswürdig sind und vor welchen Vorsicht geboten ist, sowie die Offenlegung jeder möglichen Datenweitergabe. Aber die Entwicklung ist nicht mehr aufzuhalten. Auch wenn unsere Smartphones in den künftigen Jahren nicht den Arzt ersetzen werden, werden sich die Health-Apps auf jeden Fall zu einem wichtigen Bestandteil unseres Gesundheitssystems entwickeln.

Ayshat, Schülerin einer BHS
(562 Wörter)

Was fällt Ihnen auf? Ist die Arbeit aus Ihrer Sicht gelungen?

Analysieren Sie die Erörterung zum Thema „Speicherung“ persönlicher Gesundheitsdaten nach folgenden Kriterien:

- Enthält die Erörterung alle gestellten Anforderungen (angemessene Einleitung, nachvollziehbare Argumentationslinie, Verwendung adäquater Textverknüpfungsmittel etc.)? Analysieren Sie, inwieweit es sich hier nur um eine Wiedergabe des Ausgangstextes handelt. Ergänzen Sie gegebenenfalls Argumente, um den Anforderungen einer Erörterung gerecht zu werden.
- Überprüfen Sie anhand der Operatoren, ob der Schreibauftrag erfüllt wurde.
- Analysieren Sie die sprachliche Verwendung (Varianz in der Satzstruktur, Wortwahl, eigenständige Formulierung etc.).

Lesen Sie auch nochmals die Qualitäts- und Bewertungskriterien (Kapitel 3, Erörterung, Seite 49 f.).

Übungsklausur A, Thema 3: Arbeit

Lösungshilfe zu Aufgabe 1 (Empfehlung, Seite 95)

Thema:	Arbeit macht häufig krank
Situation:	Adressaten: junge Arbeitnehmerinnen und Arbeitnehmer
Textsorte:	Empfehlung
Wortanzahl:	405–495
Schreibhandlungen:	Argumentation, Deskription, Explikation, Evaluation, Rekapitulation

Aufgabenerfüllung aus inhaltlicher Sicht:

Operator: **benennen** (Problematik aus Text)	■ Bezugnahme auf die Quelle ■ körperliche Beschwerden (Stütz- und Bewegungsapparat, Augen, Unfallgefahr) ■ psychische Belastung (Zeitdruck, Überbeanspruchung, Mobbing, Arbeitsplatzbelästigung)
Operator: **beurteilen** (Nutzen gesundheitsfördernder Maßnahmen)	■ Bewegungspausen, um körperliche Beschwerden zu verringern ■ ergonomische Arbeitsplätze schaffen ■ bessere Arbeitsbedingungen und Arbeitszufriedenheit wirken sich auf die Arbeitsleistung aus
Operator: **in Beziehung setzen** (Vorsorge am Arbeitsplatz, Mitarbeiterleistung)	■ körperliche Gesundheit macht auch stressresistenter ■ hohe Arbeitszufriedenheit führt automatisch zu besserer Arbeitsleistung ■ Krankenstände und Frühpensionierungen gehen zurück ■ Erfahrung älterer Arbeitnehmerinnen und Arbeitnehmer nutzen

Operator: **entwerfen** (Tipps für Verbesserung am Arbeitsplatz)	■ psychische Gesundheit durch gute Auswahl der Teams garantieren ■ Möglichkeit des Stressabbaus schaffen ■ Schulungen über richtige Bewegung und Haltung (Heben, PC etc.) anbieten ■ Zusatzangebote am Abend fördern (vom Unternehmen geförderte Gymnastikstunden, Gesundheitsvorträge, Vorsorgeuntersuchungen etc.)

Lösungshilfe zu Aufgabe 2 (Textinterpretation, Seite 97)

Thema: Textsorte: Wortanzahl:	Arbeit Textinterpretation 405–495
Schreibhandlungen:	Argumentation, Deskription, Explikation, Rekapitulation

Aufgabenerfüllung aus inhaltlicher Sicht:

Operator: **beschreiben** (Arbeitsplatz des Ich-Erzählers)	■ Bezugnahme auf die Quelle ■ transparentes Gebäude, helle freundliche Räume und toller Service ■ Handeln ist oberstes Prinzip in der Fabrik ■ Arbeitsleistung wird immer mehr gesteigert ■ Fröhlichkeit bei der Arbeit wird hervorgekehrt
Operator: **untersuchen** (sprachliche Mittel)	■ Bewerbung: einfache, durchschaubare Fragen, die leicht zu beantworten sind ■ häufig verwendete Begriffe: handeln, geschehen, Tätigkeit ■ Alltägliches wird als leistungsbezogene Tätigkeit dargestellt ■ kurze Befehle bzw. Aufforderungen, etwas zu tun („Es muss etwas geschehen"), fordern zur Aktivität auf
Operator: **erklären** (des Titels der Kurzgeschichte)	■ soll den permanenten Fortschritt aufzeigen ■ soll zur Arbeit auffordern ■ alle Tätigkeiten sollen wichtig genommen werden ■ soll die Mitarbeiterinnen und Mitarbeiter anspornen, die Produktivität zu steigern
Operator: **deuten** (Intention und Wirkung)	■ Stress in der Arbeit kann zu Unzufriedenheit führen ■ der Mensch kann sich nicht jahrelang „verbiegen", ohne darunter zu leiden ■ Leistung allein sollte kein Arbeitsprinzip sein ■ jeder muss seine Bestimmung finden ■ Beschaulichkeit ist in jedem Beruf wichtig

Übungsklausur B		
Thema	**Aufgaben (Wortanzahl)**	**Textbeilagen**
Thema 1: Mobbing	**Offener Brief** (405 bis 495 Wörter)	Zeitungsbericht
	Textanalyse (405 bis 495 Wörter)	Zeitungsbericht
Thema 2: Flüchtlinge	**Zusammenfassung** (270 bis 330 Wörter)	Zeitungskommentar
	Textinterpretation (540 bis 660 Wörter)	Drama (Textausschnitt)
Thema 3: Umwelt	**Empfehlung** (405 bis 495 Wörter)	Zeitungsbericht
	Meinungsrede (405 bis 495 Wörter)	Zeitungsbericht

Übungsklausur B, Thema 1: Mobbing

Lösungshilfe zu Aufgabe 1 (offener Brief, Seite 100)

Thema: Situation: Textsorte: Wortanzahl:	Mobbing Adressat: Landesschulrat, Stadtschulrat Offener Brief 405–495
Schreibhandlungen:	Argumentation, Deskription, Explikation

Aufgabenerfüllung aus inhaltlicher Sicht:

Operator: **zusammenfassen** (Hauptaussagen des Berichts)	■ Bezugnahme auf die Quelle ■ Anzahl der Mobbingfälle ist in den letzten Jahren gleich geblieben ■ Art des Mobbings hat sich aber verändert (soziale Netzwerke) ■ Sozialarbeiterinnen und Sozialarbeiter bzw. Psychologinnen und Psychologen an Schulen gefordert
Operator: **Stellung nehmen** (Maßnahmen, wie Mobbing verhindert werden kann)	■ Schule als Ort der Sozialisation definieren, wo Gewaltfreiheit gelernt werden muss ■ gegenseitige Toleranz aufbauen ■ Schule muss mehr psychosoziale Aufgaben übernehmen ■ geschultes Personal in den Schulen einsetzen ■ Unterrichtsgegenstand „Politische Bildung" ausbauen, um besseres Demokratieverständnis zu lernen ■ Konflikte auf demokratischem und gewaltfreiem Weg lösen lernen
Operator: **appellieren**	■ Schülercoaching in Schulen stärken ■ Einsatz von Schulpsychologinnen und -psychologen fördern ■ Einsatz von Sozialarbeiterinnen und -arbeitern fördern ■ Schulungen für Lehrerinnen und Lehrer anbieten

Lösungshilfe zu Aufgabe 2 (Textanalyse, Seite 103)

Thema: Textsorte: Wortanzahl:	Mobbing Textanalyse 405–495
Schreibhandlungen:	Deskription, Explikation, Rekapitulation

Aufgabenerfüllung aus inhaltlicher Sicht:

Operator: **wiedergeben** (Inhalt)	■ Bezugnahme auf die Quelle ■ falsch geführte Kommunikation führt zur Eskalation ■ Beziehungsebene ist genauso wichtig wie Kommunikationsebene ■ Interpretation erfolgt aufgrund des eigenen Wertesystems (Beurteilung und Verurteilung) ■ Einstellung zum Gesprächspartner wird immer mitkommuniziert ■ Wertschätzung ist besser als Toleranz
Operator: **analysieren** (semantische, syntaktische, formale und inhaltliche Kriterien)	■ sprachliche Bilder: Konflikte schüren, auf der Palme sein, gefangen im Wertesystem ■ Worte aus der Kommunikation und Psychologie: Eskalation, Deeskalation, Unterstellungen, Killerphrasen, Wertesystem, Wertschätzung, Toleranz, rekonstruktive Psyche etc. ■ aktueller Fall als Einleitung geschildert ■ teilweise wird die Leserin bzw. der Leser direkt angesprochen ■ Wir- bzw. Ich-Botschaften sowie anschauliche und alltägliche Beispiele erläutern die Hypothesen ■ Conclusio: nicht Toleranz, sondern Wertschätzung bringt gelungene Kommunikation zutage
Operator: **bewerten**	■ Verwendung von Autoritätsargumenten (Forscherinnen und Forscher etc.) ■ plakative Darstellung des Themas ■ Vereinfachung der Komplexität des Themas ■ Vereinfachung der Komplexität des Themas durch Verwendung von Bildern

Übungsklausur B, Thema 2: Flüchtlinge

Schülerarbeit zu Aufgabe 1 (Zusammenfassung, Seite 105)

Flucht nach innen vor den globalen Problemen

Der Kommentar „Flucht nach innen vor den globalen Problemen", verfasst von Wilfried Seywald, ist am 13.10.2014 in der Tageszeitung „Die Presse" erschienen. Der Autor fokussiert sich in seinem Text auf die Integration von Flüchtlingen, die die Lösung vieler Probleme sein könnte.

Wilfried Seywald beginnt sehr provokant, indem er zwei konträre Ereignisse gegenüberstellt. Einerseits erwähnt er ein Video, auf dem mehrere hundert tote Menschen zu sehen sind, und gegensätzlich dazu schreibt er von einer Protestversammlung auf dem Semmering gegen die Unterbringung von syrischen und irakischen Flüchtlingen.

Zunächst wird ein Blick in die Zukunft gerichtet, denn laut Studien nimmt in vielen Gebieten Österreichs die Bevölkerungsanzahl rapide ab. Daraus resultiert, dass unsere Infrastruktur ebenfalls schlechter wird. Je weniger Menschen in einem Gebiet leben, desto mehr leere Häuser gibt es und weniger Steuereinnahmen für das Gebiet. Der Autor argumentiert nun, dass die logische Konsequenz wäre, Flüchtlinge mit offenen Armen zu empfangen, sie in den leeren Häusern wohnen zu lassen und ihnen das Recht einzuräumen zu arbeiten.

Doch anstatt selbst verursachte Probleme anzupacken, ziehen wir Europäer uns zurück. Als Schuldige werden dann immer die Politiker hingestellt, doch sie sind im Prinzip nur eine Vertretung der Gesellschaft, eine Vertretung von uns!

Schon der Philosoph Heraklit wusste, dass einzig und allein die Veränderung konstant ist. Doch wir Menschen streben dagegen. Des Weiteren wird von Forschern berichtet, dass unsere Generation es verlernt haben soll, Verantwortung für die Allgemeinheit zu übernehmen. Dank sozialen Medien vereinsamen wir immer mehr und ziehen uns aus der Gesellschaft zurück. Studien zeigen hingegen, dass ehrenamtlichen Tätigkeiten zu höchster Zufriedenheit und Anerkennung führen.

Schlussendlich betont der Autor nochmals, dass die Flucht nach innen zu keiner Lösung führt. Um unsere Zukunft zu verbessern, bedarf es eines humanitären Umgangs mit Flüchtlingen und Asylwerbern. Es ist wichtig, sie aufzunehmen und arbeiten zu lassen. Die Zukunft soll lieber von einer kulturellen Vielfalt als von leeren Häusern geprägt sein.

Gernot Sch., Schüler
(316 Wörter)

Was fällt Ihnen auf? Ist die Arbeit aus Ihrer Sicht gelungen?

Analysieren Sie die oben stehende Zusammenfassung nach folgenden Kriterien:

- Enthält die Zusammenfassung alle gestellten Anforderungen?
  - ☐ Die Einleitung enthält Informationen zur Quelle (Autor, Titel, Erscheinungsdatum).
  - ☐ Der Hauptteil gibt die Kernaussagen strukturiert und in eigenen Worten wieder. Die chronologische Handlungsfolge entspricht dem Original.
- Sind die Formulierungen sachlich und geben keine eigene Meinung wieder?
- Wird die verlangte Wortanzahl eingehalten?

Wenn Sie unsicher sind, ob Sie alle Fragen ausreichend beantworten können, lesen Sie nochmals die Qualitäts- und Bewertungskriterien (Kapitel 3, Zusammenfassung, Seite 25).

Lösungshilfe zu Aufgabe 2 (Textinterpretation, Seite 107)

Thema: Textsorte: Wortanzahl:	Flüchtlingsschicksal Textinterpretation eines dramatischen Textes 540–660
Schreibhandlungen:	Argumentation, Deskription, Explikation, Rekapitulation

Aufgabenerfüllung aus inhaltlicher Sicht:

Operator: **zusammen-fassen**	■ Bezugnahme auf die Quelle ■ Frau eines Grenzwächters rettet einem Flüchtling das Leben ■ Flüchtling erzählt ihr von seinem Abtransport in die Bergwerke und von seiner Flucht ■ Frau will von den vorherrschenden politischen Vorkommnissen nichts gewusst haben ■ Flüchtling gesteht, selbst lange die Augen vor der Gesetzeswillkür verschlossen zu haben
Operator: **analysieren** (Situation der Protagonisten)	■ Frau des Grenzwächters: verschließt die Augen vor den politischen Ereignissen, ist aber hilfsbereit, wird von den Schilderungen des Flüchtlings aus ihrer Naivität geholt; stellt immer mehr Fragen, um die Situation zu begreifen und die Realität zu erkennen ■ Flüchtling: ist auf die Hilfe der Frau angewiesen; öffnet der Frau aufgrund des eigenen Schicksals die Augen, gibt selbst zu, naiv gewesen zu sein und die Vorzeichen nicht erkannt zu haben, schildert sehr drastisch die Ereignisse des Abtransports
Operator: **interpretieren** (Verhalten der Frau gegenüber dem Flüchtling)	■ Angst vor Flüchtlingen (Fremden) ■ Flüchtlingsprobleme werden von der eigenen Lebenswelt weggeschoben ■ Ausdruck von Opportunismus, Feigheit und moralischer Scheinheiligkeit

Übungsklausur B, Thema 3: Umwelt

Lösungshilfe zu Aufgabe 1 (Empfehlung, Seite 109)

Thema:	Energieautarkie in einer Salzburger Gemeinde
Situation:	Empfehlung an Schulleitung zur Energieversorgung
Textsorte:	Empfehlung
Wortanzahl:	405–495
Schreibhandlungen:	Argumentation, Deskription, Explikation, Evaluation, Rekapitulation

Aufgabenerfüllung aus inhaltlicher Sicht:

Operator: **benennen** (Hauptaussagen des Berichts)	■ Bezugnahme auf die Quelle ■ Projekt „ÖkoEnergieschule“: Themen des Umwelt- und Klimaschutzes fließen direkt in den Unterricht mit ein ■ Errichtung einer Photovoltaikanlage in der Gemeinde ■ Anschaffung von Wärmepumpen und Solaranlagen sind geplant
Operator: **Stellung nehmen** (Projekt der Gemeinde)	■ Umweltschutz muss auf Gemeindeebene beginnen ■ Öko-Energie-Projekte bedürfen besonderer Förderung ■ Jugendliche müssen miteingebunden werden ■ nachhaltige Projekte, die meist auch EU-gefördert sind, einreichen ■ Kooperation mit Schulen eingehen ■ durch praxisorientierte Projekte lernen
Operator: **entwerfen** (nachhaltiger Umgang mit Energie in der Schule)	■ Heizung nicht die gesamte Heizsaison durchgehend eingeschaltet lassen (temperaturabhängig) ■ Räume nicht überheizen ■ stoßlüften statt Fenster kippen ■ Umrüstung auf LED-Leuchten fördern ■ Ansporn für Jugendliche setzen ■ individuelle Bearbeitung

Lösungshilfe zu Aufgabe 2 (Meinungsrede, Seite 110)

Thema:	Umweltschutz
Situation:	Klimagipfel für Jugendliche
Textsorte:	Meinungsrede
Wortanzahl:	405–495
Schreibhandlungen:	Argumentation, Deskription, Explikation, Rekapitulation

Aufgabenerfüllung aus inhaltlicher Sicht:

Operator: **erklären** (Problematik)	■ Klimaziele Österreichs werden deutlich verfehlt ■ fahrlässig, Klimaschutz nicht ernst zu nehmen ■ Reduzierung von klimaschädlichen Gasen muss gesetzlich festgelegt und bei Missachtung sanktioniert werden ■ sofortige Mobilisierung sämtlicher wissenschaftlicher Erkenntnisse ist unumgänglich

Operator: **erörtern** (Verzicht auf wirtschaftliches Wachstum zugunsten der Umwelt)	■ wirtschaftliches Wachstum muss im Einklang mit Umwelt geschehen, sonst ist der vermeintliche Fortschritt ein Rückschritt ■ Bekämpfung von Umweltschäden hat steigende Kosten zur Folge ■ vermehrte Investition und Förderung umweltschonender Projekte und Maßnahmen als Ausweg ■ Strafzahlungen bei Nichteinhaltung von Umweltauflagen und Emissionsvorgaben
Operator: **appellieren** (verantwortliche Politikerinnen und Politiker)	■ wirtschaftlicher Fortschritt darf niemals auf Kosten von Umweltschutz und damit nachfolgenden Generationen erfolgen ■ Wechsel zu alternativen Energieformen fördern (erneuerbare Energie) ■ Rolle Österreichs als Vorzeigemodell für Umweltschutz stärken

Übungsklausur C

Thema	Aufgaben (Wortanzahl)	Textbeilagen
Thema 1: Medien	**Offener Brief** (405 bis 495 Wörter)	Kommentar
	Textanalyse (405 bis 495 Wörter)	Zeitungsbericht
Thema 2: Medizin und Gesundheit	**Leserbrief** (270 bis 330 Wörter)	Zeitungsbericht
	Kommentar (540 bis 660 Wörter)	Zeitungsbericht
Thema 3: Werte	**Empfehlung** (405 bis 495 Wörter)	Zeitungsbericht
	Textinterpretation (405 bis 495 Wörter)	zwei Gedichte

Übungsklausur C, Thema 1: Medien

Lösungshilfe zu Aufgabe 1 (offener Brief, Seite 113)

Thema: Situation: Textsorte: Wortanzahl:	Medien Adressaten: Medienvertreterinnen, Medienvertreter Offener Brief 405–495
Schreibhandlungen:	Argumentation, Deskription, Explikation

Aufgabenerfüllung aus inhaltlicher Sicht:

Operator: **benennen** (Hauptaussagen des Kommentars)	■ Bezugnahme auf die Quelle ■ unethisches Verhalten in der PR-Branche ist sehr häufig – trotz gesetzlicher Regulatorien und PR-Ethikrat, die auf Einhaltung der Bestimmungen achten ■ PR-Gütezeichen „PR Quality Austria“ geschaffen
Operator: **Stellung nehmen** (Vorgehen mancher PR-Agenturen)	■ Mitarbeiterinnen und Mitarbeiter werden ausgebeutet, Praktikantinnen und Praktikanten nicht bezahlt ■ Konsequenzen für Personen, die sich nicht an die Standards halten ■ unethisches Verhalten muss wie in anderen Branchen sanktioniert werden ■ Schulungen, damit das richtige Rüstzeug für ethisches Verhalten erlernt wird ■ externe Kontrollinstanzen erforderlich ■ PR-Gütezeichen muss besser bekannt werden und ein unumgängliches Qualitätssigel sein
Operator: **appellieren** (ethisch korrektes Handeln)	■ Selbstregulierung von PR-Agenturen einfordern ■ Verpflichtung, den Ehrenkodex des PRVA einzuhalten, muss selbstverständlich sein ■ Strafen bei Nichteinhaltung verhängen

Lösungshilfe zu Aufgabe 2 (Textanalyse, Seite 115)

Thema: Textsorte: Wortanzahl:	Journalistische Arbeit Textanalyse 405–495
Schreibhandlungen:	Deskription, Explikation, Rekapitulation

Aufgabenerfüllung aus inhaltlicher Sicht:

Operator: **wiedergeben** (Inhalt)	■ Bezugnahme auf die Quelle ■ Journalismus ist ein Beruf mit schlechtem Image ■ Manipulation in den Medien ist gang und gäbe ■ Nachrichten-Mainstream: Journalisten orientieren sich aneinander, so entsteht Meinungstenor ■ Atlantik-Brücke – zahlreiche Spitzenjournalisten gehören dieser Organisation an; CIA-nahe Organisation ■ EU bezahlt Journalisten indirekt dafür, dass sie positiv über Brüssel berichten ■ Verschwinden des Durchschnittsjournalismus absehbar
Operator: **untersuchen** (argumentative Strukturen)	■ Beispiele, die selbstkritische Erkenntnisse untermauern (normatives Argument) ■ Medien verstehen sich als Erziehungsmittel des Volks, Beispiele (normatives Argument) ■ gleichgeschaltete Medien (Autoritätsargument) ■ „Auftragsjournalismus“ mit Beispielen untermauert (normatives Argument) ■ Schlussteil beinhaltet ein Autoritätsargument ■ zu allen Punkten sollen vor allem plausible Argumente herangezogen werden
Operator: **in Beziehung setzen** (semantisch, syntaktisch, formal)	■ Einleitung: rhetorische Fragen; sollen Interesse der Leserinnen und Leser wecken ■ reißerische Schlagworte und Zitate, um zum Thema hinzuführen ■ Wörter werden häufig unter Anführungszeichen gestellt, um zu relativieren bzw. um zu zitieren ■ teilweise unvollständige Sätze – reißerischer Stil (temporeicher Stil) ■ viele Informationen werden in Klammern nachgereicht ■ im letzten Teil beginnt der Autor jeweils einen Absatz mit „Kein Wunder ...“ ■ Text endet mit einem Zitat ■ Satzstrukturen sind übersichtlich gehalten ■ viele bekannte Wörter aus dem Pressewesen verwendet

Operator: **bewerten** (journalistische Arbeit)	■ Journalismus sollte nicht zum „Einheitsbrei" werden ■ kritischer Journalismus ist gefragt ■ Zweck der Belehrung der Leserinnen und Leser ist fraglich ■ Berichte sollten ohne Beeinflussung durch Politik etc. verfasst werden ■ Tendenz zum „Auftragsjournalismus" ist bedenklich ■ individuelle Bearbeitung

Übungsklausur C, Thema 2: Medizin und Gesundheit

Lösungshilfe zu Aufgabe 1 (Leserbrief, Seite 117)

Thema:	Social Freezing
Situation:	Leserbrief an *Die Zeit* aufgrund des dort erschienenen Zeitungsberichts zu „Social Freezing"
Textsorte:	Leserbrief
Wortanzahl:	270–330
Schreibhandlungen:	Argumentation, Deskription, Explikation, Evaluation

Aufgabenerfüllung aus inhaltlicher Sicht:

Operator: **beschreiben** (Thematik)	■ Bezugnahme auf die Quelle ■ junge Menschen sind offen für das Verschieben des Kinderwunsches auf spätere Zeit – finanziert durch das Unternehmen ■ in Deutschland gibt es diese Option nicht ■ jede fünfte Befragte könnte sich ein derartiges Mitarbeiter-Angebot vorstellen
Operator: **beurteilen** (Fortpflanzungsmedizin)	■ Einfrieren von Eizellen aus medizinischen Gründen ist positiv zu bewerten ■ Frage nach den Grenzen für medizinisch Durchführbares ■ Grenzen in der Medizin sind ethisch schwierig festzulegen ■ Karriere sollte nicht über Familienplanung stehen ■ „biologisch bestes" Alter für Familienplanung sollte nicht beeinflusst werden, wenn es keine medizinischen Gründe gibt
Operator: kritisch **Stellung nehmen** (Kostenübernahme von Unternehmen für das Einfrieren von Eizellen)	■ Eigeninteresse der Unternehmen steht bei diesem „sozialen" Projekt im Vordergrund ■ Karriere und Familie sollten aufgrund von Rahmenbedingungen im Unternehmen vereinbar sein ■ Maßnahmen für junge Familien, nicht Förderung von biologisch „alten" Eltern ■ individuelle Bearbeitung

Lösungshilfe zu Aufgabe 2 (Kommentar, Seite 119)

Thema: Situation: Textsorte: Wortanzahl:	Krankenversicherung versus Gesundheit Beschäftigung mit Krankenversicherungen Kommentar 540–660
Schreibhandlungen:	Argumentation, Deskription, Explikation, Evaluation

Aufgabenerfüllung aus inhaltlicher Sicht:

Operator: **beschreiben** (Absicht von Versicherungen)	■ Bezugnahme auf die Quelle ■ günstigere Verträge für Kunden, wenn diese Sport treiben und sich gesund ernähren ■ regelmäßige Vorsorgeuntersuchungen von Versicherungen angeboten ■ Nachweis mittels einer eigenen App (MedApp) ■ heimische Versicherungen bieten Reduktion der Prämie bei Vorsorgeuntersuchungen mit Verbesserung der Werte an ■ bei Abschluss einer Lebensversicherung werden Gesundheitsdaten erhoben
Operator: **erörtern** (Vor- und Nachteile von gesundheitsbezogenen Versicherungsprämien)	**Vorteile:** ■ Motivation der Versicherungsnehmerin bzw. des Versicherungsnehmers, auf die Gesundheit zu achten ■ bessere Bedingungen für jüngere Versicherungsnehmerin bzw. Versicherungsnehmer ■ Kosteneinsparung für Versicherungen **Nachteile:** ■ gesunder Lebensstil und Gesundheit hängen nicht immer unmittelbar zusammen ■ Benachteiligung von Versicherungsnehmerinnen und -nehmern, die erkrankt sind ■ Kündigung durch Versicherung bei schlechten Werten aufgrund „vorhersehbarer Erkrankungen“ ■ Sinnhaftigkeit einer Zusatzversicherung stellt sich in Frage
Operator: **beurteilen** (gesetzliche Regelungen)	■ nicht alle Parameter des Lebens dürfen bei Versicherungsabschluss überprüft werden ■ Grundversorgung muss für alle Menschen gewährleistet sein ■ Versicherung sollte nicht bestehende Verträge aufgrund von „drohenden“ Krankheiten kündigen dürfen ■ auf das biologische Alter bezogene Prämien einzuheben ist eine zweifelhafte Methode ■ individuelle Bearbeitung

Übungsklausur C, Thema 3: Werte

Lösungshilfe zu Aufgabe 1 (Empfehlung, Seite 120)

Thema:	Ansprüche an einen Job
Situation:	Impulsreferat über Soft-Skills von Arbeitgeberinnen und -gebern
Textsorte:	Empfehlung
Wortanzahl:	405–495
Schreibhandlungen:	Argumentation, Deskription, Explikation, Evaluation, Rekapitulation

Aufgabenerfüllung aus inhaltlicher Sicht:

Operator: **benennen** (Problematik des Textes)	■ Bezugnahme auf die Quelle ■ schlechtes Arbeitsklima, Mobbing und Probleme mit Vorgesetzen sind Ursachen, den Job hinzuschmeißen ■ ab 40+ nehmen Mobbing und Vorgesetztenprobleme immer mehr zu ■ mangelnde Aufstiegschancen und fehlende Eigenverantwortung machen Arbeitnehmerinnen und -nehmer perspektivenlos ■ vielen ist Zeitausgleich wichtiger als Bezahlung von Überstunden ■ Fringe Benefits (betriebliche freiwillige Zusatzleistungen) sind für die Mitarbeiterinnen und Mitarbeiter eines Betriebs weniger wichtig als die Sicherheit des Einkommens
Operator: **diskutieren** (Maßnahmen für höhere Jobzufriedenheit)	■ ein gutes Arbeitsklima schaffen (Einbeziehung von Mitarbeiterinnen und Mitarbeitern bei Entscheidungen) ■ Probleme unter Mitarbeiterinnen und Mitarbeitern sofort klären ■ Umfragen im Unternehmen zur Verbesserung des Klimas veranstalten ■ Aufstiegschancen klar darstellen ■ Eigenverantwortung an Mitarbeiterinnen und Mitarbeiter übertragen
Operator: **entwerfen** (Maßnahmen für mehr Effizienz im Betrieb)	■ Einbeziehung der Mitarbeiterinnen und Mitarbeiter bringt mehr Ideen und motiviert alle bei der Umsetzung der Ideen ■ gemeinsam getragene Projekte bringen mehr Bereitschaft für Überstunden und Mehrarbeit ■ gelungene Projekte müssen auch als gemeinsame Leistung gewürdigt werden (Prämien) ■ streng hierarchische Strukturen müssen im Sinne der Demokratisierung durchbrochen werden ■ individuelle Bearbeitung

Lösungshilfe zu Aufgabe 2 (Textinterpretation, Seite 122)

Thema: Textsorte: Wortanzahl:	Zufriedenheit Textinterpretation 405–495
Schreibhandlungen:	Argumentation, Deskription, Explikation, Rekapitulation

Aufgabenerfüllung aus inhaltlicher Sicht:

Operator: **benennen** (inhaltliche Aussagen der Gedichte)	■ Bezugnahme auf die beiden Quellen ■ **Gedicht 1:** der tägliche Trott eines Mannes ist für ihn zermürbend, er ist unzufrieden, obwohl er eigentlich mit seinem normalen Leben zufrieden sein könnte; niemand bemerkt seine depressive Lebenseinstellung ■ **Gedicht 2:** Jeden Tag erlebt man auf dem Weg zur Arbeit das Gleiche, man nimmt nur selten etwas für kurze Momente intensiver wahr, es verschwindet aber gleich wieder
Operator: **erläutern** (sprachliche und formale Unterschiede)	■ **Gedicht 1:** unregelmäßige Verse ohne Strophen und ohne Reim, eigentlich ein Prosatext in Versform, sehr kurze Sätze ■ **Gedicht 2:** drei Strophen mit Kreuzreim in den ersten vier Verszeilen und Paarreim in den nächsten vier Verszeilen, Refrain in Strophe eins bis drei im Kreuzreim, die dritte Verszeile des Refrains verändert sich nach jeder Strophe
Operator: **vergleichen** (textstrukturelle Besonderheiten)	■ **Gedicht 1:** epischer Text in Versform geschrieben, kein rhythmischer Text, Sätze werden teilweise abrupt am Ende der Verszeile abgerissen, die Verszeilen sind auch ohne Satzstruktur sinnvoll, gewinnen dadurch an lyrischer Qualität ■ **Gedicht 2:** ähnelt mehr dem klassischen lyrischen Text, Verszeilen sind unterschiedlich lang, Rhythmus dadurch teilweise unterbrochen, Reim stellt Regelmäßigkeit wieder her, Sätze werden nicht „willkürlich" auseinandergerissen
Operator: **deuten** (Aussagen)	■ das Leben bewusst wahrnehmen, Zufriedenheit in Leben und Arbeit ist anzustreben ■ Menschen sollen nicht wie Maschinen funktionieren ■ Lebensrhythmus soll durchbrochen werden ■ beide Gedichte zeigen Eigen- und Fremdwahrnehmung von Situationen

6

Was ich über die mündliche Prüfung wissen muss

- gesetzliche Rahmenbedingungen der mündlichen Prüfung
- Prüfungsablauf („Ziehen“ der Themenbereiche, Ablauf der Prüfung, Prüfungskommission)
- Themenbereiche der mündlichen Prüfung
- Prüfungsbeispiele für die Wahlfächer Deutsch sowie Kultur und gesellschaftliche Reflexion an AHS, BHS und Bildungsanstalten
- Beispiele für mögliche Prüfungsangaben in Kultur (HAK)

1 Gesetzliche Rahmenbedingungen

Die mündliche Prüfung in Deutsch ist meist ein Wahlfach oder Wahlpflichtfach, das heißt, es handelt sich um eine fakultative Prüfung, die je nach Schulart unterschiedliche Bezeichnungen hat.

Die mündliche Teilprüfung ist – im Gegensatz zur schriftlichen Klausur in Deutsch – zwar nicht standardisiert, aber ebenso **kompetenzorientiert**.

1.1 Organisation und Ablauf der mündlichen Prüfung

Im November des Abschlussjahres erfahren Sie von Ihrer Deutschlehrerin oder Ihrem Deutschlehrer die **Themenbereiche**, auf die sich Ihre mündliche Prüfung beziehen wird. In der AHS sind 24 Themenbereiche vorgeschrieben, in der BHS und den Bildungsanstalten orientiert sich die Anzahl der Themenbereiche an der Gesamtwochenstundenanzahl des Unterrichtsgegenstandes und liegt zwischen zehn und 14 Themenbereichen.

Wenn Sie zur Prüfung aufgerufen werden, **ziehen** Sie aus diesem Themenpool **zwei** Themenbereiche, sehen dabei aber nicht deren Bezeichnung. Die bzw. der Vorsitzende der Prüfungskommission wird Ihnen anschließend die beiden gezogenen Themenbereiche mitteilen und Sie entscheiden sich für einen von beiden. Ihre Deutschlehrerin bzw. Ihr Deutschlehrer, die bzw. der auch Ihre Prüferin bzw. Ihr Prüfer ist, wird Ihnen aus dem gewählten Themenbereich **eine Aufgabenstellung** zuweisen. Nach einer Vorbereitungszeit von mindestens 20 Minuten werden Sie dann zur Prüfung aufgerufen, die zwischen zehn und 20 Minuten dauern wird.

Ihre Prüfung findet vor einer **Prüfungskommission** statt. Diese setzt sich aus folgenden Personen zusammen: Vorsitzende bzw. Vorsitzender, Schulleitung, Klassen- bzw. Jahrgangsvorstand, Prüferin bzw. Prüfer (Ihre Deutschlehrerin bzw. Ihr Deutschlehrer) sowie einem fachkundigen Beisitzer (eine zweite Deutschlehrerin bzw. ein zweiter Deutschlehrer). Diese bzw. dieser kann in der Funktion als Zweitprüferin bzw. Zweitprüfer auch in das Prüfungsgeschehen eingreifen und Zwischenfragen stellen.

Die Aufgabe der Vorsitzenden bzw. des Vorsitzenden besteht darin, auf einen gesetzeskonformen Prüfungsablauf zu achten. Benotet werden Sie von Ihrer Prüferin bzw. Ihrem Prüfer zusammen mit dem Beisitzer, die einen gemeinsamen Notenvorschlag erstellen.

Mündliche Prüfungen sind **öffentlich**, während der Prüfungen dürfen also Zuhörerinnen und Zuhörer (Mitschülerinnen, Mitschüler, Eltern etc.) anwesend sein.

1.2 Aufbau der mündlichen Prüfung

Jede Aufgabenstellung geht von einer Textbeilage oder mehreren Textbeilagen aus. Sie umfasst außerdem mehrere Teilaufgaben, die – wie die Aufgabenstellung der Klausur – mittels Operatoren formuliert sind. Die Handlungsanweisungen der **Operatoren** helfen Ihnen zu verstehen, was genau von Ihnen verlangt wird. Achten Sie daher beim Lesen der Aufgabenstellung auf die konkreten Formulierungen. Sie unterstützen Sie beim Lösen der Arbeitsaufträge und führen Sie durch die Aufgabenstellung.

1.3 Die mündliche Prüfung

In der **AHS** und **HTL** heißt das mündliche Prüfungsfach **„Deutsch"**, in den **Bildungsanstalten** heißt es **„Deutsch (einschließlich Sprecherziehung, Kinder- und Jugendliteratur)"**. In den **humanberuflichen Schulen** (Höhere Lehranstalten für Mode, für Tourismus, für wirtschaftliche Berufe) sowie den **höheren Schulen für Land- und Forstwirtschaft** (HLFS) heißt das mündliche Prüfungsfach **„Kultur und gesellschaftliche Reflexion"**. In der **Handelsakademie** heißt es **„Kultur"**.

Die HTL ist die einzige Schulform, in der eine Wahlmöglichkeit zwischen schriftlicher oder mündlicher Prüfung in Deutsch vorgesehen ist.

AHS	HTL	BAfEP/BASOP	HUM und HLFS	HAK
Deutsch	**Deutsch**	**Deutsch** (einschließlich Sprecherziehung, Kinder- und Jugendliteratur)	**Kultur und gesellschaftliche Reflexion**	**Kultur**
Anzahl der Themenbereiche: 24	Die Anzahl der Themenbereiche orientiert sich an der Gesamtwochenstundenanzahl für den Unterrichtsgegenstand Deutsch.	Die Anzahl der Themenbereiche orientiert sich an der Gesamtwochenstundenanzahl für den Unterrichtsgegenstand Deutsch.	Die Anzahl der Themenbereiche orientiert sich an der Gesamtwochenstundenanzahl für den Unterrichtsgegenstand Deutsch.	Die Anzahl der Themenbereiche orientiert sich an der Gesamtwochenstundenanzahl für den Unterrichtsgegenstand Deutsch.
alle wesentlichen Inhalte des Unterrichtsgegenstandes	alle wesentlichen Inhalte des Unterrichtsgegenstandes	alle wesentlichen Inhalte des Unterrichtsgegenstandes	die Teilbereiche Literatur und Kunst, Medien und Gesellschaft und Politik des Pflichtgegenstandes Deutsch (HUM); die Teilbereiche literarische Bildung sowie Medien des Pflichtgegenstandes Deutsch (HLFS)	die Teilbereiche Literatur, Kunst und Gesellschaft und das Kulturportfolio des Pflichtgegenstandes Deutsch

In der **AHS** könnten die Themenbereiche wie folgt aussehen:

Gespräch über literarische Texte	wesentliche Entwicklungen der Weltliteratur	Sachtexte
Analyse und Interpretation von Erzähltexten	österreichische Literatur	Analyse und Interpretation von Reden
Analyse und Interpretation von Gedichten	Interkulturalität und Transkulturalität in der Gegenwartsliteratur	Faktoren kommunikativer Prozesse
Analyse und Interpretation von Dramen	„Gender" und Geschlechterrollen	Struktur der Sprache
Literaturgeschichte	Kinder- und Jugendliteratur	Sprache, Denken und Wirklichkeit
Themen, Stoffe, Motive und Mythen im Wandel der Zeiten	Literatur und Gesellschaft	Sprachentwicklung, Sprachwandel und sprachliche Varietäten
Kanonische Texte	Literaturmarkt und Lesekultur	Sprache in Verwendung
Medienkulturkompetenz	Analyse und Interpretation von Film(sequenzen)	Nachrichtenmedien und Journalismus

Die kompetenzorientierte Reifeprüfung Deutsch. Richtlinien und Beispiele für Themenpool und Prüfungsaufgaben. BMBF, 12/2012. S. 12 ff. Online: https://www.bmbf.gv.at/schulen/unterricht/ba/reifepruefung_ahs_lfd_22136.pdf?4k21fz (05.12.2014) mögliche Prüfungsbeispiele für die mündliche Prüfung in „Kultur“ (HAK): Seite 191 ff.

In der **Handelsakademie** umfasst das Prüfungsgebiet „Kultur“ auch ein über den Zeitraum der fünf Jahrgänge individuell geführtes **Kulturportfolio**. Hier geht es darum, Inhalte bzw. Aspekte des Kulturportfolios mit dem gewählten Themenbereich zu verknüpfen. Es werden zehn Themenbereiche empfohlen, die ein Zusammenspiel von Lehrplaninhalten und Kulturportfolio ermöglichen:

Jugend und Kultur	Fiktionalität und gesellschaftliche Realität
Medien und Kultur	Gesellschaft und Kultur
Literarische Gattungen	Stoffe und Motive im kulturellen Kontext
Kulturgeschichtliche Orientierung	Zeitgenössisches Kulturschaffen
Kulturbetrieb	Autorinnen und Autoren im Spannungsfeld von Gesellschaft und Kultur

Leitfaden für das Prüfungsgebiet „Kultur“ in der Reife- und Diplomprüfung. BMBF, 2014, S. 11

2 Trainingsaufgaben

2.1 Trainingsaufgaben für die mündliche Prüfung in „Deutsch“ sowie „Kultur und gesellschaftliche Reflexion“

Auf den folgenden Seiten finden Sie zahlreiche Trainingsaufgaben für die mündliche Prüfung in „Deutsch“ sowie „Kultur und gesellschaftliche Reflexion“. Sie sind für mehrere Schulformen geeignet.

Trainingsaufgabe 1

Themenbereich: Themen, Stoffe, Motive und Mythen im Wandel der Zeit

Im Rahmen des Deutschunterrichts haben Sie sich mit dem Themenbereich „Themen, Stoffe, Motive und Mythen im Wandel der Zeit“ und hier insbesondere mit dem Motiv der Rache beschäftigt. Lesen Sie den Textausschnitt aus *Die Nibelungenen: neu erzählt* von Michael Köhlmeier (Textbeilage 1) und den Textausschnitt aus *Der Besuch der alten Dame* von Friedrich Dürrenmatt (Textbeilage 2) und bearbeiten Sie anschließend folgende Teilaufgaben:

- **Fassen** Sie den Inhalt der beiden Textausschnitte **zusammen**.
- **Vergleichen** Sie das Motiv der Rache in den beiden Texten hinsichtlich ihrer Durchführung, möglicher Gründe für Rache und deren Konsequenzen.
- **Setzen** Sie die Tatsache, dass eine Frau Rache übt, **in Zusammenhang** mit dem jeweiligen Entstehungszeitraum der Werke und der Rolle der Frau zur damaligen Zeit.
- **Beurteilen** Sie, ob und inwiefern man im Hinblick auf die beiden gelesenen Textbeispiele von einem Wandel des Motivs der Rache sprechen kann.

Textbeilage 1

Michael Köhlmeier – Die Nibelungen: neu erzählt (1999)

„Das Nibelungenlied“ (Anfang des 13. Jahrhunderts)

Michael Köhlmeier erzählt in seinem Werk den Inhalt des im Mittelalter niedergeschriebenen Heldenepos „Das Nibelungenlied“ nach. Königssohn Siegfried, der in Drachenblut gebadet hat und nun – außer auf einem Schulterblatt – unverwundbar ist, heiratet Kriemhild aus dem Burgunderreich und wird hinterlistig von Hagen von Tronje, Berater von Kriemhilds Bruder König Gunther, ermordet, woraufhin sich diese grausam an ihm und ihren Brüdern für den Mord an ihrem Ehemann rächt.

Kriemhild hat eine kleine Privatarmee um sich geschart, Männer, die ihr ganz ergeben sind.

Als die Burgunden eingetroffen sind, gibt sie Befehl, sie in einen Saal zu treiben. Sie läßt den Saal verriegeln und das Gebäude anzünden. Sie will, daß alle verbrennen.

Einen rettet sie, ihren Bruder Gunther, sie läßt ihn festnehmen. Ihn will sie lebend haben. Alle anderen sollen sterben.

Die Eingeschlossenen wehren sich, sie brechen aus, stürmen unter der Führung von Hagen von Tronje gegen Kriemhilds Männer. Es kommt zu einem Gemetzel. [...]

Es überlebt nur einer, Hagen von Tronje.

Kriemhild läßt Hagen vorführen, in Ketten.

Sie sagt zu ihm: „Du hast mir alles genommen. Du hast mir meine Brüder genommen, hast sie mir entfremdet, hast sie vergiftet, hast sie zu den Mitmördern meines Mannes gemacht. Du hast mir meinen geliebten Mann genommen. Das läßt sich nicht mehr rückgängig machen. Zuletzt hast du mir mein Gold genommen. Das Gold will ich wiederhaben. Ich werde damit das ganze Burgundenreich kaufen. Gib mir das Gold!“

Hagen weiß, es ist sein Ende.

Er sagt: „Nein! Ich habe einen Schwur getan, ich habe geschworen, solange noch ein Burgundenkönig lebt, werde ich dieses Gold nicht herausgeben. Das Gold gehört dem Herrn von Worms. Noch lebt Gunther.“

Da sagt Kriemhild: „Nun, das läßt sich ändern.“

Sie gibt Befehl, man solle Gunther holen.

Auch er wird in Ketten vorgeführt. Ohne daß sie einen Blick auf ihren weinenden Bruder wirft, befiehlt sie, ihn zu enthaupten.

„Nun bist du von deinem Schwur entbunden“, sagt sie zu Hagen. „Nun lebt der Burgundenkönig nicht mehr. Nun sage mir, wo das Gold ist!“

Hagen sagt: „Nein!“

Da läßt Kriemhild Hagen köpfen.

Der alte Waffenmeister von König Etzel ist darüber so empört, daß er das Schwert des toten Hagen nimmt, und mit einem Aufschrei geht er auf Kriemhild los und stößt ihr das Schwert in die Brust.

Köhlmeier, Michael: Die Nibelungen: neu erzählt. Zürich, Piper, 2012, 21. Auflage, S. 121 f., Originalschreibweise

Textbeilage 2

Friedrich Dürrenmatt – Der Besuch der alten Dame (1956)

Claire Zachanassian kehrt nach Jahren als Multimillionärin in ihren mittlerweile am finanziellen Abgrund stehenden Heimatort Güllen zurück, wo sie jubelnd empfangen wird. Sie bietet der Stadt, deren Fabriken von ihr gekauft und geschlossen wurden – wie sich später herausstellt – eine Milliarde unter der Bedingung, dass jemand ihren ehemaligen Geliebten Alfred Ill, der sie damals geschwängert und vor Gericht verleugnet hat, tötet.

CLAIRE ZACHANASSIAN: Bürgermeister, Güllener. Eure selbstlose Freude über meinen Besuch rührt mich. Ich war zwar ein etwas anderes Kind, als ich nun in der Rede des Bürgermeisters vorkomme, in der Schule wurde ich geprügelt, und die Kartoffeln für die Witwe Boll habe ich gestohlen, gemeinsam mit Ill, nicht um die alte Kupplerin vor dem Hungertode zu bewahren, sondern nur um mit Ill einmal in einem Bett zu liegen, wo es bequemer war als im Konradsweilerwald oder in der Peterschen Scheune. Um jedoch meinen Beitrag an eure Freude zu leisten, will ich gleich erklären, daß ich bereit bin, Güllen eine Milliarde zu schenken. Fünfhundert Millionen der Stadt und fünfhundert Millionen verteilt auf alle Familien.

Totenstille

DER BÜRGERMEISTER *stotternd*: Eine Milliarde.

Alle immer noch in Erstarrung

CLAIRE ZACHANASSIAN: Unter einer Bedingung.

Alle brechen in einen unbeschreiblichen Jubel aus. Tanzen herum, stehen auf die Stühle, der Turner turnt usw. Ill trommelt sich begeistert auf die Brust.

ILL: Die Klara! Goldig! Wunderbar! Zum Kugeln! Voll und ganz mein Zauberhexchen! *Er küßt sie.*

DER BÜRGERMEISTER: Unter einer Bedingung, haben gnädige Frau gesagt. Darf ich diese Bedingung wissen?

CLAIRE ZACHANASSIAN: Ich will die Bedingung nennen. Ich gebe euch eine Milliarde und kaufe mir dafür die Gerechtigkeit.

Totenstille

BÜRGERMEISTER: Wie ist dies zu verstehen, gnädige Frau?

CLAIRE ZACHANASSIAN: Wie ich es sagte.

DER BÜRGERMEISTER: Die Gerechtigkeit kann man sich doch nicht kaufen!

CLAIRE ZACHANASSIAN: Man kann alles kaufen. [...]

Der Butler tritt von rechts in die Mitte zwischen die drei Tische, zieht die dunkle Brille ab.

DER BUTLER: Ich weiß nicht, ob mich noch jemand von euch erkennt.

DER LEHRER: Der Oberrichter Hofer.

DER BUTLER: Richtig. Der Oberrichter Hofer. [...] Frau Claire Zachanassian bietet eine Milliarde, wenn ihr das Unrecht wiedergutmacht, das Frau Zachanassian in Güllen angetan wurde. [...] Es war im Jahr 1910. Ich war Oberrichter in Güllen und hatte eine Vaterschaftsklage zu behandeln. Claire Zachanassian, damals Klara Wäscher, klagte Sie, Herr Ill, an, der Vater ihres Kindes zu sein. [...] Sie bestritten damals die Vaterschaft, Herr Ill. [...] Dies ist die Geschichte: Ein Richter, ein Angeklagter, zwei falsche Zeugen, ein Fehlurteil im Jahr 1910. Ist es nicht so, Klägerin? [...] Und nun wollen Sie Gerechtigkeit, Claire Zachanassian?

CLAIRE ZACHANASSIAN: Ich kann sie mir leisten. Eine Milliarde für Güllen, wenn jemand Alfred Ill tötet.

Dürrenmatt, Friedrich: Der Besuch der alten Dame. Zürich, Diogenes, 1998, S. 44–49, Originalschreibweise

Trainingsaufgabe 2

Themenbereich: Literaturgeschichte/österreichische Literatur

Im Rahmen des Deutschunterrichts haben Sie sich mit den Themenbereichen „Literaturgeschichte“ sowie „österreichische Literatur“ beschäftigt. Lesen Sie den Textausschnitt aus *Der Herr Karl* von Carl Merz und Helmut Qualtinger (Textbeilage 1) und bearbeiten Sie anschließend folgende Teilaufgaben:

- **Geben** Sie den Inhalt des Textauszugs **wieder**.
- **Analysieren** Sie wesentliche sprachliche Kennzeichen des Textes.
- **Untersuchen** Sie, welchen Effekt der Wechsel zwischen Dialekt und Hochsprache auf den Inhalt des Gesagten hat.
- **Begründen** Sie, inwiefern die ausgewählte Textstelle auch noch für die österreichische Literatur der Gegenwart als typisch angesehen werden kann.

Textbeilage 1

Carl Merz, Helmut Qualtinger – Der Herr Karl (1961)

Der Protagonist Herr Karl erzählt einem fiktiven jungen Zuhörer, dem er immer wieder Ratschläge und Erklärungen gibt, seine Lebensgeschichte vom Ende des Ersten Weltkriegs bis zum Ende der Besatzungszeit in den 50er-Jahren, während er im Lager eines Feinkostladens arbeitet. Er zeigt sich als opportunistischer, kleinbürgerlicher Mitläufer, der es liebt zu raunzen und aus Egoismus vom Sozialisten zum Christsozialen und schließlich zum Nationalsozialisten wird, um schlussendlich in der Besatzungszeit den Besatzungskräften dienlich zu sein.

Es war eine furchtbare Zeit – lauter Arbeitslose ... Viele Menschen haben gelitten damals in Österreich. I hab mir's halt ... i hab mir's g'richt g'habt. [...] Na, so hab i mi halt manchmal a bissel ang'soffen. Eines Tages wird de Alte, mei Gattin, frech. Schmeißt mi auf vur meine Freind, vur meine Haberer, vur de Gäst ... [...] Hab alles hing'schmissen ... Schürzen ... hab meine Sachen aus der Wohnung g'holt ... Anzug ... alles ... Servas ... gemma ... Na, dann hat s' bleed g'schaut ... Meine Freiheit aufgeben, das könnte ich nie! [...]

Wann san Se geboren? Achtadreißig? Naja, also mir san alle ... i waaß no ... am Ring und am Heldenplatz g'standen ... unübersehbar warn mir ... man hat gefühlt, ma is unter sich ... es war wia bein Heirigen ... es war wia bein Heirigen ... es war wia a riesiger Heiriger ...! Aber feierlich. Ein Taumel. *Er lacht.* Na, drum san Se ja achtundreißig geboren ... Wann? Im Dezember, naja ...

Die Deitschen san einmarschiert – mit klingendem Spiel sans kumman, mit'n Bayerischen Hilfszug ... [...] Uns is ja schlecht gangen ... [...] Na ... die haben uns g'holfen ... wie die Heischreckn haben s' uns g'holfen ... Auf amal war nixmehr da ... in die G'schäfter und so ...

Aber Schwamm drüber – es waren deitsche Brüder ... im süddeitschen Raum ... Altreich ... Neureich ... Na, unsere Polizisten san aa scho da g'standen, mit die Hakenkreizbinden ... es war furchtbar ... das Verbrechen, wie man diese gutgläubigen Menschen in die Irre geführt hat ... Der Führer hat geführt.

Aber a Persönlichkeit war er ... vielleicht ein Dämon ... aber man hat die Größe gespürt ... [...]

I maan, schaun S' was ma uns da nachher vorg'worfen hat – des war ja alles ganz anders ... da war a Jud im Gemeindebau, a gewisser Tennenbaum ... sonst a netter Mensch – da ham s' so Sachen gegen de Nazi g'schrieben g'habt auf de Trottoir ... und der Tennenbaum hat des aufwischen müssen ... net er allan ... de andern Juden eh aa ... hab i ihm hing'führt, daß er's aufwischt ... und der Hausmaster hat zuag'schaut und hat g'lacht ... er war immer bei aner Hetz dabei ...

Nachn Krieg is er z'ruckkumma, der Tennenbaum. Is eahm eh nix passiert ... Hab i ihm auf der Straßen troffen. I griess eahm freundlich; „Habedieehre, Herr Tennenbaum!“ Der hat mi net ang'schaut. [...] Hab i ma denkt ... na bitte, jetzt is er bees. – Dabei – irgendwer hätt's ja wegwischen müaßn ... i maan, der Hausmaster war ja aa ka Nazi. Er hat's nur net selber wegwischen wolln. Alles, was man darüber spricht heute, is ja falsch ... es war eine herrliche, schöne ... ich möchte diese Erinnerung nicht missen ... [...] Na dann san eh scho bald de Russen kumma ...

Also, i bin sehr guat mit eahna auskommen. I hab ja g'wußt, wie ma mit eahna umgeht ... [...]

A paar Monat später ... – was glauben S', wer kumma is? – De Ameriganer. Des war eine Erlösung ...

Da hab i mi glei beworben ... weil man steht doch dem Westen ... weil ich doch schon die ganze Zeit die Arbeit gemacht hab für die Gemeinschaft ... net? Um den Westen zu verteidigen [...]

G'freit hab i mi scho ... an den Tag, wo ma'n bekommen ham ... den Staatsvertrag ... Da san ma zum Belvedere zogn ... san dag'standen ... unübersehbar ... lauter Österreicher ... wie im Jahr achtadreißig ... eine große Familie ... a bissel a klanere ... weil's Belvedere is ja klaner als der Heldenplatz. Und die Menschen waren auch reifer geworden ...

Merz, Carl/Qualtinger, Helmut: Der Herr Karl. Wien, Deuticke, 2007, S. 17–33, Originalschreibweise

Trainingsaufgabe 3

Themenbereich: Sprachentwicklung, Sprachwandel, sprachliche Varietäten

Im Rahmen des Deutschunterrichts haben Sie sich mit dem Themenbereich „Sprachentwicklung, Sprachwandel, sprachliche Varietäten“ beschäftigt. Lesen Sie den Textausschnitt aus *Jugend ohne Gott* von Ödön von Horváth (Textbeilage 1) und *Political Correctness: Was man nicht sagen darf* aus der Tageszeitung *Die Presse* vom 2. August 2009 (Textbeilage 2) und bearbeiten Sie anschließend folgende Teilaufgaben:

- **Geben** Sie den Inhalt beider Textausschnitte **wieder**.
- **Analysieren** Sie wesentliche sprachliche Kennzeichen des literarischen Textes.
- **Interpretieren** Sie sowohl die Reaktion des Lehrers auf die Aufsätze als auch seine Meinung über die Gesellschaft und seine Schüler vor dem Hintergrund der Entstehungszeit (Textbeilage 1). Erklären Sie seine Meinung über seine Schüler sowie die Gesellschaft, in der sie leben, vor dem Hintergrund der Entstehungszeit**.**
- **Vergleichen** Sie die Reaktion des Lehrers mit dem gegenwärtigen Umgang bei politisch inkorrektem Sprechen im öffentlichen, medialen Bereich.

Textbeilage 1

Ödön von Horváth – Jugend ohne Gott (1937)

Der Roman spielt in Deutschland nach der Machtübernahme der Nationalsozialisten. Ein junger Lehrer gerät in Schwierigkeiten, weil er in einem Schüleraufsatz eine abfällige Bemerkung über „Neger“ anstreicht. Er weiß, dass er sich dem faschistischen System beugen muss, wenn er nicht riskieren möchte, seine Anstellung und somit seine sichere Pension zu verlieren. Gemeinsam mit seiner Klasse fährt er in ein Zeltlager, wo die Burschen eine Wehrausbildung absolvieren. Dort stirbt bei einem Zwischenfall ein Schüler, woran der Lehrer ein gewisses Maß an Mitschuld trägt. Am Ende versucht er das wieder gutzumachen, indem er die Wahrheit sagt und anschließend das Land verlässt, um als Missionar nach Afrika zu gehen.

Sechsundzwanzig blaue Hefte liegen neben mir, sechsundzwanzig Buben, so um das vierzehnte Jahr herum, hatten gestern in der Geographiestunde einen Aufsatz zu schreiben, ich unterrichte nämlich Geschichte und Geographie.

Draußen scheint noch die Sonne, fein muß es sein im Park! Doch Beruf ist Pflicht, ich korrigiere die Hefte und schreibe in mein Büchlein hinein, wer etwas taugt oder nicht.

Das von der Aufsichtsbehörde vorgeschriebene Thema der Aufsätze lautet: „Warum müssen wir Kolonien haben?“ Ja, warum? Nun, lasset uns hören!

Der erste Schüler beginnt mit einem B: er heißt Bauer, mit dem Vornamen Franz. [...]

Nun, Franz Bauer, warum brauchen wir Kolonien?

„Wir brauchen die Kolonien“, schreibt er, „weil wir zahlreiche Rohstoffe benötigen, denn ohne Rohstoffe könnten wir unsere hochstehende Industrie nicht ihrem innersten Wesen und Werten nach beschäftigen, was zur unleidlichen Folge hätte, daß der heimische Arbeitsmann wieder arbeitslos werden würde.“ Sehr richtig, lieber Bauer! „Es dreht sich zwar nicht um die Arbeiter“ – sondern Bauer? –, „es dreht sich vielmehr um das Volksganze, denn auch der Arbeiter gehört letzten Endes zum Volk.“

Das ist ohne Zweifel letzten Endes eine großartige Entdeckung, geht es mir durch den Sinn und plötzlich fällt es mir wieder auf, wie häufig in unserer Zeit uralte Weisheiten als erstmalig formulierte Schlagworte serviert werden. Oder war das immer schon so?

Ich weiß es nicht.

Jetzt weiß ich nur, daß ich wiedermal sechsundzwanzig Aufsätze durchlesen muß, Aufsätze, die mit schiefen Voraussetzungen falsche Schlußfolgerungen ziehen. Wie schön wärs, wenn sich „schief“ und „falsch“ aufheben würden, aber sie tuns nicht. Sie wandeln Arm in Arm daher und singen hohle Phrasen.

Ich werde mich hüten als städtischer Beamter, an diesem lieblichen Gesang auch nur die leiseste Kritik zu üben! Wenns auch weh tut, was vermag der einzelne gegen alle? Er kann sich nur heimlich ärgern. Und ich will mich nicht mehr ärgern!

Korrigier rasch, du willst noch ins Kino!

Was schreibt denn da der N?

„Alle Neger sind hinterlistig, feig und faul.“

– Zu dumm! Also das streich ich durch!

Und ich will schon mit roter Tinte an den Rand schreiben:

„Sinnlose Verallgemeinerung!“ – da stocke ich. Aufgepaßt, habe ich denn diesen Satz über die Neger in letzter Zeit nicht schon mal gehört? Wo denn nur? Richtig: er tönte aus dem Lautsprecher im Restaurant und verdarb mir fast den Appetit.

Ich lasse den Satz also stehen, denn was einer im Radio redet, darf kein Lehrer im Schulheft streichen.

Und während ich weiterlese, höre ich immer das Radio: es lispelt, es heult, es bellt, es girrt, es droht – und die Zeitungen drucken es nach und die Kindlein, sie schreiben es ab.

Horváth, Ödön von: Jugend ohne Gott. Frankfurt am Main, Suhrkamp, 2001, S. 12–14, Originalschreibweise

Textbeilage 2

Political Correctness: Was man nicht sagen darf

Mohr im Hemd, Eskimo, Schweinegrippe – immer mehr Begriffe werden tabuisiert. Die Political Correctness hat dafür gesorgt, dass alles aus unserem Wortschatz verbannt wird, was man als Abwertung verstehen könnte.

[...] Wird ein dicker Mensch plötzlich als attraktiver erlebt, wenn man nicht „fett“ sagt, sondern politisch korrekt von „vollschlank“ spricht? [...] Ähnlich, so die Argumentation, macht es auch keinen Unterschied, ob man nun „Neger“, „Schwarzer“ oder „Afroamerikaner“ sagt, solange sich Schwarze in den USA am unteren Ende der sozialen Hierarchie finden.

Dem widerspricht Sprachwissenschaftlerin Ulrike Kramer von der Österreichischen Akademie der Wissenschaften: „Sprachwandel ist immer in gesellschaftlichen Wandel eingebettet.“ Die sogenannten Nigger waren Sklaven – „und da hat sich tatsächlich etwas gewandelt, es gibt ja keine Sklaven mehr.“ Im Gegenteil, Barack Obama als erster schwarzer Präsident ist die deutlich sichtbare Speerspitze des sozialen Aufstiegs der Afroamerikaner.

Wer heute noch von „Niggern“ spricht, kann das also nur mehr abwertend meinen. Hier kommt auch der wichtigste Aspekt bei der korrekten Sprache ins Spiel: das Empfinden der derart bezeichneten Gruppe. Allein schon das Gefühl, nicht beleidigt zu werden, kann einen Fortschritt bedeuten. Das gilt auch, wenn der Sprecher selbst in einer Bezeichnung gar keine Beleidigung sieht: Man findet es nicht schlimm, aber akzeptiert, dass das Wort als unhöflich verstanden wird. [...]

Kocina, Erich: Political Correctness: Was man nicht sagen darf. In: Die Presse, 02.08.2009. Online: http://diepresse.com/home/panorama/oesterreich/499801/Political-Correctness_Was-man-nicht-sagen-darf (16.12.2014), gekürzt

Trainingsaufgabe 4

Themenbereich: Nachrichtenmedien und Journalismus

Im Rahmen des Deutschunterrichts haben Sie sich mit dem Themenbereich „Nachrichtenmedien und Journalismus“ beschäftigt. Lesen Sie den Textausschnitt aus *Der Kameramörder* von Thomas Glavinic (Textbeilage 1) und *Grundsätze für die publizistische Arbeit. Ehrenkodex für die österreichische Presse* (Textbeilage 2) und bearbeiten Sie anschließend folgende Teilaufgaben:

- **Fassen** Sie den Inhalt der Textauszüge **zusammen**.
- **Analysieren** Sie wesentliche sprachliche Kennzeichen des literarischen Textes.
- **Setzen** Sie das literarische Textbeispiel **in Beziehung** zu dem Auszug aus dem *Ehrenkodex für die österreichische Presse*, indem Sie anhand von Beispielen aus dem Text erläutern, wie Medien den Ehrenkodex berücksichtigen.
- **Bewerten** Sie die Rolle und Funktion sowie die Interessen und Absichten der Nachrichtenmedien im literarischen Textbeispiel.

Textbeilage 1

Thomas Glavinic – Der Kameramörder (2001)

Der Ich-Erzähler und seine Lebensgefährtin verbringen das Osterwochenende bei einem befreundeten Paar in der Steiermark. Während sich die vier mit Brettspielen und Gesprächen die Zeit vertreiben, wird in den Nachrichten über einen Mann, den Kameramörder, berichtet. Er hat drei Kinder in seiner Gewalt, von denen er zwei dazu zwingt, sich umzubringen, was er auf Video festhält. Dieses Video wird von ihm an die Medien weitergeleitet und im Fernsehen ausgestrahlt, was zu heftigen Diskussionen zwischen den vier Freunden führt.

[...] Kaum hatten wir einige Bissen zu uns genommen, die von Lob für die Qualität der Speise begleitet worden waren, als die Zeit im Bild-Sendung mit noch dramatischerer Hintergrundmusik als sonst begann. Alle Schlagzeilen und Ankündigungen von Berichten bezogen sich auf den Mord in der Weststeiermark, mit Ausnahme des Wetters und des Sports. [...] Eine Hubschrauberaufnahme von der Gemeinde, in der die Opfer zu Hause gewesen waren: Kreis um Täter wird enger. Die Bilder von weinenden Frauen und Männern wurden mit dem Wort Entsetzen kommentiert. Damit eröffnete die Moderation der Sendung. Alle Fakten wurden wiederholt. [...] Er schaltete den Fernseher lauter. Gerade wurde über die Demonstrationen vor dem deutschen Privatsender berichtet. Die Ausstrahlung des Videos stehe für 23.30 Uhr unwiderruflich fest. Die Moderatorin erwähnte, deutsche Politiker haben zur Besonnenheit aufgerufen und den Sender um Selbstbeschränkung gebeten. Dies hat auf die Verantwortlichen nicht die gewünschte Wirkung gezeitigt. Jemand – im Moment der Namensnennung hustete Heinrich, wodurch ich den Namen überhörte – hat zu einem Verbot der Ausstrahlung aufgerufen. Doch auch dies hat aus verschiedenen Gründen ins Leere geführt. Mittlerweile sind Drohschreiben in der Redaktion eingegangen. Ein Sprecher des Senders hat ausrichten lassen, man empfindet tiefen Respekt vor der Familie des Opfers und den Getöteten selbst, doch um das Ausmaß der Tragödie der Öffentlichkeit vor Augen zu führen, ist die Ausstrahlung unabdingbar. Ein evtl. Verbot würde belgische Verhältnisse fördern. Hier gilt es, nichts zu vertuschen. Man läßt sich nicht von Drohungen einschüchtern. Heinrich rief, die erzählen Geschichten. Die Zeit im Bild-Moderatorin stellte fest, daß sich der ORF von solchen Methoden distanziert und nur ein Foto der Opfer zeigen will. [...] Die Moderatorin berichtete. Am Morgen des Mordtages nimmt ein Unbekannter in einem Wald nahe der kleinen weststeirischen Gemeinde Frauenkirchen 3 Kinder gefangen. Innerhalb mehrerer Stunden, in denen er sie vor einer Videokamera interviewt, kommt es neben der Brandstiftung in einem Heuschober zu den 2 entsetzlichen Taten. Durch Drohungen, Einschüchterungen und unfaßbaren Psychoterror bringt der Mann 2 der 3 Jungen zum Sprung von einem hohen Baum, was den Tod der beiden zur Folge hat. [...] Um 23.58 Uhr erschien wieder die dicke Moderatorin. Sie erklärte, das Video wird nun beginnen. Insgesamt sind an die 4 Stunden Material vorhanden. Der Sender hat es geschnitten und wird die entscheidenden Szenen bzw. Szenen, die das Bild des gesamten Vorganges abrunden, ausstrahlen. Evtl. vor den Fernsehschirmen vorhandene Kinder u. Jugendliche unter 16 Jahren sind von den Erziehungsberechtigten des Raumes zu verweisen. Darauf erteilte Heinrich seiner Frau scherzhaft den Befehl hinauszugehen. Dies wurde von Eva jedoch nicht mit Humor aufgenommen. […] Eva kaute an ihren Nägeln. Sie warf nur ab und zu einen Blick auf den Bildschirm. Meine Lebensgefährtin sagte, sie könne es nicht fassen, daß jemand so etwas tut, es sogar filmt, und daß das Fernsehen es dann auch noch zeigt. Heinrich machte Pst. Er wies auf den Schirm. […] Eva nahm sich eine gehäufte Handvoll Chips.

Glavinic, Thomas: Der Kameramörder. München, Deutscher Taschenbuch Verlag, 2012, 10. Aufl., S. 36–62, Originalschreibweise

Textbeilage 2

Grundsätze für die publizistische Arbeit

(Ehrenkodex für die österreichische Presse)

Der „Ehrenkodex für die österreichische Presse“ beinhaltet Regeln für Journalistinnen und Journalisten, die Artikel und Beiträge in österreichischen Medien veröffentlichen. Der Österreichische Presserat überwacht die Einhaltung dieser Regeln.

[…]

6. Intimsphäre

6.1. Die Intimsphäre jedes Menschen ist grundsätzlich geschützt.

6.2 Bei Kindern ist dem Schutz der Intimsphäre Vorrang vor dem Nachrichtenwert einzuräumen.

6.3. Vor der Veröffentlichung von Bildern und Berichten über Jugendliche ist die Frage eines öffentlichen Interesses daran besonders kritisch zu prüfen.

[…]

10. Öffentliches Interesse

[…]

10.3. Fotos, die unter Missachtung der Intimsphäre der (des) Abgebildeten entstanden sind (etwa durch Auflauern), dürfen nur dann veröffentlicht werden, wenn ein über das Voyeurhafte hinausgehendes öffentliches Interesse klar ersichtlich ist.

[…]

Fassung vom 02.12.2013

Österreichischer Presserat: Grundsätze für die publizistische Arbeit (Ehrenkodex für die österreichische Presse). Online: http://www.presserat.at/show_content.php?hid=2 (16.12.2014), gekürzt

Trainingsaufgabe 5

Themenbereich: Sprache, Denken, Wirklichkeit

Im Rahmen des Deutschunterrichts haben Sie sich mit dem Themenbereich „Sprache, Denken, Wirklichkeit“ beschäftigt. Lesen Sie den Textausschnitt aus *1984* von George Orwell, (Textbeilage 1) und *Die Macht der Worte* aus der Wochenzeitung *Die ZEIT*, Nr. 06/2012 (Textbeilage 2) und bearbeiten Sie anschließend folgende Teilaufgaben:

- **Fassen** Sie den Inhalt der Textausschnitte **zusammen**.
- **Setzen** Sie die beiden Textbeilagen **in Beziehung** zueinander und zeigen Sie, wie Sprache in Orwells Roman das Denken beeinflusst und als Machtinstrument missbraucht wird.
- **Beurteilen** Sie, inwiefern Sprache heutzutage zur Manipulation eingesetzt wird.

Textbeilage 1

George Orwell – 1984 (1949)

Ozeanien, eine von drei Supermächten, die die Welt untereinander aufgeteilt haben, wird von einem nie wirklich sichtbaren „Großen Bruder“ regiert. Die Gedankenpolizei überwacht das Volk mit permanent eingeschalteten Teleschirmen, die in allen Wohnungen angebracht sind. Das Staatsfernsehen verbreitet Hass gegen einen unsichtbaren Staatsfeind. Dieses gemeinsame Feindbild soll zusammenschweißen und von den unerträglichen Lebensumständen ablenken. Neben vielen Maßnahmen zur Kontrolle des Volkes wird auch eine neue Sprache, das sogenannte „Neusprech“, geschaffen, die das Denken der Menschen lenken soll.

Neusprech war die Amtssprache Ozeaniens und entworfen worden, um die ideologischen Anforderungen des Engsoz, oder englischen Sozialismus, zu erfüllen. Im Jahr 1984 gab es noch niemanden, der Neusprech als ausschließliches Mittel zur mündlichen oder schriftlichen Kommunikation benutzte. [...] Man erwartete, daß Neusprech etwa bis zum Jahr 2050 Altsprech schließlich verdrängt haben würde. Inzwischen gewann es ständig an Boden, weil alle Parteimitglieder dazu tendierten, im täglichen Sprachgebrauch immer mehr Neusprechwörter und grammatikalische Konstruktionen zu verwenden. [...] Neusprech sollte nicht nur ein Ausdrucksmittel für die den Anhängern des Engsoz gemäße Weltanschauung und Geisteshaltung bereitstellen, sondern auch alle anderen Denkweisen unmöglich machen. Es war geplant, daß, wenn Neusprech ein für allemal angenommen und Altsprech vergessen worden war, ein ketzerischer Gedanke – d.h. ein von den Prinzipien des Engsoz abweichender Gedanke – buchstäblich undenkbar sein sollte, insoweit wenigstens, als Denken an Worte gebunden ist. [...] Dies erreichte man zum Teil durch die Erfindung neuer, hauptsächlich aber durch die Eliminierung unerwünschter Wörter und indem man die verbleibenden Wörter aller unorthodoxen und soweit wie möglich überhaupt aller Nebenbedeutungen entkleidete. Ein Beispiel mag genügen. Das Wort *frei* existierte zwar in Neusprech noch, konnte aber nur in Aussagen wie „Dieser Hund ist frei von Flöhen“ oder „Dieses Feld ist frei von Unkraut“ verwandt werden. In seinem alten Sinn von „politisch frei“ oder „geistig frei“ konnte es nicht mehr gebraucht werden, weil diese politische und geistige Freiheit nicht einmal als Begriff existierte und deswegen notwendigerweise auch namenlos war.

Orwell, George: 1984. Berlin, Ullstein Taschenbuch, 2014, 37. Aufl., S. 361 f., deutsche Übersetzung

Textbeilage 2

Sprachpsychologie

Die Macht der Worte

Sprache hat einen verblüffenden Einfluss auf das Denken: Andere können uns durch Wörter subtil manipulieren, und unsere Muttersprache beeinflusst sogar, wie wir die Welt sehen.

[...] Die einen sind überzeugt, dass unsere Sprache unser Denken bestimmt – und dass Menschen deshalb sogar in unterschiedlichen Sprachen unterschiedlich denken. Die anderen dagegen glauben, dass das Denken von der Sprache weitgehend unabhängig ist – und dass allen Menschen ohnehin dieselben Grundregeln der Sprache angeboren sind. [...] Mittlerweile suchen auch Psychologen und Hirnforscher nach Antworten. Sie finden immer mehr Hinweise darauf, dass Worte unser Denken und Handeln prägen, und dass wir uns tatsächlich schon mit unserer Muttersprache bestimmte Denkmuster aneignen, die unser Leben auf überraschende Weise beeinflussen.

Es gibt die offensichtliche Wirkung der Worte: Wer einen Roman aufschlägt, eine Liebeserklärung bekommt oder in einen heftigen Streit gerät, der spürt, wie Sprache berührt. Worte können trösten oder tief verletzen, manche hängen einem tage- oder gar jahrelang nach. Auch unsere eigenen Worte wirken auf uns. Wenn wir etwa ein Tabuwort aussprechen, kann das bei uns selbst körperlich messbare Stresssymptome hervorrufen.

Oft jedoch bekommen wir den Einfluss der Worte gar nicht mit. Deshalb kann man uns so gut manipulieren, mit Marketing zum Beispiel. Studien ergaben, dass allein die Beschreibung von Lebensmitteln das Geschmackserlebnis beeinflussen kann: Gebäck schmeckt besser, wenn es laut Speisekarte nach einem »Rezept der Großmutter« gebacken oder »traditionell« erzeugt wurde. Ein exotischer Name verleiht Getränken ein frischeres Aroma, ergaben Tests. Unsere Wahrnehmung ist also alles andere als objektiv, sie lässt sich von Begriffen leiten. [...]

Schramm, Stefanie, Wüstenhagen, Claudia: Die Macht der Worte. In: Die Zeit, 06/2012: Online: http://www.zeit.de/zeit-wissen/2012/06/Sprache-Worte-Wahrnehmung, gekürzt (17.12.2014)

Trainingsaufgabe 6

Themenbereich: Interpretation und Analyse von Erzähltexten

Im Rahmen des Deutschunterrichts haben Sie sich mit dem Themenbereich „Interpretation und Analyse von Erzähltexten“ beschäftigt. Lesen Sie den Textausschnitt aus *Silentium!* von Wolf Haas (Textbeilage 1) und bearbeiten Sie anschließend folgende Teilaufgaben:

- **Geben** Sie den Inhalt des Textausschnitts **wieder**.
- **Analysieren** Sie Sprache, Syntax und Erzählstil des Textauszugs.
- **Erläutern** Sie die Unterschiede zwischen gesprochener und geschriebener Sprache.
- **Begründen** Sie, basierend auf der nachfolgenden Definition mithilfe von Textstellen, inwiefern der Textausschnitt als Beispiel konzeptioneller Mündlichkeit* definiert werden kann.
- **Deuten** Sie, warum Wolf Haas seinen Erzähler mit den Stilmitteln der mündlichen Sprache erzählen lässt, obwohl es sich um einen schriftlichen Text handelt.

* Unter „konzeptioneller Mündlichkeit“ versteht man Texte, die schriftlich entstanden sind, wobei jedoch Stilmittel für mündliches Erzählen verwendet werden. Die Leserin bzw. der Leser soll den Eindruck bekommen, dass das Werk durch mündliche Überlieferung entstanden ist und anschließend niedergeschrieben wurde.

Textbeilage 1

Wolf Haas – Silentium! (1999)

Es handelt sich bei diesem Werk um den vierten Teil einer Reihe von Kriminalromanen, in denen der Ex-Polizist Brenner jeweils in verschiedenen Mord- und Kriminalfällen ermittelt.

Diesmal verschlägt es ihn nach Salzburg in das katholische Knabeninternat „Marianum“, wo er eigentlich nur dabei helfen soll, den aufgrund von Gerüchten in ein falsches Licht gerückten guten Ruf der Einrichtung zu wahren, wo er aber schlussendlich an einer Mordermittlung beteiligt ist.

Jetzt ist schon wieder was passiert. Und ausgerechnet im Marianum, wo man glaubten möchte, da kommt der brave Bauernbub als Zehnjähriger auf der einen Seite hinein und acht Jahre später als halb fertiger Pfarrer auf der anderen Seite wieder heraus. Kein Wunder, dass so lange niemand Verdacht geschöpft hat. Weil eigentlich unfassbar, dass ausgerechnet in der saubersten Internatsschule von ganz Salzburg so etwas möglich war.

Aber weil ich gerade sage sauber. Das ist natürlich nicht im streng hygienischen Sinn gemeint. Weil gestunken hat es schon immer ein bisschen im Internat, sprich Ausdünstung von Internatsbuben nicht immer ganz Rosengarten. Und wie sie dann im Marianum auf einmal einen Detektiv gebraucht haben, sind dem auch in den ersten Tagen vor allem die eigenartigen Gerüche aufgefallen, weil so ein Internat hat Gerüche, die findest du sonst nirgends.

Schulklassen stinken natürlich immer, das stimmt schon, da kriegen ja die Lehrer sogar eine eigene Belastungszulage, und finde ich vollkommen richtig. Weil wenn du mit zwanzig, dreißig Halbwüchsigen in eine Klasse eingesperrt bist, kommst du natürlich schon auf Gedanken, dass du den einen oder anderen Schüler, der sowieso nichts begreift, gern gegen Duftbäumchen eintauschen würdest. Aber Internat noch einmal ganz was anderes. Wie der Brenner im Marianum angekommen und in das leer stehende Hilfspräfektenzimmer eingezogen ist, hat ihn der Geruch sofort an die Polizeikasernen erinnert. Weil neunzehn Jahre Polizist gewesen, bevor er sich selbstständig gemacht hat, und da erinnert dich im restlichen Leben natürlich alles an die Polizei.

Und ob du es glaubst oder nicht, jedes Stockwerk in dieser riesigen alten Internatsburg hat wieder seinen eigenen Geruch gehabt. Aber richtig zuordnen haben sich die Gerüche trotzdem nicht lassen. Küche und Speisesaal waren zwar im Erdgeschoss, aber die ranzigen Essensgerüche sind durch das ganze Haus gezogen, und obwohl sie die neue Hauskirche direkt in das Dach hineingepflanzt haben, also vier Stock von der Küche entfernt, hat sie oft gerochen wie das reinste Wirtshaus.

Haas, Wolf: Silentium! Hamburg, Hoffmann und Campe, 2009, S. 7 f., Originalschreibweise

Trainingsaufgabe 7

Themenbereich: Kinder- und Jugendliteratur

Im Rahmen des Deutschunterrichts haben Sie sich mit dem Themenbereich „Kinder- und Jugendliteratur“ beschäftigt. Lesen Sie *Die Geschichte vom Suppen-Kaspar* aus *Der Struwwelpeter* von Heinrich Hoffmann (Textbeilage 1) und *Der Struwwelpeter – ein Missverständnis?* von *science.ORF.at* vom 10. September 2009 (Textbeilage 2) und bearbeiten Sie anschließend folgende Teilaufgaben:

- **Fassen** Sie den Inhalt beider Textstellen **zusammen**.
- **Analysieren** Sie sprachliche Auffälligkeiten des literarischen Textes und gehen Sie dabei auch auf das Zusammenspiel von Sprache und Inhalt ein.
- **Erläutern** Sie, um welche Art von Kinderliteratur es sich bei Textbeilage 1 handelt und welche Aufgabe(n) sie hat.
- **Bewerten** Sie, ob es heutzutage legitim ist, das Werk *Struwwelpeter* für die Kindererziehung heranzuziehen.

Textbeilage 1

Heinrich Hoffmann – Der Struwwelpeter (1845)

Das Werk ist ein Bilderbuch mit Geschichten, in denen Fehlverhalten für Kinder jeweils drastische Folgen hat. So wird etwa der böse Friedrich, der Tiere quält, von einem Hund gebissen, oder Pauline, die mit Zündhölzern spielt, verbrennt im Feuer.

Die Geschichte vom Suppen-Kaspar

Der Kaspar, der war kerngesund,
ein dicker Bub und kugelrund.
Er hatte Backen rot und frisch;
die Suppe aß er hübsch bei Tisch.
Doch einmal fing er an zu schrein:
„Ich esse keine Suppe! nein!
Ich esse meine Suppe nicht!
Nein, meine Suppe eß ich nicht!“

Am nächsten Tag – ja sieh nur her!
da war er schon viel magerer.
Da fing er wieder an zu schrein:
„Ich esse keine Suppe! nein!
Ich esse meine Suppe nicht!
Nein, meine Suppe eß ich nicht!“

Am dritten Tag, o weh und ach!
wie der Kaspar dünn und schwach!
Doch als die Suppe kam herein,
gleich wieder fing er an zu schrein:
„Ich esse keine Suppe! nein!
Ich esse meine Suppe nicht!
Nein, meine Suppe eß ich nicht!“

Am vierten Tage endlich gar
der Kaspar wie ein Fädchen war.
Er wog vielleicht ein halbes Lot –
und war am fünften Tage tot.

Hofmann, Heinrich: Die Geschichte vom Suppen-Kaspar. In: Der Struwwelpeter. 1845. Online: http://www.sagen.at/texte/maerchen/maerchen_deutschland/hoffmann/suppenkasper_1.html (18.12.2014), Originalschreibweise

Textbeilage 2

Der Struwwelpeter – ein Missverständnis?

[...] Darf man Kindern aus einem Buch, das auf den ersten Blick veraltete und gewaltsame Erziehungsmethoden vermittelt, überhaupt vorlesen? Was wollte Hoffmann den Kindern mit seinem Buch sagen? War er konservativ oder wurde er am Ende gar nur missverstanden? [...]

Der Frankfurter Arzt wollte 1844 seinem Sohn einfach nur ein Kinderbuch zu Weihnachten schenken. Wie er später in der Zeitschrift „Die Gartenlaube“ erklärte, gab es nur „lange Erzählungen oder alberne Bildersammlungen, moralische Geschichten, die mit ermahnenden Vorschriften begannen und schlossen“ zu kaufen. Er entschied sich gegen diese Kinderbücher und für ein leeres Heft, in das er selbst die erste Version des Struwwelpeters zeichnete. [...]

Schwarze Pädagogik[1]

„Die vielen Auflagen und Bearbeitungen, Übersetzungen und Parodien haben dazu geführt, dass er so bekannt geworden ist“, erklärt Susanne Blumesberger, die stellvertretende Vorsitzende der Österreichischen Gesellschaft für Kinder- und Jugendliteraturforschung [...] gegenüber science.ORF.at. „Die Menschen haben immer sehr emotional reagiert, nicht zuletzt weil sie erkannten, welches Potential der Struwwelpeter hat.“

Nicht nur die vielen Adaptionen und Parodien waren eine Reaktion auf Hoffmanns Werk – auch die immer wieder aufflammende Diskussion über sein Buch als Beispiel für schwarze Pädagogik. Vor allem in den 1960er und 1970er Jahren kam die antiautoritäre Erziehung in Mode und mit ihr wurde der Struwwelpeter als ein Buch, das völlig veraltete, gewaltvolle Erziehungsmethoden vermittelt, verteufelt.

Wieder einmal war der Struwwelpeter Opfer des Zeitgeistes: Wurde er zu Hoffmanns Lebzeiten noch als „gefährlich für die elterliche Autorität“ empfunden, verstaubte er nun in den Bücherregalen, weil viele Mütter und Väter ihn als „nicht kindergerecht“ verurteilten. In dieser Zeit erschien von F. K. Waechter der „Antistruwwelpeter“, indem der Autor veraltete und konservative Erziehungsmaßnahmen anprangert.

Baumgartner, Christine: Der Struwwelpeter – ein Missverständnis? In: science.ORF.at, 10.09.09. Online: http://sciencev1.orf.at/news/156720.html (18.12.2014)

[1] *Schwarze Pädagogik: Sammelbegriff für Erziehungsmethoden, die Gewalt und Einschüchterung als Mittel enthalten*

Trainingsaufgabe 8

Themenbereich: Gender

Im Rahmen des Deutschunterrichts haben Sie sich mit dem Themenbereich „Gender“ beschäftigt. Lesen Sie den Textausschnitt aus *Jessica, 30.* von Marlene Streeruwitz (Textbeilage 1) und den Textausschnitt aus *Fräulein Else* von Arthur Schnitzler (Textbeilage 2) und bearbeiten Sie anschließend folgende Teilaufgaben:

- **Fassen** Sie den Inhalt beider Texte **zusammen**.
- **Vergleichen** Sie die wesentlichen sprachlichen Kennzeichen der beiden Textausschnitte.
- **Erläutern** Sie, welchen gesellschaftlichen Zwängen die Frauen beider Textausschnitte unterliegen und in welchem Machtverhältnis sie zu Männern stehen.
- **Deuten** Sie, was die Autorin und der Autor mit ihren dargestellten Frauenfiguren aufzeigen wollten, und berücksichtigen Sie dabei auch den Entstehungszeitpunkt der Werke.

Textbeilage 1

Marlene Streeruwitz – Jessica, 30. (2004)

Jessica Sommer sieht gut aus, ist einerseits frei und unabhängig. Andererseits unterliegt sie aber Zwängen der Gesellschaft und unterwirft sich unreflektiert dem bestehenden Weiblichkeitsbild: Sie ist jung, intelligent, für ihren Job als Sex- und Modetherapeutin für ein Lifestyle-Magazin überqualifiziert und hat eine Affäre mit einem verheirateten Politiker. Während sie ihrem Hobby, dem Laufen, nachgeht, folgt man ihren Gedanken und ihrem scharfen analytischen Blick auf die Gesellschaft und ihr Berufs-, Privat- und Liebesleben.

„... Alles wird gut, ich muss nur die Praterhauptallee hinauf- und hinunterrennen und dann ist wieder alles gut, dann kann ich das Schokoeis von heute Nacht und das Essen von Weihnachten vergessen und dass ich nicht geschlafen habe, wegen dem Gerhard, obwohl ich das gar nicht will und es gar keinen Grund gibt, den so ernst zu nehmen, [...] und hat es einen Sinn, mit dem Gerhard zu reden, würde sich deswegen etwas ändern, der ist ein Politiker, der wird die Politik nicht aufgeben, er kann das gar nicht, er wird verheiratet bleiben, er wird seine Frau nicht verlassen und seine Kinder, er wird sich nicht ändern, er kann das gar nicht und er hat das Interesse verloren, er hat wirklich Probleme mit seinem attention span und mir macht es nichts mehr aus, dass er nie kommt oder immer zu spät und nie in der Öffentlichkeit und das interessiert ihn dann wieder nicht, wenn es einen nicht mehr aufregt, er hat doch ganz gerne ein zappelndes Opfer, nein, eigentlich will er ein tragisches Opfer, [...] er ist ja auch ganz phantasielos geworden und mir ist es zu blöd, mich anzustrengen und warum laufen alle immer auf der Straße, hier, auf dem Asphalt, meine Knie halten das nicht aus, ich spüre es nachher, [...] aber warum dann noch essen, warum in sich hineinstopfen und doch ohnehin schon keine Größe 36 mehr und Größe 38 die absolute Grenze, mehr darf es nicht werden, auf keinen Fall, und wie macht das die Mama, aber die isst nicht, die mag nicht essen, die hat nie essen mögen, die hat Essen immer verachtet, das ist eine Schwäche für sie und kein Wunder, dass ich immer zu diesen älteren Männern tendiere, die mit diesen festen Bäuchen, die immer essen wollen, vorher, die so dastehen, in ihren Kaschmirmänteln und sich von nichts umwerfen lassen, die muss ich alle immer vor der Verachtung von der Mama retten, die dem Vater immer vorgeworfen hat, dass er ja nur essen kann, essen und trinken und sonst verstünde er nichts von Kultur, [...] nicht aufhören, weiterlaufen, wenigstens bis zu Autobahnbrücke wird gelaufen, dann kannst du nachher richtig zufrieden sein, und nach dem Termin bei der Claudia kannst du dir dann etwas kochen oder beim Italiener bei der Hauptpost Spaghetti essen, obwohl ein Karottensalat zu Hause, das wäre besser, [...] wenigstens bis zu Maria Grün und zurück zum Lusthaus, dann wären es wenigstens 40 Minuten, und nachher geht es dir richtig gut, und du darfst richtig essen, eine richtig große Nudelportion, mit Weißbrot, oder besser doch nicht und ein Salat wäre besser, bis zur Kirche laufen und einen Salat essen , das wäre das Beste, dann würde der Hosenbund nicht einschneiden und ich würde mich sicherer fühlen [...].

Streeruwitz, Marlene: Jessica, 30. Frankfurt am Main, Fischer, 2010, 2. Aufl., S. 5–27, gekürzt, Originalschreibweise

Textbeilage 2

Arthur Schnitzler – Fräulein Else (1924)

Else ist ein junges Mädchen und Tochter eines Anwalts. Während eines Aufenthalts in Italien wird sie von ihren Eltern mit Nachdruck ersucht, den reichen Kunsthändler Dorsday um finanzielle Unterstützung für ihren hoch verschuldeten Vater zu bitten. Dorsday ist bereit zu helfen, unter der Bedingung, dass er Else nackt sehen darf. Else gerät in einen inneren Konflikt, da sie einerseits ihrem Vater gegenüber loyal sein möchte und ihm helfen will, aber andererseits ihren Körper nicht verkaufen möchte.

Die Luft ist wie Champagner. In einer Stunde ist das Diner, das „Dinner“. Ich kann die Cissy nicht leiden. Um ihr Mäderl kümmert sie sich überhaupt nicht. Was zieh ich an? Das Blaue oder das Schwarze? Heut wär vielleicht das Schwarze richtiger. Zu dekolletiert? Toilette de circonstance heißt es in den französischen Romanen. Jedesfalls muß ich berückend aussehen, wenn ich mit Dorsday rede. Nach dem Dinner, nonchalant. Seine Augen werden sich in meinen Ausschnitt bohren. Widerlicher Kerl. Ich hasse ihn. Alle Menschen hasse ich. Muß es gerade Dorsday sein? Gibt es denn wirklich nur diesen Dorsday auf der Welt, der dreißigtausend Gulden hat? Wenn ich mit Paul spräche? Wenn er der Tante sagte, er hat Spielschulden, – da würde sie sich das Geld sicher verschaffen können. –

Beinah schon dunkel. Nacht. Grabesnacht. Am liebsten möcht ich tot sein. – Es ist ja gar nicht wahr. Wenn ich jetzt gleich hinunterginge, Dorsday noch vor dem Diner spräche? Ah, wie entsetzlich! – Paul, wenn du mir die dreißigtausend verschaffst, kannst du von mir haben, was du willst. Das ist ja schon wieder aus einem Roman. Die edle Tochter verkauft sich für den geliebten Vater, und hat am End noch ein Vergnügen davon. Pfui Teufel! Nein, Paul, auch für dreißigtausend kannst du von mir nichts haben. Niemand. Aber für eine Million? – Für ein Palais? Für eine Perlenschnur? Wenn ich einmal heirate, werde ich es wahrscheinlich billiger tun. Ist es denn gar so schlimm? Die Fanny hat sich am Ende auch verkauft. Sie hat mir selber gesagt, daß sie sich vor ihrem Manne graust. Nun, wie wär's, Papa, wenn ich mich heute abend versteigerte? Um dich vor dem Zuchthaus zu retten. Sensation! Ich habe Fieber, ganz gewiß. Oder bin ich schon unwohl? Nein, Fieber habe ich. Vielleicht von der Luft. Wie Champagner. [...]

Schnitzler, Arthur: Fräulein Else. Stuttgart, Reclam, 2002, S. 17 f., Originalschreibweise

2.2 Trainingsaufgaben für die mündliche Prüfung im Wahlfach „Kultur"

Im Folgenden finden Sie drei Trainingsaufgaben für die Prüfung im Wahlfach „Kultur" in der Handelsakademie. Beachten Sie, dass bei dieser Prüfung auch Ihr **Kulturportfolio**, das Sie fünf Jahre lang im Deutschunterricht geführt haben, eine wichtige Rolle spielt und eine eigene Teilaufgabe darstellt.

Trainingsaufgabe 9

Themenbereich: Literarische Gattungen

1. Teilaufgabe:

Die Erzählhaltung sagt viel über die Einstellung der Erzählerin bzw. des Erzählers gegenüber dem Erzählten aus.

Lesen Sie den Textausschnitt aus *Die Vermessung der Welt* von Daniel Kehlmann (Textbeilage 1) und den Textausschnitt aus *Brennerova* von Wolf Haas (Textbeilage 2) und bearbeiten Sie anschließend folgende Aufgabenstellungen:

- **Erläutern** Sie die Funktionen, welche die Erzählerin bzw. der Erzähler in einem epischen Werk zu erfüllen hat.
- **Vergleichen** Sie anhand der Textbeilagen die Wirkung der darin eingenommenen Erzählhaltungen.
- **Analysieren** Sie die sprachlichen Besonderheiten dieser beiden Texte.
- **Diskutieren** Sie anhand der Textbeilagen, inwiefern die Erzählerin bzw. der Erzähler die Rezipientinnen bzw. Rezipienten manipulieren könnte.

2. Teilaufgabe:

Sie haben sich entschieden, im Rahmen der mündlichen Reife- und Diplomprüfung im Wahlfach „Kultur" anzutreten und dafür ein Kulturportfolio vorzulegen, in dem Sie individuelle Schwerpunkte gesetzt haben. Bearbeiten Sie folgende Aufgabenstellungen:

- **Erklären** Sie Ihren Zugang zum oben genannten Schwerpunkt: Erzählhaltung in der Literatur.
- **Setzen** Sie Inhalte Ihres Kulturportfolios mit diesem Schwerpunkt **in Beziehung**.
- **Erläutern** Sie anhand von mindestens zwei Beiträgen in Ihrem Kulturportfolio, welche Rolle der Erzählerin bzw. des Erzählers Sie dort erkennen können bzw. welche Rolle diese Erzählperspektive in diesem Text einnimmt.
- **Überprüfen** Sie auf der Grundlage der von Ihnen gewählten Beiträge zu Ihrem Kulturportfolio die Aussage, dass mittels Erzählhaltung der Erzähler die einzelnen Personen und deren Handlungen bewertet, indem er sie mit Distanz, Ironie, Humor, Anteilnahme oder Ergriffenheit beschreibt.

Textbeilage 1

Daniel Kehlmann – Die Vermessung der Welt (2005)

Thema des Romans ist die fiktive Doppelbiografie des Mathematikers und Geodäten[1] Carl Friedrich Gauß (1777–1855) und des Naturforschers Alexander von Humboldt (1769–1859).

Die Zahlen

An dem Tag, der alles änderte, tat ein Backenzahn so weh, daß er glaubte, wahnsinnig zu werden. Nachts hatte er auf dem Rücken gelegen und dem Schnarchen der Zimmerwirtin nebenan zugehört. Gegen halb sieben, als er müde ins Morgenlicht blinzelte, fand er die Lösung zu einem der ältesten Probleme der Welt.

Er taumelte durch den Raum wie ein Betrunkener. Es mußte sofort aufgeschrieben werden, er durfte es nicht vergessen. Die Schubladen wollten sich nicht öffnen lassen, plötzlich hatte sich das Papier vor ihm versteckt, die Feder brach ab und machte Flecken, und dann kam ihm noch der volle Nachttopf in den Weg. Doch nach einer halben Stunde des Kritzelns stand alles auf einigen zerknüllten Blättern, den Rändern eines Griechischlehrbuchs und der Tischplatte. Er legte die Feder weg. Er atmete schwer. Er bemerkte, daß er nackt war, wunderte sich über den Dreck auf dem Boden, den Gestank. Er fror. Die Zahnschmerzen waren kaum zu ertragen.

Er las. Durchdachte es Zeile für Zeile, folgte der Beweisführung, suchte nach Fehlern und fand keine. Er strich über das letzte Blatt und sah sein schiefes, verwischtes Siebzehneck an. Über zweitausend Jahre lang hatte man mit Lineal und Zirkel regelmäßige Drei- und Fünfecke konstruiert. Das Quadrat zu konstruieren oder von einem Vieleck die Ecken zu verdoppeln, war kinderleicht. Und wenn man ein Dreieck und ein Fünfeck kombinierte, bekam man ein Fünfzehneck. Mehr war nicht möglich gewesen. Und jetzt: siebzehn. Und er ahnte eine Methode, mit der man würde weitergehen können. Aber die mußte er noch finden.

Er ging zum Barbier. Dieser band ihm die Hände fest, versprach, es werde gewiß nicht schlimm sein, und schob ihm mit schneller Bewegung die Zange in den Mund. Schon die Berührung, ein strahlendes Aufleuchten des Schmerzes, ließ ihn fast ohnmächtig werden. Er versuchte noch seine Gedanken zu sammeln, aber dann faßte die Zange zu, etwas klickte ins seinem Kopf, und erst der warme Geschmack des Blutes und das Pochen in seinen Ohren brachten ihn wieder in das Zimmer und zu dem Mann mit der Schürze zurück, der sagte, schlimm sei das ja nicht gewesen, oder?

Beim Heimgehen mußte er sich an Hauswände lehnen, seine Knie waren weich, seine Füße gehorchten ihm nicht, ihm war schwindlig. Schon in ein paar Jahren würde es Ärzte für das Gebiß geben, dann würde man diese Schmerzen heilen können und bräuchte nicht jeden entzündeten Zahn herauszureißen. Bald würde die Welt nicht mehr voll Zahnloser sein. Auch würde nicht jedermann Pockennarben haben, und keiner würde mehr seine Haare verlieren. Es wunderte ihn, daß außer ihm niemand an diese Dinge dachte. Für die Leute war alles so, wie es gerade war, selbstverständlich. Mit glasigen Augen machte er sich auf den Weg zu Zimmermanns Wohnung.

Kehlmann, Daniel: Die Vermessung der Welt. Reinbek bei Hamburg, Rowohlt, 2006, 29. Aufl., S. 81 f., Originalschreibweise

[1] *Geodät: Fachmann des Vermessungswesens*

Textbeilage 2

Wolf Haas – Brennerova (2014)

Die Romane von Wolf Haas rund um den grantigen Privatdetektiv Brenner sind Kult. „Brennerova“ ist bereits der achte Fall.

3

Ob du es glaubst oder nicht. Vier Tage vor dem 3. Mai, auf den er sich mit der Nadeshda[1] geeinigt hat, schreibt sie auf einmal, dass sie kein Geld für den Flug hat. Jetzt der Brenner natürlich aufgewacht, frage nicht. Wie blöd kann man nur sein! Er hat alle Mails von der Nadeshda gelöscht und der Herta angeboten, dass er sie zum Flughafen bringt und abholt und dass er während ihrer Abwesenheit sogar ihre Blumen gießt, quasi Totalbuße.

An dem Tag, wo die Herta abgereist ist, hat es natürlich einen Moment der Schwäche gegeben, sprich Computer. Und wie es der Teufel haben will, drei neue Nachrichten und zwei neue Fotos von der Nadeshda. Sie wollte gar nicht, dass er ihr Geld schickt, aber ob nicht er sie besuchen könnte. Sie würde ihm ihre Heimatstadt Nischni Nowgorod zeigen, und die Wolga, und das Sacharowmuseum und und und. Der Brenner ist aber eisern geblieben. Es hat keinen Sinn. Auf einmal hat er es ganz klar gesehen. Am 4. Mai immer noch eisern. Am 5. Mai hat er sich gesagt, Moskau würde ich mir noch einreden lassen, aber Nischni Nowgorod, das ist bestimmt am Ende der Welt. Am 6. Mai hat er es sich einmal auf der Karte angeschaut, Flug- und Zugverbindungen herausgesucht, aber nur zum Spaß, zum Träumen, damit er nicht andauernd daran denken muss, wie die Herta sich ohne ihn in Marrakesch vergnügt.

Jetzt was soll ich sagen, am 7. Mai kurz vor zehn ist der Brenner in das Flugzeug nach Moskau gestiegen, weil es hat gerade eine Aktion gegeben, und Flug von Wien nach Moskau nur ein Euro, mit den Zuschlägen 81 Euro, da kann man doch sagen, vielleicht fahre ich gar nicht weiter nach Nischni Nowgorod, ich vergesse die Nadeshda und schau mir nur Moskau ein paar Tage an, rein bildungsmäßig interessant, wo man früher gesagt hat, sie hauen uns die Bombe herüber, und heute kann man einfach hinfliegen um einen einzigen Euro. Wenn die Herta dann heimkommt, lässt man sie erzählen, Marrakesch, Wüste, Gewürze, Gerüche, und wenn sie dann ihr Pulver verschossen hat, dann sagt man: Und ich, Moskau.

So hat er es sich zurechtgelegt, und dann natürlich kein Halten mehr. Der Flug gar kein Problem, absolut ruhig, die Fahrt vom Moskauer Flughafen zum Bahnhof doppelt so lang wie der Flug, aber auch kein Problem. Dann ist er hinüber zu dem Bahnsteig, wo man Richtung Nischni Nowgorod abfährt, weil die Nadeshda hat ihm den Weg ganz genau beschrieben, sogar mit einer Zeichnung, damit er sich nicht verirrt, weil wenn du die Unterführung verpasst, dann kannst du lange suchen. Unglaublich, jetzt fahre ich eine Nacht mit dem Schlafwagen, und dann sehe ich wirklich die Nadeshda, das hat ihn in eine Aufregung versetzt, die er zuletzt als Zwölfjähriger erlebt hat, aber die Manuela ist damals nicht zu der Stelle im Wald gekommen, wo sie verabredet waren, weil unterwegs ist ihr der Markovic begegnet.

Mein Gott, wenn du jung bist, erlebst du bei Verabredungen die eine oder andere Enttäuschung, ich sage, das gehört zum Leben dazu. Aber das hätte sich der Brenner auch nicht träumen lassen, dass er diesbezüglich seinen Tiefpunkt noch vor sich gehabt hat.

Haas, Wolf: Brennerova. Hamburg, Hoffmann und Campe, 2014, S. 21 ff., Originalschreibweise

[1] *Nadeshda: weiblicher russischer Vorname*

Trainingsaufgabe 10

Themenbereich: Kulturgeschichtliche Orientierung

1. Teilaufgabe:

Literaturgeschichte spiegelt immer auch die Kultur ihrer Zeit wider.

Lesen Sie das Sonett *Es ist alles Eitel* (Textbeilage 1) von Andreas Gryphius und betrachten Sie das Bild (Textbeilage 2). Bearbeiten Sie anschließend folgende Aufgabenstellungen:

- **Fassen** Sie die Aussage des Gedichts und die Bedeutung des beigefügten Bildes **zusammen**.
- **Benennen** Sie die Kennzeichen des Barock in literarischer und gesellschaftlicher Hinsicht.
- **Analysieren** Sie anhand Textbeilage 1 die semantischen, syntaktischen und rhetorischen Merkmale des Gedichts, vor allem in Bezug auf die literarische Epoche.
- **Setzen** Sie **sich** kritisch mit kunst- und kulturgeschichtlichen Überlieferungen zur realen Lebenswelt der Menschen zur Zeit des Barock **auseinander**.

2. Teilaufgabe:

Sie haben sich entschieden, im Rahmen der mündlichen Reife- und Diplomprüfung im Wahlfach Kultur anzutreten und dafür ein Kulturportfolio vorzulegen, in dem Sie individuelle Schwerpunkte gesetzt haben. Bearbeiten Sie folgende Aufgabenstellungen:

- **Erklären** Sie Ihren Zugang zu einem dieser Schwerpunkte in literaturgeschichtlicher Hinsicht.
- **Erläutern** Sie anhand von mindestens zwei Beiträgen Ihres Kulturportfolios die literaturgeschichtlichen Bezüge und Grundzüge der von Ihnen gewählten Epochen.
- **Diskutieren** Sie das folgende Zitat kritisch in Bezug auf Literaturgeschichte und die von Ihnen gewählten Beiträge: „Die Geschichte lehrt die Menschen, dass die Geschichte die Menschen nichts lehrt.“ (Mahatma Gandhi)

Textbeilage 1

Andreas Gryphius – Es ist alles Eitel (1637)

Andreas Gryphius (1616–1664), eigentlich Andreas Greif, deutscher Dichter und Dramatiker des Barock. Mit seinen sprachgewaltigen Sonetten und Tragödien thematisierte er das Leid und den moralischen Verfall während der Zeit des Dreißigjährigen Krieges sowie die Unruhe, Einsamkeit und Zerrissenheit der Menschen. Er gilt als einer der bedeutendsten Lyriker des deutschen Barock.

DU sihst / wohin du sihst nur Eitelkeit auff Erden.
Was diser heute baut / reist jener morgen ein:
Wo itzund Städte stehn / wird eine Wisen seyn /
Auff der ein Schäfers-Kind wird spilen mit den Herden:
Was itzund prächtig bluht / sol bald zutretten werden.
Was itzt so pocht und trotzt ist morgen Asch und Bein /
Nichts ist / das ewig sey / kein Ertz / kein Marmorstein.
Itzt lacht das Glück uns an / bald donnern die Beschwerden.
Der hohen Thaten Ruhm muß wie ein Traum vergehn.
Soll denn das Spil der Zeit / der leichte Mensch bestehn?
Ach! was ist alles diß / was wir vor köstlich achten /
Als schlechte Nichtigkeit / als Schatten / Staub und Wind;
Als eine Wisen-Blum / die man nicht wider find't.
Noch wil was Ewig ist kein einig Mensch betrachten!

Gryphius, Andreas: Es ist alles Eitel. In: Arbeitstexte für den Unterricht. Gedichte des Barock. Stuttgart, Reclam, 1993, S. 50, Originalschreibweise

Textbeilage 2

fotolia (croisy)

Trainingsaufgabe 11

Themenbereich: Literarische Gattungen

1. Teilaufgabe:

Anhand der unterschiedlichen literarischen Gattungen wissen Leserinnen und Leser genauer, was sie bei der Lektüre eines Werks erwartet. Eine sehr lange Tradition hat die literarische Form der „Fabel“.

Lesen Sie den Text *Die Fabel vom guten Menschen* (Textbeilage 1) von Kurt Schwitters und die Fabel *Das Pferd und der Esel* von Aesop (Textbeilage 2) und bearbeiten Sie anschließend folgende Aufgabenstellungen:

- **Benennen** Sie überblicksmäßig die literarischen Gattungen.
- **Erläutern** Sie, welche Funktionen der literarischen Gattung „Fabel“ zugrunde liegen.
- **Überprüfen** Sie anhand der Textbeilagen, ob diese den Kriterien der Gattung „Fabel“ entsprechen.
- **Analysieren** Sie beide Fabeln hinsichtlich ihrer sprachlichen Kriterien, um beispielhaft Merkmale der Fabel festzumachen.

2. Teilaufgabe:

Sie haben sich entschieden, im Rahmen der mündlichen Reife- und Diplomprüfung im Wahlfach „Kultur“ anzutreten und dafür ein Kulturportfolio vorzulegen, in dem Sie individuelle Schwerpunkte gesetzt haben. Bearbeiten Sie die folgenden Aufgabenstellungen:

- **Erklären** Sie Ihren Zugang zu einem dieser Schwerpunkte.
- **Vergleichen** Sie anhand von zwei Beiträgen Ihres Kulturportfolios typische inhaltliche und formale Merkmale von zumindest zwei verschiedenen Gattungen oder Genres.

- **Diskutieren** Sie auf der Grundlage Ihrer Beiträge die These, dass *„die große Schwierigkeit bei der Einteilung der Literatur in Gattungen häufig darin besteht, dass strikte Klassifizierungen vorgeschlagen werden, in denen bei weitem nicht alle konkreten Texte ihren eindeutigen Platz finden. [...]. Daraus, dass die konkreten Texte sich oft nicht ohne Gewalt einem einheitlichen Oberbegriff zuordnen lassen, entspringt auch der Streit um die Gattungstheorien, der seit Jahrhunderten von Literaturhistorikern und Literaturtheoretikern kontrovers geführt wird, aber bislang zu keinem befriedigenden Ergebnis gekommen ist. Auf der einen Seite stehen die Befürworter, die Gattungen als notwendige Grundmuster ansehen, die für die Beschreibung von Literatur und die Unterscheidung der einzelnen Texte insgesamt von großer Bedeutung sind. Ihre Gegner bezweifeln demgegenüber den Sinn und Zweck eines allgemeinen Begriffs, der neben oder über den konkreten Texten steht.“*

In Anlehnung an: Gattungen. Online: https://www.uni-due.de/einladung/Vorlesungen/literaturge/gattungen.htm, 04.01.2014

Textbeilage 1

Kurt Schwitters – Die Fabel vom guten Menschen

Kurt Schwitters (1887–1948), deutscher Künstler, Maler, Dichter und Werbegrafiker.

Es war einmal ein guter Mensch, der freute sich seines Lebens. Da kam eine Mücke geflogen und setzte sich auf seine Hand, um von seinem Blut zu trinken.

Der gute Mensch sah es und wusste, dass sie trinken wollte; da dachte er: „Die arme kleine Mücke soll sich einmal satt trinken“, und störte sie nicht. Da stach ihn die Mücke, trank sich satt und flog voller Dankbarkeit davon. Sie war so froh, dass sie es allen Mücken erzählte, wie gut der Mensch gewesen wäre, und wie gut ihr sein Blut geschmeckt hätte. Da wurde der Himmel schwarz von Mücken, die alle den guten Menschen sehen und sein gutes Blut trinken wollten.

Und sie stachen und stachen ihn und tranken und tranken, und wurden nicht einmal satt, weil es ihrer zu viele waren. Der gute Mensch aber starb.

Schwitters, Kurt: Die Fabel vom guten Menschen. In: Das literarische Werk Band 3. Schauberg/Köln, DuMont, 1975, S. 37

Textbeilage 2

Aesop – Das Pferd und der Esel

Äsop (620–564 v. Chr.), berühmter griechischer Dichter von Fabeln und Gleichnissen. Er gilt als der Begründer der Fabeldichtung und so wurde sein Name zum Gattungsnamen für die Fabeldichtung überhaupt.

Ein Bauer trieb ein Pferd und einen Esel, beide gleichmäßig beladen. Als sie schon eine gute Strecke vorwärts gegangen waren, fühlte der Esel seine Kräfte abnehmen. „Ach“, bat er das Pferd kläglich: „Du bist viel größer und stärker als ich, und doch hast du nicht schwerer zu tragen, nimm mir einen Teil meiner Last ab, sonst erliege ich.“

Hartherzig schlug ihm das Pferd seine Bitte ab: „Ich habe selbst meinen Teil, und daran genug zu tragen.“

Keuchend schleppte sich der Esel weiter, bis er endlich erschöpft zusammenstürzte. Vergeblich hieb der Herr auf ihn ein, er war tot. Es blieb nun nichts weiter übrig, als die ganze Last des Esels dem Pferde aufzupacken, und um doch etwas von dem Esel zu retten, zog ihm der Besitzer das Fell ab und legte auch dieses noch dem Pferde oben auf.

Zu spät bereute dieses seine Hartherzigkeit. „Mit leichter Mühe“, so klagte es, „hätte ich dem Esel einen kleinen Teil seiner Last abnehmen und ihn vom Tode retten können. Jetzt muss ich seine Last und dazu noch seine Haut tragen.“

Hilf zeitig, wo du helfen kannst. Hilf dem Nachbarn löschen, ehe das Feuer auch dein Dach ergreift.

Aesop: Das Pferd und der Esel. Online: www.udoklinger.de/Deutsch/Fabeln/Aesop.htm#Das_Pferd_und_der_Esel (13.08.2014)

7

Kompensationsprüfung

- gesetzliche Grundlagen der Kompensationsprüfung in Deutsch
- Prüfungsformat der Kompensationsprüfung
- Beurteilung der Kompensationsprüfung
- Beispiele von Kompensationsprüfungen

1 Gesetzliche Rahmenbedingungen

Die **Kompensationsprüfung in Deutsch** bietet die Möglichkeit, eine negative Klausur im Rahmen desselben Prüfungstermins durch eine Kompensationsprüfung auszubessern. Die Modalitäten der Kompensationsprüfung, die mündlich durchgeführt wird, sind im Schulunterrichtsgesetz genau geregelt.

1.1 Organisation und Ablauf der Kompensationsprüfung

Es ist möglich, Kompensationsprüfungen für mehrere negative Klausuren abzulegen.

Ist die Klausur zentral, wird auch die Kompensationsprüfung zentral durchgeführt (zentral vorgegebener Termin, zentral vorgegebene Aufgabenstellungen).

Die Kompensationsprüfung erfolgt **auf Antrag** der Kandidatin bzw. des Kandidaten. Die Anmeldung für diese Prüfung muss schriftlich bis spätestens drei Tage nach Bekanntgabe der negativen Beurteilung der Klausur vorliegen. Wird kein Antrag gestellt, bedeutet dies automatisch, dass die Klausur zum nächsten Termin wiederholt werden muss. In diesem Fall ist die negative Beurteilung der Klausurarbeit aufgehoben. Legt die Kandidatin bzw. der Kandidat jedoch die Kompensationsprüfung ab, wird die negative Leistung der Klausur neben der im Rahmen der Kompensationsprüfung erbrachten Leistung für die Gesamtbeurteilung herangezogen.

Der Termin für die Kompensationsprüfung in Deutsch wird – wie auch der Termin für die zentrale Klausur in Deutsch – per Verordnung vom zuständigen Ministerium festgelegt. Er wird meist etwa einen Monat nach der Klausur in Deutsch liegen, noch vor Beginn der mündlichen Prüfungen.

Die Aufgabenstellungen werden wie die Klausuraufgaben vom BIFIE erstellt und der Schule übermittelt. Zu Beginn der Prüfung, die im Gegensatz zu den mündlichen Prüfungen **nicht öffentlich** ist, bekommen Sie **eine** Aufgabenstellung von Ihrer Prüferin bzw. Ihrem Prüfer (Ihrer Deutschlehrerin bzw. Ihrem Deutschlehrer) zugewiesen. Sie haben anschließend 30 Minuten Zeit, sich auf diese Prüfung vorzubereiten, die maximal 25 Minuten dauern wird.

Die **Prüfungskommission**, vor der Sie die Kompensationsprüfung ablegen, besteht aus der Schulleitung, dem Klassen- bzw. Jahrgangsvorstand, Ihrer Deutschlehrerin bzw. Ihrem Deutschlehrer sowie einem fachkundigen Beisitzer, also einer zweiten Deutschlehrerin bzw. einem zweiten Deutschlehrer. Deren bzw. dessen Aufgabe besteht darin, das Prüfungsgeschehen zu beobachten, sie bzw. er darf aber auch in das Prüfungsgespräch eingreifen. Ihre Deutschlehrerin bzw. Ihr Deutschlehrer und der Beisitzer werden nach Abschluss des Prüfungsvorgangs einen gemeinsamen Notenvorschlag abgeben.

1.2 Prüfungsformat der Kompensationsprüfung

Bei der Kompensationsprüfung in Deutsch werden in erster Linie die gleichen Kompetenzen wie bei der Klausur abgeprüft: Lesekompetenz, Analyse- und Argumentationskompetenz, Reflexionskompetenz sowie Sprachbewusstsein.

Die Prüfungsangabe besteht aus **einer Aufgabe**, die in mehrere Teilaufgaben gegliedert ist. Analog zur Klausur bilden Textbeilagen, also fiktionale oder nichtfiktionale Texte sowie nichtlineare Texte (Infografiken), die Basis der Aufgabenstellung. Es kommen außerdem jene Operatoren zum Einsatz, die Sie schon von schriftlichen Aufgabenstellungen her kennen. Im Rahmen dieses Prüfungsgespräches werden Sie auch in einer der Teilaufgaben aufgefordert werden, einen kurzen monologischen Redebeitrag zum Thema zu gestalten. Die dafür vorgesehene Sprechzeit beträgt zwischen drei und fünf Minuten.

Infografiken: Tabellen, Schaubilder, Statistiken etc.

Die Verwendung eines Wörterbuches als Hilfsmittel ist in der Vorbereitungszeit erlaubt!

1.3 Beurteilung der Kompensationsprüfung

Die Beurteilung der Kompensationsprüfung erfolgt durch die Prüferin bzw. den Prüfer gemeinsam mit dem Beisitzer. Beide sind Deutschlehrerinnen bzw. Deutschlehrer. Für die Gesamtbeurteilung der Klausur in Deutsch werden das Ergebnis der negativen Klausur sowie das der Kompensationsprüfung herangezogen. Somit kann die Gesamtnote nicht besser als ein „Befriedigend" sein.

Die **Beurteilungskriterien** der Kompensationsprüfung sind denen der Klausur ähnlich:
- Aufgabenerfüllung aus inhaltlicher und struktureller Sicht
- Aufgabenerfüllung hinsichtlich Stil und Ausdruck und normativer Sprachrichtigkeit

Wie bei der Klausur müssen Sie die **Textbeilage** bearbeiten. Dabei müssen Sie je nach Art der Aufgabenstellung die strukturellen Merkmale des beigefügten Textes erkennen, Adressatinnen bzw. Adressaten, situativen Kontext und Intention der Textbeilage identifizieren, Informationen, Standpunkte und Meinungen der Textbeilage ermitteln und zusammenfassen, die Argumentationslinien erkennen und strukturiert darstellen etc.

Weiters müssen Sie:
- Argumentationslinien reflektieren,
- Interpretationshypothesen formulieren und diese anhand von Belegen in der Textbeilage begründen können,
- eine eigenständige Position zu einem Thema einnehmen und formulieren können,
- zu gesellschaftlichen, kulturellen, politischen und wirtschaftlichen Phänomenen Stellung nehmen.

Selbstverständlich ist es auch notwendig, adressaten- und situationsangemessen zu formulieren, Sprachnormen korrekt anzuwenden sowie einen umfassenden Wortschatz einschließlich relevanter Fachbegriffe einsetzen zu können.

In Anlehnung an: Kompensationsprüfung zur standardisierten schriftlichen Reife- und Diplomprüfung in der Unterrichtssprache. Online: https://www.bifie.at/system/files/dl/srdp_kompensationspruefung_unterrichtssprache_2016-03-11.pdf (14.12.2016)

Beurteilungsraster zur Kompensationsprüfung der standardisierten Reifeprüfung sowie Reife- und Diplomprüfung in der Unterrichtssprache

Kompetenzbereich	Teilkompetenzen	nicht erfüllt	das Wesentliche überwiegend erfüllt	das Wesentliche zur Gänze erfüllt	über das Wesentliche hinausgehend erfüllt	weit über das Wesentliche hinausgehend erfüllt
(K1) Aufgabenerfüllung aus inhaltlicher und struktureller Sicht Anforderungsbereich 1 *(Reproduktion, Reorganisation und Transfer)*	kann Informationen, Standpunkte und Meinungen aus der Textbeilage/den Textbeilagen ermitteln, strukturiert zusammenfassen bzw. einander gegenüberstellen kann Aufbau bzw. Argumentationslinien der Textbeilage(n) identifizieren und gegebenenfalls anhand von Textbelegen erläutern kann Merkmale bzw. die Intention(en) der Textbeilage(n) identifizieren und Textbelege dafür finden kann sprachliche bzw. literaturästhetische Besonderheiten der Textbeilage(n) identifizieren, analysieren und deren Wirkung bzw. Funktion beschreiben					
Aufgabenerfüllung aus inhaltlicher und struktureller Sicht Anforderungsbereich 2 *(Reflexion und Problemlösung)*	kann Meinungen, Argumente bzw. Argumentationslinien der Textbeilage(n) reflektieren und bewerten bzw. Interpretationshypothesen formulieren und anhand von Textbelegen begründen kann eine eigenständige Position zum Thema der Textbeilage(n) argumentativ überzeugend formulieren bzw. zu gesellschaftlichen, kulturellen, politischen und wirtschaftlichen Phänomenen treffsicher Stellung nehmen und diese bewerten kann themenbezogenes Sachwissen aktivieren, anwenden und gegebenenfalls Bezüge zu eigenen Erfahrungen und Werthaltungen herstellen kann mindestens drei Minuten zusammenhängend monologisch zum vorliegenden Thema sprechen					
(K2) Aufgabenerfüllung hinsichtlich Stil, Ausdruck und normativer Sprachrichtigkeit	kennt Sprachnormen und kann diese korrekt anwenden kann relevante Fachbegriffe anwenden und zeigt Varianz in Wortwahl und Satzbau kann adressaten- und situationsangemessen formulieren kann in Bezug auf die Textbeilage(n) eigenständig formulieren					

Kompensationsprüfung zur standardisierten schriftlichen Reife- und Diplomprüfung in der Unterrichtssprache. Stand: März 2016. Online: https://www.bifie.at/system/files/dl/srdp_kompensationspruefung_unterrichtssprache_2016-03-11.pdf (14.12.2016)

2 Wie die Kompensationsprüfung aussehen könnte

Trainingsaufgabe 1

Thema: Kultur des Nachdenkens

Situation: Im Rahmen eines unbezahlten Praktikums dürfen Sie sämtliche Abteilungen eines großen erfolgreichen Unternehmens kennenlernen. Am Ende Ihrer Tätigkeit sollen Sie ein Feedback über Ihre Erfahrungen und Ideen geben. Außerdem sind Sie im Rahmen einer firmeninternen Besprechung aufgefordert, als junger Mensch kritische Anmerkungen einzubringen.

Lesen Sie den Kommentar *Was Philosophie dem Management bringt* aus der Tageszeitung *Der Standard* vom 29./30. November 2014 (Textbeilage 1). Bearbeiten Sie anschließend folgende Aufgabenstellungen:

Aufgabenstellung	Anforderungsbereich
1. **Beschreiben** Sie, was die Autoren unter dem Begriff „Kultur des Nachdenkens“ verstehen.	Anforderungsbereich 1 Reproduktion, Reorganisation und Transfer
2. **Analysieren** Sie den Text im Hinblick auf ■ den argumentativen Aufbau, ■ die sprachlichen Besonderheiten, insbesondere die Managementbegriffe Verantwortung, Verhältnismäßigkeit von Individuum und Kollektiv, Moral, Handlungsfreiheit, Selbstbestimmung und Gerechtigkeit.	Anforderungsbereich 1 Reproduktion, Reorganisation und Transfer
3. **Diskutieren** Sie die Argumente der Autoren, was die Philosophie zu erfolgreichem Management beitragen kann.	Anforderungsbereich 2 Reflexion und Problemlösung
4. **Entwerfen** Sie eine Empfehlung im Sinne der Kultur des Nachdenkens, welche auch in Managementbereichen gepflegt werden sollten. a. **Benennen** Sie die Vorteile philosophischen Denkens. b. **Analysieren** Sie, warum Zeit nicht immer ein ausschlaggebendes Kriterium für verantwortungsvolles Handeln sein darf. c. **Appellieren** Sie im Sinne Ihrer Argumentation, mehr Zeit in den Meinungsfindungsprozess zu investieren.	Anforderungsbereich 1 Reproduktion, Reorganisation und Transfer Anforderungsbereich 2 Reflexion und Problemlösung

Textbeilage 1

Was Philosophie dem Management bringt

Es geht nicht um den moralischen Spiegel oder gar um Handlungsempfehlungen, sondern um das Anreichern der Managementdisziplin, um die Kultur des Nachdenkens.

Management hat sich in unserer ökonomisierten Welt weitgehend als eigenständige Disziplin etabliert. Doch obwohl sie für viele Menschen zu jenen Disziplinen gehört, die es im Zusammenhang mit unternehmerischem Vorankommen unabdingbar zu beherrschen gilt, ist immer noch unklar, was Management ist, worum genau es dabei geht und auf welchen Grundannahmen es gebaut ist.

Kaum eine andere Disziplin ist derart stark von Strömungen, Ansichten, Schulen und theorieähnlichen Denkgebäuden durchdrungen. Auch wenn die zum Teil sehr unterschiedlichen Managementthesen seit Jahrzehnten gelehrt werden, scheint sich die Führung von Unternehmen im Wesentlichen an zwei Eckpunkten auszurichten: an Pragmatik und Lösungsorientierung.

Kultur des Nachdenkens

Doch nicht zuletzt die globalen Wirtschafts- und Geldkrisen der vergangenen Jahre legen eine Abkehr vom Diktat des Nutzens und dem Ideal der Lösungsorientierung als letztgültiger Maxime des Managementhandelns nahe. Es bedarf vielmehr einer Kultur des Nachdenkens, wollen wir unsere Unternehmen wirklich zu Orten machen, an denen soziale und ökologische Verantwortung mit ökonomischer Stabilität verschmilzt.

Typische Begriffe aus der Managementlehre wie „Mission", „Strategie", „Struktur" oder „Kultur" stehen dann ebenso auf dem Prüfstand wie die Fragen nach Verantwortung und Moral, der Verhältnismäßigkeit von Individuum und Kollektiv, der Bedingtheit des Menschen als solchen oder Fragen zu Handlungsfreiheit, Selbstbestimmung oder Gerechtigkeit. Eine Prüfung, die aber nicht auf der Grundlage klassischer Managementlehre erfolgen kann, denn das wäre gerade so, als ob sich der Prüfling die Fragen der Prüfung selbst stellen würde. Es braucht daher eine unparteiische Instanz, die aber dennoch über die notwendige Methodologie verfügt, um das Vorhaben der Kritik zu realisieren.

Gesamtbild des Wirklichen

Am besten scheint hierfür die Philosophie geeignet. In ihr bemüht man sich um ein logisch organisiertes Gesamtbild des Wirklichen, um ein Verständnis der Welt aus ersten Prinzipien heraus, um reflektierte Begrifflichkeit und Argumentation. Es wäre zwar ein Fehler zu glauben, dass die Philosophie die gestellten Fragen zu beantworten vermag, denn in den allermeisten Fällen lassen sich für philosophische Fragen keine eindeutigen Antworten finden. Doch gerade hierin liegt der Wert der philosophischen Betrachtung. Sie erlaubt es uns, neue Zugänge zu erproben, die andernorts, wo die Räume enger definiert und die Zeiten knapper bemessen sind, weder formuliert noch zugelassen werden.

Zweifelsfrei: Management ist wichtig, weshalb es auch in seinen Grundsätzen betrachtet werden soll. Diesem Gedanken gemäß halten wir es für gedeihlich, dem Management die Philosophie gegenüberzustellen. Dabei geht es aber weder darum, den handelnden Personen den moralischen Spiegel vorzuhalten, noch darum, Handlungsempfehlungen abzugeben. Das wäre nicht nur anmaßend, sondern auch unmöglich. Die Philosophie ist eine theoretische Angelegenheit, keine praktische. Es geht einzig und allein um eine Kultur des Nachdenkens.

Zu den Personen:
Heinz Palasser und Bernd Waß betreiben die Privatakademie Academia Philosophia.

Nachdenken als eine Art der Öffnung einer praktischen Disziplin, die an Pragmatik und Lösungsansätzen ausgerichtet ist: dem Management die Philosophie gegenüberstellen.

Palasser, Heinz/Waß, Bernd: Was Philosophie dem Management bringt. In: Der Standard, 29./30.11.2014. Online: http://derstandard.at/2000008736925/Was-Philosophie-dem-Management-bringt (09.02.2015)

Trainingsaufgabe 2

Thema: Die Europäische Union

Situation: Als Praktikantin bzw. Praktikant bei der österreichischen Niederlassung der EU sind Sie in Schulen eingeladen, um über die Stimmung in Österreich 20 Jahre nach dem Beitritt zur Europäischen Union zu referieren. Sie haben dazu in den Medien recherchiert und dabei ist Ihnen ein Zeitungsbericht aufgefallen, dessen Inhalt Sie gerne den anwesenden Schülerinnen und Schülern präsentieren wollen.

Lesen Sie den Zeitungsbericht *20 Jahre Beitritt: EU ist fern und kompliziert geblieben* aus der Tageszeitung *Die Presse* vom 12. Dezember 2014 (Textbeilage 1) und betrachten Sie die dazugehörende Grafik (Textbeilage 2). Bearbeiten Sie anschließend folgende Aufgabenstellungen:

Aufgabenstellung	Anforderungsbereich
5. **Fassen** Sie die Hauptaussagen des Berichts **zusammen**.	Anforderungsbereich 1 Reproduktion, Reorganisation und Transfer
6. **Analysieren** Sie den Text im Hinblick auf ■ den argumentativen Aufbau, ■ die sprachlichen Besonderheiten.	Anforderungsbereich 1 Reproduktion, Reorganisation und Transfer
7. **Erläutern** Sie die beiliegende Grafik.	Anforderungsbereich 1 Reproduktion, Reorganisation und Transfer
8. **Erörtern** Sie die genannten Vor- und Nachteile der Mitgliedschaft bei der Europäischen Union.	Anforderungsbereich 2 Reflexion und Problemlösung
9. **Nehmen** Sie in einer Rede, die Sie im Rahmen eines Referats vor Schülerinnen und Schülern halten, zur EU-Mitgliedschaft Österreichs persönlich **Stellung**. a. **Stellen** Sie die Pauschalurteile bezüglich EU-Mitgliedschaft **dar**. b. **Analysieren** Sie mittels sachlicher Argumentation die Vor- und Nachteile der Mitgliedschaft bei der EU aus Ihrer persönlichen Sicht. c. **Appellieren** Sie im Sinne Ihrer Argumentation, sich umfassend über die Arbeit der EU zu informieren, damit sich junge Menschen eine objektive Meinung bilden können.	Anforderungsbereich 1 Reproduktion, Reorganisation und Transfer Anforderungsbereich 2 Reflexion und Problemlösung

Textbeilage 1

20 Jahre Beitritt: EU ist fern und kompliziert geblieben

Die EU-Mitgliedschaft polarisiert nach wie vor. Die Bevölkerung glaubt, dass nur Großunternehmen und Studenten profitiert haben. Die Sozialpartner ziehen eine positive Bilanz.

Wien. Um die EU-Mitgliedschaft ist es in der öffentlichen Debatte auch nach zwei Jahrzehnten nicht leise geworden. Sie polarisiert nach wie vor. Zwar gibt es laut einer am Donnerstag veröffentlichten Umfrage der Gesellschaft für Europapolitik (ÖGfE) eine klare Mehrheit von 67 Prozent der Bevölkerung, die einen Verbleib in der EU befürworten. Doch gleichzeitig bewertet eine deutliche Mehrheit die Union als „fern" (59 %) und kompliziert (93 %).

Nach Ansicht der Österreicher haben die verschiedenen Berufsgruppen in den vergangenen 20 Jahren sehr unterschiedlich von der Mitgliedschaft profitiert. Eine Mehrheit von 86 Prozent ist überzeugt, dass große Unternehmen die Gewinner des EU-Beitritts waren. An zweiter Stelle liegen Studierende und Schüler. Eher ausgewogen ist die Ansicht über die Bilanz für Arbeitnehmer und Pensionisten (siehe Grafik). Die größten Nachteile hatten in der Wahrnehmung der Bevölkerung Landwirte sowie kleine und mittlere Unternehmen.

Wirtschaftskammer-Präsident Christoph Leitl sieht Klein- und Mittelbetriebe nicht als Verlierer. „Die sind nicht unter die Räder gekommen." 1995, im Jahr des Beitritts, habe es 260.000 Betriebe in Österreich gegeben, heute seien es 480.000. Das spreche Bände. Auch der Präsident der Landwirtschaftskammer, Hermann Schultes, sieht das Schicksal der Bauern differenziert. Vor 20 Jahren habe es mit der Übernahme der EU-Agrarpolitik einen Sprung ins kalte Wasser gegeben. Die Landwirtschaft sei mit allen Folgen aus ihrem geschützten Bereich in Österreich herausgelöst worden. „Wir haben uns dabei aber auch unterschätzt." Trotz Strukturwandels hätten viele heimische Agrarbetriebe mit Qualitätsprodukten international gepunktet.

Bild der Erweiterung negativ

Bis auf die Erweiterung sehen die Österreicher die größten politischen Schritte der EU in diesen 20 Jahren positiv. So halten 61 Prozent die Einführung des Euro heute für „sehr positiv" oder „eher positiv". Eine knappe Mehrheit von 51 Prozent steht auch hinter der Öffnung der Grenzen und dem Ende der Passkontrollen. Die Erweiterung der EU wird hingegen von einer klaren Mehrheit von 61 Prozent nach wie vor als „eher negativ" beziehungsweise „sehr negativ" bewertet. „In der öffentlichen Wahrnehmung wird deutlich, dass es grenzüberschreitende Herausforderungen gibt, die ein Land allein nicht mehr bewältigen kann", so ÖGfE-Generalsekretär Paul Schmidt. Deshalb stünden die Österreicher letztlich hinter der Mitgliedschaft.

Dass die Bilanz zwar positiv, im Detail aber kritisch ausfällt, machten die Präsidenten der Sozialpartner im Anschluss an die Präsentation der Umfrage deutlich. „Für die Arbeitnehmer gibt es wenig zu feiern", sagte Arbeiterkammer-Präsident Rudolf Kaske. Er verwies auf die steigende Arbeitslosigkeit in den meisten Unionsstaaten. ÖGB-Präsident Erich Foglar sieht die Übernahme der Gemeinschaftswährung heute allerdings als Garant für Stabilität. Er erinnerte an die Abwertungen europäischer Währungen in den 1990er-Jahren, samt den damit verbundenen Auswirkungen auf Löhne und Arbeitsplätze. „Die EU ist in unsicheren Zeiten ein sicherer Hafen geworden." Die Krise habe aber deutlich gemacht, dass es einen Kurswechsel brauche. „Es ist auch eine soziale Integration notwendig", so Foglar.

WKO-Präsident Leitl zog zwar ebenfalls eine positive Bilanz, sprach aber auch von einem „bürokratischen Mist", der aus Brüssel kommend die heimischen Betriebe zunehmend belaste. „Das werden wir bekämpfen." Als Beispiele nannte er die Wegekostenrichtlinie (Mautregeln) und die Allergen-Verordnung (Ausschilderung von Allergie auslösenden Stoffen auch in Restaurants).

Hat die EU-Mitgliedschaft also der Bevölkerung mehr Vor- oder mehr Nachteile gebracht? Immerhin 49 Prozent der Österreicher sehen laut der ÖGfE-Umfrage die Vorteile überwiegen. 37 Prozent sehen mehr Nachteile.

Auf einen Blick
Die Bilanz der Österreicher nach 20 Jahren EU-Mitgliedschaft ist gemischt: Laut einer Umfrage der Gesellschaft für Europapolitik (ÖGfE) halten 57 Prozent den Beitritt nach wie vor für die richtige Entscheidung, 67 Prozent wollen in der EU bleiben: Sie wird als „wirtschaftlich wichtig" und „friedensstiftend" gesehen. Jedoch kritisieren 93 Prozent der Österreicher die Komplexität der Union, viele schätzen sie zudem als „fern" ein.

Böhm, Wolfgang: 20 Jahre Beitritt: EU ist fern und kompliziert geblieben. In: Die Presse, 12.12.2014, S. 6

Textbeilage 2

20 Jahre EU-Beitritt Österreichs

Umfrage: „Was ist ihre Einschätzung? Hat die EU-Mitgliedschaft Österreichs mehr Vorteile oder mehr Nachteile gebracht?“

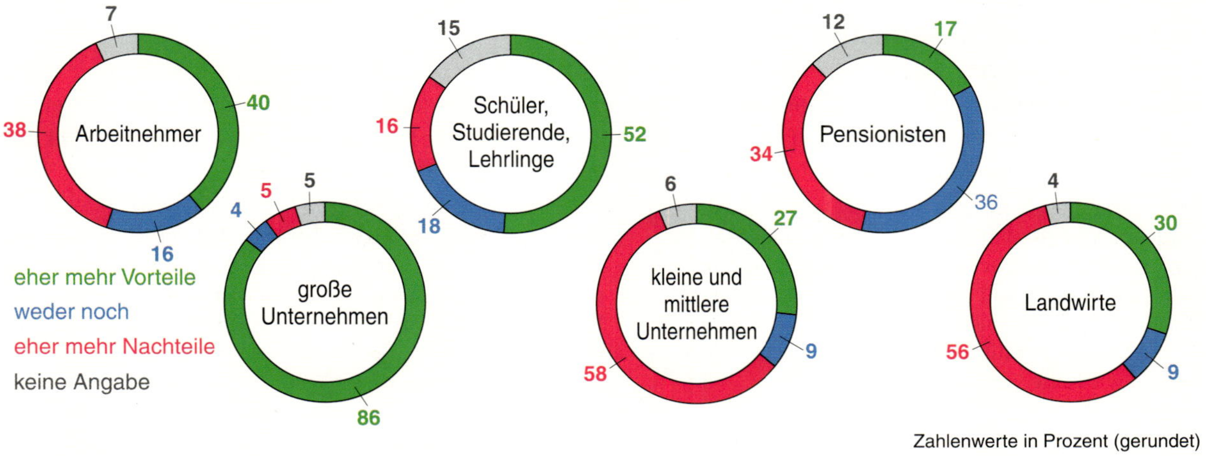

In Anlehnung an: Österreichische Gesellschaft für Europapolitik (1.014 Befragte)

Trainingsaufgabe 3

Thema: Faires Handeln in der Schule

Situation: An Ihrer Schule wird darüber diskutiert, mehr Fair-Trade-Produkte im neu gestalteten Buffet anzubieten. Es soll dazu eine Veranstaltung geben, in der Ideen über die Neugestaltung des Schulbuffets gesammelt werden. Sie haben in der Vorbereitung einen Bericht auf der Online-Seite des Deutschlandfunks gefunden.

Lesen Sie den Bericht *Nachhaltigkeit im Pausenkiosk* aus den Online-Nachrichten des *Deutschlandfunks* vom 30. September 2014 (Textbeilage 1). Bearbeiten Sie anschließend folgende Aufgabenstellungen:

Aufgabenstellung	Anforderungsbereich
10. **Fassen** Sie die wesentlichen Informationen des Textes **zusammen**.	Anforderungsbereich 1 Reproduktion, Reorganisation und Transfer
11. **Benennen** Sie die Vorteile, eine Schule zu sein, die Fair-Trade-Produkte anbietet.	Anforderungsbereich 1 Reproduktion, Reorganisation und Transfer
12. **Analysieren** Sie den Text im Hinblick auf ■ den argumentativen Aufbau, ■ die sprachlichen Besonderheiten.	Anforderungsbereich 1 Reproduktion, Reorganisation und Transfer
13. **Bewerten** Sie die Konsequenzen, die sich langfristig aus dem fairen Handel ziehen lassen.	Anforderungsbereich 2 Reflexion und Problemlösung
14. **Entwerfen** Sie eine Empfehlung dafür, Fair-Trade-Produkte im Schulbuffet anzubieten. a. **Bennen** Sie die Vorteile von fairem Handel. b. **Analysieren** Sie die Auswirkungen der Umsetzung eines Schulbuffets, das vermehrt fair gehandelte Produkte verkauft. c. **Appellieren** Sie im Sinne Ihrer Argumentation, fair gehandelten Produkten den Vorzug zu geben.	Anforderungsbereich 1 Reproduktion, Reorganisation und Transfer Anforderungsbereich 2 Reflexion und Problemlösung

Textbeilage 1

Fair-Trade-Schule

Nachhaltigkeit im Pausenkiosk

Der Verein TransFair zeichnet Schulen aus, die sich im Unterricht und darüber hinaus für den fairen Handel einsetzen. Bewerben können sich alle Schulformen – egal ob Grundschule, Gymnasium oder Berufskolleg[1]. Die Aktion soll nicht nur die Schüler, sondern auch die Eltern zum Umdenken bewegen.

„Diese Maniok-Chips werden ziemlich häufig gekauft, die sind der Renner unter den Sachen, die Sesamriegel sind halt auch ziemlich gut, weil die halt auch alle sehr viel kaufen und weil die auch das Preisgünstigste sind. Dann haben wir hier noch Tee, Schokolade, verschiedene Sorten. Ja, dann sind hier noch so Sachen wie Kaffee, die sind eher selten.“

Jeden Montag verkaufen Jona und seine Mitstreiter die fairen Produkte in der Pause. Ihr fahrbarer Kiosk steht in der Marie-Kahle-Gesamtschule in Bonn. Seit eineinhalb Jahren trägt die Schule den Titel „Fairtrade-School“. Fair Trade – das ist für den 13-jährigen Jona ein ganz einfacher Weg, die Kleinbauern in Afrika oder Lateinamerika zu unterstützen.

„Ich weiß, wo es herkommt, ich weiß, wofür bezahle ich mein Geld eigentlich. Ich kann genau sagen: Ich helfe Menschen damit, ohne irgendwie noch groß was außen rumzumachen. Das heißt, mit alltäglichen Produkten unterstütze ich halt Menschen, die halt nicht so viel Geld und einen anderen Lebensstil als wir haben.“

Nachhaltig engagieren

Eine Truppe von neun Jugendlichen bildet das Kernteam der Fair-Trade-Gruppe. Die jüngsten sind erst zehn, die ältesten schon 16 Jahre. Die Deutsch- und Religionslehrerin Irmgard Keller hat das Projekt an der Schule ins Leben gerufen.

„Der Funke ist so ein bisschen auf mich übergesprungen. Das ist etwas, das kannst du machen mit Schülern, mit Kollegen und auch mit Eltern. Das ist eine Arbeit, die macht auch Freude. Die Kinder waren sofort Feuer und Flamme, haben mitgemacht. Wir haben uns dann einige Male getroffen, erklärt, was Fair Trade ist, welche Auswirkungen unser Handeln auf das Handeln, das Leben der Dritten Welt hat.“

Zum Nachdenken anregen

Der Verein TransFair zeichnet Schulen aus, die sich im Unterricht und darüber hinaus für den fairen Handel einsetzen. Bewerben können sich alle Schulformen – egal ob Grundschule, Gymnasium oder Berufskolleg. Die Marie-Kahle-Gesamtschule war eine der ersten Fair-Trade-Schools bundesweit.

Das Projekt der Fair-Trade-Schools ist Teil der UN-Dekade für nachhaltige Bildung. Ihr Effekt soll nicht einfach verpuffen, sondern langfristig Wirkung zeigen. Ein wichtiger Punkt dabei: Die Fair-Trade-School bleibt kein reines Schüler-Projekt. Auch die Eltern fangen an, sich Gedanken über ihren Konsum zu machen, erklärt Schulleiterin Sabine Kreutzer: „Was mir auch auffällt, wenn wir zum Beispiel Schulfeste planen, das Catering machen immer die Eltern. Das hat hier eine Tradition. Dass die Eltern nach einem Jahr Fair Trade selber sagen: Ja, was holen wir denn für einen Kaffee? Was holen wir für Fleisch? Wo kommt das her? Und die Frage überhaupt da ist. Was konsumieren wir hier eigentlich und was wollen wir konsumieren?“

Den Titel Fairtrade-School darf jede Schule zwei Jahre offiziell tragen. Danach überprüft TransFair, ob die Kriterien weiterhin erfüllt sind. Wird in der Schule Fair-Trade-Kaffee ausgeschenkt? Wie ist das Thema in den verschiedenen Fächern behandelt? Das funktioniert in Bonn über ganz konkrete Beispiele, erklärt Keller: „Wir haben zum Beispiel in Wirtschaftslehre das Fußballprojekt gehabt. Haben gesehen, wie viel Stiche sind nötig, um einen Fußball zu nähen. Das wird meistens in Pakistan in Kinderarbeit gemacht. Und dass es gar nicht immer so viele Bälle braucht, die wir kaufen.“

„Ich bin sehr positiv überrascht“

Das Projekt möchte die Schüler zum Umdenken bewegen. Schulleiterin Sabine Kreutzer freut sich, dass das nach einem Jahr schon so gut klappt.

„Ich bin sehr positiv überrascht, das hätte ich nicht vermutet, wie bereitwillig die Kinder – wenn da drüber steht ‚Das Geld geht an die Kleinbauern‘ – das Geld auch zahlen, wenn sie wissen, dass ist eine gute Sache, haben die da keine Schwierigkeiten.“

Auch Jona achtet in seiner Freizeit darauf, was er kauft und woher die Produkte stammen. Seine Freunde verstehen das, machen es ihm aber nicht immer nach. Fair Trade ist vielen zu teuer.

„Es ist schwierig, das muss ich wirklich zugeben, weil das spielt dann auch eine gewisse Rolle, was den Preis halt auch angeht. Ich muss auch ehrlich sagen, ich gebe gerne Geld mehr für sowas aus, womit ich dann anderen Menschen helfen kann.“

Schulz, Benedikt/Niekamp, Christoph: Fair-Trade-Schule. Nachhaltigkeit im Pausenkiosk. In: Deutschlandfunk, 30.09.2014. Online: http://www.deutschlandfunk.de/fair-trade-schule-nachhaltigkeit-im-pausenkiosk.680.de.html?dram:article_id=299353 (02.01.2015)

[1] *Berufskolleg: Schulart einer berufsbildenden Schule in einigen deutschen Bundesländern*

Trainingsaufgabe 4

Thema: Soziale Medien

Situation: Sie absolvieren ein Praktikum in einer Jugendorganisation Ihrer Heimatgemeinde und haben sich intensiv mit dem Thema der Nutzung moderner Medien durch die Jugendlichen beschäftigt. Bei der Recherche sind Sie auf folgenden Zeitungsbericht gestoßen, den Sie bei einer internen Besprechung vorstellen.
Lesen Sie den Zeitungsbericht *Immer online, nie mehr allein* aus der Tageszeitung *Tagesspiegel* vom 22. März 2014 (Textbeilage 1). Bearbeiten Sie dann folgende Aufgabenstellungen:

Aufgabenstellung	Anforderungsbereich
15. **Fassen** Sie die wesentlichen Informationen des Textes **zusammen**.	Anforderungsbereich 1 Reproduktion, Reorganisation und Transfer
16. **Analysieren** Sie den Text im Hinblick auf ■ den Aufbau, ■ die Argumentation, ■ die sprachlichen Besonderheiten.	Anforderungsbereich 1 Reproduktion, Reorganisation und Transfer
17. **Erläutern** Sie den Umgang Jugendlicher mit sozialen Medien.	Anforderungsbereich 1 Reproduktion, Reorganisation und Transfer
18. **Beurteilen** Sie, inwieweit eine verantwortungsvolle Nutzung sozialer Medien positive Auswirkungen auf die persönliche Entwicklung Jugendlicher haben kann.	Anforderungsbereich 2 Reflexion und Problemlösung
19. **Nehmen** Sie in einer Rede **Stellung** dazu, wie Smartphones und Internet sinnvoll im Unterricht eingesetzt werden können. a. **Zeigen** Sie die Vorteile und Nachteile des Einsatzes moderner Medien im Unterricht **auf**. b. **Analysieren** Sie Situationen, die ein Handyverbot erfordern. c. **Appellieren** Sie im Sinne Ihrer Argumentation, moderne Medien im Unterricht zielgerichtet einzusetzen.	Anforderungsbereich 1 Reproduktion, Reorganisation und Transfer Anforderungsbereich 2 Reflexion und Problemlösung

Textbeilage 1

Mediennutzung von Jugendlichen

Immer online, nie mehr allein

Smartphone, Facebook, WhatsApp – die Technik ist zum ständigen Begleiter der Pubertät geworden. Hirnforscher warnen vor digitaler Demenz – doch die positiven Effekte überwiegen.

Junge Menschen, die durch die Fußgängerzone laufen und dabei nicht den Blick von ihrem Smartphone lassen können. Schülergruppen, die zusammensitzen und sich gleichzeitig Textnachrichten mit anderen, die weit weg sind, hin und her schicken. Kinder, die auf Displays starren.

„Eigentlich ist jeder bei Facebook“

Es sind heute vertraute Bilder, die Technik ist zum ständigen Begleiter der Pubertät geworden. Das sind die Digital Natives 2.0. Die heutige Jugend ist die erste Generation, die mit mobilem Internet und in sozialen Netzwerken aufwächst. „Bis auf ein paar Leute ist eigentlich jeder bei Facebook“, sagt Moritz Lang.

Der 15-Jährige besucht die neunte Klasse der Leibniz-Oberschule in Kreuzberg. Wie viele seiner Klassenkameraden nutzt er das soziale Netzwerk. Etwa 300 Freunde hat er dort. „So etwas vereint uns, weil einfach alle das haben.“ Fast jeder seiner Mitschüler besitzt zudem ein Smartphone. Er selbst hat seit der vierten Klasse ein Handy, dazu einen internetfähigen iPod, Facebook-App und Whatsapp inklusive.

Das gehört mittlerweile zur Basisausstattung deutscher Teenager. Laut der Jugendmedienstudie JIM hatte 2013 über die Hälfte der Zwölf- bis Dreizehnjährigen schon ein Smartphone, bei Jugendlichen bis 19 Jahre waren es über 70 Prozent. Das Alter, in dem Kinder das erste Handy bekommen, ist in den vergangenen Jahren stetig gesunken, die mobile Internetnutzung nahm währenddessen rasant zu. Durchschnittlich drei Stunden täglich sind Jugendliche jetzt online.

Die unerträgliche Erreichbarkeit des Seins

Kein Wunder, dass bei diesen Konsumgewohnheiten die Elterngeneration mit Sorge auf die jungen Leute blickt. Sie kennen die unerträgliche Erreichbarkeit des Seins auch aus ihrem Alltag und sind ihr inzwischen scheinbar überdrüssig. Ein Titel des Magazins „Cicero“ erregt sich über die Versklavung der Menschen durch Smartphones. Der Hirnforscher Manfred Spitzer menetekelte unlängst von der „digitalen Demenz“, welche die geistige Verödung der Jugend durch die neuen Medien beschreibt.

Und auch im amerikanischen Raum warnt man seit Jahren. In ihrem Vortrag „Connected, but alone?“ auf der TED-Konferenz mahnte die US-Soziologin Sherry Turkle, der Wunsch nach stetigem Verbundensein führe doch nur zu noch größerer Einsamkeit und Selbstisolierung. „Ich teile, also bin ich“, heißt das bei ihr – Teilen, um zu fühlen. Für viele der Älteren stellt sich damit heute nicht mehr die Frage, wie man ins Netz kommt, sondern wie man von dort wieder herausfindet.

Für Jugendliche wird das Online-Verhalten zur Prüfung in Sachen Selbstbeherrschung. Bei Frühstück und Abendessen mit der Familie lege er seinen iPod aus der Hand, sagt Moritz Lang. Ein paar wenige seiner Mitschüler haben sich von Facebook abgemeldet, manche wegen des NSA-Skandals, andere, weil es einfach zu viel Zeit gefressen hat. Das Ablenkungspotenzial durch die Medien ist enorm. „Einerseits macht es natürlich Spaß, und man erhält über Facebook ständig Neuigkeiten von Seiten, die man gelikt hat“, so der Schüler. Andererseits vergesse man das Gelesene im flüchtigen Nachrichtenstream schnell wieder. „Ich persönlich verfange mich da manchmal auch drin.“

Schulen verbieten Handys im Unterricht

Viele Bildungseinrichtungen vertrauen längst nicht mehr auf die Selbstkontrolle der Schüler. Sie zogen den Stecker und setzen nun auf ein absolutes Handyverbot, sowohl im Unterricht als auch auf dem Pausenhof. Die Leibniz-Oberschule hat im Schuljahr 2012/13 beschlossen, die Mobilfunknutzung auf dem Schulgelände zu verbieten, mit Ausnahme der Mittagspause. Bei Verstoß droht der vorübergehende Entzug des Geräts. [...]

Für Stephan Humer, Internetsoziologe an der Universität der Künste Berlin, ist das auch verständlich. Mobiltelefone sind allein schon notwendig, um sich unterwegs verabreden zu können – schlicht, weil Telefonzellen immer seltener zu finden sind. Ähnliches gelte für das Internet: „Was früher Klavierstunden oder Hausunterricht war, ist heute die Zeit, die man online ist“, so Humer. Das Online-Dasein gehöre zum Lebensalltag dazu. Laut Bitkom-Studie zur „Jugend 2.0“ kann sich gut die Hälfte der deutschen 13- bis 18-Jährigen ein Leben ohne Internet gar nicht mehr vorstellen.

Soziale Netzwerke haben positive Effekte

Aktuelle Umfragen in den USA von Common Sense Media Research und dem Pew Research Institute zeigen aber auch das folgende Bild: Soziale Netzwerke haben für Jugendliche viel öfter positive Effekte als negative. Viele US-Teenager geben an, dass sie durch den Umgang in den Netzwerken selbstbewusster und extrovertierter geworden sind. Das Verhältnis zu Familie und Freunden habe sich dank Facebook und Co. verbessert. Und trotz SMS und Voicemail bevorzugt das Gros der Jugendlichen weiterhin klar die Kommunikation von Angesicht zu Angesicht. Die aktivsten Twitterer und SMS-Schreiberinnen suchen am ehesten auch den persönlichen Kontakt zu ihren Freunden. Vereinsamung und soziale Isolation durch neue Technik? Wohl kaum.

Der Blick in die USA zeigt auch, dass sich Jugendliche gar nicht von einzelnen Diensten abhängig machen. Selbst das Übernetzwerk Facebook ist längst nicht mehr nur der Fixpunkt im Online-Leben vieler Teenager. Diese beweisen Flexibilität: Wenn sie von Facebook genervt sind, ziehen sie weiter in die nächste Community und errichten neue digitale Trutzburgen auf Feldern, die dann Tumblr, Instagram oder Snapchat heißen.

Und die ständige Erreichbarkeit? Können Jugendliche damit umgehen, dass sie nun auch online soziales Reputationsmanagement leisten und in ihrer Freizeit das eigene Profil pflegen müssen? Die Probleme in der Pubertät seien im Prinzip die gleichen wie früher, sagt der Berliner Medienpädagoge Michael Lange. Die Trennung zwischen Offline- und Online-Welt machen die meisten Jugendlichen ohnehin nicht. Für sie gehören soziale Netzwerke und Co. zum Lebensalltag. [...]

Sickmann, Philipp: Immer online, nie mehr allein. In: Tagesspiegel, 22.03.2014. Online: http://www.tagesspiegel.de/medien/mediennutzung-von-jugendlichen-immer-online-nie-mehr-allein/9652054.html (02.01.2015), gekürzt